Editora Zain

Os passos perdidos

Alejo Carpentier

POSFÁCIO
Leonardo Padura

TRADUÇÃO DO ESPANHOL
Sérgio Molina

zain

Título original: *Los pasos perdidos*

Grafia atualizada segundo o Acordo Ortográfico da Língua Portuguesa de 1990, que entrou em vigor em 2009.

EDITOR RESPONSÁVEL
Matthias Zain

PROJETO DE CAPA E MIOLO
Julio Abreu

ILUSTRAÇÃO DA CAPA
Elisa Bracher

PREPARAÇÃO
Silvia Massimini Felix

REVISÃO
Marina Saraiva
Juliana Cury | Algo Novo Editorial

Dados Internacionais de Catalogação na Publicação (CIP)
(Câmara Brasileira do Livro, SP, Brasil)

Carpentier, Alejo
Os passos perdidos / Alejo Carpentier ; tradução Sérgio Molina. – 1ª ed. – Belo Horizonte, MG : Zain, 2024.

Título original: *Los pasos perdidos*

ISBN 978-65-85603-08-9

1. Ficção cubana I. Título.

23-196039 CDD-Cub863.4

Índice para catálogo sistemático:
1. Ficção : Literatura cubana Cub863.4

Tábata Alves da Silva – Bibliotecária – CRB-8/9253

Zain
R. São Paulo, 1665, sl. 304 – Lourdes
30170-132 – Belo Horizonte, MG
www.editorazain.com.br
contato@editorazain.com.br
instagram.com/editorazain

Sumário

Nota à edição

As notas de rodapé desta edição foram elaboradas pelo tradutor Sérgio Molina, com o intuito de portar luz às centenas de referências que dão forma e compõem a trama da obra. Resultado de uma seleção do editor, as notas permanecentes buscam iluminar a superfície daquilo que Roberto González Echevarría, importante especialista em literatura latino-americana e professor emérito na Universidade Yale, chama de *selva textual* na introdução da edição de 1985 de *Os passos perdidos*, publicada pela editora espanhola Cátedra.

> A exemplo do seu narrador-protagonista, Carpentier descobre que a selva é feita de livros. Tudo remete ao livro, aos livros, tanto nas mais insignificantes como nas mais importantes aventuras. [...] *Os passos perdidos* relata não apenas a viagem à selva do narrador-protagonista, mas sua viagem por esta *selva textual* em busca de uma narrativa que contenha todas, que por força há de ser aquela em que se relata o próprio processo. Carpentier escala ou procura escalar um morro textual de cujo topo seja possível avistar todas as histórias, todos os textos que cruzam seu caminho. (Grifo nosso)

Um conjunto de notas de rodapé será sempre incompleto. Portanto, diante da complexidade dessa *selva textual* — obras literárias, objetos e culturas distantes, fatos históricos e seus protagonistas, obras de arte, etc. —, optamos por aquelas que julgamos essenciais para a compreensão de uma primeira camada da obra; referências que, sobretudo, *compõem o texto*, como se fizessem parte dele. Porém, uma ressalva: perder-se na *selva* é também essencial; é um convite a tantas outras leituras. O leitor deve enfrentar a selva — *à sua maneira*.

E então o primeiro passo: direto ao texto de Carpentier — o prólogo da edição espanhola de 2020 (publicada pela Vintage Español), escrito por Leonardo Padura, um dos mais importantes autores cubanos da atualidade, muda de posição e se torna um posfácio nesta edição. O leitor, assim como o narrador-protagonista, se depara de súbito com a selva (em todos os sentidos) e seus desafios. Como seguir adiante?

"Por quê? Para quê?", Padura se perguntará no prólogo-posfácio. "Por que um leitor do século XXI [...] teria interesse em ler um romance intitulado *Os passos perdidos*, que fala de possíveis viagens no tempo real (não no virtual, não ao futuro), e que foi publicado no ano, para muitos remoto, de 1953?" É preciso seguir adiante e enfrentar a selva. Cada leitor, uma leitura: assim a literatura se justifica; e cada leitura, um livro diferente.

Então, quando Padura encerrar seu texto dizendo que "Agora o deixo nas suas mãos", já se saberá que ele sempre esteve e sempre estará. Não importa se o prólogo vem antes ou depois. Permanecerá a *selva*.

Os passos perdidos

Capítulo um

O céu sobre a tua cabeça ficará como bronze, e a terra debaixo de ti como ferro; [...] ficarás tateando ao meio-dia como o cego que tateia na escuridão.

Deuteronômio, 28, 23.29

1

Fazia quatro anos e sete meses que eu não via a casa de colunas brancas, com seu frontão de molduras como cenhos carregados que lhe conferiam uma sisudez de palácio de Justiça, e agora, diante de móveis e trastes posicionados no seu lugar invariável, era tomado pela sensação quase penosa de que o tempo havia recuado. Perto do lampadário, a cortina cor de vinho; onde trepava a roseira, a gaiola vazia. Mais além estavam os olmos que eu ajudara a plantar nos dias do entusiasmo inicial, quando todos colaborávamos na obra comum; junto ao tronco escamado, o banco de pedra que fiz soar como madeira quando topei nele. Atrás, a trilha do rio, com suas magnólias anãs, e o gradil arrevesado em volutas, no estilo de New Orleans. Como na primeira noite, caminhei sob a marquise, ouvindo a mesma ressonância oca sob meus passos, e atravessei o jardim para chegar mais rápido aonde se moviam, em grupos, os escravos marcados a ferro, as amazonas de saias enroladas no braço e os soldados feridos, rotos, mal enfaixados, esperando sua hora em sombras fétidas de breu-branco, de feltros velhos, de suor transudado nas mesmas casacas. Saí da luz justo a tempo, quando soou o tiro do caçador e um pássaro caiu no palco, arremessado do segundo lance das bambolinas. A saia de crinolina da minha esposa voou por sobre minha cabeça, pois eu estava justo no ponto por onde ela deveria entrar em cena, atrapalhando a passagem que já era estreita. Para perturbar menos fui até seu camarim, e lá o tempo voltou a coincidir com a data, pois as coisas anunciavam às claras que quatro anos e sete meses não se passavam sem puir, desbotar e murchar. As rendas do desenlace estavam como agrisalhadas; o cetim preto da cena do baile perdera a bela rigidez que o fizera soar, a cada reverência, como um revoar de folhas secas. Até as paredes do recinto estavam desgastadas, por serem tocadas sempre nos mesmos lugares, mostrando as marcas da sua longa convivência com a maquiagem, as flores tresnoitadas e a fantasia. Sentado agora no divã que de verde-mar passara a verde-mofo, pensava consternado em quão dura se tornara, para Ruth, esta prisão de tábuas de artifício, com suas passarelas suspensas, suas teias de aranha de cordéis e árvores de mentira. Nos dias da estreia dessa tragédia da Guerra de Secessão, quando nos coube ajudar o autor jovem servido por uma companhia recém-saída de um teatro experimental, previamos quando muito uma aventura de vinte noites. Agora chegávamos às mil e quinhentas apresentações, sem que os personagens, atados por contratos sempre prorrogáveis, tivessem qualquer possibilidade de furtar-se à ação, desde que os empresários, transpondo o generoso empenho juvenil ao plano dos grandes negócios, haviam acolhido a peça no seu consórcio. Assim, para Ruth, longe de ser uma porta aberta sobre o vasto mundo do Drama — um meio de evasão —, este teatro era a Ilha do Diabo. Suas breves fugas, nas apresentações beneficentes a ela permitidas, sob o penteado de Pórcia ou os drapeados de alguma Ifigênia, bem pouco alívio lhe traziam, pois embaixo do traje diferente os espectadores procuravam a rotineira saia de crinolina, e na voz que queria ser de Antígona todos achavam as inflexões acontraltadas de Arabella, que agora, no palco, aprendia com o personagem Booth — em situação que os críticos achavam portentosamente inteligente — a pronunciar com correção o latim repetindo a frase: *Sic semper tyrannis.*[1] Teria sido necessário o gênio de uma trá-

1 "Assim sempre aos tiranos." Frase lendária da história romana retomada em 1865 pelo assassino de Abraham Lincoln (1809-65), o ator John Wilkes Booth

gica ímpar para livrar-se daquele parasita que se alimentava do seu sangue: daquela hóspede do seu próprio corpo, presa a sua carne como um mal sem remédio. Vontade de romper o contrato não lhe faltava. Porém essas rebeldias eram pagas, no ofício, com um longo desemprego, e Ruth, que começara a dizer aquele texto aos trinta anos, via sua chegada aos trinta e cinco repetindo os mesmos gestos, as mesmas palavras, todas as noites da semana, todas as tardes de domingos, sábados e feriados — sem contar as atuações das turnês de verão. O sucesso da peça lentamente ia aniquilando os intérpretes, que envelheciam aos olhos do público dentro das suas roupas imutáveis, e quando, certa noite, um deles morreu de infarto assim que caiu o pano, a companhia, reunida no cemitério na manhã seguinte, fez — talvez sem perceber — uma ostentação de roupas de luto que tinham um não sei quê de daguerreótipo. Cada vez mais amargurada, menos confiante em realmente lograr uma carreira que, apesar de tudo, ela amava por profundo instinto, minha esposa se deixava levar pelo automatismo do trabalho imposto, assim como eu me deixava levar pelo automatismo do meu ofício. Antes, pelo menos, ela tentava salvar seu temperamento na leitura constante dos grandes papéis que aspirava a ainda interpretar algum dia. Ia de Nora a Judith, de Medeia a Tessa, na esperança de se renovar; mas essa esperança fora enfim vencida pela tristeza dos monólogos declamados ao espelho. Sem encontrarmos um jeito de fazer coincidir nossas vidas — as horas da atriz não são as horas do funcionário —, acabamos dormindo cada qual no seu canto. Aos domingos, no fim da manhã, eu costumava passar um momento na sua cama, cumprindo o que considerava um dever de esposo, mesmo sem saber se, na realidade, meu ato correspondia a um verdadeiro desejo de Ruth. Era provável

(1838-65), que a gritou no instante de disparar contra o presidente. [Esta e as demais notas de rodapé são do tradutor.]

que ela, por seu turno, se julgasse obrigada a se entregar a essa hebdomadária prática física em virtude de uma obrigação contraída no instante de estampar sua assinatura ao pé do nosso contrato de casamento. Da minha parte, eu agia impelido pela ideia de que não devia ignorar um possível apetite que me era possível satisfazer, silenciando assim, por uma semana, certos escrúpulos de consciência. O fato é que esse abraço, embora tíbio, tornava a firmar, a cada vez, os laços afrouxados pelas nossas atividades desjungidas. O calor dos corpos restabelecia certa intimidade, que era como um breve retorno àquilo que a casa havia sido na primeira época. Regávamos o gerânio esquecido desde o domingo anterior; mudávamos um quadro de lugar; fazíamos contas domésticas. Mas logo as badaladas de um carrilhão próximo nos lembravam que se aproximava a hora do encerramento. E ao deixar minha esposa no seu palco no início da sessão vespertina, tinha a impressão de devolvê-la a uma prisão onde cumpria uma pena perpétua. Soava o tiro, caía o falso pássaro do segundo lance das bambolinas, e dava-se por finda a Convivência do Sétimo Dia.

Hoje, porém, a regra dominical se alterara por culpa daquele sonífero que eu havia tragado de madrugada para encontrar logo o sono — que já não me chegava como antes, só de cobrir os olhos com a venda preta indicada por Mouche. Ao acordar, notei que minha esposa tinha saído, e a desordem de roupas semiarrancadas das gavetas da cômoda, os tubos de maquiagem de teatro jogados pelos cantos, os estojos de pó e os frascos largados por toda parte anunciavam uma viagem inesperada. Ruth agora voltava do palco seguida por um rumor de aplausos, soltando às pressas as fivelas do corpete. Fechou a porta com um golpe de calcanhar que, de tão repetido, desgastara a madeira, e a crinolina, lançada por sobre sua cabeça, abriu-se no tapete de uma parede à outra. Saindo daqueles babados, seu corpo claro se mostrou novo e grato, e eu já me aproximava para pousar nele alguma carícia, quando a nudez se vestiu de veludo caído do alto, cheirando como os retalhos que minha mãe guardava, quando eu era criança, no mais escondido do seu armário de mogno. Tive como um fogacho de ira contra o estúpido ofício e fingimento que sempre se interpunha entre nossas pessoas como a espada do anjo das hagiografias; contra aquele drama que dividira nossa casa, empurrando-me à outra — aquela de paredes adornadas de figurações astrais —, onde meu desejo sempre encontrava um ânimo propício ao abraço. E foi para favorecer essa carreira nos seus inícios desafortunados, para ver feliz aquela que então eu tanto amava, que eu torcera meu destino, buscando a segurança material no ofício que era para mim uma prisão como para ela o seu! Agora, de costas para mim, Ruth me falava através do espelho, enquanto sujava seu inquieto rosto com as cores graxentas da maquiagem: explicava que, finda aquela apresentação, a companhia teria que partir, de imediato, para uma turnê na outra costa do país, e que por isso tinha levado suas malas ao teatro. Perguntou distraída pelo filme que tinha sido apresentado na véspera. Eu ia lhe contar do sucesso da estreia e lembrar que o fim daquele trabalho significava o início das minhas férias, quando bateram à porta. Ruth se levantou, e eu me vi diante daquela que, mais uma vez, deixava de ser minha esposa para se transformar em protagonista; prendeu uma rosa artificial na cintura e, com um leve gesto de desculpa, se encaminhou para o palco, cujo pano à italiana acabava de se abrir, revolvendo um ar com cheiro de pó e madeiras velhas. Ainda se virou para mim, num gesto de despedida, e seguiu pela trilha das magnólias anãs... Não tive ânimo de esperar o outro entreato, em que o veludo seria trocado pelo cetim, e uma maquiagem diferente se espessaria sobre a anterior. Voltei para nossa casa, onde a desordem da partida apressada ainda era presença da ausente. O peso da sua cabeça estava moldado no travesseiro; havia, na mesa de cabeceira, um copo d'água bebido pela metade, com um precipitado de gotas verdes, e um livro aberto num final de capítulo. Minha mão encontrava ainda úmida a mancha de uma loção derramada. Uma folha de agenda, que eu não tinha visto ao entrar antes no quarto, me avisava da viagem inesperada: *Beijos. Ruth. P. S. Tem uma garrafa de xerez no escritório.* Tive uma tremenda sensação de solidão. Era a primeira vez, em onze meses, que me via só, fora do sono, sem uma tarefa a cumprir de imediato, sem ter que correr para a rua temendo chegar atrasado a algum lugar. Estava longe do aturdimento e da confusão dos estúdios, num silêncio que não era quebrado por músicas mecânicas nem vozes agigantadas. Nada me inquietava e, por isso mesmo, eu me sentia o objeto de uma vaga ameaça. Neste quarto desertado pela pessoa de perfumes ainda presentes, estava como que desconcertado pela possibilidade de dialogar comigo mesmo. Ora me pegava falando sozinho a meia-voz. Novamente deitado, olhando para o teto, evocava os últimos anos transcorridos e os via correr de outonos a páscoas, de nortadas a asfaltos amolecidos, sem ter tempo de vivê-los — sabendo, de repente, pelo cardápio de um restaurante noturno, do regresso dos patos selvagens, do fim da proibição das ostras ou do reaparecimento das castanhas. Às vezes, também, minha informação sobre a passagem das estações devia-se aos sinos de papel vermelho que se desdobravam nas vitrines das lojas ou à chegada de caminhões carregados de pinheiros cujo perfume parecia transfigurar a rua por alguns segundos. Havia grandes lacunas de semanas e semanas na crônica do meu próprio existir; temporadas que não me deixavam uma lembrança válida, o rastro de uma sensação excepcional, uma emoção duradoura; dias em que todo gesto me produzia a obcecadora impressão de ter feito o mesmo antes em circunstâncias idênticas — de ter me sentado no mesmo canto, de ter contado a mesma história, olhando o veleiro encerrado no vidro de um peso de papel. Quando se festejava meu aniversário em meio aos mesmos rostos, nos mesmos lugares, com a mesma canção repetida em coro, eu era invariavelmente assaltado pela ideia de que a única diferença em relação ao aniversário anterior era o aparecimento de mais uma vela sobre um bolo cujo sabor era idêntico ao da outra vez. Subindo e descendo a ladeira dos dias, com a mesma pedra nos ombros, eu me sustentava graças a um impulso adquirido à força de paroxismos — impulso que cedo ou tarde cederia, numa data que talvez constasse no calendário do ano em curso. Mas escapar disso, no mundo que me coubera por sorte, era tão impossível como tentar reviver, nesta época, certas gestas de heroísmo ou de santidade. Tínhamos caído na era do Homem-Vespa, do Homem-Nenhum, em que as almas não se vendem ao Diabo, mas ao Contador ou ao Comitre. Por entender que era inútil rebelar-se, depois de um desenraizamento que me fizera viver duas adolescências — a que ficava do outro lado do mar e a que aqui encerrara —, não via onde podia achar alguma liberdade fora da desordem das minhas noites, em que tudo era bom pretexto para me entregar aos mais recorrentes excessos. Minha alma diurna estava vendida ao Contador — pensava, zombando de mim mesmo —; mas o Contador ignorava que, de noite, eu empreendia estranhas viagens pelos meandros de uma cidade invisível para ele, cidade dentro da cidade, com moradas para esquecer o dia, como o Venusberg e a Casa das Constelações, isso quando um vicioso capricho aceso pelo álcool não me levava aos apartamentos secretos, onde se perde o sobrenome ao entrar. Preso à minha técnica entre relógios, cronógrafos, metrônomos, dentro de salas sem janelas forradas de feltros e materiais isolantes, sempre em lugar artificial, procurava, por instinto, ao me ver a cada tarde na rua já anoitecida, os prazeres que me faziam esquecer a passagem das horas. Bebia e me divertia de costas para os relógios, até que o bebido e divertido me derrubava ao pé de um despertador, com um sono que eu tentava atrair pondo sobre meus olhos uma máscara preta que devia me dar, ao dormir, um ar de Fantomas em repouso... A imagem caricata melhorou meu humor. Tomei um grande copo de xerez, resolvido a atordoar aquele que refletia demais dentro do meu crânio, e tendo despertado os calores do álcool da véspera com o vinho presente, espiei pela janela do quarto de Ruth, cujos perfumes começavam a retroceder ante um persistente odor de acetona. Após as grisalhas entrevistas ao despertar, chegara o verão, escoltado por sirenes de navio que se respondiam de rio a rio por cima dos edifícios. Acima, entre as evanescências de uma névoa morna, estavam os cumes da cidade: as agulhas sem pátina dos templos cristãos, a cúpula da igreja ortodoxa, as grandes clínicas onde oficiavam Eminências Brancas, sob os entablamentos clássicos, muito escorados por causa da altura, daqueles arquitetos que, no início do século, perderam o tino em face de uma dilatação da verticalidade. Maciça e silenciosa, a funerária de infinitos corredores parecia uma réplica cinza — com sinagoga e sala de concertos no centro — do imenso hospital-maternidade, cuja fachada, órfã de qualquer ornamento, tinha uma fileira de janelas todas iguais, que eu costumava contar aos domingos, da cama da minha esposa, quando os temas de conversa escasseavam. Do asfalto das ruas subia um mormaço azulado de gasolina, atravessado de exalações químicas, que se demorava em quintais cheirando a lixo, onde algum cachorro ofegante arremedava alongamentos de coelho esfolado para encontrar faixas de frescor na quentura do piso. O carrilhão martelava uma ave-maria. Tive a insólita curiosidade de saber que santo se honrava na data de hoje: *4 de junho. São Francisco Caracciolo* — dizia o volume da edição vaticana em que eu outrora estudara os hinos gregorianos. Absolutamente desconhecido para mim. Procurei o livro de vidas de santos, impresso em Madri, que minha mãe tanto lera para mim, lá, durante as benditas doenças menores que me livravam do colégio. Nada se dizia de Francisco Caracciolo. Mas topei com umas páginas encabeçadas por títulos pios: *Recebe*

Rosa visitas do céu; Rosa peleja com o diabo; O prodígio da imagem que sua. E umas margens enfeitadas nas quais se enredavam palavras latinas: *Sanctae Rosae Limanae, Virginis. Patronae principalis totius Americae Latinae.*[2] E a seguinte letrilha da santa, apaixonadamente elevada ao Esposo:

Ai de mim! A meu Amado,
quem o retém?
Tarda e é meio-dia,
porém não vem.

Um doloroso travo me tomou a garganta ao evocar, através do idioma da minha infância, demasiadas coisas juntas. Decididamente, estas férias começavam a me abrandar. Bebi o xerez que restava e tornei a espiar pela janela. As crianças que brincavam sob os quatro abetos poeirentos do Parque Modelo abandonavam por momentos seus castelos de areia cinza para invejar os moleques metidos na água de um chafariz municipal, nadando entre pedaços de jornal e pontas de cigarro. A cena me sugeriu a ideia de ir a alguma piscina para me exercitar. Não devia ficar em casa, na companhia de mim mesmo. Ao procurar o calção de banho, que não aparecia nos armários, pensei que seria mais saudável tomar um trem e descer onde houvesse bosques, para respirar ar puro. E já me dirigia à estação, quando me detive em frente ao museu onde se inaugurava uma grande exposição de arte abstrata, anunciada com móbiles pendurados de varas, cujos cogumelos, estrelas e laços de madeira giravam num ar cheirando a verniz. Já ia subindo a escadaria quando vi parar, muito perto, o ônibus do Planetarium, cuja visita me pareceu muito necessária, de repente, para sugerir a Mouche ideias sobre a nova decoração do seu estúdio. Como o ônibus demorava para sair, porém,

2 "Santa Rosa de Lima, Virgem. Principal padroeira de toda a América Latina."

acabei andando às tontas, atordoado por tantas possibilidades, detendo-me na primeira esquina para seguir os desenhos em giz colorido que um aleijado com o peito coberto de medalhas militares traçava na calçada. Rompido o desenfreado ritmo dos meus dias, liberado, por três semanas, da atividade de sustento que já me comprara vários anos de vida, não sabia como aproveitar o ócio. Estava como doente de súbito repouso, desorientado em ruas conhecidas, indeciso perante desejos que não acabavam de tomar forma. Tinha vontade de comprar aquela *Odisseia*, ou os últimos romances policiais, ou aquelas *Comédias americanas* de Lope que se ofereciam na vitrine da Brentano's, para me reencontrar com o idioma que eu nunca usava, embora só conseguisse multiplicar em espanhol e somar dizendo "*llevo tanto*". Mas lá estava também o *Prometheus Unbound*,[3] que logo me desviou dos livros, pois seu título estava por demais ligado ao velho projeto de uma composição que, depois de um prelúdio arrematado por um grande coro de metais, não passara, no recitativo inicial de Prometeu, do soberbo grito de rebeldia:

> [...] *regard this Earth*
> *Made multitudinous with thy slaves, whom thou*
> *Requitest for knee-worship, prayer, and praise,*
> *And toil, and hecatombs of broken hearts,*
> *With fear and self-contempt and barren hope.*[4]

A verdade era que, agora que eu tinha tempo para me deter diante das lojas, depois de meses ignorando-as, elas me falavam

3 *Prometeu desacorrentado*. Drama lírico em quatro atos, de Percy B. Shelley (1792--1822), publicado em 1820, no qual se retrabalha o argumento mítico explorado na tragédia *Prometeu acorrentado*, de Ésquilo (*c*. 525-456 a.C.).
4 "Mira a Terra/ de servos multitudinária, a quem/ punes por loas, preces genuflexas,/ labor, peitos sangrando em hecatombes,/ desamor próprio, medo e fé infértil." A tradução é de Adriano Scandolara (Autêntica, 2015), que será usada em todas as notas ao texto de Shelley.

demais. Era, aqui, um mapa de ilhas rodeadas de galeões e Rosas dos Ventos; mais adiante, um tratado de organologia; mais além, um retrato de Ruth, exibindo diamantes emprestados para a propaganda de uma joalheria. Lembrar da sua viagem me causou uma repentina irritação: era ela, realmente, quem eu estava perseguindo agora; a única pessoa que desejava ter ao meu lado, nesta tarde sufocante e enevoada, cujo céu se ensombrecia por trás da monótona agitação dos primeiros anúncios luminosos. Mas outra vez um texto, um palco, uma distância, vinha se interpor entre nossos corpos, que já não voltavam a encontrar, na Convivência do Sétimo Dia, a alegria dos primeiros acoplamentos. Ainda era cedo para ir à casa de Mouche. Cansado de ter que escolher caminhos em meio a tanta gente andando no sentido contrário, rasgando papéis de alumínio ou descascando laranjas com os dedos, resolvi ir a um lugar com árvores. E quando já me livrara de quem voltava dos estádios mimando esportes na discussão, alguns pingos gelados me roçaram o dorso das mãos. Passado um tempo cuja medida escapa, agora, das minhas noções — por uma aparente brevidade de transcurso num processo de dilatação e recorrência que naquele instante me fora insuspeitável —, recordo aqueles pingos caindo sobre minha pele em deleitosas agulhadas, como se fossem a primeira advertência — então ininteligível para mim — do encontro. Encontro trivial, de certo modo, como são, aparentemente, todos os encontros cujo verdadeiro significado só se revelará mais tarde, no tecido das suas implicações... Devemos buscar o começo de tudo, sem dúvida, na nuvem que naquela tarde rebentou em chuva, com violência tão inesperada que seus trovões pareciam trovões de outra latitude.

2

Rebentara, então, a nuvem em chuva, quando eu andava rente aos fundos da grande sala de concertos, naquela calçada comprida que não oferecia abrigo algum ao transeunte. Recordei que certa escada de ferro conduzia à entrada dos músicos e, como alguns dos que agora passavam eram meus conhecidos, não tive dificuldade para chegar ao palco, onde os membros de um coral famoso se agrupavam por naipes para passar ao estrado. Um percussionista interrogava com as falanges a pele dos tímpanos destemperados pelo calor. Segurando o violino com o queixo, o spalla tocava o *lá* de um piano, enquanto as trompas, os fagotes, os clarinetes continuavam envoltos na confusa ebulição de escalas, trinados e afinações anteriores à ordenação das notas. Sempre que eu via os instrumentos de uma orquestra sinfônica se posicionarem atrás das suas estantes, sentia uma aguda expectativa do instante em que o tempo deixasse de carregar sons incoerentes para se ver enquadrado, organizado, submetido a uma prévia vontade humana, que falava pelos gestos do Medidor do seu Transcurso. Este último muitas vezes obedecia a decisões tomadas um século, dois séculos antes. Mas sob as capas das partes se estampavam em signos os mandatos de homens que, mesmo mortos, jazendo sob pomposos mausoléus ou com os ossos perdidos na sórdida desordem da vala comum, conservavam direitos de propriedade sobre o tempo, impondo lapsos de atenção ou de fervor aos homens do futuro. Ocorria às vezes — pensava eu — que esses póstumos poderes sofriam alguma depreciação ou, ao contrário, cresciam em virtude da maior demanda de uma geração. Assim, quem fizesse um balanço de performances poderia chegar à evidência de que, neste ou naquele ano, o máximo usufrutuário do tempo fosse Bach ou Wagner, contraposto ao pífio benefício de Telemann ou Cherubini. Fazia três anos, no mínimo, que eu não assistia a um concerto sinfônico; quando saía dos estúdios estava tão saturado de música ruim, ou de música boa usada para fins detestáveis, que me parecia absurda a ideia de mergulhar num tempo feito quase objeto pela submissão a enquadramentos da fuga ou da forma sonata. Por isso encontrava o prazer do inabitual ao me ver levado, quase de surpresa, ao canto escuro dos estojos dos contrabaixos, de onde podia observar o que ocorria no palco nessa tarde de chuva cujos trovões, aplacados, pareciam rolar sobre as poças da rua próxima. E depois do silêncio rompido por um gesto, foi uma leve quinta nas trompas, adejada com tercinas dos segundos violinos e violoncelos, sobre a qual se pintaram duas notas descendentes, como que caídas dos primeiros arcos e das violas com um esmorecimento que logo se fez angústia, urgência de fuga, em face à tremenda investida de uma força de súbito desatada... Levantei-me contrariado. Quando eu me encontrava mais bem-disposto a escutar alguma música, depois de tanto ignorá-la, tinha que brotar *isto* que agora se inchava em *crescendo* às minhas costas. Eu já devia imaginar, ao ver os coralistas entrarem no palco. Mas também poderia ser um oratório clássico. Porque, se eu soubesse que era a *Nona Sinfonia* o que as estantes apresentavam, teria seguido ao largo debaixo do aguaceiro. Se eu não tolerava certas músicas ligadas à lembrança de doenças da infância, menos ainda podia suportar o *Freude, schöner Götterfunken,/ Tochter aus Elysium!*[5] que eu evitava desde *então*, como quem desvia os olhos, por muitos anos, de certos objetos evocadores de uma morte. Ademais, como muitos homens da minha geração, eu detestava tudo o que tivesse um ar "sublime". A *Ode* de Schiller me era tão repulsiva quanto a Ceia de Montsalvat e a Elevação do Graal...[6]

5 "Alegria, bela centelha divina,/ filha do Elísio." Versos de "Ode à alegria", de Friedrich Schiller (1759-1805), cantada no quarto movimento da *Nona Sinfonia* de Ludwig van Beethoven (1770-1827).

6 Alusão a duas cenas da ópera *Parsifal*, de Richard Wagner (1813-83), que tem como cenário o mítico castelo de Montsalvat.

Agora me vejo novamente na rua, à procura de um bar. Se eu tivesse que andar muito para conseguir um copo de bebida, logo seria invadido pelo estado de depressão que já experimentei algumas vezes, fazendo-me sentir preso num espaço sem saída, exasperado por não poder mudar nada na minha existência, sempre regida por vontades alheias que mal me deixam a liberdade, a cada manhã, de escolher a carne ou o cereal que prefiro no meu desjejum. Pego a correr porque a chuva aperta. Ao dobrar a esquina, dou de cabeça com um guarda-chuva aberto: o vento o arranca das mãos do seu dono e ele acaba triturado sob as rodas de um carro, de maneira tão cômica que solto uma gargalhada. E quando penso que me responderá o insulto, uma voz cordial me chama pelo nome. "Estava procurando por você", diz, "mas perdi seu contato." E o Curador, que eu não via fazia mais de dois anos, diz que tem um presente para mim — um presente extraordinário — naquela velha casa do início do século, com os vidros muito sujos, cujo canteiro de cascalho se intercala nesse bairro como um anacronismo.

As molas da cadeira, desigualmente arriadas, agora se incrustam na minha carne com rigores de cilício, impondo-me uma postura aprumada que não me é habitual. Eu me vejo com a rigidez de uma criança levada a uma visita, no disco do conhecido espelho com espessa moldura rococó, arrematada com o brasão dos Esterházy. Maldizendo a asma, apagando um cigarro de tabaco que o sufoca para acender um de estramônio que o faz tossir, o Curador do Museu Organológico[7] caminha a passos curtos pelo pequeno gabinete abarrotado de címbalos e pandeiros asiáticos, preparando as xícaras de um chá que, felizmente, será acompanhado de rum martinicano. Entre duas estantes pende uma quena incaica; sobre a mesa de trabalho, aguar-

7 Museu de instrumentos musicais. Organologia, do grego antigo *ὄργανον*, "instrumento", e *λόγος*, "estudo de", é a disciplina da musicologia voltada ao estudo e à classificação dos instrumentos musicais.

dando a redação de uma ficha, jaz uma sacabuxa da Conquista do México, preciosíssimo instrumento que tem por pavilhão uma cabeça de tarasca ornada de escamas prateadas e olhos de esmalte, com a bocarra aberta estendendo na minha direção uma dupla dentadura de cobre. "Foi de Juan de San Pedro, trombeteiro de câmara de Carlos V e ginete famoso de Hernán Cortés", explica-me o Curador, enquanto verifica o ponto da infusão. Em seguida serve o rum nas taças, com a prévia advertência — cômica, considerando quem a escuta — de que um pouco de álcool, de quando em vez, é coisa que o organismo agradece de forma atávica, já que o homem, em todas as épocas e latitudes, sempre deu um jeito de inventar bebidas que lhe proporcionassem alguma embriaguez. Como meu presente não se encontrava aqui, nesse andar, e sim onde foi buscá-lo uma criada surda que caminha devagar, olho meu relógio para fingir um repentino sobressalto com a lembrança de um encontro inadiável. Mas meu relógio, no qual não dei corda ontem à noite — só agora é que me lembro — para me acostumar melhor à realidade do início das minhas férias, parou às três e vinte. Pergunto as horas, em tom aflito, mas me respondem que não importa; que a chuva escureceu prematuramente essa tarde de junho, uma das mais longas do ano. Levando-me de uma *Pange lingua* dos monges de St. Gallen à edição príncipe de um *Livro de cifras* para tocar vihuela, passando, ao acaso, por uma impressão rara do *Oktoechos* de São João Damasceno, o Curador tenta ludibriar minha impaciência, fustigada pelo arrependimento de ter me deixado atrair até este andar onde já não tenho nada a fazer, em meio a um sem-fim de berimbaus de boca, arrabis, dulcianas, cravelhas soltas, braços entre talas, realejos com o fole roto que vejo, revolvidos, nos cantos escuros. Estou prestes a dizer, em tom terminante, que voltarei outro dia para pegar o presente, quando a criada reaparece, descalçando suas galochas de borracha. O que ela traz para mim é um disco a meio gravar, sem etiqueta, que o Curador coloca num gramofone, escolhendo com cuidado uma agulha de ponta mole. Pelo menos — penso — a amolação será breve: uns dois minutos, a julgar pela largura da faixa de sulcos. Quando me viro para encher a taça, soa às minhas costas o gorjeio de uma ave. Surpreso, olho para o ancião, que sorri com ar suavemente paternal, como se acabasse de me entregar um presente inestimável. Engatilho a pergunta, mas ele exige meu silêncio apontando o indicador para a placa que gira. Agora vai se escutar algo diferente, sem dúvida. Mas não. Já estamos na metade da gravação, e continua aquele gorjeio monótono, interrompido por breves silêncios que parecem ter duração sempre idêntica. Nem sequer é o canto de um pássaro muito musical, pois ignora o trinado, o portamento, e só produz três notas, sempre as mesmas, com um timbre que tem a sonoridade de um código Morse soando na cabine de um telegrafista. O disco vai quase terminando, e continuo sem entender onde está o presente tão anunciado por quem outrora foi meu mestre, tampouco imagino o que tenho a ver com um documento que só pode interessar, quando muito, a um ornitólogo. Termina a audição absurda, e o Curador, transfigurado por um inexplicável júbilo, me pergunta: "Percebe? Percebe?". E me explica que o gorjeio não é de pássaro, e sim de um instrumento de argila com que os índios mais primitivos do continente imitam o canto de um pássaro antes de ir caçá-lo, num rito de possessão da sua voz, para que a caça lhes seja propícia. "É a primeira comprovação da sua teoria", diz o ancião, abraçando-me à beira de um acesso de tosse. E por entender muito bem, agora, o que ele quer me dizer, diante do disco que volta a tocar, sou tomado de uma crescente irritação que duas talagadas de rum só fazem aumentar. O pássaro que não é pássaro, com seu canto que não é canto, e sim mágico arremedo, acha uma intolerável ressonância no meu peito, recordando-me os trabalhos que realizei há muito tempo — não eram os anos que me assustavam, mas a inútil rapidez do seu transcurso — acerca das origens da música e da organologia primitiva. Eram os dias em que a guerra interrompera a composição da minha ambiciosa cantata sobre o *Prometheus Unbound*. Ao regressar, eu me *sentia* tão diferente que o prelúdio concluído e o roteiro da primeira cena ficaram empacotados dentro de um armário, enquanto eu me deixava desviar para as técnicas e os sucedâneos do cinema e do rádio. No enganoso ardor que eu empenhava na defesa dessas artes do século, afirmando que abriam infinitas perspectivas para os compositores, eu provavelmente buscava alívio para o complexo de culpa pela obra abandonada e uma justificação para minha incorporação a uma empresa comercial, depois que Ruth e eu destruímos, com nossa fuga, a existência de um homem excelente. Quando esgotamos a temporada da anarquia amorosa, eu logo me convenci de que a vocação da minha esposa era incompatível com o tipo de convivência que eu desejava. Por isso eu procurara tornar menos ingratas suas ausências por apresentações e turnês, dedicando-me a uma tarefa que pudesse ser realizada aos domingos e feriados, sem a continuidade de propósitos exigida pela criação. Assim me encaminhara à casa do Curador, cujo Museu Organológico era orgulho de uma venerável universidade. Sob este mesmo teto eu travei contato com percussores elementares, troncos escavados, litofones, queixadas de animais, zumbidores e chocalhos de tornozelo que o homem fizera soar nos longos primeiros dias da sua saída a um planeta ainda eriçado de ossadas gigantescas, ao empreender um caminho que o conduziria à *Missa do Papa Marcelo* e *A arte da fuga*. Impelido por essa forma peculiar da preguiça que consiste em se entregar com briosa energia a tarefas que não são exatamente as que deveriam nos ocupar, eu me apaixonei pelos métodos de classificação e estudo morfológico daqueles objetos em madeira, argila, cobre malhado, bambu oco, tripa e pele de cabrito que são as mães dos modos de produzir sons que perduram, com milenar vigência, sob o prodigioso verniz dos artífices de Cremona[8] ou na suntuosa flauta de Pã teológica do órgão. Inconformado com as ideias geralmente sustentadas acerca da origem da música, comecei então a elaborar uma engenhosa teoria que explicava o nascimento da expressão rítmica primitiva pelo empenho de arremedar o passo dos animais ou o canto dos pássaros. Se levássemos em conta que as primeiras representações de renas e de bisontes, pintadas nas paredes das cavernas, deviam-se a um mágico ardil de caça — apropriar-se da presa mediante a posse prévia da sua imagem —, eu não andava muito desacertado na minha crença de que os ritmos elementares fossem os do trote, do galope, do salto, do gorjeio e do trinado, buscados pela mão sobre um corpo ressoante ou pelo sopro, no oco dos juncos.

Agora eu me sentia quase colérico diante do disco que girava, ao pensar que minha engenhosa — e talvez correta — teoria era relegada, como tantas outras coisas, a um desvão de sonhos que a época, com suas tiranias cotidianas, não me permitia realizar. De repente, um gesto suspende o diafragma do sulco. Deixa de cantar a ave de barro. E ocorre o que eu mais temia: o Curador, encurralando-me afetuosamente num canto, pergunta pelo estado dos meus trabalhos, avisando que dispõe de muito tempo para me escutar e discutir. Quer saber das minhas buscas, conhecer meus novos métodos de pesquisa, examinar minhas conclusões sobre a origem da música — tal como pensei buscá-la no passado, a partir da minha engenhosa teoria do *mimetismo-mágico-rítmico*. Na impossibilidade de escapar, começo a mentir, inventando embaraços que teriam retardado a elaboração da minha obra. Mas, por falta de hábito, é evidente que cometo erros risíveis no manejo dos termos técnicos, en-

8 Referência às famílias de luthiers Amati, Guarneri e Stradivari, todas radicadas na cidade lombarda de Cremona, tradicionais fabricantes de violinos considerados excelentes.

redo as classificações, não atino com os dados essenciais que, no entanto, eu considerava familiares. Procuro me apoiar em bibliografias, mas fico sabendo — pela irônica retificação de quem me escuta — que os especialistas já as descartaram. E quando vou alegar uma suposta necessidade de reunir certos cantos de primitivos recentemente gravados por exploradores, ouço minha voz ser devolvida com tais ressonâncias de mentira pelo cobre dos gongos que empaco, sem remédio, no meio de uma frase sobre o esquecimento indesculpável de uma dissidência organológica. O espelho me mostra a cara lamentável do trapaceiro flagrado com cartas marcadas nas mangas, que é minha cara nesse segundo. Tão feio me acho que, de súbito, minha vergonha se faz ira, e repreendo o Curador com uma explosão de palavras grossas, perguntando se ele acha possível que muitos possam viver, nesta época, do estudo dos instrumentos primitivos. Ele sabia como eu havia sido desgarrado na adolescência, deslumbrado por falsas noções, levado ao estudo de uma arte que só alimentava os piores mercadores da Tin Pan Alley, depois sacudido através de um mundo em ruínas, durante meses, como intérprete militar, antes de ser novamente lançado ao asfalto de uma cidade onde a miséria era mais difícil de encarar que em qualquer outra parte. Ah! Por ter vivido aquilo tudo, eu conhecia o terrível trago dos que à noite lavam sua única camisa, cruzam a neve com as solas furadas, fumam pontas de pontas de cigarro e cozinham em armários, acabando tão obcecados pela fome que sua inteligência se concentra na ideia fixa de comer. Aquela solução era tão estéril quanto a de vender, de sol a sol, as melhores horas da existência. "Além disso", eu gritava agora, "estou vazio! Vazio! Vazio!"... Impassível, distante, o Curador me olha com surpreendente frieza, como se, para ele, essa crise repentina fosse uma coisa esperada. Então volto a falar, mas com voz surda, em ritmo atropelado, como que sustentado por uma exaltação sombria. E assim como o pecador despeja no confessionário o saco negro das suas iniquidades e concupiscências — levado por um tipo de euforia de falar mal de si mesmo que chega ao desejo de execração —, pinto para meu mestre, com as cores mais sujas, com os betumes mais feios, a inutilidade da minha vida, seu aturdimento durante o dia, sua inconsciência durante a noite. Minhas palavras me oprimem de tal maneira, como ditas por outro, por um juiz que eu levasse dentro sem saber e se valesse dos meus próprios meios físicos para se expressar, que me aterrorizo, ao me ouvir, com a imensa dificuldade de voltar a ser homem quando se deixou de ser homem. Entre o Eu presente e o Eu que um dia aspirei a ser, afundava em trevas o fosso dos anos perdidos. Parecia agora que eu estava calado e o juiz continuava falando pela minha boca. Num só corpo convivíamos, ele e eu, sustentados por uma arquitetura oculta que já era, na nossa vida, na nossa carne, presença da nossa morte. No ser que se inscrevia dentro da moldura barroca do espelho atuavam nesse momento o Libertino e o Pregador, que são os personagens principais de toda alegoria edificante, de toda moralidade exemplar. Para fugir do vidro, meus olhos se desviaram para a biblioteca. Mas ali, no recanto dos músicos renascentistas, estampava-se a lombada em couro de bezerro, junto aos volumes dos *Salmos penitenciais,* o título como posto de propósito, da *Representazione di anima e di corpo.* Deu-se como um cair de pano, um apagar de luzes, quando voltou um silêncio que o Curador deixou estender-se em amargura. De repente, esboçou um gesto estranho que me fez pensar num impossível poder de absolvição. Levantou-se lentamente e pegou o telefone, ligando para o reitor da Universidade em cujo edifício se encontrava o Museu Organológico. Com surpresa crescente, sem me atrever a levantar a vista do chão, ouvi grandes elogios de mim. Era apresentado como o coletor indicado para conseguir umas peças que faltavam na galeria de instrumentos de aborígines da América — ainda incompleta, embora já fosse única no mundo, por sua abundância de documentos. Sem se deter na minha perícia, meu mestre ressaltava o fato de que minha resistência física, provada numa guerra, me permitiria levar a busca até regiões de acesso muito difícil para velhos especialistas. Além disso, o espanhol era o idioma da minha infância. Cada razão exposta devia me engrandecer na imaginação do interlocutor invisível, dando-me a estatura de um Von Hornbostel[9] jovem. E com medo adverti que se confiava em mim, firmemente, para trazer, entre outros idiofones singulares, um enxerto de tambor e bastão de ritmo que Schaeffner[10] e Curt Sachs[11] ignoravam, e o famoso vaso com duas embocaduras de bambu, usada por certos índios nas suas cerimônias funerárias, que o padre Servando de Castillejos descreveu, em 1561, no seu tratado *De barbarorum Novi Mundi moribus*,[12] e não constava em nenhuma coleção organológica, embora a sobrevivência do povo que a fizera bramar ritualmente, conforme o testemunho do frade, implicava a continuidade de um hábito registrado em datas recentes por exploradores e traficantes. "O Reitor nos espera", disse meu mestre. De súbito, a ideia me pareceu tão absurda que tive vontade de rir. Tentei procurar uma saída amável, invocando minha atual ignorância, meu afastamento de qualquer empresa intelectual. Afirmei que desconhecia os últimos métodos de classificação, baseados na evolução morfológica

9 Erich Moritz von Hornbostel (1877-1935), etnomusicólogo austríaco considerado, ao lado de Curt Sachs (ver nota 11), um dos fundadores da moderna organologia.
10 André Schaeffner (1895-1980), autor do monumental tratado *Origine des instruments de musique* (1936), no qual desenvolveu a hipótese da origem corporal dos instrumentos.
11 Musicólogo alemão (1881-1959), coautor, com Hornbostel, de um sistema de classificação de instrumentos musicais válido até a atualidade. Deixou uma obra vasta, na qual se destaca *The History of Musical Instruments* (1940).
12 *Costumes dos bárbaros do Novo Mundo*, livro imaginário de autor fictício, que, segundo a crítica, guarda semelhanças com *El Orinoco ilustrado y defendido* (1731), do padre jesuíta espanhol José Gumilla (1686-1750), pioneiro na exploração e descrição da bacia do Orinoco, entre Venezuela e Colômbia.

dos instrumentos e não na maneira de soar e ser tocados. Mas o Curador parecia tão empenhado em me enviar para onde de modo algum eu queria ir que apelou a um argumento contra o qual eu nada podia objetar razoavelmente: a tarefa encomendada podia ser levada a bom termo no intervalo das minhas férias. Era questão de saber se eu me privaria da possibilidade de remontar um rio portentoso por apego à serragem dos bares. A verdade era que não me restava uma razão válida para recusar o convite. Enganado por um silêncio que lhe pareceu aquiescente, o Curador foi buscar seu casaco na sala ao lado, pois a chuva, agora, percutia forte nos vidros. Aproveitei a oportunidade para escapar da casa. Tinha vontade de beber. Só me interessava, nesse momento, chegar a um bar próximo, cujas paredes eram enfeitadas com fotografias de cavalos de corrida.

3

Sobre o piano havia um papel em que Mouche pedia que a esperasse. Para fazer alguma coisa, eu me pus a brincar com as teclas, combinando acordes ao acaso, com um copo pousado à beira da última oitava. O lugar cheirava a pintura fresca. Atrás da caixa de ressonância, na parede do fundo, começavam a se definir as esboçadas figurações da Hidra, do Navio Argo, do Sagitário e da Cabeleira de Berenice, que logo dariam uma útil singularidade ao estúdio da minha amiga. Depois de muito zombar da sua competência astrológica, eu tivera que me curvar ante os rendimentos do negócio de horóscopos que ela conduzia por correspondência, dona do seu tempo, concedendo uma ou outra consulta pessoal, favor esse já muito solicitado, com a mais desopilante gravidade. Assim, de Júpiter em Câncer a Saturno em Libra, Mouche, doutrinada por curiosos tratados, tirava dos seus godês de aquarela, dos seus tinteiros, uns Mapas Astrais que viajavam a remotas localidades do país, adornadas dos signos do Zodíaco que eu a ajudara a solenizar com *De Coeleste Fisonomiea, Prognosticum Supercoeleste* e outros latins de bom parecer. Muito assustados com seu tempo deviam estar os homens — eu às vezes pensava — para interrogar tanto os astrólogos, contemplar com tal empenho as linhas das suas mãos, os traços da sua caligrafia, angustiar-se ante a borra de negros sinais, remoçando as mais velhas técnicas divinatórias, à falta de poderem ler as vísceras de animais sacrificados ou de observar o voo das aves com o cajado dos áugures. Minha amiga, que muito acreditava nas videntes de rosto velado e se formara intelectualmente no grande bricabraque surrealista, obtinha prazer, além de lucro, na contemplação do céu pelo espelho dos livros, baralhando os belos nomes das constelações. Era seu modo atual de fazer poesia, já que suas únicas tentativas de fazê-la com palavras, deixadas numa plaquete ilustrada com fotomontagens de monstros e estátuas, a desenganaram — passada a superestimação primeira devida ao cheiro da tinta de imprensa — quanto à originalidade da sua inspiração. Eu a conhecera dois anos antes, durante uma das muitas ausências profissionais de Ruth, e embora minhas noites começassem ou terminassem na sua cama, eram poucas as frases de carinho que trocávamos entre nós. Brigávamos, às vezes de maneira terrível, para depois nos abraçarmos com ira, enquanto os rostos, tão próximos que mal os enxergávamos, trocavam injúrias que a reconciliação dos corpos ia transformando em crua exaltação do prazer recebido. Mouche, que era muito comedida e até parca no falar, adotava nesses momentos um idioma de rameira, ao qual eu devia responder nos mesmos termos para que dessa borra da linguagem surgisse, mais agudo, o deleite. Difícil saber se era amor real o que me ligava a ela. Muitas vezes me exasperava seu dogmático apego a ideias e atitudes aprendidas nas cervejarias de Saint-Germain-des-Prés, cuja estéril discussão me fazia fugir da sua casa decidido a não voltar. Mas na noite seguinte me enternecia só de pensar nos seus desplantes, e regressava à sua carne que me era necessária, pois no fundo dela encontrava a exigente e egoísta animalidade que tinha o poder de alterar o caráter da minha perene fadiga, passando-a do plano nervoso ao plano físico. Quando o conseguia, eu chegava a experimentar aquele gênero de sono tão raro e apreciado que me fechava os olhos ao voltar de um dia no campo — esses esporádicos dias do ano em que o cheiro das árvores, distendendo todo o meu ser, chegava a me dar vertigem. Cansado de esperar, ataquei com fúria os acordes iniciais de um grande concerto romântico; mas aí as portas se abriram, e o apartamento se encheu de gente. Mouche, com o rosto corado como quando bebia um pouco, voltava de um jantar com o pintor do seu estúdio, dois dos meus assistentes, que eu não esperava ver aqui, a decoradora do térreo, que sempre andava rondando as outras mulheres, e a dançarina que preparava, naqueles dias, um balé sobre puros ritmos de palmas. "Temos uma surpresa", anunciou minha amiga, rindo. E em seguida foi montado o projetor com uma cópia do filme apresentado na véspera, cuja calorosa aceitação determinara o início imediato das minhas férias. Agora, apagadas as luzes, renasciam as imagens ante meus olhos: a pesca do atum, com o ritmo admirável das almadravas e o exasperado fervilhar dos peixes cercados por barcas negras; as lampreias apontando nas cavidades das suas torres de rocha; o envolvente espreguiçar do polvo; a chegada das enguias e o vasto vinhedo acobreado do Mar do Sargaço. E depois, aquelas naturezas-mortas de caracóis e anzóis, a selva de corais e a alucinante batalha dos crustáceos, tão habilmente ampliada que as lagostas pareciam terríveis dragões encouraçados. Tínhamos trabalhado bem. Voltavam a soar os melhores momentos da partitura, com seus líquidos arpejos de celesta, os portamentos fluidos do ondas Martenot, o marulho das harpas e o desenfreio de xilofone, piano e percussão, durante a sequência do combate.

Aquilo tomara três meses de discussões, perplexidades, experimentos e arrufos, mas o resultado era surpreendente. O próprio texto, escrito por um jovem poeta, em colaboração com um oceanógrafo sob a vigilância dos especialistas da nossa empresa, era digno de constar numa antologia do gênero. E quanto à montagem e à supervisão musical, eu não encontrava nenhuma crítica a fazer a mim mesmo. "Uma obra-prima", dizia Mouche no escuro. "Uma obra-prima", ecoavam os demais. Quando as luzes se acenderam, todos me parabenizaram, pedindo que se passasse o filme mais uma vez. E depois da segunda projeção, como ainda chegavam convidados, rogaram uma terceira. Mas cada vez que meus olhos, depois de uma nova revisão do feito, alcançavam o "fim" floreado de algas que servia de colofão àquele trabalho exemplar, eu me sentia menos orgulhoso do feito. Uma verdade envenenava minha satisfação primeira: era que todo aquele encarniçado trabalho, os alardes de bom gosto, de domínio do ofício, a escolha e a coordenação dos meus colaboradores e assistentes haviam parido, no fim das contas, um filme publicitário, encomendado à empresa que me empregava por um consórcio pesqueiro, que travava uma luta feroz com uma rede de cooperativas. Uma equipe de técnicos e artistas se extenuara durante semanas a fio em salas escuras para obter essa obra de celuloide, cujo único propósito era atrair a atenção de certo público dos Altos Patamares sobre os recursos de uma atividade industrial capaz de promover, dia após dia, a multiplicação dos peixes. Pareceu-me ouvir voz do meu pai, tal como soava nos dias cinzentos da sua viuvez, quando era tão dado a citar as Escrituras: "O que é torto não se pode endireitar; o que está faltando não se pode contar". Sempre andava com essa sentença na boca, aplicando-a em qualquer ocasião. E amarga me sabia agora a prosa do Eclesiastes ao pensar que o Curador, por exemplo, teria encolhido os ombros ao ver esse meu trabalho, considerando, talvez, que era equiparável a traçar letras com fumaça no céu, ou a provocar, com um desenho magistral, a salivação de quem contemplasse ao meio-dia um anúncio de crocantes folhados. Ele me consideraria um cúmplice dos afeadores de paisagens, dos empapeladores de muros, dos pregoeiros de Orvietan. Mas também — eu pensava com raiva — o Curador era homem de uma geração intoxicada pelo "sublime", que ia amar nos camarotes de Bayreuth, em sombras cheirando a velhos veludos vermelhos… Chegava mais gente, e as cabeças atravessavam a luz do projetor. "É na publicidade que as técnicas evoluem!", gritou ao meu lado, como se adivinhasse meu pensamento, o pintor russo que pouco antes abandonara o óleo pela cerâmica. "Os mosaicos de Ravena não passavam de publicidade", disse o arquiteto que tanto amava o abstrato. E eram vozes novas as que agora emergiam das sombras: "Toda pintura religiosa é publicidade". "Assim como certas cantatas de Bach." "*Gott der Herr ist Sonn und Schild*[13] parte de um autêntico slogan." "Cinema é trabalho de equipe; o afresco deve ser feito em equipe; a arte do futuro será uma arte de equipes." Como chegavam outros mais, trazendo garrafas, as conversas começavam a se dispersar. O pintor mostrava uma série de desenhos de aleijados e esfolados que pensava passar para suas bandejas e pratos como "ilustrações anatômicas com volume", que simbolizariam o espírito da época. "A verdadeira música é uma mera especulação sobre frequências", dizia meu assistente de gravação, lançando seus dados chineses sobre o piano, para mostrar como era possível obter um tema musical mediante o acaso. E aos gritos estávamos falando todos quando um *Halt!* enérgico, lançado da entrada por uma voz de baixo, imobilizou cada um de nós, como estátua de cera, no gesto esboçado, em meia palavra dita, no fôlego prestes a devolver uma baforada de fumaça. Uns estavam parados na anacruse de um pas-

13 "O Senhor Deus é sol e escudo." Versículo do Salmo 84 que serve de título para a cantata *BWV 79* de Johann Sebastian Bach (1685-1750).

so; outros tinham sua taça no ar a meio caminho entre a mesa e a boca. ("Eu sou eu. Estou sentado num divã. Ia riscar um fósforo na lixa da caixa. Os dados de Hugo acabavam de me lembrar o verso de Mallarmé. Mas minhas mãos iam acender um fósforo sem mandato da minha consciência. Portanto, estava adormecido. Adormecido como todos os que me rodeiam.") Soou outra ordem do recém-chegado, e cada um de nós terminou a frase, o gesto, o passo que ficara suspenso. Era um dos tantos exercícios que X. T. H. — nunca o chamávamos de outro modo que não fosse pelas suas iniciais, que o hábito da pronúncia transformara na alcunha *Extieich* — costumava impor para nos "despertar", como ele dizia, e induzir-nos ao estado de consciência e análise dos nossos atos presentes, por ínfimos que fossem. Invertendo, para uso próprio, um princípio filosófico que era comum entre nós, costumava dizer que quem agia de "modo automático era *essência* sem *existência*". Mouche, por vocação, se entusiasmara com os aspectos astrológicos dos seus ensinamentos, baseados em propostas muito atraentes, mas que logo se enredavam demais, a meu ver, em místicas orientais, no pitagorismo, nos tantras tibetanos, e eu nem saberia dizer em quantas coisas mais. O fato era que Extieich conseguira impor ao grupo uma série de práticas aparentadas com os asanas iogues, fazendo-nos respirar de certo modo, contando em *mátras* o tempo das inspirações e expirações. Mouche e seus amigos pretendiam alcançar com isso um maior domínio de si mesmos e adquirir uns poderes que sempre me pareceram problemáticos, sobretudo em pessoas que bebiam todo dia para se defender contra o desalento, as aflições do fracasso, o descontentamento consigo mesmas, o medo da rejeição de um manuscrito ou, simplesmente, contra a dureza daquela cidade de perene anonimato dentro da multidão, de eterna pressa, onde os olhos só se encontravam por acaso, e o sorriso, quando era de um desconhecido, sempre ocultava algum interesse. Extieich procedia agora à cura da bailarina, acometida de uma súbita enxaqueca, por imposição das mãos. Aturdido pelo entrecruzamento de conversas, que iam do *Da-sein* ao boxe, do marxismo ao empenho de Hugo em alterar a sonoridade do piano pondo pedaços de vidro, lápis, papéis de seda, talos de flores embaixo das cordas, saí para o terraço, onde a chuva da tarde tinha limpado as tílias anãs de Mouche da inevitável fuligem estival de uma fábrica cujas chaminés se elevavam na outra margem do rio. Eu sempre me divertira muito nessas reuniões com o desenfreado carrossel de ideias que, de repente, iam da Cabala à Angústia, passando pelos projetos de quem pretendia instalar uma fazenda no Oeste,[14] onde a arte de alguns poucos seria salva pela criação de galinhas Leghorn ou Rhode Island Red. Eu sempre tinha amado esses saltos do transcendental ao estranho, do teatro elisabetano à Gnose, do platonismo à acupuntura. Tinha até o propósito de um dia gravar, por meio de um dispositivo oculto embaixo de algum móvel, essas conversas, cujo registro demonstraria quão vertiginoso é o processo elíptico do pensamento e da linguagem. Nessas ginásticas mentais, nessas altas acrobacias da cultura, de resto, eu encontrava justificação para muitas desordens morais que, em outras pessoas, seriam odiosas. Mas a escolha entre homens e homens não era muito problemática. De um lado estavam os mercadores, os negociantes, para os quais eu trabalhava durante o dia e que só sabiam gastar seu ganho em diversões tão tolas, tão vazias de imaginação, que por força me sentia um animal de outra pelagem. Do outro estavam os que aqui se encontravam, felizes por terem topado com algumas garrafas de bebida, fascinados com os Poderes que Extieich lhes prometia, sempre fervilhantes de projetos grandiosos. Na implacável ordenação da urbe mo-

14 Referência às comunidades agrícolas que se estabeleceram nos EUA entre 1848 e 1856, inspiradas nas propostas do socialista utópico francês Étienne Cabet (1788-1856).

derna, estes cumpriam com uma forma de ascetismo, renunciando aos bens materiais, padecendo fome e penúrias em troca de um problemático encontro de si mesmos na obra realizada. Nesta noite, contudo, tais homens me cansavam tanto quanto os da cifra e do lucro. Acontece que, no fundo de mim mesmo, estava impressionado com a cena na casa do Curador e não me deixava enganar pela recepção entusiástica do filme publicitário que tanto trabalho me custara. Os paradoxos emitidos acerca da publicidade e da arte em equipe não passavam de maneiras de peneirar o passado, buscando justificativas para o pouco que a própria obra havia alcançado. Aquilo que eu acabara de realizar me satisfazia tão pouco, pelo aspecto irrisório da sua finalidade, que, quando Mouche se aproximou com o elogio engatilhado, mudei abruptamente de assunto, contando-lhe minha aventura da tarde. Para minha grande surpresa, ela me abraçou, clamando que a notícia era *formidável*, pois confirmava o vaticínio de um sonho recente em que ela se vira voando junto a grandes aves de plumagem cor de açafrão, que significava inequivocamente: *viagem e sucesso, transformação por mudança.* E sem me dar tempo para emendar o equívoco, ela se entregou aos grandes clichês do desejo de evasão, do chamado do desconhecido, dos encontros fortuitos, num tom que algo devia aos Sirgadores Flechados e às Incríveis Flóridas de *O Barco Ébrio.* Logo a atalhei, contando como eu tinha escapado da casa do Curador sem aproveitar o oferecimento. "Mas isso é absolutamente cretino!", exclamou. "Você podia ter pensado em mim!" Expliquei que eu não dispunha do dinheiro suficiente para lhe pagar uma viagem até regiões tão remotas; que, por outro lado, a Universidade só arcaria, se fosse o caso, com as despesas de uma pessoa. Depois de um silêncio desagradável, em que seus olhos adquiriram uma feia expressão de despeito, Mouche desatou a rir. "E tínhamos aqui o pintor da *Vênus* de Cranach!"... Minha amiga então me explicou a ideia que de repente lhe ocorrera: para chegar aonde viviam os povos que tocavam o tambor-bastão e o vaso funerário, tínhamos que ir, primeiro, à grande cidade tropical, famosa pela beleza das suas praias e pelo colorido da sua vida popular; tratava-se apenas de permanecer lá, dando uma ou outra escapada até a selva que diziam estar próxima, deixando-nos viver agradavelmente até onde o dinheiro desse. Ninguém estaria presente para saber se eu seguia mesmo o itinerário imposto à minha tarefa de coleta. E, para sair com honra, ao voltar eu entregaria alguns instrumentos "primitivos" — perfeitos, científicos, fidedignos — impecavelmente executados, de acordo com meus esboços e medidas, pelo pintor amigo, grande aficionado das artes primitivas, e tão diabolicamente habilidoso em lavores de artesanato, cópia e reprodução, que vivia de falsificar o estilo dos mestres; entalhava virgens catalãs do século XIV com desdouros, roídas de insetos e rachaduras, atingindo sua máxima realização com a venda de uma *Vênus* de Cranach para o Museu de Glasgow, por ele executada e envelhecida em algumas semanas. Tão suja, tão torpe me pareceu sua proposta, que a recusei enojado. A Universidade se ergueu na minha mente com a majestade de um templo contra cujas colunas brancas ela me estivesse convidando a atirar imundícies. Falei longamente, mas Mouche não me escutava. Voltou ao estúdio, onde deu a notícia da nossa viagem, que foi recebida com gritos de júbilo. E agora, sem fazer caso de mim, ia de aposento em aposento, em alegre agitação, arrastando malas, dobrando e desdobrando roupas, listando coisas a comprar. Ante tamanho desembaraço, mais ofensivo que o escárnio, saí do apartamento batendo a porta. Mas a rua me foi particularmente triste, nessa noite de domingo, já temerosa das angústias da segunda-feira, com seus cafés desertados por quem já pensava na hora de amanhã e procurava as chaves de casa à luz de postes que vertiam coladas de estanho sobre o asfalto molhado. Estaquei, indeciso. Na minha casa me esperava a desordem deixada por Ruth na sua partida;

o molde da sua cabeça no travesseiro; os cheiros do teatro. E quando soasse uma campainha, seria o despertar sem objeto e o medo de me deparar com um personagem, tirado de mim mesmo, que costumava me esperar a cada ano no limiar das minhas férias. O personagem cheio de recriminações e palavras amargas que eu tinha visto aparecer horas antes no espelho barroco do Curador para despejar as velhas cinzas. A necessidade de revisar os equipamentos de sincronização e de preparar novos locais revestidos de materiais isolantes propiciava, no início de cada verão, aquele encontro que promovia uma troca de carga, pois onde eu largava minha pedra de Sísifo[15] já me montavam outra no ombro ainda esfolado, e não saberia dizer se, às vezes, eu não chegava a preferir o peso do granito ao peso do juiz. Uma bruma surgida dos cais próximos se elevava sobre as calçadas, esfumando as luzes da rua em irisações que atravessavam, como agulhadas, os pingos caídos de nuvens baixas. Fechavam-se as grades dos cinemas sobre os pisos de longos saguões, polvilhados de ingressos rasgados. Mais adiante eu teria que atravessar a rua deserta, friamente iluminada, e subir a ladeira até o Oratório em sombras, onde roçaria sua grade com os dedos, contando cinquenta e duas barras. Encostei-me num poste, pensando no vazio de três semanas à toa, breves demais para realizar algo, e que seriam cada vez mais amargas, à medida que avançasse o calendário, pelo sentimento da oportunidade desprezada. Eu não tinha dado um passo para a missão proposta. Tudo viera ao meu encontro, e eu não era responsável por uma valoração exagerada das minhas capacidades. O Curador, no fim das contas, nada de-

15 Na mitologia grega, Sísifo, assim como Prometeu, recebeu um castigo exemplar de Zeus pela ousadia de enganar os deuses: foi condenado a carregar, por toda a eternidade, uma grande pedra montanha acima e, quase chegando ao topo, vê-la rolar até o sopé. Albert Camus (1913-60) o explorou no ensaio filosófico *O mito de Sísifo* (1941), que indaga o absurdo da condição humana, e Alejo Carpentier o retomou como representação alegórica do sujeito moderno.

sembolsaria, e quanto à Universidade, dificilmente seus eruditos, envelhecidos entre livros, sem contato direto com os artesãos da selva, perceberiam a fraude. Afinal, os instrumentos descritos por frei Servando de Castillejos não eram obras de arte, mas objetos devidos a uma técnica primitiva, ainda presente. Se os museus entesouravam mais de um Stradivarius suspeito, não seria um grande delito, em suma, falsificar um tambor de selvagens. Os instrumentos pedidos podiam ser de feitura antiga ou atual... "Esta viagem estava escrita na parede", ouvi de Mouche quando me viu voltar, apontando as figuras do Sagitário, do Navio Argo e da Cabeleira de Berenice, mais delineadas nos seus traços ocres, agora que tinham atenuado a luz.

De manhã, enquanto minha amiga encaminhava os trâmites consulares, fui à Universidade, onde o Curador, de pé desde bem cedo, trabalhava no reparo de uma viola d'amore, na companhia de um luthier de avental azul. Ele me viu chegar sem surpresa, olhando-me por cima dos óculos. "Parabéns!", disse, sem que eu soubesse ao certo se queria me felicitar pela minha decisão ou adivinhava que, se naquele momento eu podia concatenar duas ideias, era graças a uma droga que Mouche me dera ao acordar. Logo fui levado ao gabinete do Reitor, que me fez assinar um contrato e me entregou o dinheiro da viagem, mais um papel detalhando os principais pontos da tarefa confiada. Atônito com a rapidez do acerto, ainda sem ter uma ideia muito clara do que me esperava, em seguida me vi numa longa sala deserta, onde o Curador me suplicou que o aguardasse um momento, enquanto ia à biblioteca para cumprimentar o decano da Faculdade de Filosofia, recém-chegado do congresso de Amsterdã. Observei com agrado que aquela galeria era um museu de reproduções fotográficas e de moldes em gesso, destinado aos estudantes de História da Arte. De súbito, a universalidade de certas imagens — uma Ninfa impressionista, uma família de Manet, o misterioso olhar de

Madame Rivière — me transportou aos dias já distantes em que eu tentara aliviar uma aflição de viajante desapontado, de peregrino frustrado pela profanação de Santos Lugares, no mundo — quase sem janelas — dos museus. Eram os meses em que eu visitava lojas de artesãos, camarotes de ópera, jardins e cemitérios das estampas românticas, antes de assistir com Goya aos combates do *Dois de Maio* ou de segui-lo no *Enterro da Sardinha*, cujas máscaras inquietantes tinham mais de penitentes bêbados, de capetas de auto sacramental, que de fantasias de folguedo. Depois de um descanso entre os lavradores de Le Nain, cairia em pleno Renascimento, graças a algum retrato de *condottiero*, desses que cavalgam cavalos mais mármore que carne, entre colunas enfeitadas de bandeirolas. Às vezes me agradava conviver com os burgueses medievais, que tão abundantemente entornavam seu vinho de ervas, faziam-se pintar com a Virgem doada — para registro da doação —, trinchavam leitoas de tetas chamuscadas, punham para brigar seus galos flamengos e enfiavam a mão no decote de rameiras de ceroso semblante que, mais que lascivas, pareciam moças alegres de tarde de domingo, gozando a vênia de voltar a pecar após a absolvição de um confessor. Uma fivela de ferro, uma bárbara coroa ouriçada de farpas malhadas, que logo levavam à Europa merovíngia, de florestas profundas, terras sem caminhos, migrações de ratos, feras famosas por chegarem espumando de raiva, em dia de feira, até a Praça Maior de uma cidade. Depois eram as pedras de Micenas, as galas sepulcrais, as pesadas olarias de uma Grécia tosca e aventureira, anterior aos seus próprios classicismos, toda cheirando a reses assadas na chama, a lã cardada e estrume, a suor de garanhões no cio. E assim, de degrau em degrau, alcançava as vitrines dos raspadores, machados, facas de sílex, à beira dos quais me demorava, fascinado pela noite do magdaleniano, solutreano, pré-chelense, sentindo-me chegado aos confins do homem, àquele limite do possível que podia ter sido, segundo certos cosmógrafos primitivos, a borda da terra plana, lá onde, espiando a vertigem sideral do infinito, devia-se ver o céu *também abaixo*... O *Cronos* de Goya me devolveu à época, pelo caminho de vastas cozinhas enobrecidas de *bodegones*. O síndico acendia seu cachimbo com uma brasa, a criada escaldava uma lebre na fervura de um grande caldeirão, e, por uma janela aberta, via-se a lida das fiandeiras no silêncio do pátio sombreado por um olmo. Diante das conhecidas imagens eu me perguntava se, em épocas passadas, os homens também sentiriam saudade de épocas passadas, assim como eu, nesta manhã de verão, sentia saudade — como se os tivesse conhecido — de certos modos de viver que o homem perdera para sempre.

Capítulo dois

Ha! I scent life!
[Ah! Eu farejo vida!]

Shelley

4
(Quarta-feira, 7 de junho)

Fazia alguns minutos que nossos ouvidos nos avisavam que estávamos descendo. De repente as nuvens ficaram acima, e o voar do avião se tornou vacilante, como desconfiado de um ar instável que o soltava inesperadamente e o recolhia, deixava uma asa sem apoio, e logo o entregava ao ritmo de ondas invisíveis. À direita erguia-se uma cordilheira verde-musgo, esfumada pela chuva. Lá, em pleno sol, estava a cidade. O jornalista que se instalara ao meu lado — pois Mouche dormia atravessada nas poltronas de trás — falava-me com um misto de sarcasmo e carinho daquela capital dispersa, sem estilo, anárquica na sua topografia, cujas primeiras ruas já se desenhavam abaixo de nós. Para continuar crescendo ao longo do mar, sobre uma estreita faixa de areia delimitada pelos morros que serviam de base para as fortificações construídas por ordem de Felipe II, a povoação tivera que travar uma guerra de séculos com os manguezais, a febre amarela, os insetos e a impassibilidade de penhascos de rocha negra que se levantavam, aqui e ali, inescaláveis, solitários, polidos, com um quê de tiro de aerólito disparado por mão celestial. Essas massas inúteis, erguidas entre os edifícios, as torres das igrejas modernas, as antenas, os campanários antigos, os domos do início do século, falseavam as realidades da escala, estabelecendo outra nova, que não era a do homem, como se fossem edificações destinadas a um uso desconhecido, obra de uma civilização inimaginável, abismada em noites remotas. Durante centenas de anos se lutara contra raízes que levantavam os pisos e rachavam os muros; mas quando um rico proprietário viajava a Paris por alguns meses, deixando a custódia da sua residência à criadagem indolente, as raízes aproveitavam o descuido de canções e sestas para arquear o lombo em toda parte, acabando em vinte dias com a melhor intenção funcional de Le Corbusier. Tinham expulsado as palmeiras dos subúrbios traçados por eminentes urbanistas, mas as palmeiras ressurgiam nos pátios das casas coloniais, dando uma colunar apostura de aleia às avenidas centrais — as primeiras que foram traçadas, a ponta de espada, no lugar mais apropriado, pelos fundadores da vila primitiva. Dominando o formigueiro das ruas de Bolsas e jornais, por sobre os mármores dos Bancos, a riqueza dos Mercados, a brancura dos prédios públicos, elevava-se sob um sol em perene canícula o mundo das balanças, caduceus, cruzes, gênios alados, bandeiras, trombetas da Fama, rodas dentadas, martelos e vitórias, com que se proclamavam, em bronze e pedra, a abundância e prosperidade da urbe exemplarmente legislada nos seus textos. Mas, quando chegavam as chuvas de abril, o escoamento era sempre insuficiente, e vários pontos do centro se alagavam, causando tamanho transtorno no trânsito que os veículos, desviados para bairros desconhecidos, derrubavam estátuas, perdiam-se em becos sem saída, chocando-se às vezes contra morros que não se revelavam aos forasteiros nem aos visitantes ilustres, pois eram habitados por gente que passava a vida a meio vestir, afinando o *guitarrico*, castigando o tambor e bebendo rum em canecas de lata. A luz elétrica penetrava por toda parte, e a mecânica trepidava sob o pinga-pinga das goteiras. Aqui as técnicas eram assimiladas com surpreendente facilidade, aceitando-se como rotina cotidiana certos métodos que eram cautelosamente experimentados, ainda, pelos povos de velha história. O progresso se refletia na lisura dos gramados, no fausto das embaixadas, na multiplicação dos pães e dos vinhos, na satisfação dos comerciantes, cujos decanos chegaram a conhecer o terrível tempo dos anófeles. Contudo, havia algo como um pólen maligno no ar — pólen duende, impalpável pó de caruncho, mofo volante — que se punha a agir, de repente, com misteriosos desígnios, para abrir o fechado e fechar o aberto, desarranjar os cálculos, alterar o peso dos objetos, malograr o garantido. Uma manhã, as ampolas de soro de um hospital amanheciam cheias de fungos; os aparelhos de precisão se desajustavam; certas bebidas começavam a borbulhar dentro das garrafas; o Rubens do Museu Nacional era roído por um parasita desconhecido que desafiava os ácidos; as pessoas se precipitavam aos guichês de um banco onde nada havia ocorrido, levadas ao pânico pelos avisos de uma negra velha que a polícia procurava em vão. Quando essas coisas aconteciam, uma só explicação era aceita como boa entre os entendidos nos segredos da cidade: "É o Verme!". Ninguém nunca vira o Verme. Mas o Verme existia, entregue às suas artes de confusão, surgindo onde menos se esperava, para desconcertar a mais curtida experiência. De resto, as chuvas de raios em tempestade seca eram frequentes e, a cada dez anos, centenas de casas eram derrubadas por um ciclone que iniciava sua dança circular em algum lugar do Oceano. Como já estávamos voando muito baixo em direção à pista de aterrissagem, perguntei ao meu companheiro sobre aquela casa tão vasta e agradável, toda rodeada de jardins em terraços, com estátuas e fontes que desciam até a beira do mar. Soube que lá morava o novo Presidente da República e que, por poucos dias, eu perdera os festejos populares, com desfiles de mouros e romanos, que acompanharam sua posse solene. Mas a bela residência já desaparece sob a asa esquerda do avião. E logo é o prazeroso regresso à terra, o rodar em solo firme, e a saída dos ensurdecidos para o balcão dos carimbadores, a responder às perguntas com cara de culpado. Atordoado por um ar diferente, esperando os que, sem nenhuma pressa, haverão de examinar o conteúdo das nossas malas, penso que ainda não me acostumei à ideia de me encontrar tão longe dos meus caminhos costumeiros. E ao mesmo tempo há algo como uma luz recuperada, um cheiro quente de mato, de água do mar que o céu parece embeber em profundidade, chegando ao mais fundo dos seus verdes — e também certa mudança da brisa que traz o fedor de crustáceos podres em alguma furna da costa. Ao amanhecer, quando voávamos entre nuvens sujas, cheguei a me arrepender de encarar essa viagem; tive vontade de aproveitar a primeira escala para regressar o quanto antes e devolver o dinheiro à Universidade. Eu me sentia prisioneiro, sequestrado, cúmplice de algo execrável, nessa clausura do avião, com o ritmo em três tempos, oscilante, da envergadura empenhada na luta contra um vento adverso que lançava, por momentos, uma tênue chuva sobre o alumínio das asas. Mas agora uma estranha voluptuosidade adormece meus escrúpulos. E uma força me penetra lentamente pelos ouvidos, pelos poros: o idioma. Eis aqui, pois, o idioma que falei na minha infância; o idioma em que aprendi a ler e a solfejar; o idioma embolorado na minha mente pelo pouco uso, deixado de lado como ferramenta inútil, num país onde me serviria de pouco. *Estos, Fabio, ¡ay dolor!, que ves ahora.*[1] Estes, Fábio... Volta à minha mente, depois de longo esquecimento, esse verso citado como exemplo de interjeição numa pequena gramática que deve estar guardada em algum canto com um retrato da minha mãe e uma mecha de cabelo loiro que me cortaram quando eu tinha seis anos. E é o idioma desse verso o que agora se estampa nos letreiros das casas comerciais que vejo pelas vidraças da sala de espera; o mesmo que gargalha e se deforma na fala dos carregadores negros; que se faz caricatura num *¡Biva el Precidente!*, cujos erros de ortografia aponto a Mouche, com orgulho de quem, a partir deste momento, será seu guia e intérprete na cidade desconhecida. Essa repen-

1 "Estes, Fábio, oh, dor!, que vês agora." Verso inicial do poema-canção *A las ruinas de Itálica*, do andaluz Rodrigo Caro (1573-1647).

tina sensação de superioridade em relação a ela vence meus últimos escrúpulos. Não me arrependo de ter vindo. E penso numa possibilidade que até agora não havia imaginado: em algum lugar da cidade devem estar à venda os instrumentos cuja coleta me foi encomendada. Seria inverossímil que alguém — um vendedor de objetos curiosos, um explorador cansado de andanças — não tivesse pensado em tirar proveito de coisas tão apreciadas pelos forasteiros. Eu conseguiria encontrar essa pessoa, e assim calaria o desmancha-prazeres que levava dentro de mim. Tão boa me pareceu a ideia que, quando já rodávamos em direção ao hotel por ruas de bairros populares, mandei o carro parar em frente a um belchior que talvez já fosse a providência esperada. Era uma casa de grades muito intrincadas, com gatos velhos em todas as janelas e balcões onde dormitavam uns papagaios plumiarrepiados, como que poeirentos, que pareciam uma vegetação musgosa nascida da fachada verdosa. Nada sabia o quinquilheiro-antiquário sobre os instrumentos que me interessavam e, para chamar minha atenção sobre outros objetos, mostrou-me uma grande caixa de música na qual umas borboletas douradas, montadas em marteletes, tocavam valsas e mazurcas numa espécie de saltério. Sobre mesas cobertas de copos sustentados por mãos de cornalina havia retratos de freiras professas coroadas de flores. Uma Santa de Lima, saindo do cálice de uma rosa num buliçoso revoar de querubins, dividia uma parede com cenas de tauromaquia. Mouche se encantou com um hipocampo achado entre camafeus e pingentes de coral, apesar de eu advertir que poderia encontrar outros iguais em qualquer parte. "É o hipocampo negro de Rimbaud!", respondeu, pagando o preço daquela coisa poeirenta e literária. Eu queria comprar um terço filigranado, de feitio colonial, que estava numa vitrine; mas era caro demais para mim, pois tinha a cruz adornada com pedras verdadeiras. Ao sair daquela loja, sob o misterioso letreiro de

Rastro de Zoroastro,[2] minha mão roçou um pé de manjericão plantado num vaso. Parei, profundamente comovido, ao reencontrar o perfume que sentia na pele de uma menina — María del Carmen, filha daquele jardineiro… — quando brincávamos de casinha no quintal de uma casa sombreada por um grande tamarindo, enquanto minha mãe tateava ao piano alguma *habanera* de recente edição.

5
(Quinta-feira, 8)

Minha mão sobressaltada procura, sobre o mármore da mesa de cabeceira, aquele despertador que está tocando, quem sabe, muito acima no mapa, a milhares de quilômetros de distância. E preciso refletir um pouco, lançando um longo olhar à praça, entre persianas, para entender que meu hábito — o de todas as manhãs, lá — foi iludido pelo triângulo de um vendedor ambulante. Ouve-se depois a flautinha de Pã de um amolador de tesouras, estranhamente combinada com o melismático pregão de um gigante negro que leva uma cesta de lulas na cabeça. As árvores, balançadas pela brisa matinal, nevam de branca penugem uma estátua de prócer que tem um quê de Lord Byron no tormentoso encrespamento da gravata de bronze, e também um quê de Lamartine, pelo jeito de apresentar uma bandeira a amotinados invisíveis. Ao longe repicam os sinos de uma igreja com um daqueles ritmos paroquiais, conseguido com o dependurar-se das cordas, que ignoram os carrilhões elétricos das falsas torres góticas do meu país. Mouche, dormindo, atravessou seu corpo na cama de tal maneira que não sobra espa-

2 Em castelhano, *rastro* comporta o sentido de bricabraque ou brechó, além das demais acepções que também se dão em português. Há, portanto, um jogo de palavras no nome rimado da loja.

ço para mim. Às vezes, incomodada pelo calor inabitual, tenta afastar o lençol, e assim enreda mais as pernas nele. Olho para ela longamente, um tanto ressentido com o fiasco da véspera: aquela crise de alergia provocada pelo perfume de uma laranjeira próxima, que chegou até nosso quarto andar, malogrando os grandes regozijos físicos que eu me prometera para aquela primeira noite de convivência com ela num clima novo. Eu então a acalmei com um sonífero, recorrendo em seguida à venda negra para mergulhar mais rapidamente meu despeito no sono. Volto a olhar por entre as persianas. Mais além do Palácio dos Governadores, com suas colunas clássicas sustentando um entablamento barroco, reconheço a fachada estilo Segundo Império do teatro onde, ontem à noite, à falta de espetáculos de cor mais local, fomos acolhidos, sob grandes lustres de cristal, pelos drapeados marmóreos das Musas escoltadas por bustos de Meyerbeer, Donizetti, Rossini e Hérold. Uma escada com curvas e floreio de rococó no corrimão nos conduzira à sala de veludos encarnados, com dentículos de ouro na borda dos balcões, onde se afinavam os instrumentos da orquestra, abafados pelas buliçosas conversas da plateia. Todo mundo ali parecia se conhecer. As risadas se acendiam e corriam pelos camarotes, e da sua penumbra quente emergiam braços nus, mãos que punham em movimento coisas resgatadas do outro século, como binóculos de madrepérola, lornhões e leques de plumas. A carne dos decotes, os seios elevados, os ombros tinham certa abundância branda e empoada que convidava à evocação do camafeu e do cobre-espartilho rendado. Pensava me divertir com os ridículos da ópera que seria representada dentro das grandes tradições da bravura, da coloratura, da fioritura. Mas o pano já subira sobre o jardim do castelo de Lammermoor, sem que o desusado de uma cenografia de falsas perspectivas, tramoias e ilusionismos atiçasse minha ironia. Ao contrário, eu me senti dominado pelo seu indefinível encanto, feito de vagas lembranças e remotos fragmentos de saudade. Essa grande rotunda de veludo, com seus decotes generosos, o lenço de renda aninhado entre os seios, as bastas cabeleiras, o perfume por vezes excessivo; esse palco onde os cantores perfilavam suas árias com as mãos no coração, em meio a uma portentosa vegetação de panos pendurados; esse complexo de tradições, comportamentos, modos de fazer, impossível já de remoçar numa grande capital moderna, era o mundo mágico do teatro, tal como poderia ter sido conhecido pela minha ardente e pálida bisavó, a de olhos ao mesmo tempo sensuais e velados, toda vestida de cetim branco, do retrato de Madrazo que tanto me fizera sonhar na infância, antes que meu pai tivesse que vender o óleo em tempo de penúria. Uma tarde em que fiquei sozinho em casa, descobri, no fundo de um baú, o livro com capas de marfim e fecho de prata onde a dama do retrato mantivera seu diário de noiva. Numa página, sob pétalas de rosa que o tempo tornara cor de tabaco, encontrei a descrição maravilhada de uma *Gemma di Vergy* cantada num teatro de Havana, que em tudo devia corresponder àquilo que eu contemplava esta noite. Já não esperavam fora os cocheiros negros de altas botas e cartola com roseta; não se balançariam no porto as lanternas das corvetas nem haveria tonadilha em fim de festa. Mas eram, no público, os mesmos rostos corados de deleite pela peça romântica; era a mesma desatenção a tudo que não fosse cantado pelas primeiras figuras e que, mal saído de páginas bem conhecidas, só servia de fundo melodioso para um vasto mecanismo de olhares insinuantes, de espiadas vigilantes, cochichos por trás do leque, risos abafados, notícias que iam e vinham, confidências, desdéns e trejeitos, num jogo de regras para mim desconhecidas, mas que eu observava com inveja de criança deixada fora de um grande baile de máscaras.

Na hora do intervalo, Mouche se declarou incapaz de suportar mais, pois aquilo — disse — era algo assim como "*Lucia* vista por Madame Bovary em Rouen". Embora a observação não fosse de todo desacertada, eu me senti subitamente irritado por uma presunção bem habitual na minha amiga, que a punha numa posição de hostilidade ao tomar contato com algo que ignorasse os códigos e subentendidos de certos ambientes artísticos que ela frequentava na Europa. Nesse momento, não desprezava a ópera porque algo tivesse realmente chocado sua limitadíssima sensibilidade musical, e sim porque era regra da sua geração desprezar a ópera. Vendo que de nada valia a argúcia de evocar a Ópera de Parma no tempo de Stendhal para fazê-la voltar à sua poltrona, saí do teatro muito contrariado. Sentia necessidade de discutir com ela asperamente, antecipando-me a um tipo de reação que poderia estragar os melhores prazeres desta viagem. Queria neutralizar de antemão certas críticas previsíveis para quem conhecia as conversas — plenas de preconceito intelectual — que se realizavam na sua casa. Mas logo veio ao nosso encontro uma noite mais funda que a noite do teatro: uma noite que se nos impôs pelos seus valores de silêncio, pela solenidade da sua presença carregada de astros. Podia rompê-la momentaneamente qualquer estridência do trânsito. Tornava em seguida a se fazer inteira, enchendo saguões e portões, espessando-se em casas de janelas abertas que pareciam desabitadas, pesando sobre as ruas desertas, de grandes arcadas de pedra. Um som nos fez parar, assombrados, e tivemos que caminhar várias vezes para comprovar a maravilha: nossos passos ressoavam na calçada em frente. Numa praça, defronte a uma igreja sem estilo, toda em sombras e estuques, havia uma fonte de tritões onde um cachorro peludo, apoiado nas patas traseiras, metia a língua com deleitoso chapinhar. Os ponteiros dos relógios não mostravam pressa, marcando as horas com critério próprio, de campanários vetustos e frontes municipais. Ladeira abaixo, rumo ao mar, adivinhava-se a agitação dos bairros modernos; e por mais que lá cintilassem, em caracteres luminosos, os invariáveis letreiros dos estabelecimentos noturnos, era bem evidente que a verdade da urbe, seu gênio e figura, se expressava aqui em signo de hábitos e de pedras. No final da rua nos encontramos diante de um casarão de amplos pórticos e musgoso telhado, cujas janelas se abriam para um salão adornado com velhos quadros de moldura dourada. Enfiamos a cabeça entre as grades, descobrindo que junto a um magnífico general de dragonas e quepe com penacho, ao lado de uma pintura notável que mostrava três damas passeando de coche, havia um retrato de Taglioni, com asinhas de libélula nas costas. As luzes estavam acesas em meio a cristais trabalhados, mas não se notava uma presença humana nos corredores que conduziam a outros cômodos iluminados. Era como se tudo estivesse preparado há um século para um baile ao qual ninguém comparecera. De repente, num piano a que o trópico dera sonoridade de espineta, soou a pomposa introdução de uma valsa tocada a quatro mãos. Em seguida, a brisa agitou as cortinas, e o salão inteiro pareceu esfumar-se numa revoada de tules e rendas. Quebrado o sortilégio, Mouche declarou que estava exausta. Quando mais eu ia me deixando levar pelo encanto dessa noite que me revelava o significado exato de certas lembranças vagas, minha amiga rompia a fruição de uma paz esquecida da hora, que poderia me levar sem cansaço até a alvorada. Lá, acima do telhado, as estrelas presentes pintavam talvez os vértices da Hidra, do Navio Argo, do Sagitário e da Cabeleira de Berenice, cujas representações adornariam o estúdio de Mouche. Mas teria sido inútil perguntar-lhe, pois ela ignorava tanto quanto eu — afora a das Ursas — a exata localização das constelações. Ao perceber agora o burlesco desse desconhecimento em quem vivia dos astros, desatei a rir, voltando-me para minha amiga. Ela abriu os olhos sem despertar, olhou-me sem me ver, suspirou profundamente e virou-se para a parede. Tive vontade de me deitar de novo; mas pensei que seria bom aproveitar seu sono para iniciar a busca dos instrumentos indígenas — a ideia me obcecava —, tal como eu planejara na véspera. Sabia que, ao me ver tão empenhado no propósito, ela me trataria, pelo menos, como ingênuo. Por isso, vesti-me às pressas e saí sem acordá-la.

O Sol, metido em cheio nas ruas, ricocheteando nos vidros, tecendo-se em filamentos inquietos nos espelhos-d'água, pareceu-me tão estranho, tão novo, que para comparecer diante dele tive que comprar óculos escuros. Depois tentei orientar meus passos para o bairro do casarão colonial, pensando que no seu entorno devia haver bricabraques e bazares. Subindo uma rua de calçadas estreitas, eu me detinha, aqui e ali, para contemplar os mostruários de pequenos comércios cuja decoração evocava artesanatos de outros tempos: eram as letras floreadas de *Tutilimundi*, *La Bota de Oro*, *Rey Midas* e *Arpa Melodiosa*, junto ao planisfério suspenso de um alfarrabista, que girava ao embalo da brisa. Numa esquina, um homem abanava a chama de um fogareiro sobre o qual se assava um pernil de novilho cravejado de alhos, cujas gorduras crepitavam em fumaça acre, sob um orvalhar de orégano, limão e pimenta. Mais adiante se ofereciam sangrias e *garapiñas*, sobre os óleos que escorriam do peixe frito. De súbito, um calor de fogaças mornas, de massa recém-assada, brotou dos respiradouros de um porão, em cuja penumbra lidavam, cantando, vários homens, brancos do cabelo à sola dos pés. Estaquei com deleitosa surpresa. Fazia muito tempo que estava esquecido dessa presença da farinha nas manhãs, lá onde o pão, amassado não se sabe onde, trazido de noite em caminhões fechados, como matéria vergonhosa, deixava de ser o pão que se parte com as mãos, o pão que o padre distribui depois de benzer, o pão que deve ser tomado com gesto deferente antes de se partir sua casca sobre a grande tigela de sopa de alho-poró ou de aspergi-lo com azeite e sal, para reencontrar um sabor que, mais que sabor de pão com azeite e sal, é o grande sabor mediterrâneo que já levavam agarrado à língua os companheiros de Ulisses. Este reencontro com a farinha, a descoberta de uma vitrine que exibia gravuras de cafuzos dançando *marinera*, me distraíam do objeto do meu vagar por ruas desconhecidas. Aqui me detinha diante de uma *Execução de Maximiliano*; ali folheava uma velha edição de *Los incas*, de Marmontel, com ilustrações que tinham algo da estética maçônica de *A flauta mágica*. Escutava um *Mambrú* cantado por crianças que brincavam num pátio cheirando a pudim. E assim, atraído agora pelo frescor matinal de um velho cemitério, caminhava à sombra dos seus ciprestes, entre túmulos que estavam como esquecidos em meio a campânulas e mato. Às vezes, atrás de um vidro embaçado de mofo, ostentava-se o daguerreótipo de quem jazia sob o mármore: um estudante de olhos febris, um veterano da Guerra de Fronteiras, uma poeta coroada de louros. Eu contemplava o monumento às vítimas de um naufrágio fluvial, quando, em algum lugar, o ar foi rasgado como papel encerado por uma descarga de metralhadoras. Eram os alunos de uma escola militar, sem dúvida, adestrando-se no manejo das armas. Houve um silêncio e voltaram a se enredar os arrulhos de pombas que enchiam o papo em torno dos vasos romanos.

Estos, Fabio, ¡ay dolor!, que ves agora,
campos de soledad, mustio collado,
fueron un tiempo Itálica famosa.[3]

Repetia e tornava a repetir esses versos que me voltavam aos pedaços desde que eu chegara, e finalmente se reconstruíram na minha memória, quando se ouviu de novo, com mais força, o matraquear das metralhadoras. Um menino passou a todo correr, seguido de uma mulher espavorida, descalça, com

3 "Estes, Fábio, oh, dor!, que vês agora,/ campos de solidão, triste outeiro,/ foram outrora Itálica famosa." Terceto de abertura de *A las ruinas de Itálica*, de Rodrigo Caro, cujo verso inicial foi citado anteriormente.

uma bacia de roupa molhada nos braços, que parecia fugir de um grande perigo. Uma voz gritou em algum lugar, atrás dos muros: "Começou! Começou!". Um tanto inquieto, saí do cemitério e voltei à parte moderna da cidade. Logo pude notar que as ruas estavam vazias de transeuntes e os comércios tinham fechado as portas e baixado suas cortinas metálicas com uma pressa que não prenunciava nada de bom. Apanhei meu passaporte, como se os carimbos estampados nas suas páginas tivessem algum poder protetor, quando uma gritaria me fez parar, realmente assustado, ao amparo de uma coluna. Uma multidão vociferante, fustigada pelo medo, desembocou de uma avenida, derrubando tudo para fugir de um forte tiroteio. Choviam cacos de vidro. As balas se chocavam nos postes de iluminação, fazendo vibrar seu metal como tubos de órgão que tivessem recebido uma pedrada. A lambada de um cabo de alta tensão acabou de esvaziar a rua, e o asfalto se incendiou em alguns pontos. Perto de mim, um vendedor de laranjas caiu de bruços, fazendo rolar as frutas que se desviavam e saltavam ao ser alcançadas por um chumbo rente ao chão. Corri até a esquina mais próxima, para me proteger sob uma arcada que tinha pendurados nos seus pilares bilhetes de loteria abandonados na fuga. Só um mercado de pássaros me separava agora dos fundos do hotel. Decidido pelo zumbido de uma bala que, depois de passar roçando meu ombro, furou a vitrine de uma farmácia, empreendi a corrida. Saltando por cima das gaiolas, atropelando canários, chutando beija-flores, derrubando poleiros de periquitos apavorados, consegui chegar a uma das portas de serviço que permanecera aberta. Um tucano, que arrastava uma asa quebrada, vinha saltando atrás de mim, como que buscando minha proteção. Atrás, erguida no guidão de um velocípede abandonado, uma soberba arara permanecia no meio da praça deserta, sozinha, aquecendo-se ao sol. Subi até nosso quarto. Mouche continuava dormindo, abraçada a um travesseiro, com a camisola pelos quadris e os pés enredados entre os lençóis. Já sossegado quanto à sua segurança, desci para o hall à procura de explicações. Falava-se numa revolução. Mas isso pouco significava para quem, como eu, ignorava a história daquele país em tudo o que fosse além do Descobrimento, da Conquista e das viagens de alguns religiosos que tivessem mencionado os instrumentos musicais dos seus primitivos habitantes. Portanto, me pus a interrogar todos aqueles que, pelos seus comentários acalorados, pareciam dispor de boa informação. Mas logo notei que cada qual dava uma versão particular dos eventos, citando os nomes de personalidades que, obviamente, eram letra morta para mim. Procurei então averiguar as tendências, os anseios dos grupos em conflito, mas não achei mais clareza. Quando pensava entender que se tratava de um movimento de socialistas contra conservadores ou radicais, de comunistas contra católicos, o jogo se embaralhava, invertiam-se as posições, e voltavam a citar certos sobrenomes, como se tudo o que ocorria fosse mais uma questão de indivíduos que de partidos. A cada rodada, eu me via devolvido à minha ignorância pela relação de fatos que pareciam histórias de guelfos e gibelinos, por seu surpreendente aspecto de arena familiar, de querela de irmãos inimigos, de luta travada por gente até ontem unida. Quando me aproximava daquilo que podia ser um conflito político próprio da época, conforme meu modo habitual de raciocinar, caía em algo que mais parecia uma guerra religiosa. Os confrontos entre aqueles que pareciam representar a tendência progressista e a posição conservadora se apresentavam, pelo incrível desajuste cronológico dos critérios, como uma espécie de batalha travada, por sobre o tempo, entre pessoas que viviam em séculos diferentes. "Muito justo", respondia-me um advogado de casaca, senhor à moda antiga, que parecia aceitar os eventos com surpreendente calma; "pense que nós, por tradição, estamos acostumados a ver Rousseau conviver com o Santo Ofício, e os pendões do emblema da Virgem com

O capital..." Nisso apareceu Mouche, muito angustiada, pois havia sido arrancada do sono pelas sirenes de ambulâncias que passavam, agora, em número crescente, embicando em pleno mercado de pássaros, onde, ao topar de súbito o falso obstáculo das gaiolas amontoadas, os motoristas freavam bruscamente, esmagando numa derrapada as últimas cotovias-do-norte e corrupiões que lá restavam. Ante a ingrata perspectiva da reclusão forçada, minha amiga se irritou enormemente contra os acontecimentos que transtornavam todos os seus planos. No bar, os forasteiros já haviam montado, entre copos, suas mal-humoradas rodas de baralho e dados, resmungando contra os estados mestiços que sempre tinham um motim engatilhado. Então soubemos que vários camareiros do hotel tinham desaparecido. Pouco depois os vimos passar, sob as arcadas em frente, armados de máuseres, com várias cartucheiras a tiracolo. Ao ver que conservavam as jaquetas brancas do serviço, caçoamos da sua apostura marcial. Mas, ao chegar à esquina mais próxima, os dois que marchavam à frente se dobraram, de repente, atingidos no ventre por uma rajada de metralhadora. Mouche deu um grito de horror, levando as mãos ao seu próprio ventre. Todos recuamos em silêncio até o fundo do hall, sem poder afastar os olhos daquela carne jacente sobre o asfalto rubro, já insensível às balas que ainda a penetravam, marcando novos pontos de sangue na alvura do linho. Agora, as piadas feitas pouco antes me pareceram abjetas. Se nesses países se morria por paixões para mim incompreensíveis, nem por isso a morte era menos morte. Ao pé de ruínas contempladas sem orgulho de vencedor, eu pusera o pé, mais de uma vez, sobre os corpos de homens mortos por defenderem razões que não podiam ser piores que as que aqui se invocavam. Nesse momento passaram vários carros blindados — restos da nossa guerra —, e, findo o rugir das suas cremalheiras, pareceu que o combate de rua tinha ganhado mais intensidade. Nas imediações da fortaleza de Felipe II, as descargas por momentos se fundiam num fragor compacto que já não permitia ouvir o estampido isolado, estremecendo o ar com uma ininterrupta deflagração que se achegava ou distanciava conforme a direção do vento, com embates de mar ao fundo. Às vezes, no entanto, havia uma pausa repentina. Parecia que tudo tinha acabado. Ouvia-se o choro de uma criança doente na vizinhança, um galo cantando, uma porta batendo. Mas, de repente, irrompia uma metralhadora e voltava o estrondo, sempre apoiado pelo lancinante ulular das ambulâncias. Um morteiro acabava de abrir fogo perto da catedral antiga, em cujos sinos às vezes batia uma bala com sonora martelada. "*Eh, bien, c'est gai!*",[4] exclamou ao nosso lado uma mulher de voz melodiosa e grave, com uma ponta de afetação, que se apresentou como canadense e pintora, divorciada de um diplomata centro-americano. Aproveitei a oportunidade para deixar Mouche conversando com alguém e tomar uma bebida forte que me fizesse esquecer a presença, tão próxima, dos cadáveres que acabavam de enrijecer ali, junto à calçada. Depois de um almoço de frios que não anunciava banquetes futuros, as horas da tarde transcorreram com incrível rapidez, entre leituras desalinhavadas, partidas de baralho, conversas levadas com a mente longe, que mal disfarçavam a angústia geral. Quando caiu a noite, Mouche e eu pegamos a beber desenfreadamente, trancados no nosso quarto, para não pensar demais naquilo que nos envolvia; por fim, ao conseguir a despreocupação suficiente para tanto, nos demos ao jogo dos corpos, achando uma voluptuosidade aguda e estranha em nos abraçarmos, enquanto outros, ao nosso redor, se entregavam a jogos de morte. Havia algo do frenesi que anima os amantes de danças macabras no afã de nos estreitarmos mais — de levar minha absorção a um grau de profundidade impossível — quando as balas zuniam ali mesmo, atrás das

4 "Ora, ora, a coisa está animada!"

persianas, ou se incrustavam, arrebentando o estuque, na cúpula que coroava o edifício. Por fim, adormecemos sobre o tapete claro do chão. E foi essa a primeira noite, em muito tempo, que deu repouso sem máscara nem drogas.

6
(Sexta-feira, 9)

No dia seguinte, impedidos de sair, procuramos nos adaptar à realidade de burgo sitiado, de navio em quarentena, que os eventos nos impunham. Mas, longe de induzir à preguiça, a trágica situação que reinava nas ruas se traduzira, entre estas paredes que nos defendiam do exterior, numa necessidade de fazer algo. Quem tinha um ofício tratava de montar seu ateliê ou escritório, como para demonstrar aos demais que, nas situações anômalas, era preciso se empenhar na continuidade de um afazer. No estrado de música da sala de jantar, um pianista executava os trinados e mordentes de um rondó clássico, buscando sonoridades de cravo sob as teclas demasiado duras. As segundas bailarinas de uma companhia de balé faziam barras ao longo do bar, enquanto a estrela aperfeiçoava lentos arabescos sobre o piso encerado, entre mesas encostadas nas paredes. Soavam máquinas de escrever em todo o edifício. Na sala de correspondência, os negociantes reviravam o conteúdo de grandes bolsas de couro de bezerro. Diante do espelho do seu quarto, o Kapellmeister austríaco, convidado pela Sociedade Filarmônica da cidade, regia o *Réquiem* de Brahms com gestos magníficos, ordenando as seções de fugato para um vasto coro imaginário. Na área de jornais e publicações, não restava uma revista, um romance policial, uma leitura distrativa. Mouche foi procurar seu traje de banho, pois tinham aberto as portas de um pátio resguardado, onde alguns poucos ociosos tomavam banho de sol em volta de uma fonte de mosaicos, entre arecas em vasos e rãs de cerâmica verde. Notei com certo alarme que os hóspedes precavidos haviam estocado cigarros, desabastecendo a tabacaria do hotel. Fui até a entrada do hall e olhei através da grade de bronze fechada. Lá fora, o tiroteio diminuíra de intensidade. Parecia haver como que pequenos grupos, guerrilhas, que ainda se enfrentavam em diferentes bairros, travando batalhas curtas, mas implacáveis, a julgar pela precipitação com que as armas eram disparadas. Nos telhados e terraços, soavam tiros esparsos. Havia um grande incêndio na parte norte da cidade: alguns afirmavam que era um quartel o que lá ardia. Dada a inexpressividade que tinham para mim os sobrenomes que pareciam dominar os eventos, desisti de fazer perguntas. Mergulhei na leitura de jornais velhos, encontrando certa diversão nas informações de localidades distantes, que muitas vezes se referiam a tormentas, cetáceos encalhados nas praias, casos de bruxaria. Quando deram onze horas — momento que eu aguardava com certa impaciência —, observei que as mesas do bar continuavam encostadas nas paredes. Soube-se então que os últimos empregados fiéis tinham partido, pouco depois do amanhecer, para se juntarem à revolução. Essa notícia, que não me pareceu por demais alarmante, provocou verdadeiro pânico entre os hóspedes. Abandonando suas ocupações, foram todos para o hall, onde o gerente tentava acalmar os ânimos. Ao saber que não haveria pão nesse dia, uma mulher rompeu a chorar. Nisso, uma torneira aberta cuspiu um gargarejo ferrugento, aspirando depois uma espécie de tirolesa que ecoou por toda a tubulação do edifício. Ao ver sumir o jato que brotava da boca do tritão, no meio da fonte, entendemos que a partir daquele momento só poderíamos contar com nossas reservas de água, que eram escassas. Falou-se em epidemias, em pragas que seriam agravadas pelo clima tropical. Alguém tentou contatar seu Consulado: os telefones estavam cortados, e sua mudez os tornava tão inúteis, assim manetas, com seu bracinho direito pendurado do gancho, que muitos os sacudiam, irritados, e os batiam contra as mesas para fazê-los falar. "É o Verme", dizia o gerente, repetindo a piada que, na capital, acabara se tornando a explicação para qualquer catástrofe. "É o Verme." E eu pensava na imensa exasperação do homem quando suas máquinas deixam de obedecer, enquanto andava à procura de uma escada de mão para alcançar a janelinha de um banheiro do quarto andar de onde poderia olhar para fora sem risco. Cansado de espiar um panorama de telhados, notei que algo surpreendente estava ocorrendo no nível das minhas solas. Era como se uma vida subterrânea se manifestasse, de repente, tirando das sombras uma multidão de bicharocos esquisitos. Pelos canos sem água, cheios de soluços remotos, chegavam estranhas lêndeas, migalhas cinza que caminhavam, cochonilhas de carapaça malhada e, como que atiçadas pelo sabão, umas centopeias curtas que se enrolavam ao menor susto, ficando imóveis no piso como uma diminuta espiral de cobre. Pela boca das torneiras surgiam antenas que tateavam, desconfiadas, sem exibir o corpo que as movia. Os armários se enchiam de ruídos quase imperceptíveis, papel roído, madeira raspada, e quem abrisse uma porta, de súbito, provocaria fugas de insetos ainda inábeis em correr sobre madeiras enceradas que, ao escorregar, ficavam de pernas para cima, fingindo-se de mortos. Um frasco de xarope deixado sobre uma mesa de cabeceira atraía uma procissão de formigas vermelhas. Havia bichos embaixo dos tapetes e aranhas olhando pelo buraco das fechaduras. Algumas horas de desordem, de desatenção do homem pelo edificado, bastaram, nesta cidade, para que as criaturas do húmus, aproveitando a secura dos encanamentos, invadissem a praça sitiada. Uma explosão próxima me fez esquecer os insetos. Voltei para o hall, onde o nervosismo chegava ao ápice. O Kapellmeister apareceu no alto da escada, batuta na mão, atraído pelas discussões gritadas dos presentes. Diante da visão da sua cabeça desgrenhada, do seu olhar severo e cenhudo, fez-se o silêncio. Todos nós o olhávamos com esperançosa expectativa, como se ele estivesse investido de extraordinários poderes para aliviar nossa angústia. Valendo-se de uma autoridade treinada pelo ofício, o maestro recriminou a covardia dos alarmistas e exigiu a imediata nomeação de uma comissão de hóspedes que fizesse um balanço exato da situação quanto à existência de alimentos no edifício; caso fosse necessário, ele, habituado a comandar homens, imporia o racionamento. Para aplacar os ânimos, terminou invocando o sublime exemplo do *Testamento de Heiligenstadt*.[5] Algum cadáver, algum animal morto estava apodrecendo ao sol, perto do hotel, pois um fedor de carniça penetrava pelas claraboias do bar, únicas janelas para o exterior que podiam permanecer abertas sem risco, no térreo, por estarem acima da mísula que arrematava o revestimento de mogno. Por outro lado, desde o meio da manhã, era como se as moscas tivessem se multiplicado, voando com exasperante insistência em torno das cabeças. Cansada de ficar no pátio, Mouche entrou no hall, amarrando a cinta do seu roupão atoalhado, reclamando de ter recebido apenas meio balde de água para se banhar, depois de tomar sol. Vinha acompanhada da pintora canadense de voz melodiosa e grave, quase feia, porém atraente, que se apresentara na véspera. Ela conhecia o país e encarava os eventos com uma despreocupação que tinha a virtude de aplacar a contrariedade da minha amiga, afirmando que logo a situação se resolveria. Deixei Mouche com sua nova amiga e, respondendo ao chamado do Kapellmeister, desci ao porão com os membros da comissão para inventariar os mantimentos. Logo constatamos que seria possível resistir ao cerco durante

5 Carta que Beethoven escreveu aos irmãos em 1802, na localidade de Heiligenstadt, arredores de Viena. Nela, depois de lamentar a surdez, confessa ter cogitado o suicídio, revela que só a arte o salvou e conclui afirmando que deseja apenas ter paciência à espera da morte. Não chegou a ser entregue aos irmãos e foi descoberta em março de 1827, entre seus pertences, após sua morte.

umas duas semanas, com a condição de não abusar das reservas. O gerente, auxiliado pelo pessoal estrangeiro do hotel, comprometeu-se a preparar para cada refeição uma comida simples da qual nós mesmos nos serviríamos nas cozinhas. Pisávamos uma serragem úmida e fresca, e a penumbra que reinava nessa dependência subterrânea, com seus gratos aromas gordos, convidava à preguiça. Já recobrado o bom humor, fomos inspecionar a adega, onde havia garrafas e tonéis para muito tempo... Ao ver que demorávamos para voltar, os outros desceram para as galerias do porão até nos encontrarem junto às bicas, bebendo em todas as vasilhas que tínhamos à mão. Nosso relatório provocou uma alegria contagiante. Com um tráfego generalizado de garrafas, a bebida foi subindo o edifício, do subsolo ao último andar, substituindo as máquinas de escrever pelos gramofones. A tensão nervosa das últimas horas se transformara, para a maioria, numa desmesurada vontade de beber, enquanto o fedor da carniça se tornava mais penetrante e os insetos estavam por toda parte. Só o Kapellmeister seguia de péssimo humor, imprecando contra os agitadores que, com sua revolução, tinham frustrado os ensaios do *Réquiem* de Brahms. No seu despeito, evocava uma carta na qual Goethe cantava a natureza domada, "para sempre liberta das suas loucas e febris comoções". "Aqui, a selva!", rugia, esticando seus longuíssimos braços, como quando arrancava um *fortissimo* da sua orquestra. A palavra "selva" me fez olhar para o pátio das arecas nos vasos, que tinham algo de palmeiras grandes quando vistas assim, da penumbra, na reverberação de paredes fechadas, acima, por um céu sem nuvens atravessado, por vezes, pelo voo de um urubu atraído pela carniça. Eu pensava que Mouche tinha voltado para sua espreguiçadeira; como não a vi lá, pensei que estivesse se trocando. Mas também não estava no nosso quarto. Depois de esperá-la por um momento, o álcool bebido tão de manhã, em doses generosas, me impôs o desejo de procurar por ela. Deixei o bar, como quem se lança a uma importante empresa, tomando a escada que partia do hall, entre duas cariátides de solene apostura marmórea. O acréscimo de uma aguardente local, de sabor amelaçado, àqueles álcoois conhecidos me deixara com o rosto como que insensível, subitamente ébrio, e ia do corrimão à parede com mãos de cego tateando no escuro. Quando me vi pisando em degraus mais estreitos, sobre uma espécie de escaiola amarela, percebi que tinha passado do quarto andar, depois de caminhar muitíssimo, ainda sem ter ideia de onde estava minha amiga. Mas seguia no rumo, suarento, obstinado, com uma tenacidade que não se distraía com o gesto irônico dos que se afastavam para me dar passagem. Percorria intermináveis corredores sobre um tapete encarnado com largura de caminho, diante de portas numeradas — intoleravelmente numeradas — que eu ia contando ao passar, como se isso fosse parte da tarefa imposta. De repente, uma forma conhecida me fez parar, titubeante, com a estranha sensação de que eu não tinha viajado, de que sempre estava *lá*, em algum dos meus trânsitos cotidianos, em alguma mansão do impessoal e sem estilo. Eu conhecia esse extintor de metal vermelho, com sua placa de instruções; eu conhecia, de muito tempo também, o tapete que pisava, os modilhões do teto, e aqueles algarismos de bronze atrás dos quais estavam os mesmos móveis, utensílios, objetos em idêntica disposição, ao lado algum cromo representando o pico Jungfrau, as cataratas do Niágara ou a Torre de Pisa. Essa ideia de não ter me movido passou a cãibra do meu rosto para o corpo. Deparado a uma noção de colmeia, eu me senti oprimido, comprimido, entre essas paredes paralelas, onde as vassouras abandonadas pelas faxineiras pareciam ferramentas deixadas por galeotes em fuga. Era como se eu estivesse cumprindo a pena atroz de andar por uma eternidade entre números, tábuas de um grande calendário encaixadas nas paredes — cronologia de labirinto, que podia ser a da minha existência, com sua perene obsessão da hora, dentro de uma pressa que só servia para me devolver, a cada manhã, ao ponto de partida da véspera. Já não sabia quem eu estava procurando naquele alinhamento de quartos, onde os homens não deixavam lembrança da sua passagem. Esmorecia com a realidade dos degraus que ainda teria de subir até chegar ao andar onde o edifício se despia de gessos e acantos, feito de cimento cinza com remendos de papel engomado nos vidros, para proteger os empregados da intempérie. O absurdo desse andar através do sobreposto me lembrou a Teoria do Verme, única explicação do trabalho de Sísifo, com pedra fêmea carregada nas costas, que eu estava cumprindo. O riso provocado por essa imagem despejou da minha mente o empenho de procurar Mouche. Eu sabia que quando ela bebia se tornava particularmente vulnerável a toda solicitação dos sentidos, e mesmo que isso não significasse uma vontade real de se aviltar, podia levá-la ao limiar das curiosidades mais equívocas. Porém isso agora perdia importância, dado o peso de chumbo que minhas pernas arrastavam. Voltei para nosso quarto em penumbra e desabei na cama, de bruços, mergulhando num sono logo atormentado por pesadelos que circulavam em torno de ideias de calor e de sede.

Estava com a boca seca, de fato, quando ouvi alguém chamar por mim. Mouche estava em pé, ao meu lado, junto da pintora canadense que tínhamos conhecido no dia anterior. Pela terceira vez eu voltava a me encontrar com aquela mulher de corpo um tanto anguloso, cujo rosto de nariz reto sob uma testa teimosa mostrava certa impavidez estatuária que contrastava com uma boca inacabada, gulosa, de adolescente. Perguntei à minha amiga onde ela estivera durante todo aquele tempo. "Acabou a revolução", disse a modo de resposta. Parecia, de fato, que as estações de rádio estavam anunciando a vitória do partido eleito e o encarceramento dos membros do governo anterior, pois aqui, segundo me disseram, a passagem do poder à prisão era muito frequente. Eu já ia me alegrando com o fim da nossa reclusão quando Mouche me avisou que, por tempo indeterminado, haveria toque de recolher a partir das seis da tarde, com severíssimas sanções para quem fosse pego nas ruas depois dessa hora. Ao saber do estorvo que acabava com qualquer possibilidade de diversão na nossa viagem, propus o regresso imediato, que além disso me permitiria comparecer diante do Curador de mãos vazias, providencialmente eximido de devolver o dinheiro gasto no vão intento. Mas minha amiga já estava sabendo que as companhias aéreas, sobrecarregadas com solicitações semelhantes, não poderiam emitir nossas passagens antes de uma semana, no mínimo. De resto, não me pareceu que ela estivesse lá muito contrariada, e atribuí essa conformidade com os fatos à sensação de alívio que forçosamente provoca o desenlace de qualquer situação convulsiva. Foi então que a pintora, respondendo a uma palavra dela, me pediu para passarmos alguns dias na sua casa em Los Altos, agradável localidade de veraneio, muito visitada pelos estrangeiros por causa do clima e das suas oficinas de prateiros, motivo pelo qual as disposições policiais eram aplicadas brandamente. Era lá que ela tinha seu estúdio, numa casa do século XVII, comprada por uma ninharia, cujo pátio principal parecia uma réplica do pátio da Posada de la Sangre, em Toledo. Mouche já aceitara o convite, sem me consultar, e falava de caminhos floridos de hortênsias silvestres, de um convento com altares barrocos, magníficos tetos artesoados e uma sala onde as professas se flagelavam ao pé de um Cristo negro, diante da horripilante relíquia da língua de um bispo, conservada em álcool para recordação da sua eloquência. Permaneci indeciso, sem responder, não tanto por falta de vontade, mas por me sentir um pouco mordido com a desconsideração da minha amiga, e, como o risco tinha passado, abri a janela para um entardecer que já começava a ser noite. Reparei então que as duas mulheres tinham vestido seus melhores trajes para descer ao salão. Ia caçoar disso quando notei na rua algo que muito me interessou: uma loja de mantimentos, que havia me chamado a atenção pelo seu nome incomum, *La fe en Dios*, com réstias de alhos pendendo das vigas, abria sua porta menor para dar entrada a um homem que se aproximava roçando as paredes, com um cesto pendurado no braço. Pouco depois voltou a sair, carregando pães e garrafas, com um charuto aceso. Como eu acordara com uma torturante necessidade de fumar e não restava tabaco no hotel, mostrei aquilo para Mouche, que já estava prestes a catar pontas de cigarro. Desci as escadas e, urgido pelo temor de que aquele comércio fechasse, atravessei a praça a todo correr. Já tinha vinte maços de cigarros nas mãos quando rebentou um forte tiroteio na esquina mais próxima. Vários franco-atiradores, posicionados na vertente interior de um telhado, responderam com rifles e pistolas por sobre a cumeeira. O dono da venda fechou a porta às pressas, passando grossas trancas nos batentes. Acabrunhado, me sentei numa banqueta, percebendo a imprudência que cometera em confiar nas palavras da minha amiga. A revolução podia ter acabado no que dizia respeito à tomada dos centros vitais da cidade, mas a perseguição dos grupos rebeldes continuava. Nos fundos da loja, várias vozes femininas zunzunavam o terço. Um odor de badejo em salmoura me atravessou a garganta. Virei umas cartas abandonadas no balcão, reconhecendo as figuras esquecidas de paus, copas, ouros e espadas do baralho espanhol. Agora, os disparos se tornavam mais esparsos. O vendeiro me olhava em silêncio, fumando um charuto, sob uma litografia representando a miséria de quem vende fiado e a feliz opulência de quem vende à vista. A calma que reinava dentro dessa casa, o perfume dos jasmins que cresciam sob uma romãzeira no pátio interno, a água que pingava de uma talha antiga, tudo me embalou numa espécie de modorra: um dormir sem dormir, entre cabeceios que me devolviam ao circundante por alguns segundos. Deram oito horas no relógio de parede. Já não se ouviam tiros. Entreabri a porta e olhei em direção ao hotel. Em meio às sombras que o rodeavam, brilhava por todas as claraboias do bar e pelos lustres do hall que se avistavam através das grades do portal. Soavam aplausos. Ao ouvir em seguida os primeiros compassos de *Les Barricades mystérieuses*, deduzi que o pianista estava executando algumas das peças que ele estudara de manhã no piano do salão, e já havia bebido um bocado, pelo jeito, pois seus dedos muitas vezes escorregavam nos ornamentos e apogiaturas. No mezanino, atrás das persianas de ferro, dançava-se. O edifício inteiro estava em festa. Apertei a mão do vendeiro e me preparei para correr, quando soou um tiro — um só — e uma bala zuniu a poucos metros, a uma altura que podia ser a do meu peito. Recuei, com um medo atroz. Eu conhecera a guerra, certamente; mas a guerra, vivida como intérprete do Estado-Maior, era coisa diversa: o risco se distribuía entre vários e o recuo não dependia apenas de você. Aqui, ao contrário, estivera a um triz de a morte me pegar por minha própria culpa. Mais de dez minutos se passaram sem que um estampido rasgasse a noite. Mas quando eu me perguntava se voltaria a sair, ouviu-se outro disparo. Parecia haver um atirador solitário, atocaiado em algum ponto, que, de quando em quando, esvaziava sua arma — uma velha garrucha, sem dúvida — para manter a rua deserta. Poucos segundos bastariam para eu chegar até a calçada em frente; mas nesses poucos segundos eu travaria um terrível jogo de azar. Pensava, por inesperada associação de ideias, no jogador de Buffon[6] que lança uma vareta sobre um tablado, na esperança de que não se cruze com as paralelas das tábuas. Aqui as paralelas eram aquelas balas disparadas sem alvo nem tino, alheias aos meus desígnios, que cortavam o espaço exterior quando menos se esperava, e me aterrava a evidência de que

6 Referência ao experimento conhecido como "agulha de Buffon", idealizado pelo naturalista e matemático Georges-Louis Leclerc, conde de Buffon (1707-88),

eu pudesse ser a vareta do jogador, e que, num ponto, num ângulo de incidência possível, minha carne se encontraria na trajetória do projétil. Por outro lado, a presença de uma fatalidade não intervinha nesse cálculo de probabilidades, pois de mim dependia arriscar-me a perder tudo para não ganhar nada. Eu devia reconhecer, enfim, que não era o desejo de voltar ao hotel o que me mantinha exasperado numa banda da rua. Repetia-se aquilo que horas antes me impulsionara, dentro da minha embriaguez, a andar através daquele edifício de muitos corredores. Minha impaciência presente devia-se à minha pouca confiança em Mouche. Pensando nela daqui, neste lado do fosso, à beira do odioso tablado das probabilidades, ela me parecia capaz das piores perfídias físicas, embora nunca tivesse podido formular uma acusação concreta contra ela, desde que nos conhecemos. Não havia nenhum fato em que eu pudesse basear minha desconfiança, meu eterno receio; mas sabia muito bem que sua formação intelectual, rica em ideias justificadoras de tudo, em argumentos-pretextos, podia induzi-la a se prestar a qualquer experiência insólita, propiciada pela anormalidade do meio que esta noite a envolvia. Considerava, por isso mesmo, que não valia a pena desafiar a morte apenas para tirar uma dúvida. No entanto, não podia tolerar a ideia de que ela estava lá, naquele edifício habitado pela embriaguez, livre do peso da minha vigilância. Tudo era possível naquela casa de confusão, com suas adegas escuras e seus quartos incontáveis, afeitos aos acoplamentos que não deixam rastros. Não sei por que se insinuou na minha mente a ideia de que aquele leito da rua que cada tiro alargava, aquele fosso, aquela brecha que cada bala tornava mais intransponível, era como uma advertência, como uma prefiguração de acontecimen-

para calcular o número pi por aproximação. Resume-se a lançar repetidas vezes uma agulha sobre um tablado, registrar quantas vezes a agulha cruza uma das junções paralelas das tábuas e aplicar uma fórmula estatística sobre esses resultados.

tos iminentes. Nesse instante, ocorreu algo estranho no hotel. As músicas, os risos se romperam a um só tempo. Ouviram-se gritos, choros, apelos em todo o edifício. Apagaram-se umas luzes, outras se acenderam. Havia como que uma surda comoção lá dentro; um pânico sem fuga. E de novo rebentou o tiroteio na esquina mais próxima. Mas desta vez vi aparecer várias patrulhas de infantaria, com armas longas e metralhadoras. Os soldados começaram a avançar lentamente, por trás das colunas dos átrios, chegando ao ponto onde ficava a venda. Os franco-atiradores tinham abandonado o telhado, e as tropas regulares agora cobriam o trecho de rua que eu devia atravessar. Pedindo a escolta de um sargento, afinal cheguei ao hotel. Quando abriram a grade e entrei no hall, estaquei estupefato: sobre uma grande mesa de nogueira transformada em catafalco, jazia o Kapellmeister, com um crucifixo entre as lapelas do fraque. Quatro candelabros de prata com adornos de videiras sustentavam — à falta de outros mais apropriados — as velas acesas: o maestro fora derrubado por uma bala perdida, recebida na têmpora, ao se aproximar imprudentemente da janela do seu quarto. Olhei os rostos que o rodeavam: rostos por barbear, sujos, entumecidos por uma embriaguez pasmada pela morte. Os insetos continuavam entrando pela tubulação e os corpos cheiravam a suor azedo. No edifício inteiro reinava um fedor de latrinas. Magras, macilentas, as bailarinas pareciam espectros. Duas delas, ainda vestidas com os tules e malhas de um adágio dançado havia pouco, sumiram aos soluços nas sombras da grande escadaria de mármore. As moscas, agora, estavam em toda parte, zumbindo nas luzes, correndo pelas paredes, voando entre a cabeleira das mulheres. Lá fora, crescia a putrefação. Encontrei Mouche desabada na cama do nosso quarto, com uma crise nervosa. "Assim que amanhecer, nós a levaremos para Los Altos", disse a pintora. Os galos começaram a cantar nos quintais. Embaixo, sobre a calçada de granito, os candelabros de pompas fúnebres eram baixados de um caminhão preto e prata por homens vestidos de preto.

7
(Sábado, 10)

Tínhamos chegado a Los Altos pouco depois do meio-dia, num trenzinho de bitola estreita que parecia coisa de parque de diversões, e tanto me agradava o lugar que, pela terceira vez na tarde, me debrucei na pequena ponte sobre a torrente para contemplar o conjunto daquilo que já percorrera palmo a palmo, espiando indiscretamente as casas, nos meus passeios anteriores. Nada do que se oferecia ao olhar era monumental ou insigne; nada chegara ainda ao cartão-postal nem era elogiado em guias de viagem. No entanto, nesse rincão de província, onde cada esquina, cada porta cravejada correspondia a um modo particular de viver, eu encontrava um encanto que haviam perdido, nas povoações-museu, as pedras por demais manuseadas e fotografadas. Vista de noite, a cidade se mostrava como uma via-crúcis de cidade engastada na serra, com quadros edificantes e quadros infernais tirados das sombras pelas lâmpadas da iluminação pública. Mas aquelas quinze lâmpadas, sempre rodeadas de insetos, tinham a função isolante das candeias de retábulos, dos refletores de teatro, mostrando em plena luz as estações do sinuoso caminho que conduzia ao Calvário do Monte. Como em toda alegoria da vida reta e da vida pródiga os maus sempre ardem embaixo, a primeira lâmpada iluminava a taberna dos tropeiros, com suas aguardentes de uva, cana, agrião e amora, lugar de apostas e mau exemplo, com bêbados dormindo sobre os barris do alpendre. A segunda lâmpada se balançava sobre a casa de La Lola, onde Carmen, Ninfa e Esperanza aguardavam, de branco, rosa e azul, sob lanternas chinesas, sentadas no divã de veludo puído que pertencera a um Ouvidor da Real Audiência. No espaço da terceira lâmpada giravam os camelos, leões e avestruzes de um carrossel, enquanto as cadeirinhas penduradas de uma estrela giratória ascendiam até as sombras e delas regressavam — pois a luz não chegava lá no alto —, no tempo de passar o rolo perfurado da *Valsa dos patinadores*. Como que caída do céu da Fama, a claridade da quarta lâmpada branqueava a estátua do Poeta, filho ilustre da cidade, autor de um laureado *Hino à agricultura*, que continuava a versejar sobre uma folha de mármore com uma pena que destilava verdete, guiado pelo indicador de uma Musa de um braço só. Sob a quinta lâmpada não havia nada digno de nota, apenas um par de burros dormindo. A sexta era a da Gruta de Lourdes, trabalhosa construção de cimento e pedras trazidas de muito longe, obra tanto mais notável quando se pensa que, para fazê-la, foi preciso vedar uma gruta verdadeira que existia naquele lugar. A sétima lâmpada pertencia ao pinheiro verde-escuro e à roseira que sobressaía de um pórtico sempre fechado. Depois era a catedral de espessos contrafortes delatados na escuridão pela oitava lâmpada, que, por pender de um poste alto, alcançava o disco do relógio, cujos ponteiros estavam dormindo fazia quarenta anos, marcando, segundo a voz das beatas e santarronas, as sete e meia de um iminente Juízo Final que sentenciaria as mulheres desavergonhadas da vizinhança. A nona lâmpada correspondia ao Ateneu de atos culturais e comemorações patrióticas, com seu pequeno museu que guardava uma argola da qual estivera pendurada, por uma noite, a rede do herói da Campanha dos Penhascos, um grão de arroz no qual se copiaram vários parágrafos de *D. Quixote*, um retrato de Napoleão feito com o *x* de uma máquina de escrever e uma coleção completa das cobras venenosas da região, conservadas em frascos. Fechado, misterioso, emoldurado por duas colunas salomônicas cinza-escuro que sustentavam um compasso aberto de capitel a capitel, o edifício da loja maçônica ocupava todo o campo da décima lâmpada. Depois, era o Convento das Recolhidas, com seu arvoredo mal definido pela undécima lâmpada, por demais cheia de insetos mortos. Em frente era o quartel, que dividia a luz seguinte com o coreto dórico, cuja cúpula tinha sido partida por um raio, mas que ainda servia para retretas de verão, com o passeio da juventude, homens de um lado, mulheres do outro. No cone da décima terceira lâmpada empinava-se um cavalo verde, montado por um caudilho de bronze muito patinado pela chuva, cuja espada nua costumava cortar a neblina em duas correntes lentas. Depois era a faixa negra, tremelicante de velas e fogareiros, dos barracos dos índios, com suas pequenas estampas de nascimentos e velórios. Mais acima, na penúltima lâmpada, um pedestal de cimento aguardava o gesto sagitário do Bravo Flecheiro, matador de conquistadores, que os franco-maçons e comunistas encomendaram em entalhe de pedra para provocar os padres. Depois era a noite cerrada. E além dela, tão alta que parecia de outro mundo, a luz cimeira iluminando três cruzes de madeira, plantadas em montículos de pedras, onde mais batia o vento. Aí terminava o painel da via-crúcis urbana, com fundo de estrelas e de nuvens, salpicada de luzes menores que mal se enxergavam. Todo o resto era barro de telhados, que aos poucos se fundia, em sombras, com o barro da montanha.

Tomado do frio que descia dos cumes, eu agora voltava, caminhando por ruas tortuosas, para a casa da pintora. Devo dizer que essa personagem, em quem eu não prestara maior atenção nos dias anteriores — aceitando o acaso daquela convivência como teria aceitado qualquer outra —, desde que deixamos a capital estava me irritando cada vez mais, à medida que crescia na estima de Mouche. Aquela que de início me parecera uma figura incolor ia afirmando-se, de hora em hora, como uma força contrariante. Certa lentidão estudada, que dava peso às suas palavras, orientava as decisões miúdas que afetavam os três com uma autoridade, pouco firme mas tenaz, que minha amiga acatava com uma mansidão imprópria do seu caráter. Ela, tão dada a fazer dos seus caprichos lei, dava sempre razão a quem nos hospedava, mesmo que poucos minutos antes tivesse concordado comigo em desistir daquilo que agora empreendia com ostentoso prazer. Era um tal de sair quando eu queria ficar e um descansar quando eu falava em subir até as brumas da montanha que denotavam o sustentado desejo de agradar à outra, observando suas reações em constante adulação. Estava claro que Mouche concedia a essa nova amizade uma importância reveladora de quanta falta lhe fazia — passados tão poucos dias — certa ordem da realidade que tínhamos deixado para trás. Enquanto em mim as mudanças de altitude, a limpidez do ar, a variação dos costumes, o reencontro com a língua da minha infância estavam operando uma espécie de regresso, ainda vacilante mas já sensível, a um equilíbrio perdido havia muito tempo, nela se percebiam — embora ainda não o confessasse — indícios de tédio. Nada do que havíamos visto até agora correspondia, evidentemente, àquilo que ela desejava encontrar nesta viagem, caso desejasse mesmo encontrar algo. No entanto, Mouche costumava falar inteligentemente do tour que fizera pela Itália antes de nos conhecermos. Por isso, ao observar quão falsas ou infelizes eram suas reações diante deste país que nos apanhava de surpresa, desinformados, sem saber do seu passado, sem formação livresca a seu respeito, eu começava a me perguntar se, no fundo, aquelas suas agudas observações sobre a misteriosa sensualidade das janelas do Palazzo Barberini, a obsessão dos querubins nos céus de San Giovanni in Laterano, a quase feminina intimidade de San Carlo alle Quattro Fontane, com seu claustro todo em curvas e penumbras, não passavam de citações oportunas, adaptadas ao ritmo do dia, de coisas lidas, ouvidas, tomadas aos goles nas fontes de uso mais generalizado. Seus juízos ligeiros sempre respondiam a uma ordem estética do momento. Ia ao musgoso e umbroso quando falar de musgos e de sombras soava a novidade; por isso, diante um objeto ignorado, um fato dificilmente associável, um tipo de arquitetura não conhecida em algum livro, eu a via, de repente, como que desconcertada, hesitante, incapaz de formular uma opinião válida, comprando um hipocampo poeirento, por literatura, onde poderia adquirir uma rústica miniatura religiosa de Santa Rosa com a palma florida. Como a pintora canadense tinha sido amante de um poeta muito conhecido pelos seus ensaios sobre Lewis e Ann Radcliffe, Mouche, alvoroçada, voltava a se mover em terrenos de surrealismos, astrologia, interpretação dos sonhos, com tudo o que isso acarretava. Toda vez que se encontrava — o que não acontecia com frequência — com uma mulher que, conforme ela dizia nesses casos, "falava a mesma língua", Mouche se entregava a essa nova amizade com uma dedicação sem pausa, um luxo de atenções, uma sofreguidão que chegavam a me exasperar. Essas crises efusivas não duravam muito; terminavam quando menos se esperava, tão repentinamente como haviam começado. Mas, enquanto transcorriam, chegavam a despertar em mim as mais intoleráveis suspeitas. Agora, assim como de outras vezes, era um mero palpite, uma inquietação, uma dúvida; nada provava que houvesse algo condenável. Mas a ideia dilacerante se apossara de mim na tarde anterior, depois do enterro do Kapellmeister. Ao voltar do cemitério, aonde eu tinha ido com uma comissão de hóspedes, ainda restavam pétalas de flores mortuárias — perfumadas demais neste país — no piso do hall. Os garis se dedicavam a remover a carniça cujo fedor se fizera sentir tão abominavelmente durante nosso confinamento, e como as patas de um cavalo, descarnadas pelos urubus, não cabiam na carroça, agora as cortavam a golpes de facão, fazendo voar os cascos, com ossos e ferraduras, entre os enxames de moscas verdes que revoavam sobre o asfalto. Dentro, regressados da revolução como de uma saída corriqueira, os funcionários recolocavam os móveis no lugar e poliam as maçanetas com flanelas. Mouche, pelo jeito, tinha saído com sua amiga. Quando as duas reapareceram, depois do toque de recolher, afirmando que estiveram caminhando pelas ruas, perdidas na multidão que festejava o triunfo do partido vitorioso, tive a impressão de que havia algo estranho nelas. As duas tinham um não sei quê de fria indiferença diante de tudo, de suficiência — como de quem voltasse de uma viagem a domínios proibidos —, que fugia do habitual delas. Eu as observara com afinco para flagrar algum olhar malicioso; pensava em cada frase dita por uma ou por outra, buscando algum sentido oculto ou revelador; tentava surpreendê-las com perguntas desconcertantes, contraditórias, sem o menor resultado. Minha longa frequentação de certos ambientes, minha pose de sofisticação cínica me diziam que aquele meu proceder era grotesco. No entanto, sofria por algo muito pior que o ciúme: a insuportável sensação de ser excluído de um jogo que, por isso mesmo, tornava-se mais detestável. Não podia tolerar a perfídia presente, a simulação, a representação mental daquele "algo" oculto e deleitoso que podia estar sendo urdido às minhas costas num conluio de fêmeas. De repente, minha imaginação dava uma forma concreta às mais odiosas possibilidades físicas e, por mais que eu tivesse repetido mil vezes que o que me ligava a Mouche era um hábito dos sentidos e não amor, eu me via disposto a me comportar como um marido de melodrama. Sabia que, quando a tempestade passasse e eu confiasse esses tormentos à minha amiga, ela daria de ombros, afirmando que aquilo era ridículo demais para merecer sua raiva, e atribuiria a *animalidade* dessas reações à minha primeira educação, transcorrida num ambiente hispano-americano. Porém, no silêncio dessas ruas desertas, as suspeitas voltaram a me assaltar. Apertei o passo para chegar à casa o quanto antes, com o temor e, ao mesmo tempo, o anseio de uma evidência. Mas lá me aguardava o inesperado: havia um tremendo alvoroço no estúdio, regado a muita bebida. Três artistas jovens acabavam de chegar da capital, fugindo, assim como nós, de um toque de recolher que os obrigava a permanecer confinados em casa a partir do crepúsculo. O músico era tão branco, tão índio o poeta, tão negro o pintor, que me foi inevitável pensar nos Reis Magos quando vi o trio ao pé da rede em que Mouche, preguiçosamente recostada, respondia às perguntas que lhe faziam, como se oferecendo a uma espécie de adoração. O tema era um só: Paris. E logo reparei que esses jovens interrogavam minha amiga como os cristãos da Idade Média deviam interrogar o peregrino que voltasse dos Santos Lugares. Não se cansavam de lhe pedir detalhes sobre o físico de tal chefe de certa escola que Mouche se gabava de conhecer; queriam saber se determinado café ainda era frequentado por tal escritor; se outros dois tinham se reconciliado depois de uma polêmica em torno de Kierkegaard; se a pintura não figurativa continuava a ter os mesmos defensores. E quando seu conhecimento do francês e do inglês não bastava para entenderem tudo o que minha amiga lhes contava, dirigiam olhares suplicantes à pintora para que esta se dignasse a traduzir algum caso, alguma frase cuja preciosa essência eles podiam ter perdido. Agora que, depois de irromper na conversa com o maligno propósito de roubar a Mouche a oportunidade de se exibir, eu interrogava aqueles jovens sobre a história do seu país, os primeiros balbucios da sua literatura colonial, suas tradições populares, podia notar a contrariedade dos três pelo desvio da conversa. Então, para não deixar a palavra à minha amiga, perguntei se eles já haviam ido à selva. O poeta índio respondeu, encolhendo os ombros, que não havia nada para se ver nessa direção, por mais longe que avançasse nela, e que essas viagens eram coisa para forasteiros ávidos por colecionar arcos e aljavas. A cultura — afirmava o pintor negro — não estava na selva. Segundo o músico, o artista de hoje só poderia viver onde o pensamento e a criação estivessem mais ativos no presente, voltando-se à cidade cuja topografia intelectual estava na mente dos seus companheiros, muito dados, como eles mesmos confessavam, a sonhar acordados diante de uma *Carte Taride*, com as estações de metrô representadas por grossos círculos azuis: Solférino, Oberkampf, Corvisart, Mouton-Duvernet. Entre esses círculos, por sobre o traçado das ruas, cortando várias vezes a artéria clara do Sena, pintavam-se as próprias vias, entrelaçadas como os fios de uma rede. Nessa rede logo iriam cair os jovens Reis Magos, guiados pela estrela que resplandecia sobre o grande presépio de Saint-Germain-des-Prés. Conforme a cor do dia, alguém lhes falaria do desejo de evasão, das vantagens do suicídio, da necessidade de esbofetear cadáveres ou de atirar contra o primeiro transeunte. Algum mestre de delírios os faria abraçar o culto de um Dionísio, "deus do êxtase e do pavor, da selvageria e da libertação; deus louco cuja simples aparição põe os seres vivos em estado de delírio", mas sem dizer que o invocador desse Dionísio, o oficial Nietzsche, certa vez se fizera retratar envergando o uniforme da Reichswehr, com um sabre na mão e o capacete apoiado sobre uma mesinha de estilo muniquense, numa agourenta prefiguração do deus do pavor que, na realidade, haveria de se desatar sobre a Europa de certa *Nona Sinfonia*. Eu já via os três muito magros e pálidos nos seus estúdios sem luz — esverdeado o índio, perdendo o riso o negro, degenerado o branco —, cada vez mais esquecidos do sol deixado para trás, desesperados por imitar o que outros faziam por direito próprio sob aquela rede. Com o passar dos anos, depois de perderem a juventude no intento, voltariam aos seus países com o olhar vazio, o entusiasmo alquebrado, sem ânimo para empreender a única tarefa que me parecia oportuna no meio que agora ia revelando-me lentamente a índole dos seus valores: a tarefa de Adão dando nome às coisas. Eu percebia nesta noite, ao olhar para os três jovens, quanto mal me fizera o prematuro desarraigamento deste meio que fora o meu até a adolescência; quanto contribuíra a me desorientar o fácil deslumbramento dos homens da minha geração, levados por teorias aos mesmos labirintos intelectuais, para se fazerem devorar pelos mesmos Minotauros. Certas ideias me enjoavam, agora, de tanto que as abraçara, e sentia um obscuro desejo de dizer algo que não fosse o cotidianamente dito aqui e ali por quem se considerava "por dentro" de coisas que seriam negadas, detestadas, daqui a quinze anos. Aqui voltavam a me alcançar as discussões que tanto me divertiram, às vezes, na casa de Mouche. Mas debruçado nesta sacada, sobre a torrente que rebojava surdamente no fundo da ravina, sorvendo um ar cortante que cheirava a feno molhado, tão perto das criaturas da terra que rastejavam sob os verdes e roxos da alfafa com a morte contida nas presas; neste momento, quando a noite me alcançava singularmente tangível, certos temas da "modernidade" me pareciam intoleráveis. Queria calar as vozes que falavam às minhas costas para encontrar o diapasão das rãs, a tonalidade aguda do grilo, o ritmo de um carro de boi que gemia pelos eixos, acima do Calvário das Névoas. Irritado com Mouche, com todo mundo, e com vontade de escrever algo, de compor algo, saí da casa e desci até as margens da torrente, para voltar a contemplar as estações do pequeno retábulo urbano. Acima, no piano da pintora, iniciou-se um tenteio de acordes. Em seguida, o jovem músico — a dureza da pulsação revelava a presença do compositor atrás dos acordes — começou a tocar. Por jogo contei doze notas, sem nenhuma repetida, até retornar ao *mi bemol* inicial daquele crispado andante. Poderia apostar: o atonalismo tinha chegado ao país; suas receitas já eram usadas nestas terras. Continuei descendo até a taberna para tomar uma aguardente de amoras. Entrouxados nos seus ponchos, os tropeiros falavam de árvores que sangravam quando feridas com o machado na Sexta-Feira Santa, e também de cardos que nasciam do ventre de vespas mortas pela fumaça de certa lenha dos montes. De repente, como que brotado da noite, um harpista se aproximou do balcão. Descalço, com seu instrumento pendurado nas costas, o chapéu na mão, pediu licença para fazer um pouco de música. Vinha de muito longe, de um povoado no distrito de Las Tembladeras, aonde fora cumprir, como em outros anos, a promessa de tocar em frente à igreja no dia da Invenção da Cruz. Agora só queria se aquecer um pouco, em troca de arte, com um bom álcool de agave. Houve um silêncio, e com a gravidade de quem oficia um ritual, o harpista pôs as mãos sobre a corda, entregando-se à inspiração de um preludiar, para desintumescer os dedos, que me encheu de admiração. Havia nas suas escalas, nos seus recitativos de grave traçado, interrompidos por acordes majestosos e amplos, algo que evocava a festiva grandeza dos *preâmbulos* de órgão da Idade Média. Ao mesmo tempo, pela afinação arbitrária do instrumento rústico, que obrigava o executante a se manter dentro de uma gama isenta de certas notas, tinha-se a impressão de que tudo obedecia a um magistral manejo dos modos antigos e dos tons eclesiásticos, alcançando, pelos caminhos de um primitivismo verdadeiro, as pesquisas mais válidas de certos compositores contemporâneos. Aquela improvisação de grande fôlego evocava as tradições do órgão, da vihuela e do alaúde, achando uma nova pulsação de vida na caixa de ressonância, de desenho cônico, escorada entre os tornozelos escamosos do músico. E depois foram as danças. Danças de um vertiginoso movimento, em que os ritmos binários corriam com incrível desembaraço sob compassos de três tempos, tudo dentro de um sistema modal que nunca se vira submetido a semelhantes provas. Tive vontade de subir até a casa e trazer o jovem compositor arrastado por uma orelha, para que se informasse direito sobre o que aqui soava. Mas nisso chegaram as capas de oleado e as lanternas da ronda, e a polícia ordenou o fechamento da taberna. Fui informado de que aqui também se aplicaria, por vários dias, o toque de recolher ao pôr do sol. Essa desagradável novidade, que deveria estreitar ainda mais nossa — para mim ingrata — convivência com a canadense, de repente se traduziu numa decisão na qual vinha a culminar todo um processo de reflexões e reconsiderações. De Los Altos, justamente, partiam os ônibus que levavam ao porto a partir do qual se podia alcançar, por rio, a grande Selva do Sul. Não continuaríamos a viver a fraude imaginada pela minha amiga, pois as circunstâncias a contrariavam a cada passo. Com a revolução, meu dinheiro subira muito no câmbio com a moeda local. O mais simples, o mais limpo, o mais interessante, em suma, era empregar o tempo de férias que me restava cumprindo o combinado com o Curador e com a Universidade, levando a termo, honestamente, a tarefa encomendada. Para não me dar tempo de desistir da resolução, comprei do taberneiro duas passagens para o ônibus da madrugada. Não me importava o que Mouche iria pensar: pela primeira vez me sentia capaz de impor a ela minha vontade.

Capítulo três

[...] *será o tempo em que tome seu rumo, em que desate seu rosto e fale e vomite o que tragou e solte sua sobrecarga.*

O livro de *Chilam-Balam*

8
(11 de junho)

A discussão se estendeu até além da meia-noite. Mouche de repente se sentiu resfriada; pediu para eu apalpar sua testa, que estava bem fresca, queixando-se de calafrios; tossiu até irritar a garganta e tossir de verdade. Fechei as malas sem fazer caso dela, e antes da alvorada nos instalamos no ônibus, já cheio de gente envolta em mantas, com toalhas felpudas enroladas no pescoço a modo de cachecóis. Minha amiga estendeu a conversa com a canadense até o último instante, combinando encontros na capital quando voltássemos da viagem, que duraria, no máximo, umas duas semanas. Finalmente começamos a rodar por uma estrada que adentrava a serra através de um passo tão cheio de névoa que seus choupos eram apenas sombras no amanhecer. Sabendo que Mouche fingiria estar doente por várias horas, pois era das que passavam de fingir a acreditar no fingido, eu me fechei em mim mesmo, decidido a desfrutar solitariamente de tudo o que se pudesse ver, esquecido dela, embora estivesse adormecendo sobre meu ombro com suspiros lastimosos. Até agora, o trânsito da capital a Los Altos tinha sido, para mim, um tipo de recuo no tempo até os anos da minha infância — um remontar-me à adolescência e seus primórdios — pelo reencontro com modos de viver, sabores, palavras, coisas que me marcaram mais profundamente do que eu mesmo acreditava. A romãzeira e as talhas, os ouros e paus, o pátio do manjericão e a porta de batentes azuis voltaram a me interpelar. Mas agora começava um percurso para além daquelas imagens que haviam entrado pelos meus olhos quando eu deixara de conhecer o mundo apenas pelo tato. Quando saíssemos da bruma opalescente que ia verdejando de aurora, teria início, para mim, uma espécie de Descobrimento. O ônibus escalava; escalava com tamanho esforço, gemendo pelos eixos, empoeirando o vento, inclinado sobre os precipícios, que cada ladeira vencida parecia custar sofrimentos indizíveis a toda a sua estrutura desconjuntada. Era uma pobre coisa, com teto pintado de vermelho, que subia, agarrando-se com as rodas, firmando-se nas pedras, entre as vertentes quase verticais de um barranco; uma coisa cada vez menor em meio às montanhas que cresciam. Porque as montanhas cresciam. Agora que o sol clareava seus cumes, esses cumes se multiplicavam, de um lado e de outro, cada vez mais pontudos, mais torvos, como imensos machados negros, de gumes enristados contra o vento que se infiltrava pelos desfiladeiros com um bramido infindável. Todo o entorno dilatava suas escalas numa esmagadora afirmação de proporções novas. Ao fim daquela subida de cem voltas e contravoltas, quando pensávamos ter chegado a um topo, descortinava-se outra ladeira, mais abrupta, mais arrevesada, entre picos gelados que plantavam suas alturas magnas sobre as alturas anteriores. O veículo, em ascensão tenaz, minimizava-se no fundo dos precipícios, mais irmão dos insetos que das rochas, empurrando-se com as redondas patas traseiras. Já era de dia, e entre as cimas austeras, com asperezas de sílex lascado, torvelinhavam as nuvens num céu transtornado pelo sopro dos desfiladeiros. Quando, por sobre os machados negros, os divisores de borrascas e os degraus mais altos, apareceram os vulcões, cessou nosso prestígio humano, assim como cessara, fazia tempo, o prestígio do vegetal. Éramos seres ínfimos, mudos, de rosto hirto, num páramo onde a única presença foliácea a subsistir era a de um cacto de feltro cinza, agarrado como um líquen, como uma flor de hulha, ao solo já sem terra. Às nossas costas, muito abaixo, ficaram as nuvens que sombreavam os vales; e menos abaixo, outras nuvens que jamais veriam, por estarem acima das nuvens conhecidas, os homens que andavam entre coisas da sua escala. Estávamos sobre o espinhaço das Índias fabulosas, sobre uma das suas vértebras, ali onde os gumes andinos, em meia-lua entre seus flancos serrados, com algo de boca de peixe sorvendo as neves, rompiam e dizimavam os ventos que tentavam passar de um Oceano para o outro. Agora chegávamos à beira das crateras cheias de escombros geológicos, de pavorosos negrores ou eriçados de penhas tristes como animais petrificados. Um temor silencioso se apoderara de mim em face da pluralidade de picos e poços. Cada mistério de névoa, descoberto de um lado e do outro da inverossímil estrada, sugeria aos meus olhos a possibilidade de que, sob sua evanescente consistência, houvesse um vazio tão fundo quanto a distância que nos separava da nossa terra. Porque aquela terra, pensada daqui, do gelo maciço e inabalável que branqueava os picos, parecia outra coisa, estranha a isso, com seus animais, suas árvores e suas brisas; um mundo feito para o homem, onde não bramariam, toda noite, em gargantas e abismos, os órgãos das tormentas. Um trânsito de nuvens separava este páramo de pedregulhos pretos do verdadeiro solo nosso. Sufocado pela surda ameaça telúrica incutida em toda forma, nessas fraldas de lava, de limalha de picos, observei com imenso alívio que a pobre coisa em que rodávamos penava um pouco menos, dobrando para a primeira descida que eu via em várias horas. Já estávamos na outra vertente da cordilheira quando uma freada brutal nos deteve no meio de uma pequena ponte de pedra estendida sobre uma torrente de leito tão fundo que não se viam suas águas, embora se ouvissem os estrondosos borbotões da sua queda. Uma mulher estava sentada num beiral de pedra, com uma trouxa e um guarda-chuva deixados no chão, envolta num poncho azul. Falavam com ela, e não respondia, como que estupefata, com o olhar embaçado e os lábios trêmulos, balançando levemente a cabeça mal coberta por um lenço vermelho com o nó desfeito sob seu queixo. Um dos que viajavam conosco se aproximou dela e pôs na sua boca um tablete de rapadura, apertando firmemente, para obrigá-la a engolir. Parecendo entender, a mulher começou a mascar com lentidão, e seus olhos voltaram, pouco a pouco, a ter alguma expressão. Parecia regressar de muito longe, descobrindo o mundo com surpresa. Olhou para mim como se meu rosto fosse conhecido e se pôs de pé, com grande esforço, sem deixar de se apoiar no beiral de pedra. Nesse instante, uma avalanche retumbou ao longe acima da nossa cabeça, remoinhando as brumas que começaram a sair, como que enxotadas aos empurrões, do fundo de uma cratera. A mulher pareceu despertar repentinamente; deu um grito e se agarrou a mim, implorando, com voz sufocada pelo ar rarefeito, que não a deixassem morrer de novo. Fora levada até lá, imprudentemente, por pessoas que tomaram outro rumo, acreditando que ela sabia dos perigos de qualquer sonolência nessas altitudes, e só agora se dava conta de que estivera quase morta. Com passos vacilantes, a mulher se deixou levar até o ônibus, onde acabou de engolir a rapadura. Quando descemos mais um pouco e o ar ganhou mais corpo, deram a ela um gole de aguardente que logo desfez sua angústia em gracejos. O ônibus se encheu de casos de *emparamados,*[1] de gente morta nesse mesmo desfiladeiro, fatos que eram narrados com gosto, como quem falasse de percalços da vida cotidiana. Alguém chegou a afirmar que perto da boca daquele vulcão que ia ocultando montanhas mais baixas se encontravam, havia meio século, metidos no seu próprio gelo como dentro de vitrines, os oito membros de uma missão científica, surpreendidos pelo mal. Lá estavam eles, sentados em círculo, com o gesto da vida suspenso, como quando a morte os imobilizou, o olhar vidrado sob o cristal que lhes

1 Pessoa que sofre do mal da altitude nos planaltos andinos (páramos), cujos sintomas incluem episódios de forte confusão mental.

cobria o rosto como transparentes máscaras funerárias. Agora estávamos descendo rapidamente. As nuvens que tínhamos deixado abaixo na subida estavam novamente acima de nós, e a névoa se esgarçava em franjas, limpando a visão dos vales ainda distantes. Regressava-se ao chão dos homens, e a respiração ganhava seu ritmo normal depois de ter conhecido a fisgada de agulhas frias. De repente, surgiu um vilarejo, plantado sobre um platô circular rodeado de torrentes, que me pareceu de um surpreendente feitio castelhano, apesar da igreja muito barroca, com seus telhados como uma penca que brotava da praça, onde desembocavam, arrematando ribanceiras, tortuosos caminhos de récuas. O zurro de um asno me lembrou uma vista de El Toboso — com um asno em primeiro plano — que ilustrava uma lição do meu terceiro livro de leitura e tinha uma estranha semelhança com o casarão que eu agora contemplava. *En un lugar de La Mancha, de cuyo nombre no quiero acordarme, no ha mucho que vivía un hidalgo de los de lanza en astillero, adarga antigua, rocín flaco y galgo corredor...*[2] Senti orgulho por me lembrar disso que a duras penas nos ensinara a recitar, aos vinte moleques que éramos, o professor da nossa classe. Mas, se eu chegara a decorar o parágrafo completo, agora não conseguia ir além do *galgo corredor.* Esse esquecimento me irritava, e eu voltava e tornava a voltar ao *lugar de La Mancha* para ver se na minha mente ressurgia a segunda frase, quando a mulher que resgatamos das névoas apontou para uma ampla curva, no flanco da montanha que iríamos contornar, afirmando que a região se chamava La Hoya. *Una olla de algo más vaca que carnero, salpicón las más noches, duelos y quebrantos los sábados, lentejas los viernes y algún palomino de*

2 "Num lugarejo em La Mancha, cujo nome ora me escapa, não há muito que viveu um fidalgo desses de lança em armeiro, adarga antiga, rocim magro e cão bom caçador..." Início do primeiro capítulo de *O engenhoso fidalgo D. Quixote de La Mancha* (1605), de Miguel de Cervantes (1547-1616), na tradução de Sérgio Molina (Editora 34, 2002).

añadidura los domingos consumían las tres partes de su hacienda...[3] Não conseguia passar daí. Mas minha atenção se fixava agora naquela que tão oportunamente havia pronunciado a palavra *hoya,* o que me levou a olhá-la com simpatia. Do ponto em que eu estava, só podia ver menos da metade do seu semblante, de pômulo muito marcado abaixo de um olho alongado para a têmpora e recolhido em profunda sombra sob a voluntariosa arcada da sobrancelha. O perfil era um desenho muito puro, da testa até o nariz; mas, inesperadamente, sob os traços impassíveis e orgulhosos, a boca surgia carnuda e sensual, alcançando uma bochecha magra, em fuga para a orelha, que evidenciava em traços fortes a modelagem daquele rosto emoldurado por uma pesada cabeleira negra, presa, aqui e ali, com pentinhos de celuloide. Era evidente que várias raças se encontravam misturadas nessa mulher, índia pelo cabelo e pelos pômulos, mediterrânea pela testa e pelo nariz, negra pela sólida redondez dos ombros e por uma peculiar largura do quadril, que eu acabava de notar quando a vi se levantar para pôr a trouxa de roupa e o guarda-chuva na rede das bagagens. Sem dúvida, essa viva soma de raças tinha raça. Ao ver seus surpreendentes olhos sem matizes de negror, evocava as figuras de certos afrescos arcaicos, que tanto e tão bem olham de frente e de lado, com um círculo de tinta pintado na têmpora. Essa associação de imagens me fez pensar em *A parisiense de Creta,* levando-me a notar que essa viajante surgida do páramo e da névoa não tinha mais mistura de sangue que as raças que durante séculos se mestiçaram na bacia do Mediterrâneo. E mais, chegava a me perguntar se certas amálgamas de raças menores, sem transplante das cepas, seriam

3 "Uma olha com mais vaca que carneiro, salpicão nas mais noites, *duelos y quebrantos* [mexido de ovos com toucinho e miolos] aos sábados, lentilhas às sextas-feiras e algum pombinho por luxo aos domingos consumiam três quartos de sua renda..." Continuação imediata do trecho de *D. Quixote* citado na nota anterior.

muito preferíveis aos formidáveis encontros ocorridos, nos grandes lugares de reunião da América, entre celtas, negros, latinos, índios e até "cristãos novos", no primeiro momento. Porque aqui não acorreram, na realidade, povos consanguíneos, como os que a história havia malaxado em certas encruzilhadas do mar de Ulisses, e sim as grandes raças do mundo, as mais distantes e distintas, as que durante milênios permaneceram ignorantes da sua coabitação no planeta.

A chuva começou a cair de repente, com monótona intensidade, embaçando os vidros. O regresso a uma atmosfera quase normal mergulhara os viajantes numa espécie de modorra. Depois de comer uma fruta, também me dispus a dormir, notando de passagem que, ao fim de uma semana de viagem, recuperara a faculdade de dormir a qualquer hora que recordava ter na adolescência. Quando acordei, ao cair da tarde, já nos encontrávamos numa aldeia de casas de calcário, encaixadas ao pé da cordilheira, sob uma vegetação escura, de floresta fria, onde as clareiras abertas para os roçados pareciam remansos na mata. Da copa das árvores pendiam grossos cipós que se balançavam sobre os caminhos, aspergindo-os com uma água de neblina. Trazida pelas longas sombras das montanhas, a noite as escalava até o topo. Mouche se apoiou no meu braço, toda mole, dizendo-se exausta por causa das mudanças de altitude da travessia. Estava com dor de cabeça, sentia-se febril e queria se deitar imediatamente, depois de tomar um remédio. Logo a deixei num quarto caiado, cujo luxo se reduzia a um gomil com sua bacia, e fui à sala de jantar da pousada, que não passava de uma extensão e dependência da cozinha, onde ardia, numa grande lareira, um fogo de lenha. Depois de tomar uma sopa de milho e comer um forte queijo montanhês com cheiro de cabrito, senti uma preguiça feliz ao claror da labareda. Contemplava o jogo das chamas quando uma silhueta fez sombra à minha frente, sentando-se do outro lado da mesa. Era a resgatada daquela manhã, e, como agora vinha muito arrumada, eu me diverti observando seu gracioso e vistoso atavio. Não estava bem-vestida nem malvestida. Estava vestida fora da época, fora do tempo, com aquela intrincada combinação de babados, franzidos e fitas, em cru e azul, tudo muito limpo e engomado, teso como baralho, com algo de cesto de costura romântico e arca de prestidigitador. Envergava um laço de veludo, de um azul mais escuro, preso na blusa. Pediu pratos de nomes para mim desconhecidos e começou a comer lentamente, sem falar, sem erguer os olhos da toalha de oleado, como que dominada por uma preocupação penosa. Passado algum tempo me atrevi a interrogá-la, e soube então que seguiria um bom trecho de estrada conosco, levada por um dever piedoso. Vinha do outro extremo do país, cruzando desertos e páramos, atravessando lagos de muitas ilhas, passando por selvas e prados, para levar até seu pai, muito doente, uma estampa dos Catorze Santos Auxiliares, a cuja devoção sua família devia verdadeiros milagres e que até agora estivera confiada aos cuidados de uma tia com meios para exibi-la em altares mais bem iluminados. Como tínhamos ficado sozinhos, foi até uma espécie de armário com gavetas, que rescendia um agradável perfume de ervas silvestres, cuja presença num canto instigara minha curiosidade. Junto a frascos de macerações e conservas, os escaninhos ostentavam nomes de plantas. A jovem se aproximou e, tirando folhas secas, musgos e talos, para espremê-los na palma da mão, começou a elogiar suas propriedades, identificando cada erva pelo perfume. Era a Babosa Serenada, para aliviar opressões no peito, e um Bejuco Rosa para encrespar o cabelo; era a Betônica para a tosse, a Alfavaca contra o azar, e a Erva-de-Urso, a Angelônia, a Pitaia e o Funcho-Bastardo para males que não recordo. Essa mulher se referia às ervas como se fossem seres sempre despertos num reino próximo, ainda que misterioso, guardado por inquietantes dignitários. Por sua boca as plantas ganhavam voz e apregoavam seus próprios poderes. O bosque tinha um dono, um gênio que pulava sobre um pé só, e nada do que crescesse à sombra das árvores devia ser pego sem pagamento. Ao entrar na mata para procurar o broto, o cogumelo ou o cipó curativo, devia-se saudar e depositar moedas entre as raízes de um tronco ancião, pedindo licença. E ao sair devia-se voltar a ele com deferência, e saudar de novo, pois milhões de olhos nas cascas e ramagens vigiavam cada gesto nosso. Não saberia dizer por que essa mulher me pareceu muito bela, de repente, quando lançou ao fogo um punhado de gramas acremente aromáticas, e seus gestos foram evidenciados em poderoso relevo pelas sombras. Eu ia dizer alguma elogiosa trivialidade, quando ela me deu um boa-noite brusco e se afastou das chamas. Fiquei sozinho contemplando o fogo. Fazia muito tempo que não contemplava o fogo.

9
(Mais tarde)

Pouco depois de ficar sozinho diante do fogo, ouvi algo assim como pequenas vozes num canto da sala. Alguém deixara ligado um aparelho de rádio, de aparência vetusta, entre as espigas de milho e os pepinos de uma mesa de cozinha. Eu já ia desligá-lo quando soou, dentro daquela caixa castigada, uma quinta nas trompas muito familiar aos meus ouvidos. Era a mesma que me fizera fugir de uma sala de concertos não muitos dias atrás. Mas esta noite, junto às toras que rompiam em fagulhas, com os grilos cantando entre as vigas pardas do teto, essa remota execução ganhava um misterioso prestígio. Os executantes sem rosto, desconhecidos, invisíveis, eram como expositores abstratos do escrito. O texto, caído ao pé destas montanhas, depois de voar por sobre os picos, chegava não se sabia de onde com sonoridades que não eram de notas, e sim de ecos despertados em mim mesmo. Aproximando o ouvido, escutei. A quinta nas trompas já era adejada com tercinas dos segundos violinos e violoncelos. Pintaram-se duas notas descendentes, como que caídas dos primeiros arcos e das violas com um esmorecimento que logo se fez angústia, urgência de fuga, em face de uma força de súbito desatada. E foi, num rasgo de sombras tormentosas, o primeiro tema da *Nona Sinfonia*. Pensei respirar de alívio pela tonalidade afirmada, mas um rápido apagar das cordas, desabamento mágico do edificado, me devolveu ao desassossego da frase em gestação. Depois de tanto tempo sem querer saber da sua existência, a ode musical me era devolvida com a torrente de lembranças que em vão tentava afastar do *crescendo* que agora se iniciava, ainda vacilante e como que inseguro do caminho. Cada vez que a sonoridade metálica de uma trompa apoiava um acorde, era como se eu visse meu pai, com sua barbicha pontuda, avançando o perfil para ler a música aberta ante seus olhos, com aquela peculiar atitude do trompista que parece ignorar, quando toca, que seus lábios se aderem à embocadura da grande voluta de cobre que dá uma apostura de capitel coríntio a toda a sua pessoa. Com o singular mimetismo que costuma tornar magros e enxutos os oboístas, joviais e bochechudos os trombonistas, meu pai acabara tendo uma voz de sonoridade acobreada, que vibrava nasalizado quando ele, sentando-me ao seu lado numa cadeira de vime, me mostrava gravuras representando os antecessores do seu nobre instrumento: olifantes de Bizâncio, bucinas romanas, anafis sarracenos e as tubas de prata de Frederico Barba Ruiva. Segundo ele, as muralhas de Jericó só puderam cair com o terrível chamado do *horn*, cujo nome, pronunciado com erre vibrante, ganhava na sua boca um peso de bronze. Formado em conservatórios da Suíça alemã, proclamava a superioridade da trompa de timbre bem metálico, filho da trompa de caça que ecoara em todas as Florestas Negras, em oposição àquele que, em tom pejorativo, chamava em francês *le cor*, pois considerava que a técnica ensinada em Paris assimilava seu instrumento másculo às femininas madeiras. Para provar sua afirmação, empinava o pavilhão do instrumento e lançava o tema de Siegfried por sobre as meias-paredes do pátio com um ímpeto de arauto do Juízo Final. O fato era que a uma cena de caça da *Raymonda* de Glazunov se devia meu nascimento deste lado do Oceano. Meu pai fora surpreendido pelo atentado de Sarajevo no melhor de uma temporada wagneriana no Teatro Real de Madri, e, encolerizado pelo inesperado ímpeto bélico dos socialistas alemães e franceses, renegara o velho continente apodrecido, aceitando a estante de primeira trompa numa turnê que Anna Pavlova faria nas Antilhas. Um casamento cuja elaboração sentimental era para mim obscura fez com que eu engatinhasse minhas primeiras aventuras num pátio sombreado por um grande tamarindo, enquanto minha mãe, atarefada com a negra cozinheira, cantava o conto do Senhor Dom Gato, sentado em cadeira de ouro, a quem perguntam se quer ser casado com uma gata montesa, sobrinha de um gato pardo. O prolongamento da guerra, a pouca demanda de um instrumento que só era empregado em temporadas de ópera, quando sopravam os nortes do inverno, levou meu pai a abrir uma pequena loja de música. Às vezes, tomado pela nostalgia dos conjuntos sinfônicos em que havia tocado, tirava uma batuta da vitrine, abria a partitura da *Nona Sinfonia* e pegava a reger orquestras imaginárias, arremedando os trejeitos de Nikisch ou de Mahler, cantando a peça inteira com as mais tremebundas onomatopeias de percussão, baixos e metais. Minha mãe fechava apressadamente as janelas para que não o tomassem por louco, aceitando, entretanto, com velha mansidão hispânica, que tudo o que fizesse esse esposo que não bebia nem jogava devia considerar-se bom, ainda que pudesse parecer um tanto estapafúrdio. Justamente, meu pai era muito dado a frasear nobremente, com sua voz abaritonada, o movimento ascendente, ao mesmo tempo lamentoso, fúnebre e triunfal, da *coda* que agora se iniciava sobre um tremular cromático no fundo do registro grave. Duas rápidas escalas desembocaram no uníssono de um exórdio arrancado à orquestra como que aos murros. E foi o silêncio. Um silêncio logo reconquistado pela algazarra dos grilos e o crepitar das brasas. Mas eu esperava, impaciente, o sobressalto inicial do *scherzo*. E já me deixava levar, envolver, pelo endiabrado arabesco pintado pelos segundos violinos, alheio a tudo que não fosse a música, quando o "dobrado" de trompas, de tão peculiar sonoridade, imposto por Wagner à partitura beethoveniana para emendar um erro de escrita, voltou a me sentar ao lado do meu pai nos dias em que ele já não estava entre nós, com sua caixa de costura de veludo azul, aquela que tanto me cantara a história do Senhor Dom Gato, o romance de Mambrú e o pranto de Alfonso XII pela morte de Mercedes: *Cuatro duques la llevaban/ por las calles de Aldaví.*[4] Mas nessa época os serões já se consagravam à leitura da velha Bíblia luterana que o catolicismo da minha mãe mantivera oculta, por tantos anos, no fundo de um armário. Ensombrecido pela viuvez, amargurado por uma solidão que não sabia achar remédio na rua, meu pai rompera com tudo aquilo que o ligara à cidade calorosa e barulhenta do meu nascimento, partindo para a América do Norte, onde voltou a iniciar seu comércio com muito pouco êxito. A meditação do Eclesiastes e os Salmos se associavam na sua mente a inesperadas nostalgias. Foi quando começou a me falar dos operários que escutavam a *Nona Sinfonia*. Seu fracasso neste continente se traduzia, cada vez mais, na saudade de uma Europa contemplada em cumes e alturas, em apoteoses e festivais. Isto, que chamavam Novo Mundo, se tornara para ele um hemisfério sem história, à margem das grandes tradições medi-

4 "Quatro duques a levavam/ pelas ruas de Aldaví." Versos do romance "¿Dónde vas Alfonso XII?", sobre os funerais da rainha Mercedes, que nesta versão menciona uma fictícia Aldaví em vez de Madri.

terrâneas, terra de índios e de negros, povoado pelo refugo das grandes nações europeias, sem esquecer as clássicas rameiras embarcadas para Nova Orleans por gendarmes de tricórnio, homenageadas na despedida com marchas de pífano — detalhe este que me parecia muito devido à lembrança de uma ópera do repertório. Por contraste, evocava as pátrias do continente velho com devoção, edificando ante meus olhos maravilhados uma Universidade de Heidelberg que eu só podia imaginar verdejada de heras veneráveis. Eu ia, na imaginação, das teorbas do concerto angélico às insignes lousas da Gewandhaus, dos concursos de *Minnesängers* aos concertos de Potsdam, aprendendo os nomes de cidades cuja mera representação gráfica promovia na minha mente miragens em ocre, branco, bronze — como Bonn —, em penugem de cisne — como Siena. Mas meu pai, para quem a afirmação de certos princípios constituía o bem supremo da civilização, insistia, sobretudo, no respeito que lá se tinha pela sagrada vida do homem. Ele me falava de escritores que fizeram tremer uma monarquia da calma do seu escritório, sem que ninguém ousasse importuná-los. As evocações do *Eu acuso*, das campanhas de Rathenau, filhas da capitulação de Luís XVI a Mirabeau, desembocavam sempre nas mesmas considerações acerca do progresso irrefreável, da socialização gradual, da cultura coletiva, chegando-se ao tema dos operários ilustrados que lá, na sua cidade natal, junto a uma catedral do século XVII, passavam suas horas de ócio nas bibliotecas públicas e aos domingos, em vez de embrutecer em missas — pois lá o culto da ciência estava substituindo as superstições —, levavam a família a escutar a *Nona Sinfonia*. E era assim que eu via, desde a adolescência, com os olhos da imaginação, aqueles operários vestidos de blusa azul e calça de veludo, nobremente comovidos pelo sopro genial da obra beethoveniana, escutando talvez este mesmo *trio*, cuja frase tão calorosa, tão envolvente, ascendia agora pelas vozes dos violoncelos e das violas. E foi tão forte o sortilégio dessa visão que, quando meu pai morreu, consagrei o escasso dinheiro da sua magra herança, fruto de um leilão de sonatas e partitas, ao empenho de conhecer minhas raízes. Atravessei o Oceano, um belo dia, com a convicção de não voltar. Mas ao fim de uma aprendizagem do assombro que eu mais tarde chamaria, por troça, de adoração das fachadas, deu-se o encontro com realidades que contrariavam singularmente os ensinamentos do meu pai. Longe de olhar para a *Nona Sinfonia*, as inteligências pareciam ávidas de marcar o passo em desfiles que passavam sob arcos de triunfo de carpintaria e mastros totêmicos de velhos símbolos solares. A transformação do mármore e do bronze das antigas apoteoses em gigantescos desperdícios de pinho, tábuas de um dia e emblemas de cartão dourado deveria ensejar a desconfiança em quem escutava palavras demasiado amplificadas pelos alto-falantes, pensava eu. Mas não parecia ser esse o caso. Cada qual julgava ter recebido uma tremenda investidura, e eram muitos os que se sentavam à direita de Deus para julgar os homens do passado pelo delito de não terem adivinhado o futuro. Cheguei a ver, aliás, um metafísico de Heidelberg oficiando de tambor-mor numa parada de jovens filósofos que marchavam a passo de ganso para votar em quem escarnecia de tudo o que pudesse ser qualificado de intelectual. Cheguei a ver os casais subirem, em noites de solstício, ao Monte das Bruxas para acender velhos fogos votivos, já desprovidos de todo sentido. Mas nada me impressionara tanto quanto aquela citação em juízo, aquela ressurreição para castigo e profanação do túmulo de quem arrematara uma sinfonia com o coro da *Confissão de Augsburgo,* ou daquele outro que clamara, com uma voz tão pura, perante as ondas verde-cinza do grande Norte: "Amo o mar como minha alma!". Cansado de ter que recitar o *Intermezzo* em voz baixa e ouvir falar em cadáveres recolhidos nas ruas, em terrores próximos, em êxodos novos, eu me refugiei, como quem se acolhe a sagrado, na penumbra consoladora dos museus, empreendendo longas viagens através do tempo. Mas, quando saí das pinacotecas, as coisas iam de mal a pior. Os jornais convidavam à degola. Os fiéis tremiam, ao pé dos púlpitos, quando seus bispos erguiam a voz. Os rabinos escondiam a Torá, enquanto os pastores eram escorraçados dos seus oratórios. Assistia-se à dispersão dos ritos e ao pisoteio do verbo. À noite, nas praças públicas, os alunos de insignes faculdades queimavam livros em grandes fogueiras. Não se podia dar um passo naquele continente sem ver fotografias de crianças mortas em bombardeios de cidades abertas, sem ouvir falar de sábios confinados em salinas, de sequestros inexplicados, de assédios e defenestrações, de camponeses metralhados em praças de touros. Eu me espantava — despeitado, ferido a fundo — com a diferença entre o mundo que meu pai evocava com nostalgia e o que me coubera conhecer. Onde eu buscava o sorriso de Erasmo, o *Discurso do método*, o espírito humanístico, o fáustico anseio e a alma apolínea, topava com o auto de fé, o tribunal de algum Santo Ofício, o processo político que não era senão ordálio de novo gênero. Não era mais possível contemplar um tímpano ilustre, um campanário, uma gárgula ou um anjo sorridente sem ouvir dizer que aí já estavam previstas as falanges do presente e que os pastores de Nascimentos adoravam algo que não era, em suma, aquilo que cabalmente iluminava o presépio. A época ia me cansando. E era terrível pensar que não havia fuga possível, fora do imaginário, naquele mundo sem esconderijos, de natureza domada havia séculos, onde a sincronização quase total das existências centrara as lutas em torno de dois ou três problemas postos em carne viva. Os discursos tinham substituído os mitos; as palavras de ordem, os dogmas. Farto do lugar-comum fundido em ferro, do texto expurgado e da cátedra deserta, fui novamente até o Atlântico com a intenção de cruzá-lo, agora em sentido inverso. E, na antevéspera da minha partida, eu me vi contemplando uma esquecida dança macabra que desenvolvia seus motivos sobre as vigas do ossário de São Sinforiano, em Blois. Era uma espécie de pátio de granja, invadido pelo mato, de uma tristeza de séculos, sobre cujos pilares se conjugava, mais uma vez, o inesgotável tema da vaidade das pompas, do esqueleto encontrado sob a carne luxuriante, das costelas apodrecidas sob a casula do prelado, do tambor percutido com duas tíbias em meio a um xilofonante concerto de ossos. Mas aqui a pobreza do estábulo que rodeava o eterno Exemplo, a proximidade do rio revolto e turvo, a proximidade de fazendas e fábricas, a presença de piaras grunhindo como o porco de Santo Antão, ao pé das caveiras esculpidas numa madeira esbranquiçada por séculos de chuvas, davam uma singular vigência a esse retábulo do pó, da cinza, do nada, situando-o dentro da época atual. E os tímpanos que tanto percutem no *scherzo* beethoveniano ganhavam uma fatídica contundência, agora que os associava, na minha mente, à visão do ossário de Blois e sua entrada, onde as edições da tarde me surpreenderam com a notícia da guerra.

A lenha já era rescaldo. Num barranco, acima do telhado e dos pinheiros, um cão uivava na bruma. Afastado da música pela própria música, regressava a ela pelo caminho dos grilos, esperando a sonoridade de um *si bemol* que já cantava no meu ouvido. E já nascia, de uma suave instigação de fagote e clarinete, a frase admirável do *adagio*, tão sentida dentro do pudor do seu lirismo. Essa era a única passagem da sinfonia que minha mãe — mais acostumada à leitura de *habaneras* e árias de ópera — conseguia tocar às vezes, graças ao seu tempo pausado, numa transcrição para piano que ela tirava de uma gaveta da loja. No sexto compasso, placidamente arrematado pelo eco das madeiras, acabo de chegar do colégio, depois de muito correr para escorregar sobre as frutinhas dos álamos que cobrem as calçadas. Nossa casa tem uma ampla varanda de colunas caiadas, situada como um degrau de escada entre as varandas vizinhas, uma mais alta, outra mais baixa, todas atravessadas pelo plano inclinado da rua que sobe rumo à igreja de Jesús del Monte, que se ergue lá no alto dos telhados, com suas árvores plantadas sobre um tabuleiro cercado de gradis. A casa outrora foi de gente senhorial; conserva grandes móveis de madeira escura, armários profundos e um lustre de cristais biselados que se enche de pequenos arco-íris ao receber um último raio de sol descido das vidraças azuis, brancas, vermelhas que fecham o arco do átrio como um grande leque de vidro. Logo me sento com as pernas tesas no fundo de uma cadeira de balanço, alta e larga demais para uma criança, e abro o *Epítome de Gramática* da Real Academia Espanhola, que devo estudar na lição de casa. *Estos, Fabio, ¡ay dolor!, que ves ahora...* reza o exemplo que há pouco me voltou à memória. *Estos, Fabio, ¡ay dolor!, que ves ahora...* A negra, lá na fuligem das suas panelas, canta algo que fala do tempo da Colônia e dos bigodes da Guarda Civil. A tecla do *fá sustenido* já emperrou, como de costume, no piano que minha mãe toca. Nos fundos da casa há um quarto com uma grade por onde trepa um pé de abóbora. Chamo por María del Carmen, que está brincando entre as arecas em vasos, as roseiras em gamelas, as sementeiras de cravos, de copos-de-leite, os girassóis do quintal do seu pai, o jardineiro. Ela se esgueira pela brecha da cerca de cardo e se deita ao meu lado, no cesto de lavanderia em forma de barca que é a barca das nossas viagens. Somos envoltos pelo cheiro de esparto, de palha, de feno, daquele cesto trazido, toda semana, por um gigante suarento, que devora enormes pratos de favas, a quem chamam Baudilio. Não me canso de estreitar a menina nos meus braços. Seu calor me infunde uma preguiça gozosa que eu queria prolongar indefinidamente. Como ela não acha graça em ficar assim, sem se mexer, eu a acalmo dizendo que estamos no mar e que falta pouco para chegarmos ao cais, que será aquele baú de tampo redondo, forrado de lata de muitas cores, e seu fecho, o amarradouro dos navios. Na escola me falaram de sujas possibilidades entre machos e fêmeas. Refutei tudo com indignação, sabendo que eram porcarias inventadas pelos adultos para zombar das crianças. No dia em que me disseram essas coisas, não tive coragem de olhar minha mãe nos olhos. Agora pergunto a María del Carmen se ela quer ser minha mulher, e como responde que sim, eu a aperto mais um pouco, imitando com a voz, para que não se safe de mim, o som das sirenes dos navios. Respiro mal, meu corpo se enche de palpitações, mas esse mal-estar é tão grato que não entendo por que a negra, quando nos surpreende assim, fica tão zangada e nos tira do cesto, que joga sobre um armário, gritando que já estou grande demais para essas brincadeiras. Mas não conta nada para minha mãe. Acabo me queixando a ela, que me responde que é hora de estudar. Volto ao *Epítome de Gramática*, mas me persegue o cheiro de palha, de vime, de esparto. Esse cheiro cuja lembrança às vezes volta do passado com tamanha realidade que me deixa todo estremecido. Esse cheiro que reencontro esta noite, junto ao armário das ervas silvestres, quando o *adagio* se conclui em quatro acordes *pianissimo*, o primeiro arpejado, e um estremecimento, perceptível através da transmissão, inquieta a massa coral prestes a fazer sua entrada. Adivinho o gesto enérgico do regente invisível, pelo qual se entra, de súbito, no drama que prepara o advento da ode de Schiller. A tempestade de bronzes e de tímpanos que se desata para achar, mais tarde, um eco de si mesma enquadra uma recapitulação dos temas já escutados. Mas esses temas aparecem rotos, lacerados, feitos farrapos, lançados a uma espécie de caos que é gestação do futuro, cada vez que pretendem se erguer, firmar, voltar a ser o que foram. Essa espécie de sinfonia em ruínas, que agora se atravessa na sinfonia total, seria um dramático acompanhamento — penso eu, com deformação profissional — para um documentário realizado nos caminhos que me coube percorrer, como intérprete militar, no final da guerra. Eram os caminhos do Apocalipse, traçados entre paredes destroçadas de tal maneira que pareciam os caracteres de um alfabeto desconhecido; caminhos de crateras preenchidas com pedaços de estátuas, que atravessavam abadias destelhadas, balizados por anjos decapitados, se desviavam diante de uma *Última Ceia* exposta à intempérie pelos obuses, para desembocar no pó e na cinza daquele que, durante séculos, tinha sido o arquivo máximo do canto ambrosiano.[5] Mas os horrores da guerra são obra do homem. Cada época deixou os seus, burilados no cobre ou sombreados pelas tintas da água-forte. O novo aqui, o inédito, o moderno, era aquele antro do horror, aquela chancelaria do horror, aquela reserva do horror que nos coube conhecer no nosso avanço: a Mansão do Calafrio, onde tudo era testemunho de torturas, extermínios em massa, cremações, entre muralhas salpicadas de sangue e excrementos, montes de ossos, dentaduras humanas empilhadas num canto, sem falar das mortes piores, perpetradas a frio, por mãos enluvadas de borracha, na brancura asséptica, total, luminosa, das câmaras de operações. A dois passos daqui, uma humanidade sensível e cultivada — sem fazer caso da fumaça abjeta de certas chaminés, de onde antes brotavam preces ululadas em iídiche — continuava a colecionar selos, a estudar as glórias da raça, a tocar pequenas músicas noturnas de Mozart, lendo para as crianças *A pequena sereia*, de Andersen. Isso também era novo, sinistramente moderno, pavorosamente inédito. Algo desabou em mim na tarde em que saí do abominável parque de iniquidades que me esforçara a visitar para me certificar da sua possibilidade, com a boca seca e a sensação de ter engolido pó de gesso. Jamais teria podido imaginar uma falência tão absoluta do homem do Ocidente como a que se estampara aqui em resíduos de terror. Em criança eu me apavorava

5 O convento dominicano anexo à igreja de Santa Maria delle Grazie, que abriga o quadro *A última ceia*, de Leonardo da Vinci, e a Biblioteca Ambrosiana são dois dos muitos edifícios históricos de Milão que foram atingidos pelos bombardeios aliados de 1943.

com as histórias que então corriam sobre as atrocidades cometidas por Pancho Villa, nome que na minha memória se associava à sombra hirsuta e noturnal do Capeta. *Culture oblige*, costumava dizer meu pai perante as fotos de fuzilamentos que a imprensa da época divulgava, traduzindo, com esse lema de uma nova cavalaria do espírito, sua fé no ocaso da iniquidade por obra dos Livros. Maniqueísta à sua maneira, ele via o mundo como o campo de uma luta entre a luz das letras e as trevas de uma animalidade original, propiciadora de toda crueldade naqueles que viviam ignorantes de cátedras, músicas e laboratórios. O Mal, para ele, se personificava em quem, ao alinhar seus inimigos no paredão das execuções, renovava, séculos depois, o gesto do príncipe assírio cegando seus prisioneiros com uma lança, ou do feroz cruzado que emparedara os cátaros nas cavernas de Montségur. O Mal, do qual a Europa de Beethoven já estava liberta, tinha seu último reduto no Continente-de-pouca-História... Mas depois de me encontrar na Mansão do Calafrio, naquele campo imaginado, criado, organizado por gente que sabia de tantas coisas nobres, os disparos dos *Charros de Oro*, as cidades tomadas à porfia, os trens descarrilados entre cactos e nopais, os tiroteios em noite de farra pareciam aos meus olhos alegres gravuras de romances de aventuras, cheias de sol, de cavalgadas, de orgulhos viris, de mortes limpas sobre o couro suado das selas, no regaço das vivandeiras recém-paridas à beira da estrada. Para piorar, na noite do meu encontro com a mais fria barbárie da história, os vitimadores e os guardas, bem como os que carregavam em baldes os algodões ensanguentados e os que tomavam notas nos seus cadernos encapados de preto, todos recluídos num hangar, puseram-se a cantar depois do rancho. Sentado no meu catre, arrancado do sono pelo espanto, eu os ouvia cantar o mesmo que, agora, incitados por um remoto gesto do regente, cantavam os coralistas:

Freude, schöner Götterfunken,
Tochter aus Elysium!
Wir betreten feuertrunken,
Himmlische, dein Heiligtum.

Finalmente eu alcançava a *Nona Sinfonia*, causa da minha viagem anterior, embora, por certo, não onde meu pai a situara. "Alegria, bela centelha divina, filha do Elísio! Ébrios de fogo adentramos, oh, Celestial, o teu santuário!... Todos os homens se irmanam onde paira a tua asa gentil." Os versos de Schiller me feriam de sarcasmo. Eram a culminação de uma ascensão de séculos na qual se avançara sem cessar para a tolerância, a bondade, o entendimento do outro. A *Nona Sinfonia* era o suave folhado de Montaigne, o anil da Utopia, a essência do Elzevir, a voz de Voltaire no caso Calas. Agora crescia, cheio de júbilo, o *alle Menschen werden Brüder, wo dein sanfter Flügel weilt*, como naquela noite na qual eu perdi a fé em quem mentia ao falar dos seus princípios, invocando textos cujo sentido profundo estava esquecido. Para pensar menos na Dança Macabra que me envolvia, adotei uma mentalidade de mercenário, deixando-me arrastar pelos meus companheiros de armas a suas tabernas e seus bordéis. Passei a beber como eles, mergulhando numa espécie de inconsciência a um passo do cambaleio, que me permitiu terminar a campanha sem entusiasmo por palavras nem feitos. Nossa vitória me deixava vencido. Não conseguiu me admirar nem sequer na noite que passei no cenário do teatro de Bayreuth, sob uma wagneriana zoologia de cisnes e cavalos pendentes do teto, junto a um Fafner roído de traças, cuja cabeça parecia procurar amparo sob meu catre de invasor. E foi um homem sem esperança que regressou à grande cidade e entrou no primeiro bar para se encouraçar de antemão contra qualquer propósito idealista. O homem que tentou se sentir forte no roubo da mulher alheia, para voltar, no fim das contas, à solidão do leito não compartilhado. O homem chamado

Homem que, na manhã anterior, cogitava enganar com instrumentos de feira quem depositara sua confiança nele... E é tédio o que, de repente, me dá essa *Nona Sinfonia,* com suas promessas não cumpridas, suas aspirações messiânicas, sublinhadas pelo arsenal de quermesse da "música turca" que tão popularescamente se desata no *prestissimo* final. Não espero o maestoso *Tochter aus Elysium! Freude schöner Götterfunken* do exórdio. Desligo o rádio, perguntando-me como pude escutar a partitura quase completa, com momentos de abandono de mim mesmo, quando as associações de lembranças não me absorviam por demais. Minha mão procura um pepino cuja frieza parece vir de baixo da sua casca; a outra sopesa o verdor de um pimentão que o polegar rasga para se banhar no sumo que logo a boca recolhe com deleite. Abro o armário das plantas e tiro um punhado de folhas secas, que aspiro longamente. Na lareira ainda pulsa, em preto e vermelho, como algo vivo, um último rescaldo. Vou até uma janela: as árvores mais próximas se perderam na névoa. O ganso do quintal desembainha a cabeça de baixo da asa e entreabre o bico, sem despertar por completo. Um fruto cai na noite.

10
(Terça-feira, 12)

Quando Mouche saiu do quarto, pouco depois do amanhecer, parecia mais cansada que na véspera. Bastara o desconforto de um dia rodando por estradas difíceis, a cama dura, a necessidade de madrugar, de submeter o corpo a uma disciplina, para provocar uma espécie de desbotamento da sua pessoa. Ela, que se mostrava tão briosa e vivaz na desordem das nossas noites *de lá,* era aqui a imagem do desalento. Era como se o brilho da sua cútis estivesse embaçado, e um lenço mal continha seus cabelos que escapavam em grenhas de um loiro tirante a esverdeado. Sua expressão de desagrado a envelhecia de modo surpreendente, afinando, com uma feia queda dos cantos, seus lábios que os espelhos ruins e a luz escassa não lhe permitiam pintar devidamente. No café da manhã, para distraí-la, falei da viajante que eu conhecera na noite anterior. Nisso apareceu a própria, toda trêmula, rindo da sua tremedeira, pois tinha ido tomar banho numa bica próxima com as mulheres da casa. Sua cabeleira, torcida em tranças em torno da cabeça, ainda escorria sobre seu rosto trigueiro. Dirigiu-se a Mouche com familiaridade, tratando-a como se a conhecesse havia muito tempo, em perguntas que eu ia traduzindo. Quando subimos no ônibus, as duas mulheres já tinham encontrado uma linguagem de gestos e palavras soltas que lhes bastava para se entender. Minha companheira, novamente fatigada, repousou a cabeça sobre o ombro daquela que — sabíamos agora — se chamava Rosario, e escutava suas queixas pelos achaques de tão incômoda viagem com uma solicitude maternal que, no entanto, soava aos meus ouvidos com uma ponta de ironia. Contente por me ver um pouco desobrigado de Mouche, encarei a jornada com alegria, deitado num vasto banco só para mim. Nessa mesma tarde chegaríamos ao porto fluvial de onde partiam embarcações para os limites da Selva do Sul, e de curva em curva, rodeando encostas, sempre descendo, rumávamos para latitudes mais ensolaradas. Vez por outra parávamos num vilarejo agradável, com poucas janelas abertas, rodeado de uma vegetação cada vez mais tropical. Aqui apareciam trepadeiras floridas, cactos, bambus; ali uma palmeira brotava de um quintal, abrindo-se sobre o telhado de uma casa onde as cerzideiras trabalhavam na fresca. Tão cerrada e constante foi a chuva que caiu sobre nós ao meio-dia que até o fim da tarde não consegui ver coisa alguma através dos vidros foscados pela água. Mouche tirou um livro da sua mala. Rosario, para imitá-la, procurou um na sua trouxa. Era um volume impresso em papel ruim, muito surrado, cuja capa em tricromia mostrava uma mulher coberta de pele de urso, ou algo parecido, abraçada por um magnífico cavaleiro junto à entrada de uma gruta, sob o olhar complacente de uma corça de longo pescoço: *História de Genoveva de Brabante.*[6] De imediato, minha mente traçou um contraste jocoso entre essa leitura e certo famoso romance moderno que estava nas mãos de Mouche, que eu abandonara no terceiro capítulo, constrangido por uma espécie de vergonha triste pela sua enxurrada de obscenidades. Embora inimigo de toda continência sexual, de toda hipocrisia no que tange ao jogo dos corpos, irritava-me qualquer literatura ou vocabulário que enxovalhasse o amor físico, por meio do deboche, do sarcasmo ou da grosseria. Entendia que o homem devia guardar, nos seus acoplamentos, a singela impulsividade, o espírito brincalhão que eram próprios do cio das bestas, entregando-se alegremente à sua prazerosa atividade, ciente de que o isolamento atrás das trancas, a ausência de testemunhas, a cumplicidade na busca do deleite excluíam tudo o que pudesse promover a ironia ou o escárnio — pelo desajuste dos corpos, pela animalidade de certos atracamentos — nas agarrações de um par que não podia contemplar a si mesmo com olhos alheios. Por isso mesmo a pornografia me era tão intolerável, como certos contos picantes, certas desinências sujas, certos verbos metaforicamente aplicados à atividade sexual, e não podia considerar sem repulsa certa literatura, muito apreciada no presente, que parecia empenhada em degradar e enfear tudo o que pudesse fazer com que o homem, nos seus tropeços e desalentos, achasse uma compensação dos seus fracassos na mais forte afirmação da sua virilidade,

6 Reconto da lenda medieval de Genoveva (Geneviève), filha do duque de Brabante e esposa do cavaleiro Sigfrido (Siffroi). Falsamente acusada de adultério pelo mordomo Golo, Genoveva é condenada à morte, mas o carrasco encarregado de matá-la poupa sua vida, e ela consegue escapar para uma gruta, onde vive por algum tempo com o filho, alimentados com o leite de uma corça. Um dia, Sigfrido, já ciente da traição do mordomo, é conduzido pela corça até a guarida da esposa e pode então restituir sua honra maculada.

sentindo na carne por ele dividida sua presença mais plena. Eu lia por sobre os ombros das duas mulheres, tentando contrapontear a prosa negra e a prosa rosa; mas logo o jogo me foi impossível, pela rapidez com que Mouche virava as páginas e a lentidão da leitura de Rosario, que levava os olhos, pausadamente, do início ao fim de cada linha, movendo os lábios como quem soletra, encontrando aventuras apaixonantes na sucessão de palavras que nem sempre se ordenavam como ela preferiria. Às vezes ela se detinha numa infâmia contra a desventurada Genoveva, com um pequeno gesto de indignação; voltava ao início do parágrafo, duvidando de que fosse possível tanta maldade. E tornava a passar pelo penoso episódio, como consternada pela sua impotência diante dos malfeitos. Seu rosto refletia uma profunda ansiedade, agora que se definiam as sombrias intenções de Golo. "São contos de outros tempos", eu lhe disse, para fazê-la falar. Sobressaltada, virou-se para mim ao notar que eu estava lendo por cima do seu ombro. "O que os livros dizem é verdade", respondeu. Olhei para o volume nas mãos de Mouche, pensando que, se fosse verdade o que ali se contava, numa prosa que o editor, horrorizado, tivera que amputar várias vezes, nem por isso se conseguia nele — com laboriosas manobras — uma obscenidade que os escultores hindus ou os simples oleiros incas haviam situado num plano de autêntica grandeza. Agora Rosario fechava os olhos. "O que dizem os livros é verdade." É provável que, para ela, a história de Genoveva fosse um caso atual: um caso que transcorria, ao ritmo da sua leitura, num país do presente. O passado é inimaginável para quem ignora o figurino, o cenário e os adereços da história. Portanto, ela devia imaginar os castelos de Brabante como as ricas fazendas daqui, que não raro tinham ameias nos seus muros. Os hábitos da caça e da montaria se perpetuavam nestas terras, onde o veado e a queixada eram entregues ao assédio das matilhas. Quanto ao traje, Rosario devia ver seu romance como certos pintores do início do Renascimento viam o Evangelho, vestindo os personagens da Paixão à maneira dos notáveis da época, lançando ao inferno, de cabeça, algum Pilatos com traje de magistrado florentino... Caiu a noite, e a luz se fez tão escassa que cada qual se fechou em si mesmo. Houve um prolongado rodar na escuridão e, de súbito, ao contornar um penhasco, saímos sobre a ardente vastidão do Vale das Chamas.

Eu já ouvira falar, durante a viagem, da povoação nascida lá embaixo, em poucas semanas, quando o petróleo brotou numa terra pantanosa. Mas aquela referência não me sugerira a possibilidade do espetáculo prodigioso que agora se ampliava a cada volta da estrada. Sobre uma planície desmatada, era um vasto bailar de labaredas que estalejavam ao vento como as bandeiras de um batalhão divino. Atadas às chaminés de gases dos poços, balançavam, tremulavam, envolvendo-se em si mesmas, girando, ao mesmo tempo livres e sujeitas, a curta distância dos queimadores — mastros daquele fogo-enxame, daquele fogo-árvore, levantado do chão, que voava sem poder voar, todo sibilante de púrpuras exasperadas. O ar as transformava, de súbito, em luzes de extermínio, em achas enfurecidas, para em seguida reuni-las num feixe de tochas, num só tronco vermelho e negro com fugazes estiramentos de torso humano; mas logo a massa se rompia, e o ardente corpo, sacudido de convulsões amarelas, se enroscava em sarça ardente, crivada de fagulhas, sonora de bramidos, antes de se estender para a cidade, em mil chicotadas zumbidoras, como para o castigo de uma população ímpia. Ao lado dessas piras encadeadas prosseguiam seu trabalho de extração, incansáveis, regulares, obsessivas, umas máquinas cujo volante tinha o perfil de uma grande ave negra, com bico que fincava a terra, em movimentos isocrômicos de pássaro furando um tronco. Havia algo de impassível, obstinado, maléfico, naquelas silhuetas que se meneavam sem queimar, como salamandras nascidas do fluxo e refluxo das labaredas que o vento encrespava, em marejadas, até o horizonte. Dava vontade de batizá-las com nomes bons para demônios, e eu me recreava em chamá-las Magricorvo, Abutreferro ou Mautridente, quando nosso caminho foi dar num terreiro onde uns porcos pretos, avermelhados pelo reflexo das chamas, chafurdavam em charcos cobertos de crostas jaspeadas e ilhas de óleo. A cantina da hospedaria estava cheia de homens que falavam aos gritos, como que turvados pela fumaça das grelhas. Com as máscaras antigás ainda penduradas no pescoço e a roupa de trabalho no corpo, parecia que sobre eles tinham se fixado, em barrelas, borrões e gosmas, as mais negras exsudações da terra. Todos bebiam desenfreadamente empunhando as garrafas pelo gargalo, entre cartas e fichas revolvidas sobre as mesas. Mas de repente a jogatina foi suspensa, e todos se viraram para o pátio numa gritaria alegre. Ali se dava uma cena de teatro: trazidas por não sei que veículo, tinham aparecido mulheres em roupa de baile, com sapatos de salto alto e muitos brilhos no cabelo e no pescoço, cuja presença naquele curral lamacento, orlado de manjedouras, me pareceu alucinante. Além disso, as miçangas, contas, lantejoulas que enfeitavam os vestidos refletiam a um só tempo as labaredas que a cada mudança do vento davam um novo rumo à sua ciranda de fulgores. Essas mulheres rubras corriam e lidavam entre os homens escuros, carregando fardos e malas, numa algaravia que completava seu atordoar com o espanto dos burros e o despertar das galinhas que dormiam nas vigas dos telheiros. Então eu soube que no dia seguinte seria a festa do padroeiro e que aquelas mulheres eram prostitutas que viajavam assim o ano inteiro, de um lugar ao outro, de feiras a procissões, de minas a romarias, para aproveitar os dias em que os homens se mostravam pródigos. Assim, seguiam o itinerário dos campanários, fornicando por São Cristóvão ou Santa Luzia, pelos Fiéis Defuntos ou pelos Santos Inocentes, à beira das estradas, junto aos muros dos cemitérios, nas praias dos grandes rios ou nos quartos estreitos, de bacia no chão, que alugavam nos fundos das tabernas. O que mais me assombrava era o bom humor com que as recém-chegadas eram recebidas pelas pessoas de bem, sem que as mulheres honestas da casa, a esposa, a jovem filha do hospedeiro, fizessem o menor gesto de menosprezo. Tive a impressão de que eram vistas um pouco como os bobos, os ciganos ou os loucos engraçados, e as criadas da cozinha riam ao vê-las pular, com seus vestidos de baile, sobre os porcos e a lama, carregando suas trouxas com a ajuda de alguns petroleiros já decididos a desfrutar das suas primícias. Eu pensava que aquelas prostitutas errantes, que vinham ao nosso encontro, entrando no nosso tempo, eram primas das andorinhas medievais, que iam de Bremen a Hamburgo, de Antuérpia a Gante, na época das feiras, para tirar maus humores de mestres e aprendizes, aliviando de passagem algum romeiro de Compostela, em troca da permissão de beijar a vieira trazida de tão longe. Depois de recolher suas coisas, as mulheres entraram no refeitório da hospedaria com grande alvoroço. Mouche, maravilhada, me convidou a segui-las, para observar melhor suas roupas e penteados. Ela, que até então permanecera indiferente e sonolenta, estava como que transfigurada. Há seres cujos olhos se acendem ao sentir a proximidade do sexo. Insensível, lamurienta desde a véspera, minha amiga parecia reviver com a primeira atmosfera licenciosa que aparecia no seu caminho. Declarando agora que aquelas prostitutas eram *formidáveis*, únicas, de um estilo que se perdera, começou a se aproximar delas. Ao ver que se sentava num dos bancos do fundo, junto a uma mesa que as recém-chegadas ocupavam, tentando conversar por gestos com uma das mais vistosas, Rosario olhou para mim estranhada, como querendo me dizer alguma coisa. Para me poupar de uma explicação que ela dificilmente entenderia, peguei a bagagem e saí em busca do nosso quarto. Contra as cercas do pátio dançava o reflexo dos fogos. Quando eu estava fazendo as contas das últimas despesas, achei que Mouche chamava por mim com voz angustiada. No espelho do guarda-roupa a vi passar, no outro extremo do corredor, parecendo fugir de um homem que a perseguia. Quando cheguei aonde estavam, o homem já a agarrara pela cintura e a empurrava para dentro de um quarto. Ao receber meu murro, virou-se bruscamente, e seu golpe me arremessou sobre uma mesa coberta de garrafas vazias que se estilhaçaram ao cair. Atraquei meu rival e rolamos pelo chão, sentindo os cacos de vidro furando mãos e braços. Depois de uma luta rápida, em que o outro logo me deixou sem forças, eu me vi preso entre seus joelhos, de costas no chão, sob a massa de dois punhos que se erguiam para cair mais forte, como uma marreta, sobre meu rosto. Nesse instante, Rosario entrou no quarto, seguida do hospedeiro. "Yannes!", gritou. "Yannes!" Agarrado pelos pulsos, o homem se levantou lentamente, como que envergonhado pelo que fizera. O hospedeiro lhe explicava algo que meu estado de nervos me impedia entender. Meu adversário parecia humilde; agora me falava em tom compungido: "Eu não sabia... Engano... Devia dizer que tinha marido". Rosario limpava meu rosto com um pano embebido em rum: "A culpa foi dela; estava misturada com as outras". O pior era que eu não sentia verdadeira cólera contra quem tinha me esmurrado, mas contra Mouche, que, de fato, num impulso muito próprio do seu caráter, tinha ido se sentar com as prostitutas. "Não foi nada... Não foi nada", proclamava o hospedeiro para os curiosos que enchiam o corredor. E Rosario, como se, de fato, nada tivesse acontecido, me fez apertar a mão de quem agora se desmanchava em desculpas. Para acabar de me acalmar, ela me falava do tal Yannes, afirmando que o conhecia havia muito tempo, pois não era desse lugar, e sim de Puerto Anunciación, aquele vilarejo perto da Selva do Sul onde seu pai doente a esperava com o remédio da estampa milagrosa. O epíteto de Buscador de Diamantes, de repente, tornou interessante para mim aquele que pouco antes me esmurrara. Logo nos vimos na cantina, com meia garrafa de aguardente bebida, esquecidos da briga estúpida. De peito largo e cintura enxuta, com um quê de ave de rapina no olhar, o garimpeiro movia um semblante sombreado por um filete de barba que podia ter-se desprendido de um arco de triunfo, pela energia e apostura do perfil. Ao saber que era grego — o que explicava a espantosa eliminação de artigos que caracterizava seu modo de falar —, por pouco não lhe perguntei, brincando, se era um dos Sete contra Tebas. Mas nisso apareceu Mouche, com ar indiferente, como se ignorasse a rinha que nos cobrira as mãos de cortes. Repreendi sua atitude com meias palavras que não expressavam toda a minha irritação. Ela se sentou do outro lado da mesa, sem fazer caso do que eu dizia, e se pôs a examinar o grego — agora tão respeitoso que afastara seu banco para não ficar muito perto da minha amiga — com um interesse que me pareceu uma provocação exasperante num momento como aquele. Ao ouvir as desculpas do Buscador de Diamantes, que qualificava a si mesmo de "bruto idiota maldito", respondeu que o acontecido não tinha importância. Virei-me para Rosario. Ela me olhava de soslaio, com certa gravidade irônica que eu não sabia como interpretar. Tentei puxar uma conversa qualquer que nos afastasse do presente, mas as palavras não me vinham à boca. Mouche, por seu turno, já se aproximara do grego com um sorriso tão insinuante e nervoso que a ira ardeu nas minhas têmporas. Mal havíamos superado um contratempo que por pouco não teve consequências lamentáveis, e ela já se comprazia em aturdir o garimpeiro que meia hora antes a tratara como uma prostituta. Essa atitude era tão literária, devia tanto ao espírito que havia exaltado, neste tempo, a taberna de marinheiros e os cais em brumas, que de súbito ela me pareceu incrivelmente grotesca, na sua incapacidade de se desvencilhar, em face de qualquer realidade, dos lugares-comuns da sua geração. Tinha que escolher um hipocampo, por pensar em Rimbaud, onde vendiam rústicos relicários de artesanato colonial; tinha que zombar da ópera romântica no teatro que, justamente, devolvia sua fragrância ao jardim de Lammermoor, e não via que a prostituta dos romances de evasão se transformara, aqui, num misto de feirante oportuna e de Egipcíaca sem odor de santidade. Fitei-a de um modo tão ambíguo que Rosario, talvez pensando que eu fosse brigar de novo, por ciúmes, tratou de me atalhar em manobra de apaziguamento com uma frase obscura com algo de provérbio e de sentença: "Quando o homem briga, que seja para defender sua casa". Não sei o que Rosario entendia por "minha casa"; mas tinha razão se pretendia dizer o que eu quis entender: Mouche não era "minha casa". Era, pelo contrário, aquela fêmea alvoroçada e desordeira das Escrituras, cujos pés não podiam ficar em casa. Com a frase, estendia-se uma ponte por sobre o espaço da mesa entre Rosario, e senti, nesse momento, o apoio de uma simpatia que talvez sofresse ao me ver outra vez vencido. Por outro lado, a jovem crescia aos meus olhos à medida que as horas transcorriam, ao estabelecer certas relações com o ambiente que me eram cada vez mais perceptíveis. Mouche, ao contrário, ia se revelando tremendamente forasteira dentro de um crescente desajuste entre sua pessoa e tudo o que nos circundava. Uma aura de exotismo se condensava em torno dela, estabelecendo distâncias entre sua figura e as demais; entre suas ações, suas maneiras, e os modos de agir que aqui eram normais. Transformava-se, aos poucos, num elemento estranho, mal situado, excêntrico, que chamava a atenção, como outrora, nas cortes cristãs, chamava a atenção o turbante dos embaixadores da Sublime Porta. Rosario, ao contrário, era como a Cecília ou a Luzia que volta a se engastar nos seus cristais quando se acaba de restaurar um vitral. Da manhã à tarde e da tarde à noite se tornava mais autêntica, mais verdadeira, mais cabalmente desenhada numa paisagem que ia fixando suas constantes à medida que nos aproximávamos do rio. Entre sua carne e a terra que pisávamos se estabeleciam relações escritas nas peles ensombrecidas pela luz, na semelhança das cabeleiras visíveis, na unidade de formas que dava às cinturas, aos ombros, às coxas que aqui se elogiavam um feitio comum de obra saída de um mesmo torno. Eu me sentia cada vez mais próximo de Rosario, que se embelezava de hora em hora, perante a outra que se esfumava na sua distância presente, aprovando tudo o que aquela dizia e expressava. No entanto, ao olhar a mulher como mulher, eu me via desajeitado, coibido, consciente do meu próprio exotismo, ante uma dignidade inata que parecia negada de antemão à investida fácil. Não eram apenas garrafas que se erguiam ali, numa barreira de vidro que impunha cuidado às mãos: eram os mil livros lidos por mim, ignorados por ela; eram suas crenças, costumes, superstições, noções, que eu desconhecia mas que alentavam razões de viver tão válidas quanto as minhas. Minha formação, seus preconceitos, o que lhe ensinaram, o que nela pesava eram outros tantos fatores que, naquele momento, me pareciam inconciliáveis. Eu repetia a mim mesmo que nada disso tinha a ver com o sempre possível acoplamento de um corpo de homem e um corpo de mulher, mas, não obstante, reconhecia que toda uma cultura, com suas deformações e exigências, me separava daquela fronte atrás da qual não devia haver nem sequer uma noção muito clara da redondez da terra nem da disposição dos países no mapa. Tudo isso eu pensava ao recordar suas crenças sobre o espírito unípede das matas. E ao ver o pequeno crucifixo de ouro pendurado no seu pescoço, observei que o único terreno de entendimento que podíamos ter em comum, o da fé em Cristo, fora desertado pelos meus antepassados paternos havia muito tempo: desde que huguenotes expulsos de Saboia pela revogação do Édito de Nantes foram levados à Enciclopédia por um tataravô meu, amigo do barão de Holbach, conservando Bíblias na família, já sem crer nas Escrituras, apenas por não serem isentas de certa poesia... A taberna foi invadida pelos petroleiros de outro turno. As mulheres rubras voltavam dos quartos do pátio, guardando o dinheiro das primeiras transações. Para acabar com a situação falsa que nos mantinha constrangidos em torno da mesa, propus uma caminhada até o rio. O Buscador de Diamantes parecia coibido com a insinuante deferência de Mouche, que o fazia contar suas andanças na selva, que ela nem sequer escutava, balbuciadas num francês de tão poucas palavras que nunca chegava a completar uma frase. Ao ouvir minha proposta de sairmos, ele comprou algumas garrafas de cerveja gelada, como que aliviado, e nos levou a uma rua reta que se perdia na noite, afastando-se dos fogos do vale. Logo chegamos à beira do rio que corria na sombra, com um ruído vasto, constante, profundo, de massa de água dividindo as terras. Não era o agitado escoar das correntes estreitas, nem o chapinhar das torrentes, nem a fresca placidez das ondas de magro curso que eu tantas vezes ouvira de noite em outras ribeiras: era o empuxo sustentado, o ritmo genésico de uma descida iniciada centenas e centenas de léguas acima, nas junções de outros rios vindos de mais longe ainda, com todo o seu peso de cataratas e mananciais. No escuro parecia que a água, que empurrava a água desde sempre, não tinha outra margem e que seu rumor cobria tudo, adiante, até os confins do mundo. Caminhando em silêncio, chegamos a uma enseada — mais um remanso — que era cemitério de velhos barcos abandonados, com seus lemes largados à deriva e os porões cheios de rãs. No meio, encalhado na lama, havia um antigo veleiro, de estampa muito nobre, tendo por figura de proa uma Anfitrite de madeira entalhada, com os seios nus surgindo de véus que se estendiam até os escovéns, em movimento de asas. Perto do casco nos detivemos, quase ao pé da figura que parecia voar sobre nós quando de súbito era avermelhada pelas labaredas volúveis de um queimador. Espreguiçados pelo frescor da noite e pelo ruído perene do rio em curso, acabamos nos recostando no cascalho da margem.

Rosario soltou o cabelo e começou a penteá-lo lentamente, num gesto tão íntimo, tão sabedor da proximidade do sono, que não me atrevi a falar com ela. Mouche, pelo contrário, contava trivialidades, interrogava o grego, festejava suas respostas com risadas em diapasão agudo, sem perceber, pelo jeito, que estávamos num lugar cujos elementos compunham uma daquelas cenografias inesquecíveis que muito poucas vezes o homem encontra no seu caminho. A figura de proa, as chamas, o rio, os barcos abandonados, as constelações: nada do visível parecia emocioná-la. Acho que foi esse o momento em que sua presença começou a me pesar como um fardo que cada jornada carregaria de novos lastros.

11
(Quarta-feira, 13)

Silêncio é palavra do meu vocabulário. Tendo trabalhado a música, usei-a mais que os homens de outros ofícios. Sei como se pode especular com o silêncio; como é medido e enquadrado. Mas agora, sentado nesta rocha, vivo o silêncio; um silêncio vindo de tão longe, espesso de tantos silêncios, que nele a palavra ganharia um fragor de criação. Se eu dissesse algo, se falasse a sós, como faço amiúde, assustaria a mim mesmo. Os marinheiros ficaram abaixo, na beira do rio, cortando capim para os touros sementais que viajavam conosco. Suas vozes não chegam até mim. Sem pensar neles, contemplo essa planície imensa, cujos limites se dissolvem num leve escurecimento circular do céu. Do meu ponto de vista de seixo, de grama, abarco, quase na totalidade, uma circunferência que é parte cabal, inteira, do planeta em que vivo. Já não preciso erguer os olhos para achar uma nuvem: aqueles cirros imóveis, que parecem lá detidos desde sempre, estão à altura da mão que dá sombra às minhas pálpebras. De longe em longe levanta-se uma árvore copuda e solitária, sempre acompanhada de um cacto, que é como um longo candelabro de pedra verde, sobre o qual descansam os gaviões, impassíveis, pesados, como pássaros de heráldica. Nada faz ruído, nada bate em nada, nada rola nem vibra. Quando uma mosca dá com o voo numa teia de aranha, o zumbido do seu horror adquire o valor de um estrondo. Logo o ar retoma a calma, de confim a confim, sem um som. Conto mais de uma hora aqui, sem me mover, sabendo quão inútil é andar onde sempre se estará no centro do contemplado. Muito ao longe desponta um veado entre o juncal de um olho-d'água. E se detém, nobremente erguida a cabeça, tão imóvel sobre o plano que sua figura tem algo de monumento e algo, também, de emblema totêmico. É como o antepassado mítico de homens por nascer; como o fundador de um clã que fará da sua galhada fincada num poste, brasão, hino e bandeira. Ao me farejar na brisa, afasta-se a passos medidos, sem pressa, deixando-me só com o mundo. Volto-me para o rio. Seu caudal é tão vasto que as corredeiras, torvelinhos, volteios que agitam sua perene descida se fundem na unidade de um pulso que lateja, de estios a chuvas, com os mesmos descansos e paroxismos, desde antes da invenção do homem. Embarcamos hoje, na alvorada, e tenho passado longas horas olhando as ribeiras, sem afastar muito a vista da relação de frei Servando de Castillejos, que há três séculos trouxe aqui suas sandálias. A prosa antiga segue válida. Onde o autor apontava uma rocha com perfil de sáurio, erguida na margem direita, eu vi a rocha com perfil de sáurio, erguida na margem direita. Onde o cronista se assombrava ante a presença de árvores gigantescas, eu vi árvores gigantes, filhas daquelas, nascidas no mesmo lugar, habitadas pelos mesmos pássaros, fulminadas pelos mesmos raios. O rio entra, no espaço que meus olhos abarcam, por uma espécie de corte, de rasgo aberto no horizonte dos poentes; alarga-se diante de mim, até esfumar sua margem oposta numa névoa verdejada pelas árvores, e sai da paisagem como entrou, abrindo o horizonte das auroras para se derramar na outra vertente, lá onde começa a proliferação das suas incontáveis ilhas, a cem léguas do Oceano. Junto a ele, que é celeiro, manancial e caminho, não valem agitações humanas nem se levam em conta as pressas particulares. Os trilhos e a estrada ficaram para trás. Navega-se contra a corrente ou com ela. Em ambos os casos há que se ajustar a tempos imutáveis. Aqui, as viagens do homem são regidas pelo Código das Chuvas. Observo agora que eu, medidor maníaco do tempo, atento ao metrônomo por vocação e ao cronógrafo por ofício, deixei, há dias, de pensar na hora, relacionando a altura do sol com o apetite ou o sono. A descoberta de que meu relógio está sem corda me faz rir sozinho, com estrondo, nesta planície sem tempo. Há uma revoada de codornas ao meu redor: o dono do *Manatí* me chama a bordo, com gritos que parecem celeumas, levantando grasnidos por toda parte. Volto a me deitar sobre os fardos de forragem, sob o largo toldo de lona, com os sementais de um lado e as negras cozinheiras do outro. Pelas negras suarentas que socam pimentões cantando, os touros no cio e o acre perfume da alfafa, reina, onde me encontro, um cheiro que me deixa como ébrio. Nada há nada nesse cheiro que se possa qualificar de agradável. No entanto, ele me tonifica, como se sua verdade respondesse a uma necessidade oculta do meu organismo. Ocorre comigo algo parecido ao camponês que volta à terra paterna, depois de passar alguns anos na cidade, e desata a chorar de emoção ao farejar a brisa cheirando a esterco. Algo disso havia — percebo agora — no quintal da minha infância: também lá uma negra suarenta socava pimentões cantando, e havia bois pastando ao longe. E havia sobretudo — sobretudo! — aquele cesto de esparto, barco das minhas viagens com María del Carmen, que cheirava como esta alfafa em que afundo o rosto com uma perturbação quase dolorosa. Mouche, que tem sua rede pendurada onde bate mais brisa, conversa com o garimpeiro grego, sem saber o que este lugar tem de desvão e esconderijo. Rosario, em compensação, escala o monte de fardos sem se incomodar com o aguaceiro que vez por outra transuda da lona, refrescando o capim recém-cortado. Ela se deita a certa distância de mim e sorri, mordendo uma fruta. Assombra-me a coragem dessa mulher, que realiza sozinha, sem vacilações nem medos, uma viagem que os diretores do museu para quem trabalho consideram uma empresa arriscadíssima. Esta sólida têmpera das fêmeas parece coisa muito comum por aqui. Na popa está se banhando, com baldes de água derramados sobre a camisola florida, uma mulata de corpo adolescente que vai se encontrar com seu amante, garimpeiro de ouro, nas cabeceiras de um afluente quase inexplorado. Outra, vestida de luto, vai tentar a sorte como prostituta — na esperança de passar de prostituta a "comprometida" — num vilarejo na orla da selva, onde ainda se conhece a fome nos meses de cheias e alagamentos. Cada vez me pesa mais ter trazido Mouche nesta viagem. Queria poder me misturar melhor com a tripulação, comendo da matalotagem que consideram tosca demais para paladares refinados; conviver mais de perto com essas mulheres sólidas e resolutas, animando-as a me contarem sua história. Mas, sobretudo, queria poder me aproximar mais livremente de Rosario, cuja entidade profunda escapa dos meus meios de indagação aguçados no trato com as mulheres, bem semelhantes entre si, que até agora me foi dado conhecer. A cada passo temo ofendê-la, incomodá-la, ir longe demais na intimidade ou torná-la objeto de atenções que possam lhe parecer tolas ou pouco viris. Às vezes, penso que um instante de isolamento entre os estreitos currais das bestas, onde ninguém pode nos ver, exige uma investida brutal da minha parte; tudo parece me convidar a isso, mas não me atrevo. Observo, contudo, que os homens a bordo tratam as mulheres com uma espécie de rudeza irônica e desembaraçada que parece agradá-las. Mas essa gente tem regras, códigos e senhas, jeitos de falar que eu ignoro. Ontem, ao ver uma camisa de corte fino que eu tinha comprado numa das lojas mais famosas do mundo, Rosario deu risada e disse que roupas como aquela eram coisa de mulher. Perto dela me aflige sem trégua o medo do ridículo, ridículo ante o qual não adianta pensar que os outros "não sabem", pois aqui quem sabe são eles. Mouche ignora que, se eu ainda aparento zelar por ela, se finjo que me importam suas conversas com o grego, é por imaginar que Rosario considera que é meu dever vigiar um pouco a mulher que divide comigo as tribulações da viagem. Às vezes chego a crer que, com um olhar, um gesto, uma palavra cujo sentido não me é claro, ela está marcando um encontro. Escalo o monte de fardos e espero. Mas é justamente aí que me toca esperar em vão. Bramam os touros no cio, cantam as negras para provocar e atiçar os marinheiros; o cheiro da alfafa me embriaga. Com as têmporas e o sexo pulsando, fecho os olhos para cair no exasperante absurdo dos sonhos eróticos.

Ao pôr do sol, atracamos junto a um tosco cais de estacas fincadas no barro. Ao entrar numa vila onde muito se falava em colear e laçar, percebi que estávamos chegando às Terras do Cavalo. Era acima de tudo aquele odor de picadeiro, de suor de ilhargas, que por tanto tempo correu o mundo apregoando a cultura com o relincho. Era aquele martelar surdo que me anunciou a proximidade do ferreiro, ainda atarefado nas suas bigornas e seus foles, pintado em sombra, com seu avental de couro, diante das chamas da forja. Era o chiar da ferradura em brasa apagada na água fria e a canção que rimava o fincar dos cravos no casco. E era depois o choutar nervoso do corcel com seus sapatos novos, ainda temeroso de escorregar sobre as pedras, e os empinos e volteios, conseguidos à brida, diante da jovem debruçada na sua janela, enfeitada com uma fita no cabelo. Com o cavalo reaparecera a selaria, perfumada de couros, fresca de cordovões, com seus operários lidando sob franjas de cilhas, estribos vaqueiros, arções de guadameci e cabeçadas domingueiras com tachas de prata na testeira. Nas Terras do Cavalo parecia que o homem era mais homem. Voltava a ser dono de técnicas milenares que punham suas mãos em trato direto com o ferro e o couro, aprendia as artes da doma e da montaria, desenvolvendo destrezas físicas para ostentar em dias de festa, para as mulheres admiradas com quem tanto sabia apertar com as pernas, com quem tanto sabia fazer com os braços. Renasciam os jogos machos de amansar o garanhão relinchante e colear e derrubar o touro, a besta solar, fazendo rolar sua arrogância por terra. Uma misteriosa solidariedade se estabelecia entre o animal de testículos bem postos, que penetrava suas fêmeas mais profundamente que nenhum outro, e o homem, que tinha por símbolo de coragem universal aquilo que os escultores de estátuas equestres deviam modelar e fundir em bronze ou esculpir em mármore, para que o corcel de bela estampa respondesse pelo Herói sobre ele montado, dando boa sombra aos namorados que se encontravam nos parques municipais. Grande reunião de homens havia nas casas de muitos cavalos cabeceando nos alpendres; mas onde um único cavalo aguardava na noite, meio oculto entre moitas, devia o amo ter tirado as esporas para entrar em sigilo na casa em que uma sombra o aguardava. Era interessante observar agora que, depois de ter sido a máxima fortuna do homem da Europa, sua máquina de guerra, seu veículo, seu mensageiro, o pedestal dos seus próceres, o adorno das suas métopas e seus arcos do triunfo, o cavalo estendia na América sua grande história, pois só no Novo Mundo continuava a desempenhar cabalmente e em tão enorme escala seus ofícios seculares. Se fossem deixadas vazias nos mapas, como as terras incógnitas da Idade Média, as Terras do Cavalo branqueariam um quarto do hemisfério, evidenciando a magna presença da Ferradura num âmbito em que a Cruz de Cristo fizera sua entrada a cavalo, não arrastada, mas erguida, portada ao alto por homens que foram tomados por centauros.

12
(Quinta-feira, 14)

Retomamos a navegação com a lua cheia, pois o patrão tinha que recolher um capuchinho no porto de Santiago de los Aguinaldos, na margem oposta do rio, e queria superar ainda da manhã um passo de corredeiras particularmente impetuosas, aproveitando a tarde para negociar mercadorias. Cumprido o propósito, com magistral manejo do timão e contornando uma ou outra rocha a ponta de vara, eu me encontrei naquele meio-dia numa prodigiosa cidade em ruínas. Eram longas ruas desertas, de casas desabitadas, com as portas podres, reduzidas às ombreiras ou às ferragens, com telhados musgosos às vezes arriados bem no centro, seguindo a quebra de uma viga mestra, roída pelos cupins, coberta de orelhas-de-pau. Restava a colunata de um alpendre sustentando os cacos de uma cimalha partida pelas raízes de uma figueira. Havia escadas sem começo nem fim, como suspensas no vazio, e balcões geminados, pendentes de uma moldura de janela aberta para o céu. As touceiras de trombetas-brancas punham leveza de cortina na vastidão dos salões que ainda conservavam suas lajotas rachadas, com o ouro velho de acácias, o encarnado de bicos-de-papagaio nos cantos escuros e cactos com braços de candelabro tremendo nos corredores, no eixo das correntes de ar, como que erguidos por mãos de invisíveis serviçais. Havia cogumelos nos umbrais e cardos nas lareiras. As árvores trepavam ao longo dos muros, fincando gadanhos nas fendas da alvenaria, e de uma igreja queimada restavam alguns contrafortes e arquivoltas e um arco monumental, prestes a desabar, em cujo tímpano ainda se distinguiam, em vago relevo, as figuras de um concerto celestial, com anjos tocando dulciana, teorba, órgão, viola e maracas. Isso me deixou tão admirado que eu quis voltar ao barco à procura de lápis e papel, para revelar ao Curador, por meio de alguns croquis, essa rara referência organológica. Mas nesse instante soaram tambores e agudas flautas, e vários diabos apareceram numa esquina da praça, dirigindo-se a uma mísera igreja, de gesso e tijolo, situada em frente à catedral incendiada. Os brincantes iam com o rosto oculto por panos negros, como os penitentes de confrarias cristãs; avançavam lentamente, saltitando atrás de uma espécie de chefe e balizador que poderia se desempenhar como Belzebu do Mistério da Paixão, como Tarasca e como Rei dos Loucos, por sua máscara de demônio com três chifres e focinho de porco. Uma sensação de medo me transtornou diante daqueles homens sem rosto, como que cobertos pelo véu dos parricidas; diante daquelas máscaras saídas do mistério dos tempos para perpetuar o eterno pendor do homem pelo Falso Semblante, o disfarce, o fingir-se animal, monstro ou espírito nefasto. Os estranhos brincantes chegaram à porta da igreja e bateram repetidas vezes com a aldrava. Longo tempo permaneceram em pé diante da porta fechada, chorando e carpindo. Mas, de súbito, os batentes se abriram com estrépito e numa nuvem de incenso surgiu o Apóstolo Santiago, filho de Zebedeu e Salomé, montado num cavalo branco que os fiéis levavam sobre os ombros. Ao ver sua coroa de ouro, recuaram os diabos espavoridos, como que atacados de convulsões, tropeçando uns com os outros, caindo, rolando por terra. Atrás da imagem brotara um hino, apoiado, com velha sonoridade de sacabuxa e charamela, por um clarinete e um trombone:

Primus ex apostolis
Martir Jerosolimis
Jacobus egregio
Sacer est martirio.[7]

7 "Primeiro entre os apóstolos/ martirizado em Jerusalém/ o glorioso Santiago/ foi santificado em seu martírio." Estribilho da composição anônima medieval *Dum Pater Familias,* incluída no Códice Calixtino, que veio a se tornar o hino maior dos peregrinos a Santiago de Compostela.

Um sino era volteado para cima, até onde dava, por vários meninos encavalados na trave do campanário, que o impeliam com os pés. A procissão deu uma lenta volta ao redor da igreja, sempre levada pelo falsete nasal do pároco, enquanto os diabos, arremedando tormentos de exorcizados, retrocediam em grupo gemente sob os borrifos do aspersório. Por fim, a imagem de Santiago Apóstolo, o do *Campus Stellae*,[8] sombreado por um pálio de veludo puído, voltou a se engolfar no templo, e suas portas se fecharam com rude choque dos batentes contra um trêmulo ondear de círios e candeias. Então os diabos, deixados fora, começaram a correr, rindo e pulando, passando de demônios a bufões, e se perderam entre as ruínas da cidade perguntando pelas janelas, a gritos grosseiros, se ali as mulheres seguiam parindo. Os fiéis se dispersaram. E eu fiquei sozinho no meio da praça triste, com seu calçamento levantado e rachado por raízes de árvores. Rosario, que entrara na igreja para acender uma vela pelo restabelecimento do pai, apareceu pouco depois na companhia do capuchinho barbudo que ia embarcar conosco e se apresentou como frei Pedro de Henestrosa. Usando de pouquíssimas palavras, numa fala sentenciosa e lenta, o frade me explicou que era costume singular tirar o Santiago na festividade de Corpus Christi, pois fora numa tarde de Corpus Christi que a imagem do santo tutelar chegara a esta vila, pouco depois de ser fundada, e desde aquele tempo se observava a tradição. Logo se juntaram a nós dois negros ponteadores de bandola, com seu instrumento a tiracolo, queixando-se de que este ano a festa tivesse se reduzido a meras salvas e procissões, jurando não voltar mais. Eu soube então que o lugar fora outrora uma cidade de arcas repletas, próspera em enxovais, em armários cheios de lençóis de

8 "Campo de estrelas." Suposta origem latina de "Compostela", baseada na lenda de que o bispo Teodomiro (?-847) foi guiado por uma estrela até o túmulo do apóstolo Tiago Maior, na Galícia, onde hoje se situa a cidade de Santiago de Compostela.

holanda; mas os contínuos saqueios de uma longa guerra local arruinaram seus palácios e herdades, pendurando a hera nos brasões. Quem podia emigrou, desfazendo-se das casas solarengas a qualquer preço. Depois se abatera o açoite das pragas surgidas dos arrozais que, por abandono, viraram pântanos. E então a morte acabou por entregar os palácios ao mato e às moscas, iniciando-se a ruína dos arcos, tetos e dintéis. Hoje não passava de uma povoação de sombras, na sombra do que fora, um dia, a rica vila de Santiago de los Aguinaldos. Muito interessado na narração do missionário, estava pensando em cidades arruinadas por guerras de Barões, assoladas pela peste, quando o par de ponteadores, convidados por Rosario a nos distrair com alguma música do seu agrado, preludiaram nas suas bandolas. E de súbito seu canto me levou muito além nas minhas evocações. Aqueles dois jograis de rosto negro cantavam décimas que falavam de Carlos Magno, de Rolando, do bispo Turpino, da felonia de Ganelão e da espada que retalhara mouros em Roncesvales. Quando chegamos ao atracadouro, puseram-se a evocar a história de uns Infantes de Lara, que eu desconhecia, mas com um vetusto acento que me soou perturbador ao pé de tantos muros rachados e cobertos de fungos, como de antigos castelos abandonados. Finalmente zarpamos quando o crepúsculo alongou as sombras das ruínas. Debruçada na borda, Mouche atinou em dizer que a vista daquela cidade fantasmagórica excedia em mistério, em sugestão do maravilhoso, o que de melhor poderiam imaginar os pintores que ela mais estimava entre os modernos. Aqui os temas da arte fantástica eram coisas de três dimensões, que se apalpavam e se viviam. Não eram arquiteturas imaginárias nem peças de bricabraque poético: caminhava-se nos seus labirintos reais, subia-se pelas suas escadas, partidas no patamar, alongadas por um corrimão sem balaústres que afundava na noite de uma árvore. Não eram tolas as observações de Mouche; mas eu já atingira, com ela, o nível de saturação em que o homem, enjoado de uma mulher, entedia-se até quando a ouve dizer coisas inteligentes. Com sua carga de touros bramadores, galinhas engaioladas, porcos soltos no convés, que corriam sob a rede do capuchinho, enredando-se no seu rosário de sementes; com o canto das cozinheiras negras, a risada do grego dos diamantes, a prostituta de camisola de luto que se banhava na proa, o som dos ponteadores fazendo dançar os marinheiros, esse nosso barco me lembrava o *Navio dos loucos* de Bosch: navio de loucos que agora se afastava de uma ribeira que eu não podia situar em parte alguma, pois, embora as raízes do visto se fincassem em estilos, razões, mitos que eu podia identificar com facilidade, o resultado de tudo isso, a árvore crescida neste solo, me era desconcertante e nova como as árvores enormes que começavam a cerrar as margens e que, reunidas em grupos na boca dos igarapés, se pintavam contra o poente — com redondez de lombo nas ramagens e algo de focinho canino nas copas — como concílios de gigantescos cinocéfalos. Eu identificava, sim, os elementos da cenografia. Mas, na umidade deste mundo, as ruínas eram mais ruínas, as trepadeiras deslocavam as pedras de modo distinto, os insetos tinham outras manhas e os diabos eram mais diabos quando sob seus chifres gemiam negros brincantes. Um anjo e uma maraca não eram coisas novas em si. Mas um anjo maraqueiro, esculpido no tímpano de uma igreja incendiada, era coisa que eu nunca vira em outras partes. Já me perguntava se o papel dessas terras na história humana não seria o de tornar possíveis, pela primeira vez, certas simbioses de culturas, quando fui distraído das minhas reflexões por algo que soava a coisa muito próxima e ao mesmo tempo muito remota. Ao meu lado, para refrescar a memória em dia de Corpus Christi, frei Pedro de Henestrosa salmodiava a meia-voz um canto gregoriano impresso em neumas sobre as páginas amarelas, roídas de insetos, de um *Liber Usualis*[9] de longa história:

Sumite psalmum, et date tympanum;
Psalterium jucundum cum cithara.
Buccinate in Neomenia tuba,
In insigni die solemnitatis vestrae.[10]

13
(Sexta-feira, 15 de junho)

Quando chegamos a Puerto Anunciación — à cidade úmida, sempre sob o assédio de vegetações com que se travava, havia séculos, uma guerra sem vantagens —, entendi que tínhamos deixado para trás as Terras do Cavalo para entrar nas Terras do Cão. Ali se erguiam, atrás dos últimos telhados, as primeiras árvores da selva ainda distante, sua linha de frente, suas sentinelas soberbas, mais obeliscos que árvores, ainda esparsas, distantes umas das outras, sobre a vastidão fragosa do cerradão intrincado de chavascais, cuja rasteira feracidade apagava as trilhas numa noite. Nada tinha a fazer o cavalo num mundo já sem caminhos. E para além da verde massa que fechava os rumos do sul, as veredas e picadas afundavam sob um peso de ramos que não admitiam o avanço de cavalgaduras. Já o Cão, com seus olhos à altura dos joelhos do homem, via o que se ocultava ao pé das taiobas enganosas, no oco dos troncos

9 *Liber Usualis Missae et Officii pro Dominicis et Festis cum Cantu Gregoriano* [Livro de Canto Gregoriano para Missas Ordinárias e Ofícios de Domingos e Feriados]. Compilação de cantos gregorianos usados na tradição católica, editada e publicada pela primeira vez pelos monges da abadia de Solesmes, na França, em 1896.
10 "Elevai a música, soai o tamborim, a harpa melodiosa e a cítara;/ soai a trombeta pelo novo mês, na lua cheia, no dia da nossa festa." Versículos do Salmo 81, tal como constam na versão galicana (*Psalterium Gallicanum*) incluída na Vulgata, a mais frequente nos hinários.

caídos, entre as folhas podres; o Cão de focinho tenso, de faro agudo, com seu dorso onde o perigo se escrevia em sinais de pelo eriçado, mantivera, através do tempo, os termos da sua primordial aliança com o Homem. Porque já era um pacto o que aqui ligava o Cão ao Homem: um mútuo complemento de poderes, que os fazia trabalhar em irmandade. O Cão entrava com os sentidos que estavam atrofiados no seu companheiro de caçadas, os olhos do seu nariz, seu andar sobre quatro patas, sua conveniente aparência de animal entre os outros animais, em troca do espírito empreendedor, das armas, do remo, da verticalidade que o outro manejava. O Cão era o único ser que compartilhava com o Homem os benefícios do fogo, arrogando-se, nesta aproximação a Prometeu, o direito de tomar o partido do Homem em toda guerra travada contra o Animal. Por isso aquela cidade era a Cidade do Latido. Nos saguões, atrás das cercas, embaixo das mesas, os cães esticavam as patas, farejavam, cavoucavam, alertavam. Sentavam-se na proa das barcas, corriam pelos telhados, vigiavam o ponto dos churrascos, assistiam a todas as reuniões e atos coletivos, iam à igreja: e tanto iam que um velho regulamento colonial, nunca observado porque não interessava a ninguém, criava um cargo de enxota-cães para que se expulsassem os cachorros do templo "todos os sábados e vigílias de festas que as tivessem". Em noites de lua, os cães se entregavam à sua adoração num vasto coro de uivos que, por costume, não mais se interpretava como lúgubre presságio, aceitando-se a consequente vigília com a tolerância resignada que se há de ter com os rituais um tanto irritantes de parentes que praticam uma religião que não é a nossa.

O lugar que chamavam de pousada, em Puerto Anunciación, era um antigo quartel de paredes trincadas, com cômodos que davam para um pátio cheio de lodo onde se arrastavam grandes tartarugas, presas ali como garantia para dias de penúria. Dois catres de lona e um banco de madeira constituíam toda a mobília, com um pedaço de espelho preso atrás da porta por três pregos enferrujados. Como a lua acabava de reaparecer sobre o rio, tornara a se levantar, depois de uma pausa, a ululante antífona dos cães — das gigantescas árvores prateadas da missão franciscana até as ilhas pintadas em negro —, com inesperados responsos na outra margem. Mouche, de péssimo humor, relutava em aceitar que tínhamos deixado a eletricidade para trás, que aqui ainda se vivia no tempo do lampião e da vela, e que não havia nem sequer uma farmácia onde comprar coisas úteis para seu cuidado pessoal. Minha amiga tinha a astúcia de ocultar as atenções que dedicava constantemente ao seu rosto e ao seu corpo, para que os estranhos acreditassem que ela estava acima de tais vaidades femininas, indignas de uma intelectual, e assim dava a entender, de passagem, que sua juventude e sua beleza natural bastavam para ser atraente. Sabendo dessa sua estratégia, eu muitas vezes me divertira em observá-la do alto dos fardos de aniagem, notando com maligna ironia a frequência com que ela se examinava a um espelho, franzindo o cenho com despeito. Agora me espantava constatar como a matéria mesma da sua figura, a carne de que era feita, parecia ter murchado desde o despertar daquela última jornada de navegação. Maltratada por águas duras, sua cútis se inflamara, revelando regiões de poros demasiado abertos no nariz e nas têmporas. Seus cabelos agora pareciam estopa, de um loiro esverdeado com matiz desigual, denunciando o quanto seu acobreado brilho habitual se devia ao manejo de inteligentes tinturas. Sob uma blusa manchada de estranhas resinas que pingavam dos toldos, seu busto parecia menos firme, e mal retinham o esmalte umas unhas quebradas pelo constante agarrar-se ao que a vida impunha num convés cheio de baldes e barris, do galpão flutuante que havia sido nosso barco. Seus olhos, de um castanho lindamente jaspeado de verde e amarelo, refletiam um sentimento que era um misto de tédio, cansaço, nojo de tudo, cólera latente por não poder gritar a que ponto lhe era insuportável esta viagem que, no entanto, ela empreendera com frases de alto júbilo literário. Porque na véspera da nossa partida — eu recordava agora — ela invocara o famigerado *desejo de evasão*, dotando a grande palavra *Aventura* de todas as suas implicações de "convite à viagem", fuga do cotidiano, encontros fortuitos, visão de Incríveis Flóridas de poeta alucinado. E até agora — para ela, que permanecia alheia às emoções que tanto me deleitavam a cada dia, devolvendo-me sensações esquecidas desde a infância —, a palavra *Aventura* só significara um confinamento forçado no hotel da cidade, a visão de panoramas de uma grandeza monótona e reiterada, um trasladar-se sem peripécias, arrastando-se a fadiga de noites sem luz de cabeceira, truncadas no primeiro sono pelo canto dos galos. Agora, abraçada aos próprios joelhos, sem se incomodar com o que a desordem da saia deixava à mostra, balançava-se suavemente no meio da cama, tomando pequenos goles de aguardente numa caneca de lata. Falava das pirâmides do México e das fortalezas incas — que só conhecia por imagens —, das escadarias de Monte Albán e das aldeias de barro cozido dos Hopi, lamentando que, neste país, os índios não tivessem erguido semelhantes maravilhas. Depois, adotando a linguagem "entendida", categórica, carregada de termos técnicos, tão usada pelas pessoas da nossa geração — e que eu qualificava, para mim, de "tom economista" —, passou à acusação do modo de viver da gente daqui, dos seus preconceitos e crenças, do atraso da sua agricultura, das falácias da mineração, que a levou, por óbvio, a falar da mais-valia e da exploração do homem pelo homem. Para contrariá-la, respondi que, justamente, se havia algo que me maravilhava nesta viagem era a descoberta de que ainda restavam imensos territórios no mundo com habitantes que viviam à margem das febres do dia, e que aqui, por mais que muitíssimos indivíduos se contentassem com um teto de palha, uma moringa, um *budare*,[11] uma rede e um violão, subsistia neles certo animismo, uma consciência de tradições muito antigas, uma lembrança viva de certos mitos que eram, em suma, presença de uma cultura mais honrada e válida, provavelmente, do que aquela que deixáramos *lá*. Para um povo era mais interessante conservar a memória da *Canção de Rolando* que ter água quente nas torneiras. E me agradava ver que ainda restavam homens pouco dispostos a trocar sua alma profunda por algum dispositivo automático que, ao abolir o gesto da lavadeira, arrastava junto suas canções, acabando num só golpe com um folclore milenar. Fingindo não me ouvir, ou que minhas palavras não tinham para ela o menor interesse, Mouche afirmou que aqui não havia nada que merecesse ser visto ou estudado; que este país não tinha história nem caráter e, anunciando sua decisão como sentença, falou em partir ao amanhecer, já que nosso barco, navegando agora a favor da corrente, poderia cobrir o percurso de volta em pouco mais de um dia. Mas agora pouco me importavam seus desejos. E como isso era muito novo em mim, quando declarei secamente que pensava em cumprir meu acordo com a Universidade, seguindo até onde pudesse encontrar os instrumentos musicais que me encomendaram coletar, minha amiga de repente foi tomada de cólera e me chamou de *burguês*. Esse insulto — eu bem o conhecia! — era um resquício da época em que muitas mulheres com sua formação se proclamaram revolucionárias para gozar as intimidades de uma militância que arrastava não poucos intelectuais interessantes e entregar-se aos desmandos do sexo com o respaldo de ideias filosóficas e sociais, depois de fazê-lo ao amparo das ideias estéticas de certas igrejinhas literárias. Sempre ciosa do seu bem-estar, pondo acima de tudo seus prazeres e pequenas paixões, Mouche me parecia o arquétipo da

11 Disco de barro cozido ou de ferro utilizado para assar ou torrar alimentos, sobretudo a *arepa*, o pão de milho típico da Colômbia e da Venezuela.

burguesa. Contudo, qualificava de *burguês*, como suprema ofensa, todo aquele que tentasse opor ao seu critério algo que se pudesse associar a certos deveres ou princípios incômodos, não transigisse com certas licenças físicas, encerrasse preocupações de tipo religioso ou pedisse uma ordem. E já que meu empenho em ficar bem com o Curador e, portanto, com minha consciência, se interpunha no seu caminho, tal propósito devia, por força, ser qualificado por ela de *burguês*. E agora se levantava da cama, com as grenhas sobre o rosto, erguendo seus pequenos punhos à altura da minha testa numa gesticulação raivosa que eu via pela primeira vez. Gritava que queria estar em Los Altos o quanto antes; que precisava do frio da montanha para se recompor; que era lá onde passaríamos o tempo das férias que me restava. De repente, o nome de Los Altos me enfureceu, recordando as suspeitas atenções de que a pintora canadense cercara minha amiga. E embora eu costumasse tomar cuidado para não proferir palavras excessivas nas discussões com ela, esta noite, encontrando certo prazer em vê-la tão feia à luz do lampião, senti uma nervosa necessidade de magoá-la, de feri-la, para aliviar um lastro de velhos rancores acumulados no mais fundo de mim mesmo. A modo de abertura, comecei insultando a canadense, com um qualificativo que teve sobre Mouche o efeito da picada de um alfinete em brasa. Deu um passo para trás e me atirou a caneca de aguardente na cabeça, errando por um fio. Assustada com o que fizera, já ia se dirigindo a mim com as mãos arrependidas, mas minhas palavras, autorizadas pela sua violência, tinham rompido as amarras: gritei que não a amava mais, que sua presença era intolerável, que até seu corpo me enojava. E deve ter soado tão tremenda essa voz desconhecida, espantosa para mim mesmo, que ela fugiu correndo para o pátio, como se algum castigo pudesse se suceder às palavras. Mas, esquecida da lama, escorregou brutalmente e caiu no charco cheio de tartarugas. Ao se sentir sobre as carapaças molhadas, que começaram a se mover como as armaduras de guerreiros tragados por um pântano, deu um berro de terror que acordou as matilhas há algum tempo caladas. Em meio ao mais universal concerto de latidos, arrastei Mouche até o quarto, tirei suas roupas fedendo a lama e a lavei dos pés à cabeça com um grosso pano esfarrapado. Depois de fazê-la beber um grande trago de aguardente, eu a deitei e a cobri no seu catre e fui para a rua sem fazer caso dos seus apelos e soluços. Queria — precisava — esquecer-me dela por algumas horas.

Numa taberna próxima, encontrei o grego bebendo desbragadamente na companhia de um homenzinho de sobrancelhas emaranhadas, apresentando-o como o Adelantado,[12] avisando que o cachorro amarelo que ao seu lado lambia cerveja numa cuia era um notável sujeito que atendia pelo nome de Gavilán. Agora, o garimpeiro celebrava a sorte que tão facilmente me pusera em contato com um indivíduo muito pouco visto em Puerto Anunciación. Cobrindo territórios imensos — explicava —, que abarcavam montanhas, abismos, tesouros, povos errantes, vestígios de civilizações desaparecidas, a selva era, no entanto, um mundo inteiro compacto, que alimentava sua fauna e seus homens, modelava suas próprias nuvens, armava seus meteoros, elaborava suas chuvas: nação escondida, mapa cifrado, vasto país vegetal de pouquíssimas portas. "Algo assim como a Arca de Noé, onde couberam todos os animais da terra, mas tinha só uma pequena porta", observou o homenzinho. Para penetrar nesse mundo, o Adelantado tivera que conseguir as chaves de secretas entradas; só ele conhecia certo passo entre dois troncos, único em cinquenta léguas, que levava a uma estreita escadaria de lajes pela qual era possível descer ao vasto mistério dos grandes barroquismos telúricos.

12 Durante a colonização espanhola da América, era a máxima autoridade política, militar e judicial, nomeada pela coroa. Os *adelantamientos* sob sua jurisdição foram paulatinamente convertidos em províncias.

Só ele sabia onde estava a passarela de cipós que permitia andar por baixo da cascata, a poterna de serapilheira, a passagem pela caverna dos petróglifos, a enseada oculta, que conduziam aos corredores transitáveis. Ele decifrava o código dos galhos envergados, das incisões nas cascas, do galho-não-caído-mas-colocado. Ele sumia durante muitos meses e, quando começavam a esquecê-lo, surgia por um rombo aberto na muralha vegetal, trazendo coisas. Era, por vezes, um carregamento de borboletas, ou peles de lagartos, sacos cheios de penas de garça, pássaros vivos que cantavam de maneira estranha, ou peças de olaria antropomórfica, utensílios líricos, cestarias raras, que podiam interessar a algum forasteiro. Uma vez reapareceu, depois de uma longa ausência, seguido por vinte índios carregados de orquídeas. O nome de Gavilán devia-se à habilidade do cachorro em apanhar aves, feito um gavião, e depois levá-las para o dono sem lhes arrancar uma pena sequer, a fim de ver se apresentavam algum interesse para o negócio comum. Aproveitando que o Adelantado, chamado da rua, se afastara para cumprimentar o Pescador de Toninhas, que andava em negociações com alguns dos seus quarenta e dois filhos naturais, o grego, falando rápido, disse que, segundo a opinião geral, o extraordinário personagem teria topado, nas suas andanças, com uma portentosa jazida de ouro, localizada num rumo que, obviamente, ele conservava em total segredo. Ninguém entendia por quê, quando aparecia com carregadores, estes logo regressavam com mais provisões que o necessário para o sustento de poucos homens, levando, ainda, algum varrão de cria, tecidos, pentes, açúcar e outras coisas de escassa utilidade para quem navega por remotos riachos. Esquivava-se das perguntas daqueles que o interrogavam a respeito e voltava a tocar seus índios para a mata, aos gritos, sem deixá-los vagar pelo povoado. Dizia-se que devia estar explorando um veio com a ajuda de homens perseguidos pela justiça, ou que se valia de cativos comprados de uma tribo guerreira, ou que se tornara o rei de um quilombo de negros fugidos para o mato fazia trezentos anos, e que, conforme afirmavam alguns, tinham uma aldeia defendida por paliçadas onde sempre retumbava um trovão de tambores. Mas já voltava o Adelantado, e o garimpeiro, para mudar rapidamente de assunto, falou do objeto da minha viagem. Acostumado a lidar com pessoas animadas por propósitos singulares, amigo de um herborista esquisito chamado Montsalvatje, que cobria de grandes elogios, o Adelantado disse que poderia achar os instrumentos solicitados nas primeiras aldeolas de uma tribo que vivia, a três jornadas por rio, às margens de um córrego chamado El Pintado, por causa da sempre mutável cor das suas águas revoltas. Como eu agora o interrogava acerca de certos ritos primitivos, ele enumerou todos os objetos para fazer música que guardava na memória, fazendo soar, com onomatopeias afinadas pela aguardente e gestos de quem os tocasse, uma série de tambores de tronco, flautas de osso, trompas de chifre e crânio, vasos-para-bramar-em-funerais e pandeiros de cura. Estávamos nisso, quando apareceu frei Pedro de Henestrosa com a notícia de que o pai de Rosario acabava de morrer. Um tanto abalado pela forma brusca como a notícia chegou a mim, mas ao mesmo tempo espicaçado pelo desejo de rever a jovem, de quem nada sabia desde nossa chegada, rumei para a esquina do passamento, por ruas em cujo centro corriam regatos turvos, na companhia do grego, do capuchinho e do Adelantado, seguidos por Gavilán, que nunca faltava a um velório quando estava na vila. Na minha boca persistia o sabor avelanado da aguardente de agave que acabava de provar com deleite na taberna que ostentava no seu letreiro floreado um nome engraçado e absurdo: *Los Recuerdos del Porvenir*.[13]

13 "As lembranças do futuro."

14
(Noite de sexta-feira)

Naquele casarão de oito janelas gradeadas, a Morte continuava a trabalhar. Estava em toda parte, diligente, solícita, ordenando suas pompas, agrupando o choro, acendendo os círios, velando para que a toda a povoação coubesse nas vastas salas de bancos profundos e largas soleiras para melhor contemplar sua obra. Já se erguia, sobre um catafalco de velhos veludos roídos pelos fungos, o ataúde ainda ecoando marteladas, orlado de grandes cravos prateados, recém-trazido pelo Carpinteiro, que nunca errava na exata medida de um defunto, pois sua memória precavida conservava a humana proporção de todos os vivos que moravam na vila. Da noite surgiam flores demasiado perfumadas, que eram flores de pátios, de beirais, de jardins retomados pela selva — nardos e jasmins de pétalas pesadas, lírios silvestres, cerosas magnólias — apertados em ramos, com laços que ontem enfeitavam penteados de baile. No saguão, no vestíbulo, os homens, de pé, conversavam gravemente, enquanto as mulheres rezavam em antífona nos dormitórios, com a obsessiva repetição por todas de um *Ave Maria, cheia de graça, o Senhor é convosco, bendita sois vós entre as mulheres*, num rumor que se levantava nos cantos escuros, entre imagens de santos e rosários pendentes de mísulas, crescendo e baixando, com o tempo invariável de ondas mansas que fizessem rolar os seixos de um recife. Os espelhos todos, com suas profundezas em que o morto vivera, estavam velados com crepes e panos. Vários notáveis: o Prático de Corredeiras, o Prefeito e o Professor, o Pescador de Toninhas, o Curtidor de Peles, acabavam de se inclinar sobre o cadáver, depois de jogar a ponta do cigarro no chapéu. Nesse momento, uma moça magrinha, vestida de preto, deu um grito agudo e caiu no chão, como que sacudida por convulsões. Em braços foi retirada da sala. Mas era Rosario quem agora se aproximava do catafalco. Toda enlutada, com o cabelo lustroso apertado à cabeça, pálidos os lábios, pareceu-me de uma impressionante beleza. Correu a vista por todos com os olhos crescidos pelo choro e, de súbito, como se tivesse sido ferida nas entranhas, crispou as mãos junto à boca, lançou um aulido longo, desumano, de besta flechada, de parturiente, de endemoninhada, e se abraçou ao ataúde. Dizia agora com voz rouca, entrecortada de estertores, que ia lacerar suas roupas, que ia arrancar os próprios olhos, que não queria mais viver, que se jogaria no túmulo para ser coberta de terra. Quando tentaram afastá-la, resistiu enraivecida, ameaçando os que tentavam desprender seus dedos do veludo preto, numa linguagem misteriosa, arrepiante, como surgida das profundezas da vidência e da profecia. Com a garganta rachada pelos soluços, falava de grandes desgraças, do fim do mundo, do Juízo Final, de pragas e expiações. Por fim a retiraram do aposento, como que desmaiada, com as pernas inertes, a cabeleira desfeita. Suas meias pretas, rasgadas na crise; seus sapatos recém-tingidos, de saltos gastos, arrastados pelo piso com as pontas para dentro, causaram em mim uma compunção atroz. Mas agora outra das irmãs já abraçava o ataúde… Impressionado pela violência dessa dor, pensei, de repente, na tragédia antiga. Nessas famílias tão numerosas, onde cada qual tinha suas roupas de luto dobradas nas arcas, a morte era coisa bem corriqueira. As Mães que pariam muito sabiam amiúde da sua presença. Mas essas mulheres que repartiam tarefas consabidas em torno de uma agonia, que desde a infância sabiam vestir defuntos, velar espelhos, rezar a oração adequada, *protestavam* diante da morte, em rito vindo do muito remoto. Porque isso era, antes de mais nada, uma espécie de protesto desesperado, cominatório, quase mágico, ante a presença da Morte na casa. Diante do cadáver, essas camponesas clamavam em diapasão de coéforas, soltando as cabeleiras espessas, como véus negros, sobre rostos terríveis de filhas de reis; cadelas sublimes, ululantes troianas, expulsas dos seus palácios incendiados. A persistência desse desespero, o admirável senso dramático com que as nove irmãs — pois eram nove — foram aparecendo pela porta direita e pela porta esquerda, preparando a entrada de uma Mãe que foi Hécuba prodigiosa, maldizendo sua solidão, soluçando sobre as ruínas da sua casa, gritando que não tinha Deus, me levaram a suspeitar que havia bastante teatro em tudo isso. Um parente, realmente admirado, observou — perto de mim — que essas mulheres choravam seu morto que dava gosto. Mas mesmo assim eu me sentia envolvido, arrastado, como se tudo aquilo despertasse em mim sombrias rememorações de ritos funerários observados pelos homens que me precederam no reino deste mundo. E de alguma dobra da minha memória surgia agora o verso de Shelley, que se repetia a si mesmo, como enovelado no seu próprio sentido:

How canst thou hear
Who knowest not the language of the dead?[14]

Os homens das cidades em que eu sempre vivera, de fato, já não conheciam o sentido dessas vozes, por terem esquecido a linguagem de quem sabe falar com os mortos. A linguagem daqueles que sabem do horror último de ficar sós e adivinham a angústia dos que imploram que não os deixem sós em tão incerto caminho. Ao gritar que se jogariam no túmulo do pai, as nove irmãs cumpriam com uma das mais nobres formas do rito milenar, no qual se entregam presentes ao morto, prometem-se a ele coisas impossíveis, para burlar sua solidão — põem moedas na sua boca, rodeiam-no de figuras de serviçais, de mulheres, de músicos —; dão a ele senhas, credenciais, salvo-condutos, para Barqueiros e Senhores da Outra Margem, cujas tarifas e exigências nem sequer se conhecem.

14 "Como ouves/ quem a língua dos mortos não conhece?"

Recordava, ao mesmo tempo, que coisa mesquinha e medíocre a morte se tornara para os homens da minha Margem — minha gente —, com seus grandes negócios frios, de bronzes, pompas e orações, que mal ocultavam, atrás das suas coroas e leitos de gelo, uma mera agremiação de preparadores enlutados, com solenidades formais, objetos usados por muitos e algumas mãos estendidas sobre o cadáver, à espera de moedas. Poderiam alguns sorrir diante da tragédia que aqui se representava. Mas, através dela, alcançavam-se os ritos primordiais do homem. Estava pensando nisso quando o Buscador de Diamantes se aproximou de mim com uma expressão singularmente maliciosa, para me aconselhar que procurasse Rosario, que se encontrava junto ao fogão, sozinha, coando café para as mulheres. Contrariado com o tom irônico das suas palavras, respondi que achava o momento inoportuno para distraí-la do seu sofrimento. "Entra; e que nada receie o teu coração", disse então o grego, como se repetisse uma lição, "pois um homem corajoso sai-se melhor em todas as coisas, mesmo quando a uma terra chega como estrangeiro." Eu já ia replicar que não precisava de tão chocante conselho, quando o garimpeiro, com tom repentinamente declamado, acrescentou: "A primeira pessoa que encontrares na sala será a rainha; seu nome é Arete, e provém dos mesmos progenitores que geraram o rei Alcínoo". E para pôr termo à minha estupefação ante palavras que me apanhavam de surpresa, fixou no meu rosto olhos de ave, e concluiu, rindo: *Homer Odisseus*, empurrando-me para a cozinha com um rijo tranco. Lá, entre talhas e botijas, panelas de barro e fogões a lenha, estava Rosario, atarefada em verter água fervente num grande cone de pano tingido por anos de borra. Parecia aliviada da dor pela violência da sua crise. Com voz calma, ela me explicou que a oração dos Catorze Santos Auxiliares chegara tarde para salvar o pai. Em seguida me falou da sua doença num modo legendário, que revelava um conceito mitológico da fisiologia humana. A coisa tinha começado por causa de um desgosto com um compadre, complicado por um excesso de sol ao atravessar um rio, que provocara a subida de humores ao cérebro, gelada a meio caminho por uma corrente de ar que lhe deixara meio corpo sem sangue, causando assim uma inflamação das coxas e das partes que, por fim, se transformara, depois de quarenta dias de febre, num endurecimento das paredes do coração. Enquanto Rosario falava, fui me aproximando dela, atraído por uma espécie de calor que se desprendia do seu corpo e alcançava minha pele através da roupa. Estava encostada numa enorme talha posta no chão, com os cotovelos apoiados nas bordas, de tal modo que a curva do barro arqueava sua cintura para meu lado. O fogo dos fogões pegava de frente nela, movendo remotas luzes nos seus olhos sombrios. Com vergonha de mim mesmo, senti que a desejava com um ímpeto esquecido desde a adolescência. Não sei se em mim se tramava o abominável jogo, tema de tantas fábulas, que nos faz apetecer a carne viva na proximidade da carne que não voltará a viver, mas tão intenso deve ter sido o olhar que a despiu dos seus lutos que Rosario tratou de pôr a talha entre ela e eu, contornando-a com passo enviesado, como quem circunda a boca de um poço, e tornou a apoiar os cotovelos na borda, mas agora de frente para mim, olhando-me da outra margem de um fosso negro, cheio de água, que dava às nossas vozes um eco de nave de catedral. Por momentos me deixava só, ia até a sala do velório, e voltava, enxugando as lágrimas, aonde eu a esperava com impaciência de amante. Pouco nos dizíamos. Ela se deixava contemplar, por sobre a água da talha, com uma passividade fagueira que tinha algo de entrega. Pouco depois, os relógios deram a hora do amanhecer, mas não amanheceu. Estranhados, saímos todos para a rua, para os pátios. O céu estava fechado, onde devia surgir o sol, por uma estranha nuvem avermelhada, como de fumaça, como de cinzas candentes, como de um pólen pardo que subisse rapidamente, estendendo-se de horizonte a horizonte. Quando a nuvem esteve sobre nós, começaram a chover borboletas sobre os telhados, nas vasilhas, sobre nossos ombros. Eram borboletas pequenas, de um amarantino profundo, estriadas de violeta, que se levantaram em miríades e miríades, em algum ignoto ponto do continente, além da selva imensa, talvez espantadas, expulsas, depois de uma multiplicação vertiginosa, por algum cataclismo, por algum evento tremendo, sem testemunhas nem história. O Adelantado me disse que essas nuvens de borboletas não eram uma novidade na região e que, quando chegavam, dificilmente se via o sol durante todo o dia. O enterro do pai, portanto, seria feito à luz dos círios, numa noite diurna, avermelhada de asas. Neste recanto do mundo ainda se sabia de grandes migrações semelhantes àquelas, narradas por cronistas de Anos das Trevas, em que se via o Danúbio negro de ratos, ou os lobos, em matilhas, irrompiam no mercado das cidades. Na semana anterior — contavam-me —, uma enorme onça tinha sido morta pelos moradores no átrio da igreja.

15
(Sábado, 16 de junho)

Meio invadido pelo mato que venceu seus muros, o cemitério onde deixamos enterrado o pai de Rosario é como uma extensão e dependência da igreja, separado dela apenas por um tosco portão e um ladrilhado que é a base de uma cruz espessa, de braços curtos, em cuja pedra cinzenta aparecem enumerados, a cinzel, os instrumentos da Paixão. A igreja é baixa, de paredes muito grossas, com grandes volumes de pedra acusados pela profundidade dos nichos e pela robustez de contrafortes que mais parecem espigões de fortaleza. Seus arcos são baixos e toscos; o teto de madeira, com vigas que descansam em mísulas pouco artesoadas, evoca o das primitivas igrejas românicas. Ali dentro reina, na manhã já avançada, uma noite enrubescida pelo êxodo de borboletas que ainda se atravessa entre a terra e o sol. Assim, rodeados pelos seus círios e candeias, tornam-se mais personagens de retábulo, mais figuras de estampa, os velhos santos que aparecem entregues aos seus Ofícios, como se o templo fosse antes de mais nada uma oficina: Isidro, que recebeu uma enxada para lavrar, de verdade, seu pedestal vestido de relva fresca e pés de milho; Pedro, que carrega um chaveiro enorme, no qual a cada dia penduram uma nova chave; Jorge, lanceando o dragão com tanta sanha que mais parece garrocha que arma isso que o mantém assim voando sobre o inimigo; Cristóvão, agarrado a uma palma, tão gigante que o Menino é menor que a distância entre ombro e orelha; Lázaro, sobre cujos cães colaram pelos de cão verdadeiro, para que mais verdadeiramente pareçam lamber suas chagas. Ricos em poderes atributivos, assoberbados de pedidos, pagos na justa moeda de ex-votos, levados em procissão a qualquer hora, esses santos adquiriam, na vida cotidiana da população, uma categoria de funcionários divinos, de intercessores por encomenda, de burocratas celestiais, sempre disponíveis numa espécie de Ministério de Súplicas e Demandas. Todo dia recebiam dádivas e luzes que costumavam trazer outros tantos rogos pelo perdão de uma blasfêmia das grandes. Eram interpelados; expunham-lhes problemas de reumatismos, granizadas, desgarre de animais. Os jogadores os invocavam num descarte e a prostituta lhes acendia uma vela em dia de boa féria. Isso — que o Adelantado contava entre risos — me reconciliava com o mundo divino que, nas cidades de onde eu vinha, com o esmorecimento das Legendas Áureas em capelas de metal, com os maneirismos plásticos do vitral recente, perdera toda vitalidade. Diante do Cristo de madeira negra que parecia dessangrar sobre o altar-mor, eu achava a atmosfera de auto sacramental, de mistério, de hagiografia estremecedora que me intimidara, certa vez, numa velhíssima capela de feição bizantina, perante imagens de mártires com alfanjes cravados no crânio de orelha a orelha, de bispos guerreiros sobre cavalos que calcavam as ferraduras ensanguentadas sobre cabeças de pagãos. Em outro momento eu teria me demorado mais um pouco na rústica igreja, mas a penumbra de borboletas que nos envolvia começava a ter, para mim, a ação enervante de um eclipse que se prolongava para além do possível. Isso, mais as fadigas da noite, me levou até o albergue onde Mouche, crente de que ainda não amanhecera, continuava dormindo, abraçada a um travesseiro. Quando acordei, ao cabo de algumas horas, ela já não se encontrava no quarto, e o sol, findo o grande êxodo pardo, tinha reaparecido. Contente por me ver livre de uma possível contenda, me encaminhei para a casa de Rosario, desejando intensamente que já estivesse acordada. Lá tudo voltara ao ritmo cotidiano. As mulheres, vestidas de luto, estavam placidamente entregues aos seus afazeres — com o velho costume de continuar vivendo depois do percalço habitual da morte. No pátio cheio de cachorros adormecidos, o Adelantado estava combinando com frei Pedro uma entrada na selva para bem logo. Nisso apareceu Mouche, seguida do grego. Parecia esquecida da sua decisão de regressar, expressa tão raivosamente na noite anterior. Pelo contrário: havia na sua expressão uma espécie de alegria maligna e desafiante que Rosario, atarefada em costurar roupas de luto, observou ao mesmo tempo que eu. Minha amiga se achou na obrigação de explicar que encontrara Yannes por acaso no embarcadouro, junto à barca a vela de uns seringueiros que se preparavam para seguir rio acima, evitando a corredeira de Piedras Negras pelo atalho de um estreito igarapé navegável nesta época. Ela suplicara ao garimpeiro que a levasse para contemplar aquela barreira de granito, limite de toda navegação robusta desde que os primeiros descobridores choraram de despeito, diante da sua pavorosa realidade de caldeirões espumosos, de águas levantadas aos jorros, de troncos atravessados em sorvedouros cheios de bramidos. Ela já começava a fazer literatura em torno do grandioso espetáculo, mostrando umas flores raras, espécie de lírios selvagens, que dizia ter colhido à beira das gargantas fragorosas, quando o Adelantado, que nunca prestava atenção no que as mulheres diziam, interrompeu seu discurso — que, de resto, não entendia — com gesto impaciente. Era de parecer que devíamos aproveitar a barca dos seringueiros para adiantar um bom trecho de voga com maior comodidade. Yannes assegurava que poderíamos chegar à mina de diamantes dos seus irmãos naquela mesma noite. Contrariando minhas expectativas, Mouche, ao ouvir falar em "mina de diamantes" — deslumbrada, imagino, pela visão de uma gruta rutilante de gemas —, aceitou a ideia com alvoroço. Pendurou-se no pescoço de Rosario, implorando que nos acompanhasse nessa etapa, tão fácil, da nossa viagem. Amanhã descansaríamos no local da mina. Lá ela poderia esperar nosso regresso quando seguíssemos adiante. Imagino que Mouche, na realidade, queria sondar o que nos aguardaria agora, avaliando os escolhos sem mais risco que uma jornada curta, contando com uma companhia garantida para voltar a Puerto Anunciación, se desistisse de seguir viagem. Em todo caso, era muito grato para mim que Rosario viesse conosco. Olhei para ela e encontrei seu olhar suspenso sobre o cesto de costura, como que esperando minha decisão. Ao notar minha anuência, reuniu-se de pronto às irmãs, que montaram um grande concertante de protestos nos quartos e tanques, afirmando que esse propósito era uma loucura. Mas ela, sem fazer caso das irmãs, reapareceu dali a pouco com uma trouxa de roupas e uma capa tosca. Aproveitando que Mouche caminhava à frente de nós pelo caminho do albergue, Rosario apressou-se a dizer, como quem revela um grave segredo, que as flores trazidas pela minha amiga não cresciam nos penhascos de Piedras Negras, mas numa ilha frondosa, primitiva sede de uma missão abandonada, que ela me apontava com uma das mãos. Eu ia lhe pedir mais esclarecimentos, mas ela, a partir desse instante, cuidou de não permanecer sozinha comigo, até que nos vimos instalados na barca dos seringueiros. Depois de superar o atalho com a vara, a barca avançava agora rio acima, bordejando um tanto para se esquivar do impulso poderoso da corrente. Sobre a vela triangular, de galera antiga, muito desprendida do mastro, refletiam-se as luzes do poente. Nesta antessala da Selva, a paisagem se mostrava solene e ao mesmo tempo sombria. Na margem esquerda viam-se colinas negras, piçarrentas, estriadas de umidade, de espantosa tristeza. Nas suas fraldas jaziam blocos de granito em forma de sáurios, de antas, de animais petrificados. Uma massa de três corpos se erguia na quietude de um brejo com porte de cenotáfio bárbaro, arrematada por uma formação oval que parecia uma gigantesca rã no instante de saltar. Tudo respirava mistério naquela paisagem mineral, quase órfã de árvores. De trecho em trecho havia amontoamentos basálticos, monólitos quase retangulares, tombados entre arbustos escassos e esparsos, que pareciam as ruínas de templos muito arcaicos, de menires e dólmens — restos de uma necrópole perdida, onde tudo era silêncio e imobilidade. Era como se uma civilização estranha, de homens diferentes dos conhecidos, tivesse florescido ali, deixando, ao se perder na noite das idades, os vestígios de uma arquitetura criada com fins ignorados. E é que uma cega geometria tinha intervindo na dispersão daquelas pedras erguidas ou derrubadas que desciam, em séries, até o rio: séries retangulares, séries em fluxo plano, séries mistas, ligadas entre si por caminhos de lajotas balizadas de obeliscos truncados. Havia ilhas, no meio da correnteza, que eram como amontoados de blocos erráticos, como punhados de inconcebíveis calhaus largados aqui, ali, por um fantástico despedaçador de montanhas. E cada uma dessas ilhas reavivava em mim a palpitação de uma ideia fixa — plantada pelo estranho esclarecimento de Rosario. Enfim perguntei, como que distraidamente, pela ilha da missão abandonada. "É a de Santa Prisca", disse frei Pedro, com um leve rubor. "São Príapo devia se chamar", gargalhou em cima o Adelantado, ecoado pelas risadas dos seringueiros. Com isso fiquei sabendo que, fazia anos, as paredes em ruínas da antiga sede franciscana abrigavam os casais que no povoado não achavam onde folgar. Tantas fornicações se sucederam naquele lugar — afirmava o timoneiro — que o mero fato de aspirar o odor de umidade, de cogumelos, de lírios selvagens que ali reinava bastava para excitar o homem mais austero, mesmo que fosse capuchinho. Fui até a proa, junto a Rosario, que parecia estar lendo a história de Genoveva de Brabante. Mouche, deitada sobre um saco de aniagem, no meio da barca, sem entender nada do que fora dito, ignorava que acabava de ocorrer algo gravíssimo no que se referia à nossa vida em comum. E era que eu nem sequer sentia raiva ou ímpetos — ao menos naquele instante — de castigá-la pelo que havia feito. Ao contrário: naquele anoitecer que enchia os juncais de sapos cantores, envolto no zumbido dos insetos que rendiam os do dia, eu me sentia leve, solto, aliviado por saber da infâmia, como um homem que acaba de se livrar de uma carga levada há demasiado tempo. Na margem pintaram-se as flores de uma magnólia. Pensei no caminho que minha esposa fazia todo dia. Mas sua figura não acabou de se delinear claramente na minha memória, desfazendo-se em formas imprecisas, como que esfumadas. O regaço embalador da barca me lembrava o cesto que, na minha infância, fizera as vezes de barca verdadeira em portentosas viagens. O braço de Rosario, próximo do meu, emanava um calor que minha pele aceitava com uma estranha e deleitosa comichão.

16
(Noite do sábado)

É na obra de construir a morada que o homem revela sua prosápia. A casa dos gregos é feita com os mesmos materiais que os índios usam para erguer suas choupanas, e essa fibra, essa folha de palmeira, essa taipa, ditaram suas normas em função da resistência, como ocorreu com todas as arquiteturas do mundo. Mas bastou uma menor inclinação dos beirais, uma maior largura das vigas de sustentação, para que a empena ganhasse porte de frontão e ficasse inventada a arquitrave. Para servir de pilastras, foram escolhidos troncos com base de diâmetro maior, em virtude de uma instintiva vontade de arremedar o fuste dórico. A paisagem de pedras que nos rodeia acrescenta algo, também, a esse inesperado helenismo do ambiente. Quanto aos três irmãos de Yannes, que agora conheço, eles reproduzem, em rostos com alguns anos a mais ou a menos, o mesmo perfil em baixo-relevo para um arco do triunfo. Sou avisado de que, numa choça próxima que à noite serve de abrigo para as cabras, se encontra o dr. Montsalvatje — de quem o Adelantado já me falou na véspera —, ordenando e renovando suas coleções de plantas raras. E já vem na nossa direção, gesticulando, falando com acento empolado, esse cientista aventureiro, coletor de curare, de angico, de peiote e de todos os tóxicos e entorpecentes das florestas, de ação ainda mal conhecida, que pretende estudar e experimentar. Sem mostrar muito interesse por saber quem somos, o herborista nos despeja uma avalanche de termos latinos destinados a classificar cogumelos nunca vistos, dos quais tritura uma amostra com os dedos, explicando-nos por que acredita ser acertado o nome com que os batizou. De repente se dá conta de que não somos botânicos, zomba de si mesmo, qualificando-se de Senhor dos Venenos, e pede notícias do mundo de onde viemos. Respondo contando algo, mas é evidente — noto isso pela desatenção das pessoas — que minhas novidades não interessam a ninguém aqui. O dr. Montsalvatje queria saber, na verdade, de fatos referentes à própria vida do rio. Agora ele traga um comprimido de quinina que pediu a frei Pedro de Henestrosa. Segunda-feira vai descer a Puerto Anunciación com seus herbários, para voltar sem demora, pois encontrou um cogumelo desconhecido que só com seu odor já causa alucinações visuais, bem como uma crucífera que tem o poder de, com sua proximidade, oxidar certos metais. Os gregos tocam a cabeça com um dedo, como se buscassem a pedra da loucura. O Adelantado caçoa da estranha sonoridade que certos vocábulos indígenas adquirem na boca do estrangeiro. Já os seringueiros dizem que é um grande médico e contam de uma bolsa de humor que ele aliviou com a ponta de uma faca cega. Rosario o conhece e considera seu inesgotável desejo de falar, depois de longuíssimos silêncios, muito próprio do personagem. Mouche, que o apelidou de sr. Macbeth e se entende com ele em francês, acaba se cansando das suas histórias de plantas e pede a Yannes que pendure sua rede dentro da casa. Frei Pedro me explica que o herborista, nada louco, mas muito dado a fantasiar como recreio nos seus meses de solidão embrenhado na floresta, forjou uma divertida genealogia de alquimistas e hereges que o leva a se proclamar descendente direto de Raimundo Lúlio — que ele faz questão de chamar Ramon Llull —, afirmando que a obsessão da árvore, nos tratados do dr. Iluminado, já nos dias da *Ars Magna* lhe dava um ar de família. Mas o alvoroço da chegada e dos primeiros encontros se aplaca em torno das toscas bateias em que os garimpeiros trazem o queijo das suas cabras, os rabanetes e tomates de uma horta diminuta, junto ao beiju, ao sal e à aguardente que oferecem primeiro — em rememoração, talvez involuntária, do rito secular do sal, do pão e do vinho. E estamos agora sentados em volta da fogueira, unidos pela necessidade ancestral de sentir o fogo vivo na noite. Uns apoiados num cotovelo, outros com o queixo nas mãos, o capuchinho ajoelhado no seu hábito, as mulheres recostadas sobre uma manta, Gavilán com a língua de fora, junto a Polifemo, o dogue caolho dos gregos: todos fitamos as chamas que crescem aos saltos entre os galhos úmidos, morrendo em amarelo aqui para renascerem azuis sobre uma acha propícia, enquanto, embaixo, as primeiras lenhas vão virando brasas. As grandes lajes postadas na encosta piçarrenta que ocupamos adquirem um fantástico porte de estelas, de cipos, de monólitos, erguidos numa escadaria cujos degraus cimeiros se perdem nas trevas. A jornada foi extenuante. No entanto, ninguém se decide a dormir. Lá ficamos, como que ensalmados pelo fogo, um pouco ébrios do seu calor, cada qual fechado em si mesmo, pensando sem pensar, solidário aos demais numa sensação de bem-estar, de sossego, que compartilhamos e gozamos por uma razão primordial. Pouco depois, sobre o horizonte de blocos erráticos, pinta-se uma claridade fria, e a lua aparece atrás de uma árvore copuda, entrelaçada de cipós, que começa a cantar por todos os seus grilos. Passam, grasnando, dois pássaros brancos, de um voar caindo. Acesa a lareira, desatam-se as palavras: um dos gregos se queixa de que a mina parece esgotada. Mas Montsalvatje encolhe os ombros, afirmando que mais adiante, no rumo das Grandes Mesetas,[15] há diamantes em todos os leitos. Com seus óculos de aro grosso, sua calva estorricada pelo sol, suas mãos curtas, cobertas de sardas, de dedos carnudos, que têm um pouco de estrelas-do-mar, o Herborista se torna um pouco espírito da terra, gnomo guardião de cavernas, na minha imaginação atiçada pelas suas palavras. Ele fala do Ouro, e então todos se calam, porque o homem adora falar de Tesouros. O narrador — narrador ao pé do fogo, como deve ser — estudou

15 Também chamadas *tepuis* no idioma indígena pemom, as Grandes Mesetas são vastos platôs que, intercalados de campos e florestas, formam o bioma da Grande Savana, na fronteira da Venezuela com o Brasil e a Guiana. Entre os *tepuis* mais conhecidos estão o Kukenam e o Roraima.

em longínquas bibliotecas tudo o que se refere ao ouro deste mundo. E logo surge, remota, tingida de lua, a miragem do Eldorado. Frei Pedro sorri com ironia. O Adelantado escuta com máscara matreira, lançando gravetos no lume. Para o coletor de plantas, o mito é apenas reflexo de uma realidade. Onde se buscou a cidade de Manoa, mais acima, mais abaixo, em tudo o que sua vasta e fantasmagórica província abarca, há diamantes no lodo ribeirinho e ouro no fundo das águas. "Aluviões", objeta Yannes. "Mais adiante", argumenta Montsalvatje, "há um maciço central que desconhecemos, um laboratório de alquimia telúrica, no imenso escalonamento de montanhas de formas esquisitas, todas empavesadas de cachoeiras, que cobrem esta região — a menos explorada do planeta — em cujos umbrais nos encontramos. Há aquilo que Walter Raleigh[16] chamou de 'o veio mãe', mãe dos veios, gerador do infindável cascalho de material precioso lançado em centenas de rios." O nome daquele que os espanhóis chamavam Serguaterale leva o Herborista, de imediato, a invocar o testemunho de prodigiosos aventureiros que surgem das sombras, chamados pelo nome, para aquecer seus gibões e saios astecas nas chamas do nosso fogo. São os Federmann, os Belalcázar, os Espira, os Orellana,[17] seguidos dos seus capelães, atabaleiros e sacabuxas; escoltados pela nigromante companhia dos algebristas, ervanários e guarda-defuntos. São os alemães loiros de barba hirsuta e os estremenhos enxutos de barba de bode, envoltos no pano dos seus estandartes, cavalgando corcéis que, como os de Gonzalo

16 Explorador, corsário e escritor inglês (1554?-1618). Viajou pela porção setentrional da Amazônia em busca do Eldorado, que, nas suas conjeturas, identificou com a cidade dourada de Manoa, supostamente situada às margens de um imenso lago nas cabeceiras do rio Orinoco.
17 Nikolaus Federmann (1505-42), Sebastián de Belalcázar (1480-1551), Georg Hohermut von Speyer, conhecido como Jorge de Espira (1500-40) e Francisco de Orellana (1511-46) foram exploradores e aventureiros alemães e espanhóis empenhados na busca do Eldorado a leste de Quito, estendendo suas expedições através dos atuais territórios de Colômbia, Venezuela e Brasil.

Pizarro,[18] calçaram ferraduras de ouro maciço pouco depois de assentar o casco no movediço território do Eldorado. E é sobretudo Philipp von Hutten,[19] o Utre dos castelhanos, que numa tarde memorável, do alto de um morro, contemplou alucinado a grande cidade de Manoa e seus portentosos alcáceres, mudo de estupor, em meio a seus homens. Desde então correu a notícia, e se seguiu um século de tremendo esquadrinhar da selva, um trágico fracasso de expedições, um extraviar-se, andar em círculos, comer o couro dos arreios, beber o sangue dos cavalos, um recorrente morrer de Sebastião trespassado de dardos. Isso quanto às entradas conhecidas; pois as crônicas esqueceram o nome daqueles que, por pequenas disputas, se queimaram no fogo do mito, deixando o esqueleto dentro da armadura ao pé de alguma inacessível muralha de rochas. Erguendo-se em sombra diante das chamas, o Adelantado aproximou do fogo um machado que me chamara a atenção, naquela tarde, pelo seu estranho perfil: era uma segure de forja castelhana, com cabo de oliveira que enegrecera sem se desagarrar do metal. Nessa madeira estampava-se uma data escrita a ponta de faca por algum camponês soldado — data que era do tempo dos Conquistadores. Enquanto passávamos a arma de mão em mão, calados por uma emoção misteriosa, o Adelantado narrou como encontrara a ferramenta no mais cerrado da selva, entre ossadas humanas, junto a uma lúgubre desordem de morriões, espadas, arcabuzes, que as raízes de uma árvore aferravam, erguendo uma alabarda a tão humana

18 Conquistador espanhol (1502?-48), meio-irmão de Francisco Pizarro e, assim como este, um dos principais atores da conquista militar do Império Inca e do estabelecimento do vice-reinado do Peru. Foi nomeado capitão-geral da expedição organizada por Francisco com a missão de localizar a "Cidade da Canela" e pistas do Eldorado.

19 Também conhecido como Felipe de Utre (*c.* 1511-46), explorador e conquistador alemão, nomeado tenente-geral da província da Venezuela pelo imperador Carlos V em 1540. Participou de duas grandes expedições em busca do Eldorado e morreu convencido de que, na segunda, chegara a avistar o limiar do reino lendário.

estatura que parecia seguir sustentada por mãos ausentes. A frieza da segure transmitia o prodígio à polpa dos nossos dedos. E nos deixávamos envolver pelo maravilhoso, ansiando maiores portentos. Já apareciam junto ao fogo, chamados por Montsalvatje, os curandeiros que fechavam feridas recitando o Ensalmo de Bogotá, a rainha gigante Ciñaca Cohota, os homens anfíbios que dormiam no fundo dos lagos, e os que só se alimentavam do perfume das flores. Já aceitávamos os Cãezinhos Carbúnculos, que tinham uma pedra cintilante entre os olhos, a Hidra vista pela gente de Federmann, a Pedra Bezoar, de prodigiosas virtudes, encontrada nas vísceras dos veados, o povo tatanacha, de orelhas tão grandes que podiam abrigar até cinco pessoas, ou aqueles outros selvagens que tinham as pernas arrematadas por garras de avestruz — segundo o fidedigno relato de um santo prior. Durante dois séculos, os cegos do Caminho de Santiago cantaram os portentos de uma Harpia Americana exibida em Constantinopla, onde morreu raivejando e rugindo... Frei Pedro de Henestrosa julgou-se obrigado a atribuir semelhantes patranhas à obra do Maligno, quando as crônicas, por serem de frades, tinham alguma seriedade no tom, e ao afã de espalhar embustes, quando de contos de soldados se tratava. Mas Montsalvatje então se fez Advogado dos Prodígios, afirmando que a realidade do Reino de Manoa fora aceita por missionários que viajaram em busca dele em pleno Século das Luzes. Setenta anos antes, em científica narração, um geógrafo reputado afirmava ter divisado, no território das Grandes Mesetas, algo como a cidade fantasmagórica outrora contemplada por Utre. As Amazonas tinham existido: eram as mulheres dos homens mortos pelos caribes, na sua misteriosa migração para o Império do Milho. Da selva dos maias surgiam escadarias, atracadouros, monumentos, templos cheios de pinturas portentosas, representando rituais de sacerdotes-peixe e de sacerdotes-lagosta. Umas cabeças enormes apareciam de repente, atrás das árvores derrubadas, fitando quem acabava de achá-las com olhos de pálpebras baixas, mais terríveis que um par de pupilas fixas, por sua contemplação interior da Morte. Em outro lugar havia longas Avenidas de Deuses, erguidos frente a frente, lado a lado, de nomes para sempre ignorados — deuses derrocados, fenecidos, depois de terem sido, por séculos e séculos, a imagem de uma imortalidade negada aos homens. Descobriam-se nas costas do Pacífico uns desenhos gigantescos, tão imensos que desde sempre se caminhara sobre eles sem saber da sua presença sob os passos, traçados como para serem vistos de outro planeta pelos povos que escreveram com nós, castigando toda invenção de alfabetos com a pena capital. A cada dia apareciam na selva novas pedras entalhadas; a Serpente Emplumada pintava-se em remotos penhascos, sem que ninguém conseguisse decifrar os milhares de petróglifos que falavam por formas de animais, figurações astrais, signos misteriosos, nas margens dos Grandes Rios. O dr. Montsalvatje, erguido junto à fogueira, apontava para as mesetas distantes que se pintavam de azul profundo pelos lados aonde a lua se dirigia: "Ninguém sabe o que há atrás dessas Formas", dizia, com um tom que nos devolveu uma emoção esquecida desde a infância. Todos tivemos vontade de nos levantar, de começar a andar, de chegar à porta dos prodígios antes da alvorada. Mais uma vez rebrilhavam as águas da Lagoa de Parima. Mais uma vez se edificavam, em nós, os alcáceres de Manoa. A possibilidade da sua existência vinha novamente à tona, já que seu mito vivia na imaginação de todos os que moravam nas cercanias da selva — isto é: do Desconhecido. E não pude deixar de pensar que o Adelantado, os garimpeiros gregos, os dois seringueiros e todos os que, a cada ano, tomavam os rumos da Mata, ao fim das chuvas, não eram senão buscadores do Eldorado, como os primeiros que marcharam ao conjuro do seu nome. O doutor destapou um tubo de vidro, cheio de pedrinhas escuras que logo amarelaram nas nossas mãos, à claridade do fogo.

Apalpávamos o Ouro. Aproximávamos o metal dos olhos, para fazê-lo crescer. Depois o sopesávamos com gesto alquimista. Mouche o tocou com a língua, para conhecer seu sabor. E quando suas pepitas voltaram ao vidro, pareceu que o fogo alumiava menos e que a noite se tornara mais fria. No rio mugiam enormes rãs. De súbito, frei Pedro atirou seu cajado ao fogo, e o cajado se fez vara de Moisés ao levantar a serpente que acabava de matar.

17
(Domingo, 17 de junho)

Regresso agora da mina e me regozijo de antemão ao pensar no desapontamento de Mouche quando vir que a caverna maravilhosa, rutilante de gemas, o tesouro de Agamenon que ela decerto esperava, é um leito de torrente, escavado, cavoucado, revolto; um lamaçal que as pás têm interrogado lateralmente, em profundidade, de cima a baixo, retornando vinte vezes ao lugar do primeiro achado, na esperança de ter deixado no barro, por um mero desvio da mão, por uma margem de milímetros, a portentosa Pedra da Riqueza. O mais jovem dos buscadores de diamantes me fala, pelo caminho, das grandes misérias do ofício, das desesperanças de cada dia e da estranha fatalidade que sempre faz regressar o descobridor de uma grande gema, pobre e endividado, ao lugar onde a encontrou. Contudo, a ilusão se reaviva toda vez que surge da terra o diamante singular, e seu fulgor futuro, adivinhado antes da lapidação, salta por cima de selvas e cordilheiras, descompassando o pulso daqueles que, ao fim de uma jornada infrutífera, desprendem do corpo a crosta de lama que o cobre. Pergunto pelas mulheres, e eles dizem que estão se banhando num igarapé próximo, cujas piscinas não abrigam bichos perigosos. Mas de repente se ouvem suas vozes. Vozes que, ao se aproximarem, me fazem sair da choupana, estranhando a violência do tom e o inexplicável da gritaria. De saída, pensamos que alguém tivesse ido até as margens do igarapé para espiar sua nudez ou afrontá-las com propósitos vis. Mas Mouche aparece agora, com a roupa ensopada, pedindo ajuda, como que fugindo de algo terrível. Antes que eu pudesse dar um passo, vejo Rosario, mal coberta por um grosso saiote, que alcança minha amiga, lhe dá um empurrão que a joga por terra e começa a golpeá-la barbaramente com uma estaca. Com a cabeleira solta sobre os ombros, cuspindo insultos, batendo ao mesmo tempo com os pés, a madeira e a mão livre, oferece tal imagem de ferocidade que todos corremos para contê-la. Ela ainda se retorce, chuta, morde os que a seguram, com um furor que se traduz em grunhidos roucos, em bufos, por não encontrar a palavra. Quando levanto Mouche, ela mal consegue se manter em pé. Um golpe lhe quebrou dois dentes. Sangra pelo nariz. Está coberta de arranhões e esfoladuras. O dr. Montsalvatje a leva à choça dos herbários, para curá-la. Enquanto isso, rodeando Rosario, tentamos saber o que houve. Mas ela agora mergulha num mutismo obstinado, negando-se a responder. Está sentada numa pedra, de cabeça baixa, repetindo, com exasperante teimosia, um gesto de negação que joga sua cabeleira negra para um lado e para o outro, fechando-lhe cada vez mais o semblante ainda enfurecido. Vou até a choça. Fétida a farmácia, rubricada de esparadrapos, Mouche gemica na rede do Herborista. Quando lhe pergunto o motivo da agressão, responde que o ignora; que a outra teve como que um acesso de loucura e, sem insistir mais nisso, rompe a chorar, dizendo que quer voltar imediatamente, que não aguenta mais, que esta viagem a esgota, que se sente à beira da demência. Agora suplica, e eu sei que, até há bem pouco, a súplica, por inabitual na sua boca, teria conseguido tudo de mim. Mas neste momento, ao lado dela, vendo seu corpo sacudido pelos soluços de um desespero que parece sentido, permaneço frio, encouraçado por uma dureza que me admira, e elogio, como se poderia elogiar, por oportuna e firme, uma vontade alheia. Nunca teria pensado que Mouche, ao fim de tão prolongada convivência, chegasse um dia a ser tão estranha a mim. Apagado o amor que eu talvez tivesse por ela — até dúvidas quanto à realidade desse sentimento me assaltavam agora —, poderia subsistir, pelo menos, o vínculo de uma amistosa ternura. Mas as trocas, mudanças, recapitulações que se sucederam em mim em menos de duas semanas, somadas à descoberta da véspera, tornavam-me insensível aos seus rogos. Deixando-a gemer seu desamparo, voltei à casa dos gregos, onde Rosario, mais calma, se enrodilhara em silêncio, com os braços atravessados sobre o rosto, numa rede. Uma espécie de mal-estar franzia o cenho dos homens, embora parecessem pensar em outra coisa. Os gregos punham muito nervosismo no tempero de uma sopa de peixe que fervia num enorme caldeirão de barro, entregando-se a discussões sobre o azeite, o pimentão e o alho, que soavam em falsete. Os seringueiros remendavam suas alpargatas em silêncio. O Adelantado dava banho em Gavilán, que se espojara sobre uma carniça, e como o cachorro se sentia ultrajado pelas cuias de água que lhe caíam nos lombos, arreganhava os dentes a quem o olhasse. Frei Pedro debulhava as contas do seu terço de sementes. E eu sentia, em todos eles, uma tácita solidariedade com Rosario. Aqui, o fator de distúrbios, que todos repeliam por instinto, era Mouche. Todos intuíam que a violenta reação da outra se devia a algo que lhe conferia o direito de agredir com tamanha fúria — algo que os seringueiros, por exemplo, podiam atribuir ao despeito de Rosario, talvez apaixonada por Yannes e instigada pelo insinuante comportamento da minha amiga. Transcorreram várias horas de calor sufocante, durante as quais cada um se fechou em si mesmo. À medida que nos aproximávamos da selva, eu percebia nos homens uma maior predisposição ao silêncio. A isso se devia, talvez, o tom sentencioso, quase bíblico, de certas reflexões formuladas com pouquíssimas palavras. Quando se falava, era em tempo pausado, cada qual escutando e concluindo antes de responder. Quando a sombra das pedras começou a espessar, o dr. Montsalvatje nos trouxe da choça dos herbários a mais inesperada notícia: Mouche estava tiritando de febre. Ao sair de um sono profundo, tentara se erguer, em delírio, para em seguida imergir numa inconsciência estremecida por tremores. Frei Pedro, autorizado pela larga experiência das suas andanças, diagnosticou a crise de malária — doença à qual, em todo caso, não se dava grande importância nestas regiões. Foram deslizados comprimidos de quinina na boca da doente, e eu fiquei ao seu lado resmungando de raiva. A duas jornadas de terminar meu encargo, quando pisávamos as fronteiras do desconhecido e o ambiente se embelezava com a proximidade de possíveis maravilhas, Mouche tinha que cair assim, estupidamente, picada por um inseto que a escolhera, justo a ela, a menos apta para suportar a doença. Em poucos dias, uma natureza forte, profunda e dura se divertira em desarmar, cansar, enfear, quebrantar aquela mulher, desferindo, de súbito, o golpe de misericórdia. Assombrava-me ante a rapidez da derrota, que era como uma exemplar desforra do cabal e autêntico. Mouche, aqui, era um personagem absurdo, tirado de um futuro em que a mata fora substituída pela alameda. Seu tempo, sua época eram outros. Para aqueles que conviviam conosco agora, a fidelidade ao homem, o respeito pelos pais, a retidão do proceder, a palavra dada, a honra que obrigava e as obrigações que honravam eram valores constantes, eternos, ineludíveis, que excluíam toda possibilidade de discussão. Faltar a certas leis era perder o direito à estima alheia, embora matar por hombridade não fosse culpa maior. Como nos mais clássicos teatros, os personagens eram, neste grande cenário presente e real, aqueles entalhados num bloco só de Bom e Mau, de Esposa Exemplar ou Amante Fiel, de Vilão e Amigo Leal, de Mãe Digna ou Indigna. As canções ribeirinhas cantavam, em décimas de romance, a trágica história de uma esposa violada que morre de vergonha e a fidelidade da cafuza que esperou por dez anos o regresso de um marido que todos davam por comido pelas formigas no mais remoto da selva. Era evidente que Mouche estava de mais nesse cenário, e eu devia reconhecer isso, a menos que renunciasse a toda dignidade, desde que fora avisado da sua ida à ilha de Santa Prisca na companhia do grego. Porém, agora que ela havia sido derrubada pela crise de malária, seu regresso implicava o meu; o que equivalia a renunciar à minha única obra, a voltar endividado, de mãos vazias, envergonhado perante a única pessoa cuja estima me fora preciosa — e tudo para cumprir uma tola função de escolta de um ser que eu agora detestava. Talvez adivinhando a causa do tormento que se devia refletir no meu semblante, Montsalvatje me trouxe o mais providencial alívio, dizendo que não seria inconveniente para ele levar Mouche, na manhã seguinte. Ele a conduziria até onde pudesse me aguardar com toda comodidade: forçá-la a seguir além, fraca como ficaria depois do primeiro acesso, era pouco menos que impossível. Ela não era mulher para tais andanças. *Anima, vagula, blandula,*[20] concluiu ironicamente. Respondi com um abraço.

A lua voltou a se erguer. Lá, ao pé de uma pedra grande, morre o fogo que reuniu os homens nas primeiras horas da noite. Mouche suspira mais que respira, e seu sono febril se povoa de palavras que mais parecem roncos e estertores. Uma mão pousa no meu ombro: Rosario senta-se ao meu lado na esteira, sem falar. Entendo, porém, que uma explicação se aproxima, e espero em silêncio. O grasnido de um pássaro que voa em direção ao rio, despertando as cigarras do teto, parece precipitar

20 Citação levemente alterada do poema "Animula", que o imperador romano Adriano (76-138) escreveu pouco antes de morrer: "*Animula vagula blandula,/ hospes comesque corporis,/ quae nunc abibis in loca/ pallidula rigida nudula*" ["Alminha vagabunda blandiciosa,/ do corpo a moradora e companheira,/ a que lugares tu te vais agora,/ tão pálida, tão rígida, tão nua?", na tradução de Jorge de Sena].

sua decisão. Começando com voz tão baixa que mal a escuto, ela me conta o que já suspeito muito. O banho na beira do rio. Mouche, que presume da beleza do seu corpo e nunca perde a oportunidade de prová-lo, incitando-a, com fingidas dúvidas sobre a dureza da sua carne, a se despojar do saiote conservado por pudor aldeão. Depois, a insistência, o ardiloso desafio, a nudez que se mostra, os elogios à firmeza dos seus seios, à lisura do seu ventre, o gesto de carinho, e o gesto a mais que revela a Rosario, repentinamente, uma intenção que subleva seus instintos mais profundos. Mouche, sem desconfiar disso, inferiu uma ofensa que, para as mulheres daqui, é pior que o pior epíteto, pior que o insulto à mãe, pior que expulsar de casa, pior que cuspir as entranhas que pariram, pior que pôr em dúvida a fidelidade ao marido, pior que o nome de cadela, pior que o nome de puta. Tanto se acendem seus olhos na sombra ao recordar a rinha daquela manhã que chego a temer nova irrupção de violências. Agarro Rosario pelos pulsos para aquietá-la, e, com a brusquidão do gesto, meu pé derruba uma das cestas onde o Herborista guarda suas plantas secas, entre camadas de folhas de taioba. Um feno espesso e rangente cai sobre nós, envolvendo-nos em perfumes que lembram, ao mesmo tempo, a cânfora, o sândalo e o açafrão. Uma repentina emoção deixa meu fôlego em suspenso: assim — quase assim — cheirava a cesta das viagens mágicas, aquela em que eu estreitava María del Carmen, quando éramos crianças, junto aos canteiros onde seu pai cultivava manjericão e hortelã. Olho Rosario de muito perto, sentindo nas mãos o palpitar das suas veias, e, de súbito, vejo algo tão ansioso, tão entregue, tão impaciente, no seu sorriso — mais que sorriso, riso parado, crispação de espera —, que o desejo me lança sobre ela, com uma vontade alheia a tudo o que não seja o gesto da posse. É um abraço rápido e brutal, sem ternura, que mais parece uma luta por se quebrar e se vencer com um encaixe deleitoso. Mas quando voltamos a estar lado a lado, ainda ofegantes, e tomamos consciência cabal do fato, invade-nos um grande contentamento, como se os corpos tivessem selado um pacto que fosse o começo de um novo modo de viver. Jazemos sobre as ervas espalhadas, sem mais consciência que a do nosso deleite. O luar que entra na cabana pela porta sem batente sobe aos poucos pelas nossas pernas: esteve nos nossos tornozelos e agora alcança os jarretes de Rosario, que já me acaricia com mão impaciente. É ela, desta vez, quem se lança sobre mim, arqueando a cintura com ansiosa premência. Mas ainda procuramos a melhor posição, quando uma voz rouca, embargada, cospe insultos junto aos nossos ouvidos, separando-nos bruscamente. Tínhamos rolado sob a rede, esquecidos daquela que gemia tão perto. E a cabeça de Mouche aparecia sobre nós, crispada, sardônica, de boca babosa, com algo de cabeça de Górgona na desordem das grenhas caídas sobre a testa. "Porcos!", grita. "Porcos!" Do chão, Rosario dispara golpes contra a rede com os pés, para fazê-la calar. Logo a voz de cima se extravia em divagações de delírio. Os corpos desunidos voltam a se encontrar, e, entre meu rosto e a cara mortiça de Mouche, que pende da rede com um braço inerte, se atravessa, em espessa queda, a cabeleira de Rosario, que finca os cotovelos no chão para me impor seu ritmo. Quando voltamos a ter ouvidos para o que nos rodeia, já não nos importa em nada a mulher que estertora no escuro. Poderia morrer agora mesmo, urrando de dor, sem que sua agonia nos comovesse. Somos dois, num mundo diferente. Eu me semeei sob o velo que acaricio com mão de amo, e meu gesto encerra uma gozosa confluência de sangues que se encontraram.

18
(Segunda-feira, 18 de junho)

Despachamos Mouche com a tácita ferocidade dos amantes que acabam de se descobrir, ainda inseguros da maravilha, insaciados de si mesmos, e passam a quebrar tudo o que possa ser obstáculo para seu próximo acoplamento. Com todo cuidado a deitamos na canoa de Montsalvatje, envolta numa manta, chorosa, quase inconsciente, fazendo-a acreditar que eu a sigo em outra embarcação. Dei ao Herborista muito mais dinheiro que o necessário para cuidar dela, pagar seus traslados e hospedagem, custear os tratamentos necessários, ficando eu apenas com umas notas sujas e algumas moedas — que, aliás, de nada servem na Selva, onde todo comércio se reduz ao escambo de objetos simples e úteis, como agulhas, facas, sovelas. Na liberalidade da minha doação há, também, um secreto ritual de adormecimento do último crepúsculo de consciência: seja como for, Mouche não pode seguir conosco, e assim, no nível material, estou cumprindo com meu último dever. É muito provável, por outro lado, que a prontidão de Montsalvatje para levar a doente encerre uma maligna esperança de se aliviar de vários meses de continência com uma mulher nada feia. Essa ideia não apenas me deixa indiferente, como também lamento, lá comigo, que a pouca aptidão física do botânico venha a afligi-lo com um fracasso. A canoa acaba de desaparecer na distância de um braço do rio, encerrando com sua partida uma etapa da minha existência. Nunca me senti tão leve, tão bem instalado no meu corpo, como nesta manhã. A palmada irônica que dou em Yannes, que vejo melancólico, o leva a me interrogar com uma expressão de dúvida e remorso, que renova o pretexto para meu rigor. De resto, todo mundo percebe que Rosario se *comprometeu comigo* — como dizem aqui. Ela me cerca de cuidados, trazendo-me comida, ordenhando as cabras para mim, enxugando meu suor com panos frescos, atenta à minha palavra, à minha sede, ao meu silêncio ou meu repouso, com um zelo que me orgulha da minha condição de homem: é que aqui a fêmea "serve" o varão no mais nobre sentido do termo, criando a casa em cada gesto. Pois, embora Rosario e eu não tenhamos um teto próprio, suas mãos já são minha mesa, e a cuia de água que ela achega à minha boca, depois de tirar uma folha caída nela, é baixela marcada com minhas iniciais de amo. "Vamos ver quando o senhor formaliza a união com uma só mulher", murmura frei Pedro atrás de mim, dando a entender que com ele não valem dissimulações pueris. Mudo de assunto para não confessar que já sou casado, e por rito herege, e me aproximo do grego, que está reunindo suas coisas para seguir conosco rio acima. Certo de que a jazida daqui está esgotada, vendo-se mais uma vez escarnecido pela fortuna, ele quer empreender uma viagem de prospecção, além do Igarapé Pintado, numa zona de montanhas da qual muito pouco se sabe. Reserva o melhor lugar da sua trouxa para o único livro que leva consigo a toda parte: uma modesta edição bilíngue da *Odisseia*, forrada de oleado negro, com as páginas salpicadas de verde pela umidade. Antes de tornarem a se separar do volume, seus irmãos, que sabem de cor longas passagens do texto, procuram a tradução na página espelhada, lendo fragmentos com uma pronúncia angulosa e dura, que muitas vezes troca o *u* pelo *v*. Numa escolinha de Kalamata, aprenderam os nomes dos trágicos e o sentido dos mitos, mas uma obscura afinidade de caráter os aproximou do aventureiro Ulisses, visitador de países portentosos, nada inimigo do ouro, capaz de ignorar as sereias para não perder suas posses em Ítaca. Ao ter um olho furado por uma queixada, o cachorro dos garimpeiros recebeu o nome de Polifemo, em memória do ciclope cuja lamentável história os irmãos leram cem vezes, em voz alta, junto à fogueira dos seus acampamentos. Pergunto a Yannes por que abandonou a terra à qual o ata um sangue cujos remotos mananciais ele conhece. O garimpeiro suspira, e faz do mundo mediterrâneo uma paisagem de ruínas. Fala do que deixou para trás como poderia falar das muralhas de Micenas, das tumbas vazias, dos peristilos habitados pelas cabras. Do mar sem peixes, dos múrices inúteis, do ultraje dos mitos e de uma grande esperança quebrada. Depois, o mar, secular remédio dos seus: um mar mais vasto, que levava mais longe. Então me conta que, quando divisou a primeira montanha deste lado do Oceano, desatou a chorar, pois era uma montanha vermelha e dura, parecida com suas duras montanhas de cardos e abrolhos. Mas aqui o fisgou o gosto pelos metais preciosos, o chamado dos negócios e das explorações, que fizeram seus antepassados carregarem tantos remos. No dia em que encontrar a gema sonhada, construirá, à beira do mar e onde haja montanhas de flancos abruptos, uma casa com átrio de colunas — afirma —, como um templo de Poseidon. Volta a se lamentar pelo destino do seu povo, abre o volume no começo e clama: "Vede como os mortais acusam os deuses! A partir de nós (dizem) existem os males, quando são eles, pelas suas loucuras, que têm dores além do destino!". *Zevs fala*, conclui o garimpeiro por sua conta, e em seguida deixa o livro, pois os seringueiros trazem, pendurado num galho, um estranho animal de unha fendida que acabam de matar. Creio, por um instante, tratar-se de um porco selvagem de grande tamanho. "Uma anta! Uma anta!", grita frei Pedro, juntando as mãos em assombrado gesto, antes de correr até os caçadores, com um júbilo revelador do seu fastio da papa de farinha de mandioca que é o alimento habitual na floresta. É, em seguida, a festa de acender a fogueira; a escaldadura da besta e seu esquartejamento; a visão dos pernis, miúdos e lombos, que atiça em nós o desmesurado apetite que se costuma atribuir aos selvagens. Com o torso nu, pondo toda a sua seriedade na tarefa, o garimpeiro me parece, de súbito, tremendamente arcaico. Seu gesto de lançar ao fogo alguns pelos da cabeça do animal tem um sentido propiciatório que talvez alguma estrofe da *Odisseia* pudesse me explicar. O modo de espetar as carnes, depois de untá-las com banha; o modo de servi-las numa tábua, depois de regá-las com aguardente, responde a tão velhas tradições mediterrâneas que, quando me é oferecida a melhor posta, vejo Yannes, por um segundo, transfigurado no porqueiro Eumeu... Ainda nem terminamos o festim quando o Adelantado se levanta e desce até o rio a passos largos, seguido de Gavilán, que late alvoroçado. Duas canoas muito primitivas — dois troncos escavados — descem a corrente, conduzidas por remadores índios. Aproxima-se o momento da partida, e cada qual começa a juntar suas trouxas à bagagem. Levo Rosario até a cabana, onde nos amamos mais uma vez sobre o chão de terra, que Montsalvatje, ao ordenar suas coleções, deixou coberto de plantas secas que exalam o acre e excitante perfume que conhecemos ontem. Desta vez corrigimos o desajeitamento e a premência dos primeiros encontros, tornando-nos mais donos da sintaxe dos nossos corpos. Os membros vão achando um melhor ajuste; os braços conseguem uma acomodação mais certa. Estamos escolhendo e fixando, com maravilhosos tenteios, as atitudes que haverão de determinar, para o futuro, o ritmo e o modo dos nossos acoplamentos. Com a mútua aprendizagem que implica a forja de um casal, nasce sua linguagem secreta. Já vão surgindo do deleite aquelas palavras íntimas, proibidas aos outros, que serão o idioma das nossas noites. É invenção a duas vozes, que inclui termos de posse, de ação de graça, desinências dos sexos, vocábulos imaginados pela pele, ignorados apelidos — ontem imprevisíveis — que nos daremos agora, quando ninguém pode nos ouvir. Hoje, pela primeira vez, Rosario me chamou pelo nome, repetindo-o muito, como se suas sílabas tivessem que tornar a ser modeladas — e meu nome, na sua boca, ganhou uma sonoridade tão singular, tão inesperada, que me sinto como que ensalmado pela palavra que mais conheço, ao ouvi-la tão nova como se acabasse de ser criada. Vivemos o júbilo ímpar da sede partilhada e saciada e, quando olhamos o que nos rodeia, cremos recordar um país de sabores novos. Mergulho na água para soltar as ervas secas que o suor grudou nas minhas costas, e rio ao pensar que certa tradição é contrariada pelo que agora ocorre, posto que, para nós, o tempo do cio caiu no meio do verão. Mas minha amante já desce para as embarcações. Despedimo-nos dos seringueiros, e é a partida. Na primeira canoa, encolhidos entre as bordas, saímos o Adelantado, Rosario e eu. Na outra, frei Pedro, com Yannes e a bagagem. "Vamos com Deus!", diz o Adelantado ao se sentar ao lado de Gavilán, que fareja o ar com focinho de carranca. De agora em diante, ignoraremos a navegação a vela. O sol, a lua, a fogueira — e às vezes o raio — serão as únicas luzes que iluminarão nosso rosto.

Capítulo quatro

Não haverá nada além de silêncio, imobilidade,
ao pé das árvores, dos cipós?
É bom, portanto, que haja guardiães.

Popol Vuh

19
(Tarde de segunda-feira)

Ao cabo de duas horas de navegação entre lajes, ilhas de lajes, promontórios de lajes, montes de lajes, que conjugam suas geometrias com uma diversidade de invenção que já deixou de nos assombrar, uma vegetação mediana, tremendamente densa — tesura de gramíneas, dominada pela constante, em ondulação e dança, do maciço de bambus —, substitui a presença da pedra pela interminável monotonia do verde cerrado. Divirto-me com um jogo pueril tirado das maravilhosas histórias narradas, junto ao fogo, por Montsalvatje: somos Conquistadores que vamos em busca do Reino de Manoa. Frei Pedro é nosso capelão, a quem pediremos confissão se ficarmos malferidos nesta entrada. O Adelantado bem pode ser Felipe de Utre.[1] O grego é Micer Codro,[2] o astrólogo. Gavilán passa a ser Leoncico, o cachorro de Balboa.[3] E eu me outorgo, na empresa, os encargos do trombeteiro Juan de San Pedro, com mulher pega no laço no saqueio de algum povoado. Os índios são índios, e, por mais estranho que pareça, já me habituei à estranha distinção de condições feita pelo Adelantado, sem pôr nisso, aliás, a menor malícia, quando, ao narrar alguma

1 Explorador e conquistador alemão. Ver nota 19 do capítulo 3.
2 Astrólogo veneziano que passou à história por ter profetizado uma encruzilhada de morte ou glória a Vasco Núñez de Balboa (ver nota 3, abaixo) quando avistasse certa estrela.
3 O explorador, conquistador e *adelantado* Vasco Núñez de Balboa (1475-1519), "descobridor" do oceano Pacífico. Segundo o cronista Gonzalo Fernández de Oviedo, em sua *Historia general y natural de las Indias*, "este cão [Leoncico] ganhou de Vasco Núñez nesta e em outras expedições mais de dois mil pesos de ouro, porque a ele se entregava o mesmo quinhão em ouro e escravos que cabia a um companheiro na partilha".

das suas andanças, ele diz com grande naturalidade: "Éramos três *homens* e doze *índios*". Imagino que seja uma questão de batismo o que rege tal observação, e isso dá ares de realidade ao romance que, pela autenticidade da cenografia, estou forjando. Agora os bambuzais cederam a margem esquerda, que estamos bordejando, a uma espécie de mata baixa, sem manchas de cor, que afunda suas raízes na água, erguendo uma estacada inabordável, absolutamente reta, reta como uma paliçada, como uma interminável muralha de árvores erguidas, tronco a tronco, até o limite da corrente, sem uma passagem aparente, sem uma brecha, sem uma fenda. Sob a luz do sol que se esfuma em vapores sobre as folhas úmidas, essa parede vegetal se estende até o absurdo, acabando por parecer obra de homens, feita com teodolito e prumo. A piroga vai se aproximando cada vez mais dessa ribeira cerrada e arisca, que o Adelantado parece examinar trecho a trecho, com zelosa atenção. Parece-me impossível que estejamos procurando algo naquele lugar, no entanto, os índios remam cada vez mais lento, e o cachorro, com o lombo ouriçado, dirige os olhos para onde o amo fixa os seus. Adormentado pela espera e pelo balanço da barca, fecho as pálpebras. De repente, desperto com um grito do Adelantado: "Aí está a porta!"... Havia, a dois metros de nós, um tronco igual a todos os demais: nem mais largo nem mais escamoso. Mas na sua casca estampava-se um sinal semelhante a três letras "V" sobrepostas verticalmente, de tal modo que uma penetrava na outra, uma servindo de vaso à segunda, num desenho que se poderia repetir até o infinito, mas que aqui só se multiplicava no reflexo das águas. Ao lado dessa árvore abria-se um túnel vegetal, tão estreito, tão baixo, que me pareceu impossível meter a canoa por ali. No entanto, nossa embarcação se introduziu naquele passadiço apertado, com tão pouco espaço para deslizar que as bordas rasparam duramente umas raízes retorcidas. Com os remos, com as mãos, devíamos afastar obstáculos e barreiras para levar adiante essa navegação inverossímil, em meio à espessura alagada. Um lenho pontiagudo caiu sobre meu ombro com a violência de uma bordoada, tirando sangue do meu pescoço. Das ramagens, chovia sobre nós uma intolerável fuligem vegetal, às vezes impalpável, como um plâncton errante no espaço — pesado, por momentos, como punhados de limalha que alguém tivesse lançado do alto. A par disso, era uma constante queda de filamentos que queimavam a pele, de frutos mortos, de sementes felpudas que faziam chorar, de borra, de pós cuja fetidez enfarruscava os rostos. Um repelão da proa promoveu a súbita ruína de um ninho de cupins, esboroado em avalanche de areia parda. Mas o que estava embaixo era talvez pior que as coisas que faziam sombra. Entre duas águas se moviam grandes folhas esburacadas, semelhantes a mascarilhas de veludo ocre, que eram plantas de negaça e camuflagem. Boiavam cachos de bolhas sujas, endurecidas por um verniz de pólen avermelhado, que um rabeio próximo afastava, de repente, pelo sorvedouro de um charco, com vacilante ondeio de holotúria. Mais além eram como gazes, opalescentes, espessas, paradas nos recôncavos de uma pedra bichada. Uma guerra surda era travada no fundo eriçado de pinças barbudas — ali onde parecia um imundo emaranhado de cobras. Estalos inesperados, súbitas ondulações, bofetadas contra a água denunciavam uma fuga de seres invisíveis que deixavam atrás de si uma esteira de turvas podridões — rodamoinhos cinzentos, levantados ao pé das cascas negras salpicadas de lêndeas. Adivinhava-se a proximidade de toda uma fauna rampante, do lodo eterno, da glauca fermentação, sob aquelas águas escuras de cheiro acre, como de uma lama que tivesse sido amassada com vinagre e carniça, e sobre cuja oleosa superfície caminhavam insetos criados para andar sobre o líquido: percevejos quase transparentes, pulgas brancas, moscas de patas cambas, diminutas muriçocas que eram apenas um ponto vibrátil na luz verde — pois era tanto o verdor atravessado por uns poucos raios de sol que a claridade se tingia, ao descer das frondes, de uma cor de musgo que se tornava cor de fundo de pântano ao buscar as raízes das plantas. Ao cabo de algum tempo de navegação naquele igarapé secreto, deu-se um fenômeno parecido ao que conhecem os montanheses extraviados nas neves: perdia-se a noção da verticalidade, dentro de uma espécie de desorientação, de tontura dos olhos. Já não se sabia o que era da árvore e o que era do reflexo. Já não se sabia se a claridade vinha de baixo ou de cima, se o teto era de água ou a água, solo; se as bombardeiras abertas na folharada não eram poços luminosos conseguidos no alagado. Como os troncos, os paus, os cipós se refletiam em ângulos abertos ou fechados, acabava-se por crer em passagens ilusórias, em saídas, corredores, margens inexistentes. Com a distorção das aparências, nessa sucessão de pequenas miragens ao alcance da mão, crescia em mim uma sensação de desconcerto, de extravio total, que se traduzia numa indizível angústia. Era como se me fizessem girar sobre mim mesmo, para me atordoar, antes de me plantar no umbral de uma morada secreta. Já me perguntava se os remadores conservavam uma noção exata do comprimento do barco. Começava a ter medo. Nada me ameaçava. Todos ao meu redor pareciam tranquilos; mas um medo indefinível, tirado dos recessos do instinto, forçava minha respiração profunda sem que achasse ar suficiente. Também se agravava o desagrado da umidade presa às roupas, à pele, aos cabelos; uma umidade morna, pegajosa, que tudo penetrava, como um unto, tornando ainda mais exasperante a constante picada de pernilongos, mosquitos, insetos sem nome, donos do ar à espera dos anófeles que chegariam com o crepúsculo. Um sapo que caiu sobre minha testa me deixou, depois do susto, uma quase deleitosa sensação de frescor. Se eu não soubesse que se tratava de um sapo, teria mantido o bicho preso no oco da mão, para aliviar minhas têmporas com sua frieza. Agora eram pequenas aranhas vermelhas que se desprendiam do alto sobre a canoa. E eram milhares de teias que se abriam em toda parte, rente à água, entre os galhos mais baixos. A cada embate da canoa, as bordas se enchiam daqueles favos cinzentos, enredados de vespas secas, restos de élitros, antenas, couraças a meio chupar. Os homens estavam sujos, ensebados; as camisas, ensombrecidas por dentro pelo suor, haviam recebido cusparadas de barro, resinas, seivas; os rostos já mostravam a cor cerosa, de pouco sol, dos semblantes da selva. Quando desembocamos numa pequena piscina interior, que morria ao pé de uma laje amarela, eu me senti como que preso, apertado por todos os lados. O Adelantado me chamou a pouca distância de onde estavam atracadas as canoas, para me fazer olhar uma coisa horrenda: um jacaré morto, de carnes putrefatas, as moscas verdes penetrando embaixo do seu couro, aos enxames. O zumbido era tal que ressoava dentro da carcaça e, por momentos, atingia uma afinação de queixa adocicada, como se alguém — uma mulher chorosa, talvez — gemesse pela goela do sáurio. Fugi do atroz, procurando o calor da minha amante. Estava com medo. As sombras já se cerravam num crepúsculo prematuro, e quando mal acabávamos de organizar um acampamento ligeiro, a noite caiu. Cada qual se isolou no berço da sua rede. E o coaxar de enormes rãs tomou a floresta. As trevas se estremeciam de sustos e deslizamentos. Alguém, não se sabia onde, começou a provar a embocadura de um oboé. Um bronze grotesco rompeu a rir no fundo de um igarapé. Mil flautas de duas notas, distintamente afinadas, se responderam através das frondes. E foram pentes de metal, serras mordendo troncos, palhetas de harmônicas, trêmulos e reco-recos de grilos, que pareciam cobrir a terra inteira. Houve como que gritos de pavão, borborigmos errantes, silvos que subiam e desciam, *coisas* que passavam embaixo de nós, pegadas ao solo; *coisas* que mergulhavam, martelavam, rangiam, berravam como crianças, relinchavam no alto das árvores, agitavam chocalhos no fundo de um buraco.

Eu estava aturdido, assustado, febril. As fadigas da jornada, a expectativa nervosa, tinham exaurido minhas forças. Quando o sono venceu o temor das ameaças que me rodeavam, estava prestes a capitular — a clamar meu medo —, para ouvir vozes de homens.

20
(Terça-feira, 19 de junho)

Quando a luz se fez outra vez, entendi que eu havia superado a Primeira Prova. As sombras levaram com elas os temores da véspera. Ao lavar o peito e o rosto num remanso do igarapé, ao lado de Rosario, que limpava com areia os utensílios do meu desjejum, pareceu-me compartilhar, nesta hora, com os milhares de homens que viviam nas inexploradas cabeceiras dos Grandes Rios, a primitiva sensação de beleza, de beleza fisicamente percebida, desfrutada igualmente pelo corpo e pelo entendimento, que nasce de cada renascer de sol — beleza cuja consciência, nestas lonjuras, transforma-se para o homem em orgulho de se proclamar dono do mundo, supremo usufrutuário da criação. O amanhecer na floresta é muito menos belo, se pensamos em cores, que o crepúsculo. Sobre um solo que exala uma umidade milenar, sobre a água que divide as terras, sobre uma vegetação que se envolve em neblinas, o amanhecer se insinua com grisalhas de chuva, numa claridade indecisa que nunca parece prenunciar um dia ensolarado. Teremos que esperar várias horas até que o sol, já alto, liberado pelas copas, consiga lançar um raio de franca luz por sobre os infinitos arvoredos. No entanto, o amanhecer da selva sempre renova o júbilo entranhado, atávico, levado nas próprias veias, de ancestrais que, durante milênios, viram em cada madrugada o término dos seus horrores noturnos, o retrocesso dos rugidos, a dispersão das sombras, o esconjuro dos espectros, o deslinde do malévolo. Com o início da jornada, sinto necessidade de me desculpar com Rosario pelas poucas oportunidades de estarmos a sós que esta fase da viagem nos oferece. Ela desata a rir, cantarolando algo que deve ser um romancete: *Eu sou a recém-casada/ que chorava sem cessar/ de me ver tão malcasada/ sem podê-lo remediar*. E ainda soavam seus versos maliciosos, cheios de alusões à continência que a viagem nos impunha, quando já, vogando outra vez, desembocamos num igarapé largo que se internava naquilo que o Adelantado me anunciou como a selva verdadeira. Como a água, saída do seu leito, alagava imensas porções de terra, certas árvores retorcidas, de cipós afundados no lodo, tinham um quê de naus ancoradas, enquanto outros troncos, de um vermelho dourado, se alongavam em miragens de profundidade, e os de antiquíssimas selvas mortas, esbranquiçados, mais mármore que madeira, emergiam como os obeliscos cimeiros de uma cidade abismada. Atrás dos sujeitos identificáveis, dos buritis, dos bambus, dos anônimos sarmentos ribeirinhos, era a vegetação feraz, entretecida, travada em maranha de cipós, de arbustos, de trepadeiras, de espinhos, de mata-paus, que às vezes rompia aos repelões o pardo couro de uma anta à procura de um poço onde refrescar a tromba. Centenas de garças, empinadas nas suas patas, afundando o pescoço entre as asas, estiravam o bico à beira dos lagoachos, quando não arredondava a giba algum maguari mal-humorado, caído do céu. De repente, uma empinada galharada se irisava no alvoroço de um grasnante voo de araras, que lançavam pinceladas violentas sobre a acre sombra de baixo, onde as espécies estavam entregues a uma milenar luta por montar umas sobre as outras, ascender, sair à luz, alcançar o sol. O desmedido estiramento de certas palmeiras esquálidas, o despontar de certas madeiras que só conseguiam exibir uma folha, no alto, depois de ter sugado a seiva de vários troncos, eram fases diversas de uma batalha vertical de todo instante, dominada singularmente pelas maiores árvores que eu jamais vira. Árvores que deixavam muito abaixo, como gente rastejante, as plantas mais espigadas pelas penumbras, e se abriam ao céu limpo, por sobre toda a luta, armando com seus ramos ilhas de bosques aéreos, irreais, como que suspensos no espaço, de onde pendiam musgos transparentes, semelhantes a rendas laceradas. Às vezes, depois de vários séculos de vida, uma dessas árvores perdia as folhas, secava seus liquens, apagava suas orquídeas. Suas madeiras encaneciam, ganhando a consistência de granito rosa, e ficava erguida, com sua ramagem monumental em silenciosa nudez, revelando as leis de uma arquitetura quase mineral, com simetrias, ritmos, equilíbrios de cristalizações. Lavada pelas chuvas, imóvel nas tempestades, permanecia lá, por mais alguns séculos, até que, um belo dia, o raio enfim a derrubava sobre o instável mundo inferior. Então o colosso, nunca saído da pré-história, acabava por desabar, urrando por todas as farpas, arremessando paus aos quatro ventos, partido ao meio, cheio de carvão e de fogo celestial, para melhor romper e queimar tudo o que estava a seus pés. Cem árvores pereciam na sua queda, esmagadas, derrubadas, desgalhadas, puxando de cipós que, ao rebentar, disparavam para o céu como cordas de arcos. E acabava jazendo sobre o húmus milenar da selva, aflorando da terra umas raízes tão intrincadas e vastas que dois igarapés, sempre isolados, de súbito se viam unidos pela extração daqueles arados profundos que saíam das suas trevas destroçando ninhos de cupins, abrindo crateras às quais acudiam correndo, com a língua melosa e os gadanhos de fora, os comedores de formigas.

O que mais me assombrava era o infindável mimetismo da natureza virgem. Aqui tudo parecia outra coisa, criando-se um mundo de aparências que ocultava a realidade, pondo muitas verdades em questão. Os jacarés que espreitavam nos fundos rasos da floresta alagada, imóveis, com a bocarra à espera, pareciam troncos podres, vestidos de caramujos; os cipós pareciam répteis e as serpentes pareciam cipós, quando suas peles não tinham nervuras de madeiras preciosas, olhos de asa de mariposa, escamas de abacaxi ou anéis de coral; as plantas aquáticas se apinhavam num tapete espesso, escondendo a água que corria por baixo, fingindo-se vegetação de terra muito firme: as cascas caídas logo adquiriam uma consistência de louro em salmoura, e os cogumelos eram como coladas de cobre, como polvilho de enxofre, junto à falsidade de um camaleão por demais galho, por demais lápis-lazúli, por demais chumbo estriado de um amarelo intenso, simulação, agora, de salpicos de sol caídos através de folhas que nunca deixavam passar o sol inteiro. A selva era o mundo da mentira, do truque e do falso semblante; ali tudo era disfarce, estratagema, jogo de aparências, metamorfose. Mundo do lagarto-pepino, da castanha-ouriço, da crisálida-centopeia, da larva com carne de cenoura e do peixe-elétrico que fulminava nas poças de borra. Ao passar perto das margens, as penumbras formadas por vários dosséis vegetais lançavam baforadas de frescor sobre as pirogas. Bastava parar por alguns segundos para que este alívio se transformasse num intolerável fervor de insetos. Em toda parte parecia haver flores; mas as cores das flores eram mentidas, quase sempre, pela vida de folhas em diverso grau de maturação ou decrepitude. Parecia haver frutos; mas a redondez, a madureza das frutas eram mentidas por bulbos suarentos, veludos hediondos, vulvas de plantas insetívoras que eram como amores-perfeitos orvalhados de caldas, cactáceas sarapintadas que erguiam, a um palmo da terra, uma tulipa de esperma açafroado. E quando aparecia uma orquídea, lá, muito alto, mais acima do bambuzal, mais acima dos angicos, tornava-se algo tão irreal, tão inalcançável como a mais vertiginosa edelvais alpestre. Mas também estavam as árvores que não eram verdes e balizavam as margens de maciços de amaranto ou se acendiam com amarelos de sarça ardente. Até o céu mentia às vezes, quando, invertendo sua altura no azougue dos lagoachos, afundava em profundezas celestemente abissais. Só as aves estavam na hora da verdade, dentro da clara identidade da sua plumagem. Não mentiam as garças quando inventavam a interrogação com o arco do pescoço, nem quando, ao grito do macho sentinela, levantavam seu espanto de penas brancas. Não mentia o martim-pescador de gorro encarnado, tão frágil e pequeno naquele universo terrível, que sua mera presença junto à prodigiosa vibração do colibri era coisa de milagre. Tampouco mentiam, no eterno baralhar das aparências e dos simulacros, nessa barroca proliferação de cipós, os alegres bugios que, de repente, escandalizavam as frondes com suas travessuras, indecências e caretas de grandes crianças de cinco mãos. E acima de tudo, como se não bastasse o assombro de baixo, eu descobria um novo mundo de nuvens: aquelas nuvens tão diferentes, tão próprias, tão esquecidas pelos homens, que ainda se amassam sobre a umidade das imensas selvas, ricas em água como os primeiros capítulos do Gênesis; nuvens feitas como de um mármore desgastado, retas na base, e que se desenhavam até alturas tremendas, imóveis, monumentais, com formas que eram as da matéria em que começa a se arredondar a forma de uma ânfora aos primeiros giros do torno oleiro. Essas nuvens, rara vez enlaçadas entre si, estavam paradas no espaço, como que edificadas no céu, semelhantes a si mesmas, desde os tempos imemoriais em que presidiram a separação das águas e o mistério das primeiras confluências.

21
(Tarde de terça-feira)

Aproveitando nossa parada ao meio-dia, numa enseada frondosa, para dar algum descanso aos remadores e desintumescer as pernas, Yannes se afastou do grupo na intenção de explorar o leito de uma torrente que, segundo ele, deve ser rica em diamantes. Mas já faz duas horas que o chamamos aos gritos, sem ter outra resposta além do eco das nossas vozes nos meandros do curso lodoso. Na crescente irritação da espera, frei Pedro increpa aqueles que se deixam cegar pela febre das pedras e do metal precioso. Ouço suas palavras com certo mal-estar, temendo que o Adelantado — a quem se atribui o achado de uma jazida fabulosa — acabe por se ofender. Mas o homem sorri embaixo das sobrancelhas emaranhadas e pergunta ironicamente ao missionário por que reluzem tanto o ouro e a pedraria nas custódias de Roma. "Porque é justo", responde frei Pedro, "que as mais belas matérias da Criação sirvam para honrar a quem as criou." Em seguida, para me demonstrar que, se ele pede pompas para o altar, exige humildade do oficiante, investe duramente contra os párocos mundanos, que qualifica de novos vendedores de indulgências, ruminantes de nunciaturas e tenores do púlpito. "A eterna rivalidade entre a infantaria e a cavalaria", exclama o Adelantado, rindo. É evidente — penso eu — que certo clero urbano deve parecer singularmente ocioso, para não dizer vicioso, a um ermitão com quarenta anos de apostolado na selva; e, para mostrar gratidão, passo a apoiar seus dizeres com exemplos de sacerdotes indignos e mercadores do templo. Mas frei Pedro corta minha palavra em tom abrupto: "Para falar dos maus, deve-se saber dos outros". E começa a me contar de gente que desconheço; de padres despedaçados pelos índios do Maranhão; de um beato Diego, barbaramente torturado pelo último Inca; de um Juan de Lizardi, trespassado pelas setas paraguaias, e de quarenta frades degolados por um pirata herege, os quais a Doutora de Ávila, em extática visão, viu chegar ao céu, a passo de carga, assustando os anjos com suas terríveis caras de santos. Refere-se a tudo isso como se ocorrido ontem; como se ele tivesse o poder de viajar no tempo para a frente e para trás. "Talvez porque sua missão se cumpre numa paisagem sem datas", penso. Mas agora frei Pedro percebe que o sol se oculta atrás das árvores e interrompe sua hagiografia missionária para chamar por Yannes, novamente, numa grita cominatória que não exclui o clamor do tropeiro em busca de uma rês desgarrada. E quando o grego reaparece, são tais e tantas as cajadadas que o frade dá numa laje que, no mesmo instante, nos vemos encolhidos nas pirogas. Retomada a navegação, entendo a causa da fúria de frei Pedro pela demora do garimpeiro. Agora o igarapé se estreita cada vez mais entre ribeiras inabordáveis que são como escarpas negras, anunciadoras de outras paisagens. E, de súbito, a corrente nos lança a toda a amplitude de um rio amarelo que desce, atormentado por corredeiras e redemoinhos, em direção ao Rio Maior, a cujo flanco deveremos nos cingir, seguindo o caudal torrencial de toda uma vertente das Grandes Mesetas. O ímpeto das águas aumenta hoje, perigosamente, com a carga de chuvas caídas em algum ponto. Assumindo o ofício de baqueano, frei Pedro, com um pé afirmado em cada borda, vai conduzindo as canoas com o cajado. Mas a resistência é tremenda, e a noite cai sobre nós quando ainda estamos no mais travado da luta. De súbito, há turbamulta no céu: baixa um vento frio que levanta ondas tremendas, as árvores soltam torvelinhos de folhas mortas, pinta-se uma tromba de vento e, sobre a selva bramante, rebenta o vendaval. Tudo se acende em verde. O raio martela com tal frequência que uma centelha mal termina de iluminar o horizonte quando outra já se deflagra em frente, abrindo-se em gadanhos que se fincam atrás dos montes novamente reaparecidos. A coruscante claridade que vem de trás, da frente, dos lados, deslindada a trechos pela tenebrosa silhueta de ilhas cujas maranhas de árvores se erguem sobre as águas fervilhantes — essa luz de cataclismo, de chuva de aerólitos —, produz em mim um repentino horror, ao me mostrar a proximidade dos obstáculos, a fúria da correnteza, a pluralidade dos perigos. Não há salvação possível para quem cair no tumulto que golpeia, levanta, sacode nossa barca. Perdida toda razão, incapaz de me sobrepor ao medo, abraço Rosario, buscando o calor do seu corpo, não mais com gesto de amante, mas de criança que se pendura no pescoço da mãe, e me deixo jazer no fundo da canoa, afundando o rosto na sua cabeleira, para não ver o que acontece e escapar, nela, ao furor que nos circunda. Mas é difícil se esquecer disso, com o meio palmo de água morna que começa a chapinhar dentro da própria canoa, de proa a popa. Mal dominando o equilíbrio das embarcações, vamos de borbotão em borbotão, embicando a proa nos rebojos, montando em rochas redondas, saltando à frente, enviesando o curso de modo vertiginoso para pegar uma corredeira de lado, sempre prestes a virar, rodeados de espuma, sobre estas madeiras torturadas que chiam por toda a quilha. E para cúmulo começa a chover. Aumenta meu horror, agora, a visão do capuchinho, de barbas desenhadas em negro contra os relâmpagos, que já não dirige a embarcação, mas reza. Com os dentes cerrados, resguardando minha cabeça como se resguarda o crânio do filho nascido num transe perigoso, Rosario parece de uma surpreendente inteireza. De bruços no fundo, o Adelantado segura nossos índios pelas cintas para impedir que um embate os arremesse na água e eles possam seguir nos defendendo com seus remos. Prossegue a terrível luta durante um tempo que minha angústia faz interminável. Compreendo que o perigo passou quando frei Pedro volta a se postar na proa, firmando os pés nas bordas. A tormenta leva seus últimos raios, tão rapidamente como os trouxe, encerrando a horripilante sinfonia das suas iras com o acorde de um trovão muito rolado e prolongado, e a noite se enche de rãs que cantam seu júbilo em todas as margens. Desenrugando o lombo, o rio segue seu caminho para o Oceano remoto. Esgotado pela tensão nervosa, durmo sobre o peito de Rosario. Mas em seguida a canoa descansa num varadouro de areia, e ao me saber novamente sobre a terra segura, aonde frei Pedro salta com um "Graças a Deus!", compreendo que superamos a Segunda Prova.

22
(Quarta-feira, 20 de junho)

Depois de um sono de muitas horas, apanhei um cântaro e bebi longamente da sua água. Ao deixá-lo de lado, vendo que ficava no nível do meu rosto, compreendi, ainda mal acordado, que me encontrava no chão, deitado sobre uma esteira de palha muito fina. Cheirava a fumaça de lenha. Havia um teto sobre mim. Recordei então o desembarque numa enseada; a caminhada até a aldeia dos índios; a sensação de esgotamento e de resfriado que levara o Adelantado a me fazer tragar vários goles de uma aguardente tremendamente forte — da que aqui chamam *estômago de fogo* —, que só provava a modo de remédio. Atrás de mim, amassando o beiju, havia várias índias de peito nu, com o sexo mal oculto por uma tanga branca, presa à cintura com um cordão passado entre as nádegas. Das paredes de folhas de buriti pendiam arcos e flechas de pesca e de caça, zarabatanas, aljavas de dardos envenenados, cuias de curare e umas paletas em forma de espelho de mão que serviam — eu saberia depois — para a maceração de uma semente provocadora de embriaguez, cujo pó se aspirava por canudos feitos com o esterno de pássaros. Diante da entrada, entre galhos aspados, três grandes peixes rubro-violáceos eram tostados sobre um leito de brasas. Nossas redes, postas para secar, me lembraram por que dormimos no chão. Com o corpo um tanto dolorido saí da maloca, corri os olhos e me detive estupefato, com a boca cheia de exclamações que não diminuíam meu assombro. Lá, atrás das árvores gigantescas, erguiam-se blocos de rocha negra, imensos, maciços, de flancos verticais, como que construídos a prumo, que eram presença e verdade de monumentos fabulosos. Minha memória tinha que ir ao mundo de Bosch, às Babéis imaginárias dos pintores do fantástico, dos mais alucinados ilustradores das tentações dos santos, para encontrar algo semelhante àquilo que estava contemplando. E mesmo quando encontrava uma analogia, devia renunciar a ela, de pronto, por uma questão de proporções. Isto que eu olhava era algo assim como uma titânica cidade — cidade de edificações múltiplas e espaçadas —, com escadas ciclópicas, mausoléus varando as nuvens, esplanadas imensas dominadas por estranhas fortalezas de obsidiana, sem ameias nem bombardeiras, que pareciam estar ali para defender a entrada de algum reino proibido ao homem. E lá, sobre aquele fundo de cirros, firmava-se a Capital das Formas: uma incrível catedral gótica, de uma milha de altura, com suas duas torres, sua nave, sua abside e seus arcobotantes, montada sobre uma penha cônica feita de uma matéria estranha, com sombrias irisações de hulha. Os campanários eram varridos por névoas espessas que torvelinhavam ao serem rompidas pelos fios do granito. Nas proporções dessas Formas arrematadas por vertiginosos terraços, flanqueadas com tubulações de órgão, havia algo tão fora do real — morada de deuses, tronos e escadarias destinados à celebração de algum Juízo Final — que o ânimo, pasmado, não buscava a menor interpretação daquela desconcertante arquitetura telúrica, aceitando sem raciocinar sua beleza vertical e inexorável. O sol, agora, punha reflexos de mercúrio sobre o impossível templo mais pendente do céu que encaixado na terra. Em planos de evanescências, que se definiam pelo maior ou menor sombreamento dos seus valores, divisavam-se outras Formas, da mesma família geológica, de cujas bordas se desprendiam cachoeiras de cem rebatimentos, que acabavam desfeitas em chuva antes de chegar à copa das árvores. Quase sufocado por tamanha grandeza, resignei-me, ao cabo de um momento, a baixar os olhos ao nível da minha estatura. Várias choças orlavam um remanso de águas negras. Uma criança se aproximou de mim, mal sustentada nas suas pernas inseguras, mostrando-me uma diminuta pulseira de peônias. Lá, onde corriam grandes aves negras, de bico alaranjado, apareceram vários índios, trazendo peixes espetados num pau pelas guelras. Mais longe, com seus bebês pendurados nos mamilos, algumas mães teciam. Ao pé de uma árvore grande, Rosario, rodeada de velhas que amassavam tubérculos leitosos, lavava roupas minhas. No seu jeito de se ajoelhar junto à água, com o cabelo solto e o osso de esfregar na mão, recobrava uma silhueta ancestral que a punha muito mais perto das mulheres daqui que daquelas que contribuíram com seu sangue, em gerações passadas, para clarear sua tez. Compreendi por que a mulher que agora era minha amante me dera aquela impressão de *raça* no dia em que a vi regressar da morte à beira de um alto caminho. Seu mistério era emanação de um mundo remoto, cuja luz e cujo tempo me eram desconhecidos. Ao meu redor, cada qual estava entregue às ocupações que lhe eram próprias, num plácido concerto de tarefas que eram as de uma vida submetida aos ritmos primordiais. Aqueles índios que eu sempre vira através de relatos mais ou menos fantasiosos, considerando-os como seres situados à margem da existência real do homem, pareciam-me, no seu território, no seu ambiente, absolutamente donos da sua cultura. Nada era mais estranho à sua realidade que o absurdo conceito de *selvagem*. A evidência de desconhecerem coisas que eram para mim essenciais e necessárias estava muito longe de vesti-los de primitivismo. A soberana precisão com que este flechava peixes num remanso, a eficácia de coreógrafo com que o outro embocava a zarabatana, a harmoniosa técnica daquele grupo que ia recobrindo de fibras o madeiramento de uma casa comum revelavam-me a presença de um ser humano feito mestre na totalidade de ofícios propiciados pelo teatro da sua existência. Sob a autoridade de um velho tão enrugado que já não lhe restava carne lisa, os moços se exercitavam com severa disciplina no manejo do arco. Os homens moviam potentes dorsos, esculpidos pelos remos; as mulheres tinham ventres feitos para a maternidade, com fortes cadeiras que emolduravam um púbis largo e proeminente. Havia perfis de uma singular nobreza, pelo aquilino do nariz e pela espessura da cabeleira. De resto, o desenvolvimento dos corpos se cumpria em função da sua utilidade. Os dedos, instrumentos para agarrar, eram fortes e ásperos; as pernas, instrumentos para andar, tinham sólidos tornozelos. Cada qual levava dentro seu esqueleto, envolto em carnes eficientes. Aqui, pelo menos, não havia ofícios inúteis, como os que eu desempenhara durante tantos anos. Pensando nisso me dirigi para onde estava Rosario, quando o Adelantado apareceu na porta de uma choça, chamando-me com alegres exclamações. Acabava de encontrar o que eu buscava nesta viagem: o objeto e termo da minha missão. Ali, no chão, junto a uma espécie de fogareiro, estavam os instrumentos musicais cuja coleção me fora encomendada no início do mês. Com a emoção do peregrino que alcança a relíquia pela qual percorreu a pé vinte países estranhos, pus a mão sobre o cilindro ornamentado a fogo, com empunhadura em forma de cruz, que assinalava a passagem do bastão de ritmo ao mais primitivo dos tambores. Vi então a maraca ritual, atravessada por um galho emplumado, as trompas de chifre de veado, os chocalhos de adorno e o botuto de barro para chamar os pescadores perdidos nos pântanos. Lá estavam os jogos de flautas de Pã, na sua condição primordial de antepassados do órgão. E lá estava, sobretudo, dotada de certa gravidade desagradável que reveste tudo aquilo que toca a morte de perto, o vaso de som bronco e sinistro, já com um quê de ressonância sepulcral, com as duas canas encaixadas aos lados, tal qual era representada no livro que a descrevera pela primeira vez. Ao concluir as trocas que me puseram na posse daquele arsenal de coisas criadas pelo mais nobre instinto do homem, senti que entrava num novo ciclo da minha existência. A missão estava cumprida.

Em exatos quinze dias, eu tinha atingido meu objetivo de modo realmente louvável e, orgulhoso disso, apalpava deleitosamente os troféus do dever cumprido. O resgate do vaso sonoro — peça magnífica — era o primeiro ato excepcional, memorável, que se inscrevia até agora na minha existência. O objeto crescia na minha própria estima, ligado ao meu destino, abolindo, naquele instante, a distância que me separava daquele que me confiara esta tarefa e talvez pensasse em mim agora, sopesando algum instrumento primitivo com gesto parecido ao meu. Permaneci em silêncio durante um tempo que o contentamento interior liberou de toda medida. Quando retomei a ideia do transcurso, com espreguiçar de adormecido que abre os olhos, senti que algo dentro de mim amadurecera enormemente, manifestando-se sob a forma singular de um grande contraponto de Palestrina, que ressoava na minha cabeça com a presente majestade de todas as suas vozes.

Ao sair da choça em busca de cipós para amarrar, observei que um alvoroço inusual tinha quebrado o ritmo dos afazeres da aldeia. Frei Pedro movia-se com ligeireza de dançante, entrando e saindo da maloca, seguido de Rosario, em meio a um círculo de índias que gorjeavam. Diante da entrada, ele havia disposto, sobre uma mesa de galhos escorados, um mantel de renda muito roto, remendado com linhas de grossura variada, entre duas cuias transbordantes de flores amarelas. No meio, pôs a cruz de madeira negra que pendia do seu pescoço. Depois, de uma maleta de couro pardo, muito puído, que sempre levava consigo, tirou os ornamentos e objetos litúrgicos — alguns muito castigados —, mordidos por negras ferrugens, que ele esfregava com a barra da manga antes de dispô-los sobre o altar. Eu via com crescente surpresa como o Cálice e a Hóstia se desenhavam sobre a Pedra de Ara; como o Purificador se abria sobre o Cálice; e o Corporal se situava entre as duas candeias rituais. Tudo aquilo, em semelhante lugar, parecia-me ao mesmo tempo absurdo e comovente. Sabendo que o Adelantado se arrogava ter espírito forte, interroguei-o com o olhar. Como se de outra coisa se tratasse, que pouco tivesse a ver com a religião, ele me falou de uma missa prometida em ação de graças durante a tempestade da véspera. Em seguida se aproximou do altar, diante do qual já se encontrava Rosario. Yannes, que devia ser homem de ícones, passou ao meu lado resmungando sobre Cristo ser um só. Os índios, a certa distância, observavam. O chefe da Aldeia, mais perto, assumia uma atitude respeitosa — todo rugas em meio aos seus colares de presas. As mães acalmavam o choro dos seus bebês. Frei Pedro dirigiu-se a mim: "Filho, estes índios recusam o batismo; não queria que o vissem indiferente. Se não quiser fazer isso por Deus, faça por mim". E apelando à mais universal das dúvidas, acrescentou, em tom mais áspero: "Lembre-se de que você estava nas mesmas barcas e também teve medo". Houve um longo silêncio. E então: *In nomine Patris et Filii et Spiritus Sancti. Amen.* Uma dolorosa secura me tomou a garganta. Aquelas palavras imutáveis, seculares, adquiriam uma prodigiosa solenidade em plena selva — como que brotadas dos subterrâneos da primeira cristandade, das irmandades do princípio —, encontrando novamente, sob estas árvores nunca derrubadas, uma função heroica anterior aos hinos entoados nas naves das catedrais triunfantes, anterior aos campanários erguidos à luz do dia. *Sanctus, Sanctus, Sanctus Dominus Deus Sabaoth...* Troncos eram as colunas que aqui faziam sombra. Sobre nossa cabeça pesavam folhagens cheias de perigos. E ao nosso redor estavam os gentios, os adoradores de ídolos, contemplando o mistério no seu nártex vegetal. Eu me divertira, ontem, em imaginar que éramos Conquistadores à procura de Manoa. Mas de súbito me deslumbra a revelação de que não há nenhuma diferença entre esta missa e as missas que ouviram os Conquistadores do Eldorado em semelhantes lonjuras. O tempo retrocedeu quatro séculos. Esta é missa de Descobridores, recém-arribados a margens sem nome, que plantam os signos da sua migração solar para o Oeste, ante o assombro dos Homens do Milho. Aqueles dois — o Adelantado e Yannes — que estão ajoelhados a ambos os lados do altar, magros, enegrecidos, um com cara de lavrador estremenho, outro com perfil de algebrista recém-assentado nos livros da Casa de la Contratación, são soldados da Conquista, afeitos ao charque e ao ranço, curtidos pelas febres, mordidos de bichos, orando com estampa de doadores, junto ao morrião deixado entre as ervas de seivas acres. *Miserere nostri, Domine, miserere nostri. Fiat misericordia* — salmodia o capelão da Entrada, num tom que detém o tempo. Acaso transcorre o ano de 1540. Nossas naus foram açoitadas por uma tempestade, e o monge nos narra agora, no estilo da Sagrada Escritura, como houve no mar uma grande agitação, de modo que o barco era varrido pelas ondas. Ele, entretanto, dormia. Os discípulos então chegaram-se a Ele e o despertaram, dizendo: "Senhor, salva-nos, estamos perecendo!". Disse-lhes Ele: "Por que tendes medo, homens de pouca fé?". Depois, pondo-se de pé, conjurou severamente os ventos e o mar. E houve uma grande bonança. Acaso transcorre o ano de 1540. Mas é um engano. Os anos se subtraem, diluem e esfumam em vertiginoso retrocesso do tempo. Ainda não entramos no século XVI. Vivemos muito antes. Estamos na Idade Média. Pois não é o homem renascentista que realiza o Descobrimento e a Conquista, mas o homem medieval. Os alistados na magna empresa não saem do Velho Mundo por portas de colunas tomadas de Palladio, mas passando sob o arco românico, cuja memória levaram consigo ao edificar seus primeiros templos do outro lado do Mar Oceano, sobre o embasamento sangrento dos Teocalli. A cruz românica, vestida de tenazes, cravos e lanças, foi escolhida para lutar contra quem usava instrumentos semelhantes de holocausto nos seus sacrifícios. Medievais são as brincadeiras de diabos, desfiles de tarascas, danças de Pares de França, romances de Carlos Magno, que tão fielmente perduram em muitas cidades que atravessamos recentemente. E agora me dou conta desta verdade assombrosa: desde a tarde de Corpus Christi em Santiago de los Aguinaldos, vivo na primeira Idade Média. Pode pertencer a outro calendário um objeto, uma peça de vestir, um remédio. Mas o ritmo da vida, as artes da navegação, o candeeiro e a panela, o alongamento das horas, as funções transcendentais do Cavalo e do Cão, o modo de reverenciar os Santos são medievais — medievais como as prostitutas que viajam de paróquia em paróquia nos dias de feira, assim como os patriarcas despóticos, orgulhosos em reconhecer quarenta filhos de várias mães que lhes pedem a bênção ao passar. Compreendo agora que convivi com os burgueses de bom trago, sempre dispostos a provar a carne de alguma moça do serviço, cuja vida jucunda tantas vezes me fizera sonhar nos museus; nas suas mesas trinchei as leitoas de tetas chamuscadas e compartilhei a desmedida afeição pelas especiarias que os levaram a buscar os novos caminhos das Índias. Em cem quadros eu conhecera suas casas de toscas lajotas vermelhas, suas cozinhas enormes, seus portões cravejados. Conhecia esses hábitos de levar o dinheiro preso no cinto, de dançar danças de par solto, de preferir os instrumentos de plectro, de pôr os galos para brigar, de armar grandes bebedeiras em torno de um churrasco. Conhecia os cegos e aleijados das suas ruas; os emplastros, solimões e bálsamos curativos com que aliviavam suas dores. Mas os conhecia através do verniz das pinacotecas, como testemunho de um passado morto, impossível de recuperar. Mas eis que aqui, de súbito, esse passado se faz presente. Que o apalpo e aspiro. Que vislumbro agora a estupefaciente possibilidade de viajar no tempo, como outros viajam no espaço... *Ite missa est. Benedicamus Domino. Deo gratias.* Terminara a missa, e com ela o Medievo. Mas as datas continuavam perdendo algarismos. Em fuga desenfreada, os anos se esvaziavam, destranscorriam, se apagavam, preenchendo calendários, devolvendo luas. Passando dos séculos de três cifras ao século dos números. Perdeu o Graal seu esplendor, caíram os cravos da cruz, os mercadores voltaram ao templo, apagou-se a estrela da Natividade, e foi o Ano Zero, quando regressou ao céu o Anjo da Anunciação. E tornaram a crescer as datas do outro lado do Ano Zero — datas de dois, de três, de cinco números —, até chegarmos ao tempo em que o homem, cansado de errar sobre a terra, inventou a agricultura ao fixar suas primeiras aldeias nas margens dos rios e, necessitado de maior música, passou do bastão de ritmo ao tambor, que era um cilindro de madeira ornamentado ao fogo, inventou o órgão ao soprar numa cana oca e chorou seus mortos fazendo bramar uma ânfora de barro. Estamos na Era Paleolítica. Quem dita leis aqui, quem tem direito de vida e morte sobre nós, quem tem o segredo dos alimentos e peçonhas, quem inventa as técnicas são homens que usam a faca de pedra e o raspador de pedra, o anzol de espinho e o dardo de osso. Somos intrusos, forasteiros ignorantes — metecos de pouca estada —, numa cidade que nasce na aurora da História. Se o fogo que agora as mulheres abanam se apagasse de repente, seríamos incapazes de acendê-lo novamente contando apenas com a destreza das nossas mãos.

23
(Quinta-feira, 21 de junho)

Conheço o segredo do Adelantado. Ontem ele o confiou a mim, ao pé do fogo, tomando cuidado para que Yannes não nos ouvisse. Falam dos seus achados de ouro; creem que é rei de antigos foragidos, lhe atribuem escravos; outros imaginam que tem várias mulheres num selvático gineceu e que suas viagens solitárias se devem ao empenho de que as amantes não vejam outros homens. A verdade é muito mais bela. Quando me foi revelada em poucas palavras, fiquei maravilhado pelo vislumbre de uma possibilidade jamais imaginada — estou certo disso —

por homem algum da minha geração. Antes de dormir na noite da choupana, onde o leve balanço das nossas redes arranca um compassado ranger dos punhos, digo a Rosario, através dos estambres, que seguiremos viagem por mais alguns dias. E quando temo encontrar alguma fadiga, algum desalento ou uma pueril urgência de regressar, ela me responde com um animoso consentimento. Ela não se importa com o lugar aonde vamos nem parece se inquietar com a existência de comarcas próximas ou distantes. Para Rosario não existe a noção de *estar longe* de algum lugar prestigioso, particularmente propício à plenitude da existência. Para ela, que cruzou fronteiras sem deixar de falar o mesmo idioma e que nunca pensou em atravessar o Oceano, o centro do mundo está onde o sol, ao meio-dia, a ilumina do alto. É mulher de terra, e enquanto se andar sobre a terra e se comer, e houver saúde, e houver homens a quem servir de molde e medida com a recompensa daquilo que ela chama "o gosto do corpo", cumpre-se um destino que mais vale não analisar demais, pois é regido por "coisas grandes", cujo mecanismo é obscuro e, em todo caso, ultrapassam a capacidade de interpretação do ser humano. Por isso, costuma dizer que "é ruim pensar em certas coisas". Ela se denomina *Tua mulher*, referindo-se a ela mesma em terceira pessoa: "*Tua mulher* estava dormindo; *Tua mulher* te procurava"... E nessa constante reiteração do possessivo eu encontro como que uma solidez de conceito, uma cabal definição de situações, que a palavra *esposa* nunca me deu. *Tua mulher* é afirmação anterior a todo contrato, a todo sacramento. Tem a verdade primeira daquele *útero* que os melindrosos tradutores da Bíblia substituem por *entranhas*, subtraindo fragor de certos gritos proféticos. Aliás, esta definidora simplificação do texto é habitual em Rosario. Ao aludir a certas intimidades da sua natureza que não devo ignorar como amante, emprega expressões ao mesmo tempo inequívocas e pudicas que lembram os "costumes de mulheres" invocados por Raquel diante de Labão. Tudo o que *Tua mulher* pede esta noite é que eu a leve comigo aonde for. Apanha sua trouxa e segue o varão sem mais perguntas. Sei muito pouco dela. Não chego a entender se ela é desmemoriada ou não quer falar do seu passado. Não esconde que viveu com outros homens. Mas estes marcaram etapas da sua vida cujo segredo defende com dignidade — ou talvez creia que seria indelicado deixar-me supor que algo ocorrido antes do nosso encontro possa ter alguma importância. Este viver no presente, sem possuir nada, sem arrastar o ontem, sem pensar no amanhã, me parece assombroso. No entanto, é evidente que essa disposição de ânimo deve alargar consideravelmente as horas dos seus trânsitos de sol a sol. Fala de dias que foram muito longos e de dias que foram muito breves, como se os dias se sucedessem em tempos distintos — tempos de uma sinfonia telúrica que também tivesse seus andantes e adágios, entre jornadas levadas em movimento presto. O surpreendente é que eu, por meu turno — agora que a hora nunca me preocupa —, percebo os distintos valores dos lapsos, a dilatação de certas manhãs, a vagarosa elaboração de um crepúsculo, atônito ante tudo o que cabe em certos tempos desta sinfonia que estamos lendo ao contrário, da direita para a esquerda, contra a clave de *sol*, retrocedendo rumo aos compassos do Gênesis. Porque, ao entardecer, caímos no habitat de um povo de cultura muito anterior aos homens com que convivemos ontem. Saímos do Paleolítico — das indústrias paralelas às magdalenianas e aurignacianas, que tantas vezes me detiveram diante de certas coleções de apetrechos líricos com um "daqui não passa" que me situava no início da noite das idades — para entrar num território que fazia retroceder os limites da vida humana ao mais tenebroso da noite das idades. Esses indivíduos com pernas e braços que vejo agora, tão semelhantes a mim; essas mulheres cujos seios são úberes flácidos que pendem sobre ventres inchados; essas crianças que se estiram e enrodilham com gestos felinos; essas pessoas que ainda não adquiriram o pudor primordial de ocultar os órgãos da concepção, que *estão nuas sem saber*, como Adão e Eva antes do pecado, são, no entanto, homens. Ainda não pensaram em se valer da energia da semente; não se assentaram, nem imaginam o ato de semear; seguem em frente, sem rumo, comendo corações de palmeiras, que vão disputar com os símios, lá no alto, encarapitando-se nas cumeeiras da selva. Quando as águas em crescente os isolam durante meses em alguma região entre rios, e eles já pelaram as árvores como cupins, devoram larvas de vespa, triscam formigas e lêndeas, cavoucam a terra e tragam os vermes e as minhocas que suas unhas topam, antes de amassar a terra com os dedos e comer a própria terra. Quase não conhecem os recursos do fogo. Seus cães ariscos, com olhos de raposa e de lobo, são cães anteriores aos cães. Contemplo os semblantes sem sentido para mim, compreendendo a inutilidade de toda palavra, reconhecendo de antemão que nem sequer poderíamos achar a coincidência de uma gesticulação. O Adelantado me pega de um braço e me leva a espiar um buraco lamacento, espécie de pocilga hedionda, cheia de ossos roídos, onde vejo se erguerem as mais horríveis coisas que meus olhos jamais conheceram: são como dois fetos viventes, de barbas brancas, cujas bocas beiçudas gemicam algo semelhante ao vagido de um recém-nascido; anões encarquilhados, de ventres enormes, cobertos de veias azuis como figuras de ilustrações anatômicas, que sorriem estupidamente, com algo temeroso e servil no olhar, metendo os dedos entre os dentes. Tamanho horror me provocam esses seres que viro as costas para eles, movido, ao mesmo tempo, pela repulsa e pelo espanto. "Cativos", diz o Adelantado, sarcástico, "cativos dos outros que se acham a raça superior, única dona legítima da selva." Sinto uma espécie de vertigem ante a possibilidade de outros escalões de retrocesso, ao pensar que essas larvas humanas, de cujas virilhas pende um sexo erétil como o meu, ainda não sejam *o último*. Que possam existir, em algum lugar, cativos desses cativos, erigidos por sua vez em espécie superior, predileta e autorizada, que já não saibam roer nem os ossos deixados pelos seus cães, que disputem a carniça com os abutres, que bramem seu cio, nas noites do cio, com bramidos de bestas. Não há nada em comum entre esses entes e eu. Nada. Tampouco tenho a ver com seus amos, os tragadores de vermes, os lambedores de terra, que me rodeiam... No entanto, em meio às redes que mal são redes – mais berços de lianas –, onde se deitam e fornicam e procriam, há uma forma de barro seca ao sol: uma espécie de jarro sem asas, com dois buracos abertos lado a lado, na borda superior, e um umbigo desenhado na parte convexa com a pressão de um dedo apoiado na matéria, quando ainda estivesse mole. Isto é Deus. Mais que Deus: é a Mãe de Deus. É a Mãe primordial de todas as religiões. O princípio fêmea, genésico, matriz, situado no secreto prólogo de todas as teogonias. A Mãe de ventre avolumado, ventre que é ao mesmo tempo úberes, vaso e sexo, primeira figura que os homens modelaram, quando das mãos nasceu a possibilidade do Objeto. Tinha diante de mim a Mãe dos Deuses Crianças, dos totens dados aos homens para que fossem ganhando o hábito de tratar com a divindade, preparando-se para o uso dos Deuses Grandes. A Mãe, "solitária, fora do espaço e mais ainda do tempo", de quem Fausto pronunciara o mero enunciado de *Mãe*, por duas vezes, com terror. Vendo agora que as anciãs de púbis enrugado, os trepadores de árvores e as fêmeas prenhes me olham, esboço um desajeitado gesto de reverência para a vasilha sagrada. Estou em morada de homens e devo respeitar seus Deuses... Mas eis aí que todos começam a correr. Atrás de mim, sob uma maçaroca de folhas apinhadas sobre os galhos que servem de teto, acabam de estender o corpo inchado e negro de um caçador mordido por uma cascavel. Frei Pedro diz que está morto há várias horas. No entanto, o Feiticeiro começa a sacudir uma cabaça cheia de cascalho – único instrumento que esta gente conhece –, tentando afugentar os mandatários da Morte. Há um silêncio ritual, preparador do ensalmo, que leva a expectativa dos que esperam por seu apogeu. E na grande selva que se enche de terrores noturnos, surge a Palavra. Uma palavra que já é mais que palavra. Uma palavra que imita a voz de quem diz, e também a que se atribui ao espírito que possui o cadáver. Uma sai da garganta do ensalmador; a outra, do seu ventre. Uma é grave e confusa como um subterrâneo fervor de lava; a outra, de timbre médio, é colérica e destemperada. Alternam-se. Respondem uma à outra. Uma increpa quando a outra geme; a do ventre se faz sarcasmo quando a que surge da garganta parece urgir. Há como que portamentos guturais, prolongados em uivos; sílabas que, de súbito, se repetem muito, chegando a criar um ritmo; há trinados de repente interrompidos por quatro notas que são o embrião de uma melodia. Mas em seguida é o vibrar da língua entre os lábios, o ronco para dentro, o arquejo em contratempo da maraca. É algo situado muito além da linguagem e que, no entanto, ainda está muito longe do canto. Algo que ignora a vocalização, mas já é algo mais que palavra. Quando se estende um pouco, soa horrível, pavorosa a gritaria sobre o cadáver rodeado de cães mudos. Agora, o Feiticeiro o encara, vocifera, bate os calcanhares contra o chão, no mais desgarrado de um furor imprecatório que já é a verdade profunda de toda tragédia — intento primordial de luta contra as potências de aniquilação que se atravessam nos cálculos do homem. Procuro me manter fora disso, de guardar distâncias. No entanto, não posso me furtar ao horrendo fascínio que esta cerimônia exerce sobre mim... Diante da teimosia da Morte, que se nega a largar sua presa, a Palavra de repente se abranda e desacorçoa. Na boca do Feiticeiro, do órfico ensalmador, estertora e cai, convulsivamente, o Treno — pois isto, e não outra coisa, é um *treno* —, deixando-me deslumbrado pela revelação de que acabo de assistir ao Nascimento da Música.

24
(Sábado, 23 de junho)

Faz dois dias que andamos sobre a armação do planeta, esquecidos da História e até das obscuras migrações das eras sem crônicas. Lentamente, subindo sempre, navegando trechos de torrentes entre uma cascata e outra cascata, igarapés quietos entre uma queda e outra queda, obrigados a içar as canoas ao compasso de celeumas de degrau em degrau, alcançamos o solo onde se erguem as Grandes Mesetas. Lavadas das suas vestes — quando as tiveram — por milênios de chuvas, são Formas de rocha nua, reduzidas à grandiosa elementaridade de uma geometria telúrica. São os monumentos primordiais que se ergueram sobre a crosta terrestre, quando ainda não havia olhos que pudessem contemplá-los, e sua própria velhice, sua linhagem ímpar, confere a eles uma avassaladora majestade. Há os que parecem imensos cilindros de bronze, pirâmides truncadas, longos cristais de quartzo postados entre as águas. Há os mais abertos no topo que na base, todos gretados de alvéolos, como gigantescas madréporas. Há os que têm uma misteriosa solenidade de *Portas de Algo* — de Algo desconhecido e terrível — aonde devem conduzir esses túneis que afundam nos seus flancos, cem palmos acima da nossa cabeça. Cada meseta se apresenta com uma morfologia própria, feita de arestas, de cortes bruscos, de perfis retos ou quebrados. A que não se adorna de um obelisco encarnado, de um farelhão de basalto, é flanqueada de um terraço, recorta-se em biséis, afia seus ângulos ou se coroa com estranhos cipos que parecem figuras em procissão. De repente, rompendo com essa severidade do criado, algum arabesco da pedra, alguma fantasia geológica se confabula com a água para pôr um pouco de movimento neste país do imperturbável. É, lá, uma montanha de granito quase vermelho que solta sete cascatas amarelas pelas ameias de uma cimalha sobranceira. É um rio que se lança no vazio e se desfaz em arco-íris sobre a ladeira balizada de árvores petrificadas. As espumas de uma torrente fervilham sob enormes arcos naturais, aumentadas por ecos estrondosos, antes de se dividir e cair numa sucessão de poços que se derramam uns nos outros. Adivinha-se que acima, nos cumes, no escalonamento das últimas planícies lunares, há lagos vizinhos das nuvens que guardam suas águas virgens em soledades nunca pisadas por pés humanos. Há geadas no amanhecer, fundos gelados, margens opalescentes e ocos que se enchem de noite antes do crepúsculo. Há monólitos postados na borda das cimas, agulhas, signos, fendas que respiram suas névoas; penhascos rugosos, que são como coágulos de lava — meteoritos, talvez caídos de outro planeta. Não falamos. Sentimos comoção ante o fausto das magnas obras, ante a pluralidade dos perfis, o alcance das sombras, a imensidão das esplanadas. Vemos a nós mesmos como intrusos, prestes a ser expulsos de um domínio proibido. O que se abre diante dos nossos olhos é o mundo anterior ao homem. Abaixo, nos grandes rios, ficaram os sáurios monstruosos, as jiboias, os peixes com tetas, as piramutabas cabeçudas, os esqualos de água doce, os poraquês e as piramboias, que ainda carregam sua estampa de animais pré-históricos, legado dos dragões do Terciário. Aqui, por mais que algo fuja sob as samambaias arborescentes, por mais que a abelha trabalhe nas cavernas, nada parece saber de seres vivos. Acabam de se separar as águas, aparecida é a Seca, fez-se a erva verde, e, pela primeira vez, provam-se as lumeeiras que haverão de senhorear dia e noite. Estamos no mundo do Gênesis, no fim do Quarto Dia da Criação. Se recuássemos mais um pouco, chegaríamos aonde começara a terrível solidão do Criador — a tristeza sideral dos tempos sem incenso e sem louvores, quando a terra era desordenada e vazia, e as trevas pairavam sobre a face do abismo.

Capítulo cinco

Teus estatutos são cânticos para mim…

Salmo 119

25
(Domingo, 24 de junho)

O Adelantado ergueu o braço, apontando o rumo do Ouro, e Yannes se despede de nós para buscar o tesouro da terra. Solitário há de ser o garimpeiro que não quer dividir seu achado; avaro nos seus manejos, mentiroso nos seus dizeres, apagando o caminho atrás de si como o animal que varre seus rastros com a cauda. Há um instante de emoção quando abraçamos esse camponês com perfil de aqueu, conhecedor de Homero, que tão apegado a nós parecia. Hoje o guia a cobiça do metal precioso que fazia de Micenas uma cidade de ouro, e ele empreende a rota dos aventureiros. Quer nos fazer um presente e, não tendo mais que a roupa do corpo, estende-nos, a Rosario e a mim, o volume da *Odisseia*. Alvoroçada, *Tua mulher* o apanha acreditando que é uma História Sagrada e que nos dará boa sorte. Antes que eu possa desenganá-la, Yannes se afasta de nós, a caminho da sua barca, de torso nu no amanhecer, levando seu remo ao ombro com surpreendente estampa de Ulisses. Frei Pedro o abençoa, e prosseguimos nossa navegação pelas águas de um estreito igarapé que haverá de nos conduzir ao atracadouro da Cidade. Pois, agora que o grego partiu, o segredo pode ser dito em voz alta: o Adelantado fundou uma cidade. Não me canso de repetir a mim mesmo, desde que essa *fundação de uma cidade* me foi confiada, poucas noites atrás, acendendo na minha imaginação mais candeias que o nome das mais cobiçadas gemas. Fundar uma cidade. Eu fundo uma cidade. Ele fundou uma cidade. É possível conjugar semelhante verbo. Pode alguém ser Fundador de uma Cidade. Criar e governar uma cidade que não consta nos mapas, que se subtraia aos horrores da Época, que nasça assim, da vontade de um homem, neste mundo do Gênesis. A primeira cidade. A cidade de Enoque, edificada quando ainda não haviam nascido Tubalcaim, o ferreiro, nem Jubal, o tangedor da harpa e do órgão... Deito a cabeça no regaço de Rosario, pensando nos imensos territórios, nas serras inexploradas, nas mesetas sem conta onde se poderiam fundar cidades neste continente de natureza ainda invencida pelo homem; embalado pelo compassado chapinhar da voga, mergulho numa sonolência feliz, em meio às vivas águas, perto de plantas que já recobram fragrâncias de montanha, respirando um ar tênue que ignora as exasperantes pragas da selva. As horas transcorrem calmas, margeando as mesetas, passando de um curso ao outro por pequenos labirintos de águas mansas que, de súbito, nos fazem voltar as costas ao sol, para logo recebê-lo de frente, ao contornar um farelhão revestido de heras raras. E cai a tarde quando enfim se amarra a barca e eu posso subir ao portento de Santa Mónica de los Venados. Mas a verdade é que me detenho, desconcertado. O que vejo ali, no meio do pequeno vale, é um espaço de uns duzentos metros de lado, limpo a facão, em cujo extremo se divisa uma casa maior, com paredes de pau a pique, uma porta e quatro janelas. Há duas residências menores, semelhantes à primeira quanto à construção, ladeando uma espécie de armazém ou estábulo. Também se veem umas dez choças indígenas, com fogueiras que soltam uma fumaça esbranquiçada. O Adelantado me diz, com um tremor de orgulho na voz: "Esta é a Praça Maior... Essa, a Casa de Governo... Ali mora meu filho Marcos... Lá, minhas três filhas... No paiol temos grãos, ferramentas e alguns animais... Atrás, o bairro dos índios...". E acrescenta, voltando-se a frei Pedro: "Em frente à Casa de Governo, vamos erguer a Catedral". Quando ainda estava me apontando a horta, as roças de milho, o curral onde se inicia uma criação de porcos e de cabras, graças aos varrões e chibatos trazidos, com incríveis tribulações, de

Puerto Anunciación, eis que a vizinhança se derrama, arma-se a grita de boas-vindas, e as esposas índias, e as filhas mestiças, e o filho alcaide, e todos os índios acodem para receber seu Governador, acompanhado do primeiro Bispo. "Santa Mónica de los Venados", explica-me frei Pedro, "porque estas são terras do veado-mateiro; e Mónica se chamava a mãe do fundador: Mônica, aquela que pariu Santo Agostinho, santa que foi *mulher de um só varão, e que por si mesma criou seus filhos.*" Confesso-lhe, no entanto, que a palavra *cidade* me sugerira algo mais imponente ou extraordinário. "Manoa?", pergunta-me o frade com ironia. Não é isso. Nem Manoa nem Eldorado. Mas eu tinha pensado em algo diferente. "Eram assim, nos seus primeiros anos, as cidades fundadas por Francisco Pizarro, Diego de Losada ou Pedro de Mendoza", observa frei Pedro. Meu silêncio aquiescente não exclui, porém, uma série de novas interrogações que os preparativos de um festim de pernis assados num fogo de lenha me impedem de formular imediatamente. Não entendo por que o Adelantado, na oportunidade ímpar de fundar uma vila fora da Época, tomará para si o estorvo de uma igreja que lhe trará o tremendo fardo dos seus cânones, interdições, ambições e intransigências, tendo-se em conta, sobretudo, que ele mesmo não cultiva uma fé muito sólida e aceita as missas, de preferência quando são rezadas em ação de graças por perigos vencidos. Mas não há muitas oportunidades, agora, para fazer perguntas. Deixo-me invadir pela alegria de ter chegado a algum lugar. Ajudo a assar a carne, carrego lenha, interesso-me pelo canto dos que cantam e relaxo as juntas com uma espécie de pulque frisante, com gosto de terra e resina, que todos bebem em cuias passadas de boca em boca... E mais tarde, quando todos tiverem se fartado, quando os do casario indígena dormirem e as filhas do Fundador se recolherem ao seu gineceu, escutarei, junto à lareira da Casa de Governo, uma história que é história de rumos. "Saiba, senhor", diz o Adelantado, lançando um ramo no fogo, "que meu nome é Pablo e meu sobrenome é tão vulgar como chamar-se Pablo, e se o título de Adelantado sugere grandes feitos, direi a vocês que é apenas um apelido que ganhei de uns garimpeiros, ao verem que eu sempre me adiantava aos outros ao passar as areias de um rio pela minha bateia..."

Sob o emblema do caduceu, um homem de vinte anos, com o peito arrasado por uma tosse rebelde, olha para a rua através das bolas de cristal, cheias de água tinta, de uma farmácia de velhos. Lá é a província das matinas e dos terços, dos doces e folhados das freiras; passa o padre com seu chapéu romano, e ainda há sereno que em noite nublada canta as horas com Marias Santíssimas. Mais além são Terras do Cavalo, durante jornadas e jornadas; depois, os caminhos que sobem, e a cidade de casas crescidas, onde o adolescente só achou ofícios de sombras, de porões, de carvoeiras e de esgotos. Vencido e doente, ofereceu-se para trabalhar em boticas, a troco de remédios e teto. Algo lhe ensinaram de macerações e lhe confiaram receitas de prescrição caseira, à base de noz-vômica, raiz de alteia ou tártaro emético. Mas, na hora da sesta, quando ninguém transita à sombra dos beirais, o moço se encontra sozinho no laboratório, de costas para a rua, e ocorre que suas mãos adormecem sobre a bancada, contemplando, por entre os morteiros e almofarizes, o curso vagaroso de um largo rio cujas águas vêm das terras do ouro. Às vezes, trazidos por barcos tão velhos que carregam uma estampa de outros tempos, descem no desembarcadouro próximo uns homens de andar arrastado, que tenteiam com bengalas as tábuas podres do cais, como se chegando ao porto ainda desconfiassem das armadilhas e atoleiros da terra. São garimpeiros com malária, seringueiros coçando sarnas, leprosos das missões abandonadas que acodem à farmácia, uns em busca de quinina, outros, de chalmugra, outros, de enxofre, e ao falar das comarcas onde creem ter contraído suas pragas, vão descerrando, diante do obscuro praticante, as cortinas de um mundo ignorado. Chegam os vencidos, mas chegam também os que arrancaram do barro uma mirífica gema e, durante oito dias, poderão se fartar de fêmeas e de música. Passam os que nada acharam, mas trazem os olhos enfebrecidos pelo bacorejo de um possível tesouro. Esses não descansam nem perguntam onde há mulheres. Trancam-se a chave nos seus quartos, examinando as amostras que trazem em frascos e, mal curados de uma chaga ou aliviados de um furúnculo, partem, de noite, à hora em que todos dormem, sem revelar o segredo do seu destino. O jovem não inveja os da sua idade que, a cada segunda-feira do ano, depois de ouvirem uma última missa na igreja do púlpito carcomido, saem endomingados rumo à cidade distante. Entre frascos e receituários, aprende a falar de jazidas novas: conhece o nome dos que encomendam garrafões de água de flor de laranjeira para banhar suas índias; decora os estranhos nomes de rios ignorados pelos livros; obcecado pela percutidora sonoridade do Cataniapo ou do Cunucunuma, sonha diante dos mapas, contemplando incansavelmente as áreas coloridas em verde, nuas, onde não aparecem nomes de povoações. E um dia, ao amanhecer, ele escapa por uma janela do seu laboratório para o embarcadouro onde os garimpeiros içam a vela da sua barca, e oferece remédios em troca de que o levem. Durante dez anos compartilha as misérias, os desenganos, rancores, insistências mais ou menos afortunadas, dos buscadores. Nunca favorecido, aventura-se mais longe, cada vez mais longe, cada vez mais só, já habituado a falar com a própria sombra. Até que um dia se depara com o mundo das Grandes Mesetas. Caminha durante noventa dias, perdido entre montanhas sem nome, comendo larvas de formigas-feiticeiras, gafanhotos, como fazem os índios em meses de grande fome. Quando desemboca neste vale, uma ferida bicheira está deixando uma das suas pernas no osso. Os índios do lugar — gente assentada, de uma cultura semelhante à dos que fizeram o vaso funerário — curam a chaga com ervas. Antes dele, só tinham visto um homem branco e pensam, como os de muitas aldeias da selva, que somos os últimos descendentes de uma espécie industriosa mas fraca, muito numerosa em outros tempos, mas que agora está em vias de extinção. Sua longa convalescença o solidariza com as penúrias e tribulações desses homens que o rodeiam. Encontra algum ouro ao pé daquela rocha que o luar, esta noite, banha de estanho. Depois de trocar o metal em Puerto Anunciación, volta trazendo sementes, mudas e algum petrecho de lavoura e carpintaria. No regresso da segunda viagem, traz um casal de porcos de patas amarradas no fundo da barca. Depois, é a cabra prenhe e o bezerro desmamado, para o qual os índios, como Adão, terão de inventar um nome, pois nunca viram semelhante animal. Pouco a pouco, o Adelantado vai se interessando pela vida que aqui prospera. Quando se banha ao pé de alguma cachoeira, de tarde, as índias moças lhe jogam pequenos seixos brancos, da margem, em sinal de provocação. Um dia ele toma mulher, e há grande folia ao pé das rochas. Pensa, então, que, se continuar aparecendo em Puerto Anunciación com algum ouro em pó nos bolsos, os garimpeiros não tardarão em seguir seu rastro, invadindo este vale ignorado para transtorná-lo com seus excessos, rancores e ambições. A fim de burlar as suspicácias, ostenta-se no comércio de pássaros empalados, orquídeas, ovos de tartarugas. Um dia, percebe que fundou uma cidade. Sente, talvez, a surpresa que eu mesmo tive ao saber que o verbo "fundar" era conjugável ao falar de uma cidade. Como todas as cidades nasceram assim, há razão para esperar que Santa Mónica de los Venados, no futuro, chegue a ter monumentos, pontes e arcadas. O Adelantado traça o contorno da Praça Maior. Ergue a Casa de Governo. Assina uma ata e a enterra sob uma lápide em lugar visível. Assinala o lugar do cemitério para que a própria morte passe a ser objeto da ordem. Agora sabe onde há ouro. Mas o ouro já não o desvela. Abandonou a busca de Manoa, pois agora a terra lhe interessa muito mais e, sobre ela, o poder de legislar por conta própria. Ele não pretende que isto seja algo semelhante ao Paraíso Terrestre dos antigos cartógrafos. Aqui há doenças, flagelos, répteis venenosos, insetos, feras que devoram os animais trabalhosamente criados; há dias de inundação e dias de fome, e dias de impotência ante um braço que gangrena. Mas o homem, por larguíssimo atavismo, é afeito a superar esses males. E quando sucumbe, é travado numa luta primordial que figura entre as mais autênticas leis do jogo de existir. "O ouro", diz o Adelantado, "é para os que voltam lá." E esse *lá* soa na sua boca com um timbre de menosprezo — como se as ocupações e empenhos dos de *lá* fossem próprios de gente inferior. Não resta dúvida de que a natureza que aqui nos circunda é implacável, terrível, apesar da sua beleza. Mas os que vivem dentro dela a consideram menos má, mais amigável que os horrores e sobressaltos, as crueldades frias, as ameaças sempre renovadas do mundo de *lá*. Aqui, as pragas, os possíveis padecimentos, os perigos naturais são aceitos de antemão: fazem parte de uma Ordem que tem seus rigores. A Criação não é algo divertido, e todos reconhecem essa verdade por instinto, aceitando o papel que cabe a cada qual na vasta tragédia do criado. Mas é tragédia com unidades de tempo, de ação e de lugar, em que a própria morte opera pela ação de mandatários conhecidos, cujos trajes de veneno, de escama, de fogo, de miasmas são acompanhados do raio e do trovão que continuam usando, nos dias de ira, os deuses de mais longa residência entre nós. À luz do sol ou ao calor da fogueira, os homens que aqui vivem seus destinos se contentam com coisas muito simples, achando motivo de júbilo na tepidez de uma manhã, numa pesca abundante, na chuva que cai depois da seca, com explosões de alegria coletiva, de cantos e de tambores, promovidos por eventos muito simples como foi o da nossa chegada. "Assim se devia viver na cidade de Enoque", penso eu, e então volta à minha mente uma das interrogações que me assaltaram ao desembarcar. Neste momento saímos da Casa de

Governo para aspirar o ar da noite. O Adelantado então me mostra um paredão de rocha, uns signos traçados a grande altura por artesãos desconhecidos — artesãos que teriam sido içados até o nível da sua tarefa por uma andaimaria impossível no estágio da sua cultura material. Ao luar se desenham figuras de escorpiões, serpentes, pássaros, entre outros símbolos sem sentido aos olhos, que talvez fossem representações astrais. Uma explicação inesperada vem, de repente, ao encontro das minhas indagações: um dia, ao voltar de uma viagem — conta o Fundador —, seu filho Marcos, então adolescente, deixou-o atônito ao lhe contar a história do Dilúvio Universal. Na sua ausência, os índios tinham ensinado ao moço que aqueles petróglifos que agora contemplávamos foram traçados em dias de gigantesca enchente, quando o rio crescera até lá, por um homem que, ao ver as águas subirem, salvou um casal de cada espécie animal numa grande canoa. E depois choveu durante um tempo que pode ter sido de quarenta dias e quarenta noites, ao fim do qual, para saber se a grande inundação havia cessado, despachou um rato que voltou com uma espiga de milho entre as patas. O Adelantado não quisera ensinar a história de Noé aos filhos — por ser patranha —; mas ao ver que a conheciam sem outra variante além de um rato no lugar da pomba e uma espiga de milho no lugar do ramo de oliveira, confiou o segredo dessa cidade nascente a frei Pedro, que ele considerava um homem cabal, pois era dos que viajavam sós por regiões desconhecidas e sabia fazer curas e distinguir as ervas. "Já que, no fim das contas, vão ouvir as mesmas histórias, pelo menos que as aprendam como eu as aprendi." Pensando nos Noés de tantas religiões, faço a objeção de que o Noé índio me parece mais ajustado à realidade destas terras, com sua espiga de milho, que a pomba com seu ramo de oliveira, já que ninguém nunca viu uma oliveira na selva. Mas o frade me interrompe abruptamente, em tom agressivo, perguntando-me se me esqueci da Redenção: "Alguém morreu pelos que aqui nasceram, e era preciso que a notícia lhes fosse dada". E, atando dois ramos em cruz com uma liana, ele a finca, de modo quase raivoso, no lugar onde começará a ser erigida, amanhã, a choça redonda que será o primeiro templo da cidade de Enoque. "Além disso, ele veio plantar cebolas", me avisa o Adelantado, a modo de desculpa.

26
(27 de junho)

Amanhece sobre as Grandes Mesetas. As névoas da noite demoram-se entre as Formas, estendendo véus que se adelgaçam e clareiam quando a luz se reflete numa escarpa de granito rosa e desce ao plano das imensas sombras recostadas. Ao pé dos paredões verdes, cinza, negros, cujas cimas parecem diluídas entre brumas, as samambaias se agitam à leve brisa que as esmalta. Abeirado a um oco onde mal poderia se esconder uma criança, contemplo uma vida de liquens, de musgos, de pigmentos prateados, de ferrugens vegetais, que é, em escala minúscula, um mundo tão complexo quanto o da grande selva que deixamos abaixo. Há tantas vegetações diferentes, num palmo de umidade, quanto espécies lá disputando o espaço que deveria bastar para uma única árvore. Esse plâncton da terra é como uma pátina que se espessa ao pé de uma cachoeira caída de grandes alturas, cujo constante fervor de espumas escavou um poço na rocha. É aqui onde nos banhamos nus, os do Casal, em água que bole e corre, brotando de cimas já douradas pelo sol, para cair em branco verde e se derramar, mais abaixo, em leitos que as raízes do tanino tingem de ocre. Não há alarde, não há fingimento edênico nesta limpa nudez, bem diferente da que ofega e se embate nas noites da nossa choupana, e que aqui liberamos com uma espécie de travessura, assombrados de que seja tão grato sentir a brisa e a luz em partes do corpo que as pessoas *de lá* morrem sem jamais expor ao ar livre. O sol me enegrece a faixa da cintura até as coxas que os nadadores do meu país conservam branca, mesmo quando se banham em mares de sol. E o sol entra por entre minhas pernas, me aquece os testículos, escala minha coluna vertebral, rebenta pelos peitorais, escurece minhas axilas, cobre de suor minha nuca, me possui, me invade, e sinto que no seu ardor se endurecem meus condutos seminais, e volto a ser a tensão e o latejar que buscam as obscuras pulsações vindas do mais profundo das entranhas, sem achar limite a um desejo de me fundir que se faz saudade do útero. E depois é a água outra vez, e no fundo dela desembocam mananciais gelados que vou buscar com o rosto, metendo as mãos numa areia grossa, que é como limalha de mármore. Mais tarde virão os índios e se banharão em pelo, sem outro traje além das mãos abertas sobre o pênis. E ao meio-dia será frei Pedro, sem sequer cobrir as cãs do seu sexo, ossudo e enxuto como um São João pregando no deserto... Hoje tomei a grande decisão de não voltar para *lá*. Tratarei de aprender os simples ofícios que se praticam em Santa Mónica de los Venados e que já se ensinam a quem observa as obras de edificação da sua igreja. Vou me furtar do destino de Sísifo que o mundo de onde venho me impôs, fugindo das profissões vazias, do girar do esquilo engaiolado na roda de arame, do tempo medido e dos ofícios de trevas. As segundas-feiras deixarão de ser, para mim, Segundas-Feiras de Cinzas, e não haverá razão para eu lembrar que a segunda é segunda, e a pedra que eu carregava será de quem quiser vergar os costados sob seu peso inútil. Prefiro empunhar a serra e a enxada a continuar abastardando a música em serviços de pregoeiro. Digo isso a Rosario, que aceita meu propósito com alegre docilidade, como sempre receberá a vontade de quem ela receber por varão. *Tua mulher* não compreendeu que essa determinação é, para mim, muito mais grave do que parece, pois implica uma renúncia a tudo o que há *lá*. Para ela, nascida no limiar da selva, com irmãs amigadas com garimpeiros, é normal que um homem prefira a vastidão do remoto ao amontoamento das cidades. Além disso, não acredito que, para se habituar a mim, ela tenha precisado fazer tantos ajustes intelectuais quanto eu. Ela não me vê como um homem muito diferente dos outros que conheceu. Eu, para amá-la — pois agora creio amá-la profundamente —, tive que estabelecer uma nova escala de valores, ajustada àquilo que deve apegar um homem com minha formação a uma mulher que é toda uma mulher, sem ser mais que uma mulher. Tenho, portanto, plena consciência do que estou fazendo. E ao repetir a mim mesmo que fico, que minhas luzes agora serão as do sol e da fogueira, que a cada manhã mergulharei o corpo na água desta cachoeira, e que uma fêmea cabal e inteira, sem tortuosidades, estará sempre ao alcance do meu desejo, sou tomado de uma imensa alegria. Recostado numa pedra, enquanto Rosario, de seios à mostra, lava seus cabelos na corrente, pego a velha *Odisseia* do grego e, ao abrir o volume, topo com um parágrafo que me faz sorrir: aquele em que se fala dos homens que Ulisses despacha ao país dos lotófagos, os quais, ao provar da fruta que lá se dá, se esquecem de regressar à pátria. "À força arrastei para as naus estes homens a chorar", conta o herói, "e amarrei-os aos bancos nas côncavas naus." Sempre me incomodou, no maravilhoso relato, a crueldade de quem arranca os companheiros da felicidade encontrada, sem lhes oferecer mais recompensa além de servi-lo. Vejo nesse mito como que um reflexo da irritação que sempre causam à sociedade os atos de quem encontra, no amor, no gozo de um privilégio físico, num dom inesperado, um jeito de se furtar das fealdades, proibições e vigilâncias padecidas pela maioria. Viro-me sobre a pedra quente, e com isso encaro o ponto em que vários índios, sentados em volta de Marcos, o primogênito do Adelantado, trabalham em peças de cestaria. Penso agora que minha velha teoria sobre as origens da música era absurda. Vejo quão vãs são as especulações de quem pretende remontar aos primórdios de certas artes ou instituições humanas, sem conhecer, na sua vida cotidiana, nas suas práticas curativas e religiosas, o homem pré-histórico, nosso contemporâneo. Muito engenhosa era minha ideia de irmanar o propósito mágico da plástica primitiva — a representação do animal, que confere poderes sobre esse animal — à primeira fixação do ritmo musical, devida ao desejo de arremedar o galope, o trote, o passo dos animais. Mas assisti, dias atrás, ao nascimento da música. Pude ver além do treno com que Ésquilo ressuscita o imperador dos persas; além da ode com que os filhos de Autólico detêm o sangue negro que mana dos ferimentos de Ulisses; além do canto destinado a proteger o faraó Unas das mordidas das serpes, na sua viagem de além-túmulo. Aquilo que eu vi confirma, sem dúvida, a tese de quem disse que a música tem uma origem mágica. Mas estes alcançaram tal raciocínio através dos livros, dos tratados de psicologia, construindo hipóteses arriscadas acerca da sobrevivência, na tragédia antiga, de práticas derivadas de uma feitiçaria já remota. Eu, ao contrário, *vi* como a palavra empreendia seu caminho para o canto, sem chegar a ele; vi como a repetição de um mesmo monossílabo originava um ritmo certo; vi, no jogo da voz real e da voz fingida que obrigava o ensalmador a alternar duas alturas de tom, como um tema musical podia se originar de uma prática extramusical. Penso nas tolices ditas por aqueles que chegaram a sustentar que o homem pré-histórico encontrou a música no desejo de imitar a beleza do gorjeio dos pássaros — como se o trinado da ave tivesse algum sentido musical-estético para quem o ouve constantemente na selva, dentro de um concerto de rumores, roncos, mergulhos, fugas, gritos, coisas que caem, águas que brotam, interpretado pelo caçador como uma espécie de código sonoro, cujo entendimento é parte principal do ofício. Penso em outras teorias falaciosas e me ponho a sonhar com o escândalo que minhas observações causariam em certos meios musicais aferrados a teses livrescas. Também seria útil recolher alguns dos cantos dos índios deste lugar, muito belos dentro da sua elementaridade, com suas escalas singulares, devastadoras daquela outra noção generalizada segundo a qual os índios só sabem cantar em gamas pentatônicas... Mas, de repente, eu me zango comigo mesmo, ao me ver entregue a tais ruminações. Tomei a decisão de ficar aqui e devo deixar de lado, de uma vez por todas, essas vãs especulações de cunho intelectual. Para me safar delas, visto a pouca roupa que uso aqui e vou me reunir àqueles que estão acabando de construir a igreja. É uma cabana redonda, ampla, de teto pontiagudo como o das *churuatas*, de folhas de palmeira sobre vigamento de ramos, arrematada por uma cruz de madeira. Frei Pedro fez questão de que as janelas tivessem uma configuração gótica, com arco quebrado, e o repetido encontro de duas linhas curvas numa parede de pau a pique é, nestes grotões, um prenúncio de cantochão. Penduramos um tronco oco no campanário, pois, à falta de sinos, o que soará aqui é uma espécie de tambor teponaztli idealizado por mim. A confecção desse instrumento me foi sugerida pelo tambor-bastão de ritmo que está na choça, e devo confessar que o estudo do seu princípio ressonante foi acompanhado de uma prova dolorosa. Quando, dois dias atrás, desatei os cipós que amarravam as esteiras protetoras, estas, inchadas pela umidade, se abriram de repente, fazendo rolar pelo chão o vaso funerário, os chocalhos, as flautas de Pã. De repente me vi rodeado de objetos-credores, e de nada me valeu colocá-los num canto, como crianças de castigo, para esquecer sua presença acusadora. Eu vim a estas selvas, larguei meu fardo, achei mulher, graças ao dinheiro que devo a estes instrumentos que não me pertencem. Para me evadir, estou comprometendo, daqui, meu fiador. E digo que o estou comprometendo porque o Curador certamente assumirá a responsabilidade da minha deserção, devolvendo os recursos que me entregaram à custa de empenhos, sacrifícios e, talvez, de empréstimos usurários. Eu seria feliz, placidamente feliz, se junto à cabeceira da minha rede não se encontrassem essas peças de museu, em constante demanda de fichas e vitrines. Deveria tirar esses instrumentos daqui, quebrá-los talvez, enterrar seus restos ao pé de alguma rocha. Não posso fazer isso, porém, porque minha consciência retomou o assento desertado, e tão ausente a tive que ela me abordou cheia de desconfiança e ressentimento. Rosario sopra numa das canas da botija ritual, e soa um bramido rouco, como de animal caído nas trevas de um poço. Afasto-a com um gesto tão brusco que ela se retira, magoada, sem entender. Para desfranzir seu cenho, conto-lhe o motivo da minha irritação. Ela não demora a encontrar a solução mais simples: enviar esses instrumentos a Puerto Anunciación, dentro de alguns meses, quando o Adelantado fizer sua viagem regular para se prover de remédios indispensáveis e repor algum utensílio danificado pelo muito uso. Lá, uma das suas irmãs se encarregará de fazê-los descer o rio até onde haja correio. Minha consciência deixa de me torturar, pois no dia em que os objetos estiverem a caminho pagarei as chaves da evasão.

27

Subi ao monte dos petróglifos com frei Pedro, e agora descansamos sobre um chão de xisto, acidentado de penhas negras erguidas contra o vento por todos os seus gumes, ou tombadas à maneira de ruínas, de escombros, entre vegetações que parecem recortadas em feltro cinza. Há algo remoto, lunar, não destinado ao homem, neste terraço que conduz às nuvens, cortado por um riacho de água gelada, que não é água de mananciais, mas água de névoas. Sinto-me vagamente inquieto — um pouco intruso, para não dizer profanador — ao pensar que minha presença rompe o arcano de uma teratologia do mineral, cuja grandiosa aridez, obra de uma erosão milenar, põe a nu um esqueleto de montanhas que parece feito com pedras de enxofre, lavas, calcedônias moídas, escórias plutonianas. Há cascalhos que me fazem pensar em mosaicos bizantinos desprendidos das suas paredes em avalanche e que, recolhidos às pazadas, tivessem sido espalhados aqui, ali, à maneira de uma semeadura de quartzo, ouro e cornalinas. Para chegar até aqui atravessamos durante duas jornadas — por caminhos cada vez mais limpos de répteis, ricos em orquídeas e em árvores floridas — as Terras da Ave. De sol a sol nos escoltaram as araras faustosas e as maritacas rosadas, com o tucano de olhar grave, luzindo o peitilho de esmalte verde-amarelo, seu bico mal soldado à cabeça — o pássaro teológico que nos gritou: *Deus te vê!*, na hora do crepúsculo, quando os maus pensamentos melhor solicitam o homem. Vimos os colibris, mais insetos que pássaros, imóveis na sua vertiginosa suspensão fosforescente, sobre a sombra pachorrenta dos mutuns vestidos de noite; erguendo os olhos, conhecemos a percutidora laboriosidade dos pica-paus listrados de escuro, a alvoroçante desordem dos assoviadores e gorjeadores metidos nos tetos da selva, assustados de tudo, acima dos mexericos de periquitos e curicas, e de tantos pássaros feitos a todo pincel, que à falta de nome conhecido — conta-me frei Pedro — foram chamados "indianos tornassóis" pelos homens de armadura. Assim como outros povos tiveram civilizações marcadas pelo símbolo do cavalo ou do touro, o índio com perfil de ave pôs suas civilizações sob a tutela da ave. O deus voador, o deus-pássaro, a serpente emplumada estão no centro das suas mitologias, e tudo que é belo para ele se adorna de penas. De penas foram as tiaras dos imperadores de Tenochtitlán, como são hoje de penas os enfeites das flautas, os objetos de jogo, as vestes festivas e os rituais dos que aqui conheci. Admirado pela revelação de que vivo agora nas Terras da Ave, emito uma opinião banal sobre a provável dificuldade de achar, nas cosmogonias desta gente, algum mito que coincida com os nossos. Frei Pedro me pergunta se li um livro chamado *Popol Vuh*, que eu desconhecia até pelo título. "Nesse texto sagrado dos antigos quichés", afirma o frade, "já se inscreve, com trágica adivinhação, o mito do robô; mais ainda: acredito que seja a única cosmogonia a ter pressentido a ameaça da máquina e a tragédia do Aprendiz de Feiticeiro." E, surpreendendo-me com uma linguagem de estudioso, que deve ter sido a sua antes de endurecer na selva, ele me conta de um capítulo inicial da Criação em que os objetos e utensílios inventados pelo homem e usados com a ajuda do fogo se rebelam contra seu criador e o matam; as tigelas, as chapas de assar, os pratos, as panelas, os pilões e as próprias casas, em pavoroso apocalipse que atroa com o ladrar dos cães enraivecidos e sublevados, aniquilam uma geração humana... Disso ele me fala, ainda, quando elevo os olhos e me vejo ao pé do paredão de rocha cinza em que aparecem profundamente escavados os desenhos que se atribuem ao demiurgo vencedor do Dilúvio e repovoador do mundo, por uma tradição que chegou aos ouvidos dos mais primitivos habitantes da selva inferior. Estamos aqui no Monte Ararat deste vasto mundo. Estamos onde a Arca chegou e encalhou com surdo embate, quando as águas começaram a se retirar e o rato regressou com uma espiga de milho entre as patas. Estamos onde o demiurgo lançou pedras às suas costas, como Deucalião, para dar nascimento a uma nova geração humana. Mas nem Deucalião, nem Noé, nem Unapishtim, nem os Noés chineses ou egípcios deixaram sua rubrica fixada pelos séculos no local da arribada. Mas aqui há enormes figuras de insetos, de serpentes, seres do ar, bestas das águas e da terra, figurações de luas, sóis e estrelas, que *alguém* escavou aí, com ciclópico cinzel, mediante um processo que não conseguimos explicar. Mesmo hoje seria impossível erigir em tal lugar a andaimaria gigantesca capaz de levantar um exército de entalhadores de pedras até onde pudessem atacar o paredão de rocha com suas ferramentas, deixando-o tão firmemente marcado como está... Agora frei Pedro me leva ao outro extremo dos Signos e me mostra, daquele lado da montanha, uma espécie de cratera fechada, em cujo fundo crescem ervas pavorosas. São como gramíneas membranosas, cujos talos têm uma redondez mole de braço e de tentáculo. As folhas enormes, abertas como mãos, parecem de flora submarina, por suas texturas de madrépora e de alga, com flores bulbosas, como lanternas de penas, pássaros pendurados por uma veia, espigas de larvas, pistilos sanguinolentos, que saem das suas bordas por um processo de erupção e desgarramento, sem conhecer a graça de um caule. E tudo isso, lá embaixo, se enreda, emaranha, amarra, num vasto movimento de posse, de acoplamento, de incestos, ao mesmo tempo monstruoso e orgiástico, que é suprema confusão das formas. "Essas são as plantas que fugiram do homem no começo", diz o frade. "As plantas rebeldes, que se negaram a servir-lhe de alimento, que atravessaram rios, escalaram cordilheiras, saltaram por sobre os desertos, durante milênios e milênios, para se esconderem aqui, nos últimos vales da Pré-história." Com mudo estupor, passo a contemplar o que em outros lugares é fóssil, pinta-se em ocos ou dorme, petrificado, nas nervuras da hulha, mas continua vivendo aqui, numa primavera sem data, anterior aos tempos humanos, cujos ritmos talvez não sejam os do ano solar, lançando sementes que germinam em horas, ou, pelo contrário, demoram meio século para formar uma árvore. "Esta é a vegetação diabólica que rodeava o Paraíso Terrestre antes da Culpa." Inclinado sobre o caldeirão demoníaco, sinto-me invadido pela vertigem dos abismos; sei que, se me deixasse fascinar pelo que vejo aqui, mundo do pré-natal, do que existia quando não havia olhos, eu acabaria por me jogar, por mergulhar, nessa tremenda espessura de folhas que desaparecerão do planeta, um dia, sem terem sido nomeadas, sem terem sido recriadas pela Palavra — obra, talvez, de deuses anteriores aos nossos deuses, deuses postos à prova, inábeis em criar, ignorados porque jamais foram nomeados, porque não ganharam contorno na boca dos homens… Frei Pedro me arranca da minha contemplação quase alucinada, dando-me um ligeiro golpe no ombro com seu cajado. A sombra dos obeliscos naturais se encurta cada vez mais na proximidade do meio-dia. Devemos iniciar a descida antes que a tarde nos surpreenda nesta cima, as nuvens baixem e nos vejamos perdidos entre névoas frias. Depois de passar novamente diante das rubricas do demiurgo, alcançamos a borda da fenda onde se iniciará nossa descida. Frei Pedro se detém, respira fundo e contempla um horizonte de árvores, do qual emerge, em volumes de piçarra, uma cordilheira de gumes quebrados, que é como uma presença dura, sombria, hostil, na surpreendente beleza dos confins do Vale. O frade aponta com o cajado nodoso: "Ali vivem os únicos índios perversos e sanguinários que há nestas regiões", diz. Nenhum missionário voltou de lá. Acho que, naquele instante, eu me permiti alguma consideração irônica sobre a inutilidade de se aventurar em paragens tão ingratas. Em resposta, dois olhos cinzentos, imensamente tristes, se fixaram em mim de maneira singular, com uma expressão ao mesmo tempo tão intensa e resignada, que me senti desconcertado, perguntando-me se o teria aborrecido, mas sem achar os motivos desse aborrecimento. Ainda vejo o semblante enrugado do capuchinho, sua longa barba emaranhada, suas orelhas cheias de pelos, suas têmporas de veias pintadas de azul, como algo que tivesse deixado de lhe pertencer e de ser carne da sua pessoa: sua pessoa, naquele momento, eram aquelas pupilas velhas, um pouco avermelhadas por uma conjuntivite crônica, que olhavam, como se fossem feitas de um esmalte baço, ao mesmo tempo dentro e fora de si mesmas.

28

Sentado atrás de uma tábua apoiada sobre um par de cavaletes, tendo ao alcance da mão uma caderneta de colegial em cuja capa se lê: *Caderno de... Pertencente a...*, quase em pelo por causa do calor que muito se acentuou nos últimos dias, o Adelantado está legislando, na presença de frei Pedro, do Capitão dos Índios e de Marcos, que é o Responsável pela Horta. Gavilán está sentado ao lado do dono, guardando um osso entre as patas traseiras. Trata-se de fazer um certo número de acordos em prol da comunidade e de deixá-los registrados por escrito. Depois de constatar que, na sua ausência, alguém caçou corças, o Adelantado institui a proibição absoluta de matar o que ele chama de "veado fêmea", bem como o cervato, salvo em caso de força maior por fome, e, mesmo assim, a suspensão do veto será objeto de uma disposição de emergência, submetida ao critério dos presentes. A emigração de certas manadas, a caça indiscriminada, a ação das feras reduziram a população do veado-mateiro na região, o que justifica a medida. Depois que todos juram acatar e fazer respeitar a Lei, esta é assentada no Livro de Atas do Conselho, e passa-se a discutir uma questão de obras públicas. A época das chuvas se aproxima, e Marcos informa que os canteiros abertos nos últimos dias sob a direção de frei Pedro têm uma orientação que ele questiona, pois terá como efeito canalizar as águas de uma vertente próxima, o que provavelmente alagará o rancho do armazém de grãos. O Adelantado olha para o frade com rigor, em busca de explicações. Frei Pedro informa que o trabalho realizado respondia ao propósito de cultivar cebola, a qual exige terrenos onde a água não empoce nem concentre muita umidade, o que só era possível traçando os canteiros com a vala dirigida para a vertente. O perigo apontado pelo Responsável pela Horta poderá ser evitado erguendo-se uma barreira de terra, com cerca de três palmos de altura, entre a horta e o armazém de grãos.

Logo se reconhece, por unanimidade, a conveniência de executar a obra, e é fixado seu início para amanhã mesmo, mobilizando-se toda a população de Santa Mónica de los Venados, pois o céu está se carregando de nuvens e o calor torna-se mais difícil de suportar num meio-dia que se cobre de vapores pesados e nos atormenta com uma exasperante invasão de moscas, saídas não se sabe de onde. Frei Pedro recorda, porém, que a edificação da igreja ainda não foi terminada e que isto também deveria ser objeto de uma medida de urgência. O Adelantado responde em tom taxativo que a boa conservação dos grãos é questão de interesse mais imediato que os latins, e conclui o exame das questões anotadas na ordem do dia com uma disposição sobre a derrubada e o transporte de troncos para um cercado e a necessidade de posicionar vigias para avistar a aparição de certos cardumes que, este ano, estão subindo o rio antes do tempo. Da reunião capitular de hoje, resultaram vários acordos para realizar obras imediatas e uma Lei — uma lei cuja infração "será castigada", como reza a prosa do Adelantado. Este último ponto me inquieta de tal modo que pergunto ao homenzinho se já teve o horroroso dever de instituir castigos na Cidade. "Até agora", responde, "castigamos o culpado de alguma falta deixando de lhe dirigir a palavra por algum tempo, para que ele sinta a reprovação geral; mas chegará o dia em que seremos tão numerosos que serão necessários castigos maiores." Mais uma vez, volto a me assombrar com a gravidade dos problemas que se apresentam nestas comarcas, tão desconhecidas como as brancas *Terras Incógnitas* dos antigos cartógrafos, onde os homens *de lá* só veem sáurios, vampiros, serpentes de mordida fulminante e danças de índios. No tempo que levo viajando por este mundo virgem, vi pouquíssimas cobras — uma coral, uma jararaca, outra que talvez fosse uma cascavel —, e só tomei conhecimento das feras pelo rugido, se bem que cheguei a jogar pedras, mais de uma vez, no jacaré matreiro, disfarçado de tronco podre na traidora paz de um remanso. Pobre é minha história quanto a perigos enfrentados — sem considerar a tempestade nas torrentes. Mas, por outro lado, encontrei por toda parte a solicitação inteligente, o motivo de meditação, formas de arte, de poesia, mitos, mais instrutivos para compreender o homem do que centenas de livros escritos nas bibliotecas por homens que se vangloriam de conhecer o Homem. O Adelantado não apenas fundou uma cidade, mas também, sem suspeitar disso, está criando, dia após dia, uma pólis, que acabará por se apoiar num código assentado solenemente no *Caderno de... Pertencente a...* E chegará o momento em que terá de castigar severamente quem matar o animal proibido, e bem vejo que, então, esse homenzinho de fala mansa, que nunca ergue a voz, não vacilará em condenar o culpado a ser expulso da comunidade e a morrer de fome na selva, ou institua algum castigo impressionante e espetacular, como aquele dos povos que condenavam o parricida a ser atirado no rio, fechado num saco de couro com um cachorro e uma cobra. Pergunto ao Adelantado o que faria se visse aparecer em Santa Mónica, de repente, algum buscador de ouro, dos que mancham qualquer terra com sua febre. "Daria um dia para ele ir embora", responde. "Aqui não é lugar para *essa gente*", observa Marcos, num tom de súbito rancor na voz. E fico sabendo que o mestiço foi *lá*, faz tempo, contrariando a vontade do pai, mas que dois anos de maus-tratos e humilhações por parte daqueles de quem queria se aproximar, amistoso, dócil, fizeram o rapaz voltar um dia com ódio de tudo o que viu naquele mundo recém-descoberto. E me mostra, sem explicações, as cicatrizes de grilhões que lhe rebitaram num remoto posto de fronteira. Agora calam o pai e o filho; mas atrás desse silêncio adivinho que ambos aceitam sem reticências uma dura possibilidade criada pela Razão de Estado: a do Buscador que, teimando em regressar ao Vale das Mesetas, nunca voltará da segunda viagem — "porque se perdeu na selva", pensarão aqueles que vierem a se interessar pelo seu destino. Isto adiciona um tema de reflexão aos muitos que frequentam meu espírito a toda hora. E eis que, depois de vários dias de tremenda preguiça mental, durante os quais fui um homem físico, alheio a tudo o que não fosse sensação, queimar ao sol, folgar com Rosario, aprender a pescar, habituar-me a sabores de uma desconcertante novidade para meu paladar, meu cérebro se pôs a trabalhar, como depois de um necessário repouso, a um ritmo impaciente e ansioso. Há manhãs em que eu quisera ser naturalista, geólogo, etnógrafo, botânico, historiador, para compreender tudo, anotar tudo, explicar o possível. Uma tarde descobri com assombro que os índios daqui guardam a memória de uma obscura epopeia que frei Pedro está reconstruindo a fragmentos. É a história de uma migração dos caribes, em marcha para o norte, que arrasa tudo pelo caminho e baliza de prodígios sua marcha vitoriosa. Falam em montanhas levantadas pela mão de heróis portentosos, em rios desviados do seu curso, em combates singulares com a intervenção dos astros. A portentosa unidade dos mitos se afirma nesses relatos, que encerram raptos de princesas, inventos de ardis de guerra, duelos memoráveis, alianças com animais. Nas noites em que se embebeda ritualmente com um pó aspirado por ossos de pássaros, o Capitão dos Índios se faz bardo, e por sua boca o missionário recolhe retalhos do cantar de gesta, da saga, do poema épico, que vive obscuramente — anterior à sua expressão escrita — na memória dos Notáveis da Selva... Mas não devo pensar demais. Não estou aqui para pensar. Os trabalhos de cada dia, a vida dura, a parca alimentação à base de farinha de mandioca, peixe e beiju me emagreceram, apertando minha carne ao esqueleto: meu corpo se tornou enxuto, preciso, com músculos cingidos à estrutura. As más gorduras que eu carregava, a pele branca e flácida, os sobressaltos, as angústias sem motivo, os pressentimentos de desgraças por ocorrer, as apreensões, as palpitações do plexo solar desapareceram. Minha pessoa, encaixada no seu contorno cabal, agora se sente bem. Quando me aproximo da carne de Rosario, brota de mim uma tensão que, mais que o apelo do desejo, é a irreprimível premência de um cio primordial: tensão do arco armado, retesado, que, depois de disparar a flecha, volta ao descanso da forma recobrada. *Tua mulher* está perto. Eu a chamo, e ela vem. Não estou aqui para pensar. Não devo pensar. Antes de mais nada, sentir e ver. E quando de ver se passa a fitar, raras luzes se acendem, e tudo ganha uma voz. Assim, descobri, de repente, num segundo fulgurante, que existe uma Dança das Árvores. Nem todas conhecem o segredo de dançar ao vento. Mas aquelas que possuem essa graça organizam cirandas de folhas ligeiras, de ramos, de rebentos, em volta do seu próprio tronco estremecido. E é todo um ritmo que se cria nas frondes; ritmo ascendente e inquieto, com encrespamentos e refluxos de ondas, com brancas pausas, respiros, vergaduras, que se alvoroçam e são torvelinho, de repente, numa música prodigiosa do verde. Não há nada mais belo que a dança de um maciço de bambus na brisa. Nenhuma coreografia humana tem a eurritmia de um ramo que se desenha contra o céu. Às vezes chego a me perguntar se as formas superiores da emoção estética não consistiriam, simplesmente, num supremo entendimento do criado. Um dia, os homens descobrirão um alfabeto nos olhos das calcedônias, nos pardos veludos da mariposa, e então se saberá com assombro que cada caramujo pintado era, desde sempre, um poema.

29

Chove sem parar há dois dias. Depois de uma longa abertura de trovões baixos que pareciam rolar sobre o próprio solo, entre as mesetas, metendo-se nos buracos, retumbando nos socavões, de súbito, foi a água. Como as palhas do teto estavam ressecadas, passamos a primeira noite mudando as redes de um lugar para o outro, numa inútil busca de um espaço sem goteiras. Depois, uma enxurrada barrenta começou a correr por baixo de nós, sobre o chão, e, para salvar os instrumentos coletados, tive que pendurá-los nas vigas que sustentam a cobertura de palmas. Ao amanhecer, estávamos todos desconcertados, com as roupas molhadas, cercados de lama. O fogo mal se acendia, e as palhoças se encheram de uma fumaça acre que fazia chorar. Meia igreja ruiu, pelo efeito da chuva sobre o pau a pique ainda mal consolidado, e frei Pedro, com o hábito amarrado na cintura e uma simples tanga posta sobre o sexo, está tentando escorar o escorável, com a ajuda de alguns índios. Seu péssimo humor cobre o Adelantado de invectivas, por não ter ajudado a terminar aquela obra ditando uma medida de emergência. Depois volta a chover, e é chuva, e mais chuva e nada mais que chuva, até o sol se pôr. E depois é a noite outra vez. Não tenho nem sequer o consolo de abraçar Rosario, que "não pode", e como sempre que está nesses dias se mostra arisca, arredia, como se todo gesto de carinho lhe fosse odioso. Tenho dificuldade para dormir, com o ruído universal e constante da água que corre por toda parte, abafando todo ruído que não seja ruído de água, como se tivéssemos chegado ao tempo das quarenta árduas noites... Passados alguns instantes de sono — longe ainda deve estar a aurora —, acordo com uma estranha sensação de que, na minha mente, acaba de se realizar um grande trabalho: algo como o amadurecimento e a compactação de elementos informes, desagregados, sem sentido quando dispersos, e que, de repente, ao se ordenarem, adquirem um significado preciso. Uma obra acaba de se construir no meu espírito; é "coisa" para meus olhos abertos ou fechados, soa nos meus ouvidos, assombrando-me com a lógica da sua ordenação. Uma obra inscrita dentro de mim mesmo, e que poderia fazer sair sem dificuldade, fazendo-a texto, partitura, algo que todos apalpassem, lessem, entendessem. Muitos anos atrás me deixara levar, certa vez, pela curiosidade de fumar ópio: recordo que o quarto cachimbo produziu em mim uma espécie de euforia intelectual que trouxe a repentina solução para todos os problemas de criação que então me atormentavam. Via tudo claro, pensado, medido, feito. Quando saísse da droga, bastaria pegar o papel pautado e em algumas horas nasceria da minha pena, sem dor nem vacilações, um Concerto que eu então projetava, com uma incômoda incerteza quanto ao tipo de escrita a adotar. Mas no dia seguinte, quando saí do sono lúcido e quis mesmo tomar da pena, tive a mortificante revelação de que nada do pensado, imaginado, resolvido, sob os efeitos do Benares fumado, tinha o menor valor: eram fórmulas surradas, ideias sem consistência, invenções descabeladas, impossíveis transferências estéticas de plástica ou sons, que as gotas borbulhantes, trabalhadas entre duas agulhas, tinham sublimado ao calor da lâmpada. O que me ocorre esta noite, aqui, no escuro, rodeado pelo ruído das goteiras que caem em toda parte, é muito semelhante ao que aquela delirante elucubração deflagrou em mim; mas desta vez a euforia se nutre de consciência; as próprias ideias buscam uma ordem, e já está, no meu cérebro, a mão que rasura, emenda, delimita, sublinha. Não preciso voltar às trapalhadas de uma embriaguez para poder concretizar meu pensamento; basta esperar o amanhecer, que me trará a claridade necessária para fazer os primeiros rascunhos do *Treno*. Porque o título de *Treno* é o que se impôs à minha imaginação durante o sono.

Antes de cair nas estúpidas atividades que me afastariam da composição — minha preguiça de então, meu fraquejar ante todo convite ao prazer, no fundo, eram apenas formas do medo de criar sem estar seguro de mim mesmo —, eu refletira muito sobre certas novas possibilidades de acoplar a palavra à música. Para melhor enfocar o problema, por certo, eu repassara a longa e bela história do recitativo, nas suas funções litúrgicas e profanas. Mas o estudo do recitativo, dos modos de recitar cantando, de cantar dizendo, de buscar a melodia das inflexões do idioma, de enredar a palavra dentro do acompanhamento ou, pelo contrário, de liberá-la da sustentação harmônica; todo esse processo que tanto preocupa os compositores modernos, depois de Mussorgsky e Debussy, chegando às criações exasperadas, paroxísticas, da escola vienense, não era, na realidade, o que me interessava. Eu procurava, antes, uma expressão musical que surgisse da palavra nua, da palavra anterior à música — não da palavra feita música por exagero e estilização das suas inflexões, à maneira impressionista —, e que passasse do falado ao cantado de modo quase insensível, o poema tornando-se música, achando sua própria música na escansão e na prosódia, como provavelmente aconteceu com a maravilha do *Dies irae, dies illa*[1] do cantochão, cuja música parece nascida dos acentos naturais do latim. Eu imaginava uma espécie de cantata na qual um personagem com funções de corifeu avançaria em direção ao público e, num total silêncio da orquestra, depois de reclamar a atenção do auditório com um gesto, começasse a *dizer* um poema muito simples, feito de vocábulos de uso corrente, substantivos como *homem, mulher, casa, água, nuvem, árvore* e outros que, pela sua eloquência primordial, dispensassem adjetivação. Aquilo seria como um verbo-gênese. E, pouco a pouco, a própria repetição das palavras, seus acentos, iriam dando uma entonação peculiar a certas sucessões de vocábulos, que se teria o cuidado de fazê-las retornar a trechos regulares, como um estribilho verbal. E começaria a se afirmar uma melodia que teria — era o que eu desejava — a simplicidade linear, o desenho centrado em poucas notas, de um hino ambrosiano — *Aeterne rerum con-*

1 Hino em latim, cujos primeiros versos completos rezam: "*Dies irae, dies illa/ solvet saeclum in favilla*" [Dia de ira, esse dia/ em que os séculos se desfarão em cinzas]. Atribuído ao frade franciscano Tommaso da Celano (*c.* 1190-1260), tem como tema o Juízo Final e integra o repertório principal do canto gregoriano, sendo entoado sobretudo na Missa de Réquiem.

ditor —[2] que é, para mim, o estado da música mais próximo da palavra. Transformada a fala em melodia, alguns instrumentos da orquestra entrariam discretamente, à maneira de uma pontuação sonora, para enquadrar e delimitar os períodos normais do recitado, afirmando-se, nessas intervenções, a matéria vibrante de que cada instrumento é feito: presença da madeira, do cobre, da corda, da pele retesada, como um enunciado de ligas possíveis. Por outro lado, muito me impressionara, naqueles dias distantes, a revelação de um tropo compostelano — *Congaudeant Catholici* —,[3] no qual uma segunda voz era situada sobre a do *cantus firmus* com o papel de adorná-la, de dar-lhe os melismas, as luzes e sombras que não seria correto adicionar diretamente ao tema litúrgico, cuja pureza, assim, ficava salvaguardada: espécie de guirlanda pendente de uma coluna austera, que em nada reduzia sua dignidade, mas lhe acrescentava um elemento ornamental, flexível, ondulante. Eu via as sucessivas entradas das vozes do coro, sobre o canto primigênio do corifeu, a maneira como estas se ordenavam — elemento masculino, elemento feminino — no tropo compostelano. Isto, por certo, criava uma sucessão de novos acentos cujas constantes engendravam um ritmo geral: ritmo que a orquestra, com seus meios sonoros, diversificava e coloria. Agora, pela via do desenvolvimento, o elemento melismático passava ao terreno instrumental, buscando planos de variação harmônica e oposições entre os timbres puros, enquanto o coro, enfim compactado, podia se entregar a uma espécie de invenção da polifonia, dentro de um crescente enriquecimento do movimento contrapontístico. Assim eu pensava obter uma

2 "Eterno criador de tudo." Primeiro verso de um dos principais hinos de Santo Ambrósio de Milão (*c.* 340-97): "*Aeterne rerum conditor,/ noctem diemque qui regis,/ et temporum das tempora,/ ut alleves fastidium*" ["Eterno criador de tudo,/ que reges noite e dia,/ e alternas as estações,/ para aliviar nossa fadiga"].
3 Obra polifônica a três vozes atribuída a Albertus Stampensis (*c.* 1133-77), cantor e condutor da catedral de Notre-Dame de Paris. Incluído no Códice Calixtino, trata-se de um tropo, parte melismática do canto litúrgico acrescida de novo texto.

coexistência da escritura polifônica com a de tipo harmônico, concertadas, acopladas, segundo as mais autênticas leis da música, dentro de uma ode vocal e sinfônica, em constante aumento de intensidade expressiva, cuja concepção geral era, em princípio, bastante sensata. A simplicidade do enunciado prepararia o ouvinte para a percepção de uma simultaneidade de planos que, se lhe fosse apresentada de uma vez, pareceria intrincada e confusa, permitindo-lhe seguir, dentro da indiscutível lógica do seu processo, o desenvolvimento de uma palavra-célula através de todas as suas implicações musicais. Cabia desconfiar, claro, da possível desordem de estilos gerados por essa espécie de reinvenção da música que, no instrumental, acarretava arriscadas incitações. Eu pensava me defender dessa ameaça especulando com os timbres puros, e citava a mim mesmo, como referência, alguns surpreendentes diálogos de flautim e contrabaixo, de oboé e trombone, que encontrara em obras de Albéric Magnard. Quanto à harmonia, pensava encontrar um elemento de unidade no uso habilidoso dos modos eclesiásticos, cujos recursos inexplorados começavam a ser aproveitados, havia muito poucos anos, por alguns dos músicos mais inteligentes do momento... Rosario abre a porta, e a luz do dia me surpreende em deleitosa reflexão. Ainda não saio do meu assombro: o *Treno* estava dentro de mim, mas sua semente foi replantada e começou a crescer na noite do Paleolítico, lá, mais abaixo, à beira do rio povoado de monstros, quando escutei urrar o feiticeiro sobre um cadáver enegrecido pela peçonha de uma cascavel, a dois passos de uma pocilga onde os cativos chafurdavam nos próprios excrementos e urina. Naquela noite, recebi uma grande lição dos homens que eu não queria considerar como homens; daqueles mesmos que me fizeram ufanar da minha superioridade, e que, por sua vez, se julgavam superiores aos dois velhos babosos que roíam ossos deixados pelos cães. Diante da visão de um autêntico treno, renasceu em mim a ideia do

Treno, com seu enunciado da palavra-célula, seu exorcismo verbal que se transformava em música ao demandar mais de uma entonação vocal, de mais de uma nota, para atingir sua forma — forma que era, neste caso, a exigida por sua função mágica, e que, na alternância de duas vozes, de duas maneiras de grunhir, era, em si, um embrião de Sonata. Eu, o músico que contemplava a cena, estava acrescentando o resto: obscuramente intuía o que já havia de futuro naquilo e o que ainda lhe faltava. Adquiria consciência da música transcorrida e da não transcorrida... Agora vou correndo, sob a chuva, até a casa do Adelantado, para lhe pedir uma das suas cadernetas; uma daquelas que têm na capa: *Caderno de... Pertencente a...* — que ele me entrega, aliás, um tanto a contragosto —, e começo a esboçar ideias musicais sobre pentagramas que eu mesmo traço, usando como régua o dorso quase reto de um facão.

30

De saída, por fidelidade a um velho projeto da adolescência, eu queria ter trabalhado sobre o *Prometeu desacorrentado,* de Shelley, cujo primeiro ato oferece, por si só — assim como o terceiro do *Segundo Fausto* —, um maravilhoso tema de cantata. A libertação do acorrentado, que associo mentalmente à minha fuga de *lá,* traz implícito um sentido de ressurreição, de retorno das sombras, muito afim à concepção original do treno, que era canto mágico destinado a trazer um morto de volta à vida. Certos versos que agora recordo teriam correspondido admiravelmente ao meu desejo de trabalhar em cima de um texto feito de palavras simples e diretas: *Ah me! Alas, pain, pain ever, for ever!/ No change, no pause, no hope! Yet I endure.*[4]

4 "Ai de mim! Dor, dor, sempre, sempiterna!/ Sem mudar, sem cessar, sem crer! Resisto."

E depois, aqueles coros de montanhas, de mananciais, de tempestades: de elementos que agora me rodeiam e sinto. Aquela voz da terra, que é Mãe, ao mesmo tempo argila e matriz, como as Mães de Deuses que ainda reinam na selva. E aquelas "cadelas do inferno" — *hounds of hell* — que irrompem no drama e uivam num tom mais de mênade que de fúria. *Ah, I scent life!/ Let me but look into his eyes!*[5] Mas não. É absurdo atiçar a imaginação com isto, pois não tenho o texto de Shelley e jamais o terei aqui, onde só há três livros: a *Genoveva de Brabante* de Rosario; o *Liber Usualis,* com os textos próprios do ministério de frei Pedro; e a *Odisseia* de Yannes. Folheando *Genoveva de Brabante,* descubro com surpresa que o enredo da história, se a despojarmos do seu estilo intragável, não é muito pior que o de óperas excelentes, parecendo-se bastante com o de *Pelléas.* Quanto à prosa cristã, ela me afastaria da ideia do *Treno,* dando um estilo versicular, bíblico, a toda a cantata. Só me resta, portanto, a tradução da *Odisseia.* Nunca pensei em compor música para poema algum escrito nessa língua que, por si mesma, constituiria um eterno obstáculo à execução de uma obra coral em qualquer grande centro artístico. Mas de súbito me aborrece essa inconsciente confissão de um desejo de "me ver executado". Minha *renúncia* nunca seria verdadeira enquanto ainda me surpreendesse tomado desses vícios. Eu era o poeta da ilha deserta de Rainer Maria, e como tal devia criar, movido por uma necessidade profunda. E, afinal, qual era minha verdadeira língua? Sabia alemão, por causa do meu pai. Com Ruth, falava em inglês, língua dos meus estudos secundários; com Mouche, frequentemente em francês; o espanhol do meu *Epítome de Gramática — Estos, Fabio... —,* com Rosario. Mas esta língua era também a das *Vidas de santos,* encadernadas em veludo roxo, que minha mãe tanto lera para mim: Santa Rosa de Lima, Rosario. Na coincidência matriz, vejo como que um

5 "Ah! Eu farejo vida!/ Quero ver seus olhos!"

sinal propiciatório. Volto, portanto, sem mais vacilação, à *Odisseia* de Yannes. Sua retórica primeiro me desacorçoa, pois eu me nego a usar fórmulas invocatórias do tipo "Filho de Cronos, pai meu, suprema majestade", ou "Filho de Laerte, rebento de deuses, Ulisses de mil astúcias". Nada seria mais avesso ao gênero de texto que necessito. Leio e releio algumas passagens, impaciente por começar a escrever. Detenho-me várias vezes no episódio de Polifemo, mas acabo por considerá-lo movimentado demais e cheio de peripécias. Saio da casa irritado e fico dando voltas embaixo de chuva, para escândalo de Rosario. Mal respondo a *Tua mulher*, que se alarma por me ver tão nervoso; mas logo desiste das perguntas, aceitando que seu homem tem "dias ruins" e que de modo algum ele é obrigado a dar conta daquilo que lhe franze o cenho. Para não incomodar, senta-se num canto, atrás de mim, e se dedica a limpar as orelhas de Gavilán, cheias de carrapatos, com a ponta de um broto de bambu. Mas meu humor logo volta a melhorar. A solução do problema era simples: bastava limpar a palhada do texto homérico para encontrar a simplicidade desejada. De repente, no episódio da evocação dos mortos, encontro o tom mágico, elementar, a um só tempo preciso e solene: "Faço aos mortos três libações. Libação de leite e mel. Libação de vinho e libação de água clara. Espalho por cima a cevada e juro que de volta a Ítaca sacrificarei a melhor das minhas vacas sobre o fogo do altar e darei a Tirésias um carneiro negro, o melhor dos meus rebanhos... Degolei os animais, derramei seu sangue, e vejo aparecer os despojos dos que dormem na morte". À medida que o texto adquire a consistência requerida, concebo a estrutura do discurso musical. A passagem da palavra à música se dará quando a voz do corifeu se enternecer, quase imperceptivelmente, chegando à estrofe em que se fala das virgens enlutadas e dos guerreiros tombados sob o bronze das lanças. O elemento melismático que terei de pôr sobre a primeira voz virá na queixa de Elpenor, que chora porque ainda não foi "sepultado sob a terra dos caminhos". No próprio poema fala-se de um longo gemido, que interpretarei num vocalise, prelúdio da sua súplica: "Não me abandones sem lágrimas nem funerais; queima-me com todas as minhas armas e ergue meu túmulo junto ao mar para que todos saibam da minha desgraça. Finca sobre meus despojos o remo com que eu remava entre vós". A aparição de Anticleia porá o timbre de contralto no edifício vocal que se me apresenta cada vez mais delineado, entrando como uma espécie de falso-bordão no *discantus* de Ulisses e Elpenor. Um acorde muito aberto da orquestra, com sonoridade de pedal de órgão, anunciará a presença de Tirésias. Mas aqui me detenho. A necessidade de escrever música é tão imperiosa que começo a trabalhar sobre o que já anotei, vendo renascer os signos musicais, por tanto tempo esquecidos, sob a ponta do meu lápis. Quando termino uma primeira página de rascunho, faço uma pausa, maravilhado diante desses toscos pentagramas, irregularmente traçados, de linhas mais convergentes que paralelas, sobre os quais se inscrevem as notas de um começo homofônico que tem, no seu próprio aspecto gráfico, um pouco de ensalmo, de invocação, de música diferente da que eu escrevera até agora. Isto em nada se assemelhava à manhosa escrita daquele desventurado "Prelúdio" para o "Prometeu acorrentado", bem ao gosto do momento, no qual, assim como tanta gente, eu tentara reencontrar a saúde e a espontaneidade da arte artesanal — a peça começava na quarta-feira, para ser cantada no ofício de domingo —, tomando suas fórmulas, suas receitas contrapontísticas, sua retórica, mas sem recuperar seu espírito. Não eram as dissonâncias, os pontos mal colocados sobre pontos, as asperezas dos instrumentos situados de propósito nos registros mais ríspidos e ingratos, o que asseguraria a permanência de uma arte de decalque, de fabricação a frio, em que só o legado morto — a forma e as receitas para "desenvolver" — era atualizado, em obras que esqueciam com demasiada frequência, e com todo o propósito de esquecê-lo, o vigor genial dos tempos lentos, a sublime inspiração das árias, para fazer malabarismos em meio ao aturdimento, à pressa, ao correr, aos allegros. Uma espécie de ataxia locomotora afligira durante anos os autores de *concerti grossi*, nos quais dois movimentos de colcheias e semicolcheias — como se não existissem notas brancas nem redondas —, desenquadrados por acentos martelados fora de lugar, contrários à própria *respiração* da música, trepidavam pelos flancos de um *ricercare* cuja pobreza de ideias era dissimulada sob o contraponto mais malsonante que se pudesse inventar. Eu também, como tantos outros, me deixara impressionar por apelos de "regresso à ordem", necessidade de pureza, de geometria, de assepsia, calando em mim todo canto que pelejasse por se levantar. Agora, longe das salas de concertos, dos manifestos, do tédio infinito das polêmicas de arte, invento música com uma facilidade que me assombra, como se as ideias, descendo do cérebro, me enchessem a mão e se atropelassem para sair através da grafite do lápis. Sei que devo desconfiar daquilo que se cria sem alguma dor. Mas logo será o tempo de rasurar, de criticar, de enxugar. Em meio à chuva que cai sem trégua, escrevo com jubilosa impaciência, como que impulsionado por um jorro de energia interior, reduzindo minha escrita, em muitas passagens, a uma espécie de taquigrafia que só eu conseguiria decifrar. Esta noite, quando eu dormir, a primeira versão do *Treno* terá preenchido todo o *Caderno de... Pertencente a...*

31

Acabo de ter uma desagradável surpresa. O Adelantado, a quem fui pedir mais um caderno, me perguntou se eu por acaso os comia. Expliquei a ele por que precisava de mais papel. "Vou lhe dar o último", disse, de mau humor, explicando a seguir que essas cadernetas se destinavam a assentar atas, registrar acordos, fazer anotações úteis, e de modo algum podiam ser desperdiçadas com música. Para aplacar meu despeito, me oferece o violão do seu filho Marcos. Pelo que vejo, não estabelece relação alguma entre o ato de compor e a necessidade de escrever. Todas as músicas que ele conhece são de harpistas, tocadores de bandola, gentes de palheta, que continuam sendo menestréis medievais como os que chegaram nas primeiras caravelas, sem nenhuma necessidade de partituras, que nem sequer conhecem os papéis com pentagrama. Contrariado, vou me queixar com frei Pedro. Mas o capuchinho dá toda a razão ao Adelantado, acrescentando que este, além disso, ainda se esqueceu de que logo terão que lavrar Livros de Batismo e Livros de Enterros na comunidade, sem falar no Registro de Casamentos. E de repente me encara, perguntando se pretendo continuar a vida inteira em concubinato. Ele me pega tão de surpresa que balbucio qualquer coisa estranha à questão. Frei Pedro, agora, increpa aqueles que se acham pessoas cultas e sensatas, mas são os primeiros a atrapalhar sua tarefa de evangelização, dando mau exemplo aos índios. Afirma que tenho a obrigação de me casar com Rosario, pois as uniões santificadas e legais devem ser a base da ordem a instaurar em Santa Mónica de los Venados. De repente recupero meu brio e reajo com ironia, dizendo que lá se vivia muito bem sem seu ministério. Todas as veias do rosto do frade parecem inchar ao mesmo tempo; iracundo, grita, com a violência de quem insulta ou profere impropérios, que não tolera dúvidas sobre a legitimidade do seu ministério, justificando sua presença com uma frase de Cristo falando das ovelhas que não eram do seu rebanho e tinham de ser recolhidas para ouvirem sua voz. Surpreendido pela ira de frei Pedro, que golpeia seu cajado no chão, encolho os ombros e olho para outro lado, guardando para mim o que estava prestes a lhe dizer: é para isso que serve uma igreja. Já se mostram as ataduras até agora ocultas sob o burel samaritano. Dois corpos não podem jazer e se desfrutar sem que uns dedos de unhas negras tracem sobre eles o sinal da cruz. Há que aspergir com água benta as esteiras onde nos abraçamos, num domingo em que consintamos ser os personagens de uma estampa edificante. Tão ridículo me parece o cromo nupcial, que prorrompo numa gargalhada e saio da igreja, cuja parede aberta em rachaduras foi temporariamente calafetada com grandes folhas de taioba, sobre as quais a chuva corre com um surdo tamborilar. Volto para nossa choupana, e devo então confessar que meu sarcasmo, minha risada desafiante, não eram senão reações fáceis de quem procurava, em princípios de liberdade muito literários, um jeito de ocultar a verdade incômoda: já sou casado. E isto pouco importaria se eu não amasse Rosario profundamente, entranhadamente. A bigamia, a tamanha distância do meu país e dos seus tribunais, seria um delito impossível de provar. Eu poderia me prestar à comédia exemplar pedida pelo frade, e todos ficariam satisfeitos. Mas passara o tempo dos embustes. Pela mesma razão por que voltei a me sentir um homem, proibi a mim mesmo o uso da mentira; como a lealdade que Rosario dedica a tudo que me diz respeito é algo que estimo sobre todas as coisas, a ideia de enganá-la me indigna — ainda mais numa matéria à qual tanta importância atribui, por instinto, a mulher levada a buscar casa onde abrigar o fruto vivo da sua gravidez sempre possível. Eu não conseguiria aceitar o espetáculo atroz de vê-la guardar entre suas roupas, talvez com alegria de menina endomingada, a certidão, assinada em papel de caderneta, que nos declare "marido e mulher perante Deus". A consciência da minha consciência já me impede semelhantes canalhices. Pela mesma razão, temo as prováveis táticas fradescas: firme no seu propósito, Pedro de Henestrosa atuará no ânimo de *Tua mulher* para que ela própria assuma a iniciativa. Então me verei no dilema de confessar a real situação ou de mentir. A verdade — se eu a disser — me porá numa situação difícil perante o missionário, rompendo, de fato, a plácida e simples harmonia da minha vida com Rosario. A mentira — se eu a aceitar — lançará por terra, com um ato grave, a retidão de proceder que me propus como lei inquebrantável nesta nova vida. Para fugir do desassossego, do assédio desta reflexão, tento me concentrar no trabalho da minha partitura, e enfim o consigo com árduo esforço. Estou no momento, extremamente difícil, da aparição de Anticleia, que faz a voz de Ulisses passar a um plano de simples *discantus*, sob o lamento melismático de Elpenor, introduzindo o primeiro episódio lírico da cantata — episódio cuja matéria passará à orquestra, depois da entrada de Tirésias, servindo de alimento ao primeiro desenvolvimento de caráter instrumental, sob uma polifonia estabelecida no plano das vozes... No final do dia, apesar de ter cerrado a escrita o máximo possível, vejo que já preenchi um terço do segundo caderno. É evidente que preciso achar uma solução para esse problema com urgência. Há de haver algum material na floresta, tão pródiga em tecidos naturais, jutas estranhas, bainhas de palmeiras, invólucros de fibra, onde seja possível escrever. Mas chove sem parar. Nada está seco em todo o Vale das Mesetas. Espremo a grafia mais um pouco, com astúcias de calígrafo, para aproveitar cada milímetro de papel; mas essa preocupação mesquinha, avara, contrária à generosidade da inspiração, coíbe meu discurso, fazendo-me pensar pequeno o que devo ver grande. Sinto-me de mãos atadas, minguado, ridículo, e acabo desistindo da tarefa, pouco antes do crepúsculo, com despeito corrosivo. Nunca pensei que a imaginação pudesse alguma vez topar com um obstáculo tão estúpido como a falta de papel. E quando mais exasperado me encontro, Rosario me pergunta para quem estou escrevendo cartas, pois aqui não há correio. Essa confusão, a imagem da carta feita para viajar sem poder viajar, me faz pensar, de súbito, na inutilidade de tudo o que estou fazendo desde ontem. De nada serve a partitura que não há de ser executada. A obra de arte destina-se aos outros, e muito especialmente a música, que tem os meios de atingir as mais vastas audiências. Esperei o momento em que se consumou minha evasão dos lugares onde uma obra minha poderia ser escutada, para só então começar a compor realmente. É absurdo, insensato, risível. No entanto, por mais que eu prometa a mim mesmo, que jure em voz baixa que o *Treno* ficará aí, que não passará do primeiro terço da segunda caderneta, sei que amanhã, na alvorada, uma força que me possui me fará pegar do lápis e rascunhar na página a aparição de Tirésias, que já soa nos meus ouvidos com sua festiva sonoridade de órgão: três oboés, três clarinetes, um fagote, duas trompas, trombone. Não importa que o *Treno* nunca seja executado. Devo escrevê-lo e o escreverei, seja como for; mesmo que seja para provar a mim mesmo que não estava vazio, totalmente vazio — como eu quis fazer o Curador acreditar, um dia deste ano. Um pouco mais calmo, deito na minha rede. Penso novamente no frade e na sua exigência. *Tua mulher* está atrás de mim, acabando de assar umas espigas de milho sobre um fogo que acendeu a muito custo, por causa da umidade. Do ponto onde se encontra, ela não pode ver meu rosto em sombra, nem poderá observar minha expressão quando lhe falar. Decido finalmente perguntar, com uma voz que a mim mesmo não soa muito firme, se ela acha útil ou desejável nos casarmos. E quando penso que ela vai agarrar a oportunidade para me tornar protagonista de um cromo dominical para uso de catecúmenos, eu a escuto dizer, assombrado, que de modo algum ela quer o matrimônio. Minha surpresa se transforma, então, em despeito ciumento. Vou até Rosario, muito magoado, para lhe pedir explicações. Mas ela me deixa desconcertado com uma argumentação que é a das irmãs, foi sem dúvida a da sua mãe, e é provavelmente a razão do recôndito orgulho dessas mulheres que nada temem: segundo ela, o casamento, o laço legal, tira da mulher todo recurso para se defender do homem. A arma que assiste à mulher perante o companheiro que se desencaminha é a possibilidade de abandoná-lo a qualquer momento, de deixá-lo só, sem que tenha meios de fazer valer direito algum. A esposa legal, para Rosario, é uma mulher que podem mandar buscar com guardas, quando abandona a casa onde o marido entronizou o engano, a sevícia ou os descalabros do álcool. Casar é cair sob o peso de leis feitas pelos homens, e não pelas mulheres. Numa união livre, ao contrário — afirma Rosario, sentenciosa —, "o homem sabe que depende do seu trato ter quem lhe dê prazer e atenção". Confesso que a lógica rústica desse conceito me deixa sem réplica. Perante a vida, é evidente que *Tua mulher* se move num mundo de noções, de usos, de princípios, que não é o meu. No entanto, eu me sinto humilhado, num plano de incômoda inferioridade, porque sou eu, agora, quem queria obrigá-la a se casar; sou eu quem aspira a se ver pintado na edificante estampa nupcial, ouvindo frei Pedro pronunciar a fórmula ritual de casamento, diante da indiada reunida. Mas há um papel assinado e legalizado, *lá*, muito longe, que me tira toda força moral. *Lá*, sobre o papel que tanta falta faz aqui... Nesse momento, um grito de Rosario, seguido de um ofego de terror, me faz olhar para trás. O que apareceu ali, no vão da janela, é a lepra; a grande lepra da Antiguidade, a clássica, a esquecida por tantos povos, a lepra do Levítico, que ainda tem horríveis portadores no fundo destas selvas. Sob um gorro pontiagudo há um resíduo, um farrapo de semblante, uma escória de carne que ainda se sustenta em torno de um buraco negro, aberto em sombras de garganta, perto de dois olhos sem expressão, que são como de choro endurecido, prestes a também se dissolver, a se liquefazer dentro da desintegração do ser que os move e emite pela traqueia uma espécie de ronco bronco, apontando para as espigas de milho com uma mão de cinza. Não sei o que fazer diante desse pesadelo, desse corpo presente, desse cadáver que gesticula tão perto, agitando pedaços de dedos, e mantém Rosario ajoelhada no chão, muda de pavor. "Vai embora, Nicasio!", diz a voz de Marcos, que se aproxima sem violência. "Vai embora, Nicasio! Vai embora!" E o empurra suavemente com uma forquilha, para afastá-lo da janela. Em seguida entra na nossa choça rindo, apanha uma espiga de milho e a joga para o miserável, que a guarda num bornal e se afasta em direção à montanha, arrastando-se mais que andando. Sei agora que vi Nicasio, um buscador de ouro que o Adelantado encontrou aqui ao chegar, já muito doente, e que vive numa gruta distante, esperando uma morte muito esquecida dele. Está proibido de vir ao povoado. Mas fazia tanto tempo que ele não se atrevia a entrar que hoje não houve maiores sanções. Horrorizado pela ideia de que o leproso possa voltar, convido o filho do Adelantado para jantar conosco. Sem demora, ele corre debaixo da chuva para buscar seu velho violão de quatro cordas — o mesmo que soou a bordo das caravelas — e, num ritmo que faz correr sangue de negros sob a melodia do romance, começa a cantar:

Sou filho do rei Mulato
co'a rainha Mulatinha;
a que comigo casasse
mulata se tornaria.

32

Ao saber que eu estava tentando escrever em folhas, em cascas, na pele de veado que atapeta um canto da nossa choupana, o Adelantado, compadecido, me deu mais um caderno, mas avisando que seria mesmo o último. Ele planeja ir a Puerto Anunciación por alguns dias, quando a chuva parar, e então trará quantas cadernetas eu quiser. Mas o aguaceiro ainda deve durar mais oito semanas, e ele só poderá partir depois de terminada a construção da igreja e o conserto de todos os estragos causados pela umidade, além de encaminhar as semeaduras oportunas da temporada. Continuo trabalhando, portanto, sabendo que depois de preencher sessenta e quatro pequenas folhas, os rascunhos ficarão no ponto a que chegarem. Quase temo, agora, voltar a ser tomado por aquela maravilhosa excitação imaginativa do início e, abusando da borrachinha do lápis — ou seja, fazendo algo que não aumente o consumo de papel —, passo os dias corrigindo e abreviando os primeiros roteiros. Não voltei ao tema do matrimônio com Rosario; mas sua negativa do outro dia é algo que, para dizer a verdade, me carcome por dentro. Os dias são intermináveis. Chove demais. A ausência do sol, que aparece ao meio-dia como um disco esbatido, acima das nuvens que passam do cinza ao branco por algumas horas, mantém em estado de aflição esta natureza necessitada de sol para pôr suas cores a cantar e mover suas sombras sobre o chão. Os rios estão sujos, carregando troncos, balsas de folhas podres, entulho da selva, bichos afogados. Formam-se barragens de coisas arrancadas e partidas, subitamente quebradas sob o peso de uma árvore que cai, de raiz, do alto de uma cachoeira, envolta em borbotões de lama. Tudo cheira a água; tudo soa a água, e as mãos encontram água em tudo. Em cada uma das minhas saídas em busca de algo onde pudesse escrever, rolei no lodo, afundando até os joelhos em buracos cheios de lama, mal cobertos por ervas traiçoeiras. Tudo o que vive da umidade cresce e se regozija; nunca foram mais verdes nem mais espessas as folhas das taiobas; nunca se multiplicaram tanto os cogumelos nem se espalhou o musgo, cantaram melhor os sapos, foram mais numerosas as criaturas da madeira podre. Sobre as escarpas das mesetas, as infiltrações pintam grandes coladas negras. Cada falha, cada prega, cada ruga da pedra é leito de uma torrente. É como se estas mesetas estivessem cumprindo a gigantesca tarefa de descartar as águas para as terras de baixo, dando a cada comarca seu quinhão de chuva. Não se pode levantar uma tábua caída por terra sem encontrar, embaixo, uma fuga louca de percevejos cinza. Os pássaros desapareceram da paisagem, e Gavilán, ontem, rastreou uma jiboia na porção alagada da horta. Homens e mulheres encaram este tempo como uma necessária crise da natureza, enfurnados nas suas choupanas, tecendo, trançando cordas, mergulhados em enorme tédio. Mas padecer as chuvas é mais uma regra do jogo, como reconhecer a necessidade de parar por causa da dor e que se deve cortar a mão esquerda com um facão brandido pela mão direita, se nela cravou as presas uma cobra venenosa. Isto é necessário para a vida, e a vida exige muitas coisas nada amenas. Chegaram os dias do movimento do húmus, do fomento da putrefação, da maceração das folhas mortas, sob aquela lei segundo a qual tudo o que se há de gerar será gerado perto da excreção, confundidos os órgãos da reprodução com os da urina, e o que nasce nascerá envolto em baba, serosidades e sangue — como do esterco nascem a pureza do aspargo e o frescor da hortelã. Uma noite pensamos que as chuvas haviam terminado. Houve como que uma trégua, na qual os tetos pararam de crepitar, e foi um grande respiro em todo o vale. Ouviu-se o correr dos rios, ao longe, e uma bruma espessa, branca, fria, tomou conta do espaço entre as coisas. Rosario e eu procuramos nossos calores num longo abraço. Quando, saídos do deleite, recobramos consciência do que nos rodeava, chovia de novo. "É no tempo das águas que as mulheres ficam prenhes", disse-me *Tua mulher* ao ouvido. Pus uma das mãos sobre seu ventre em gesto propiciatório. Pela primeira vez tenho o anseio de acariciar uma criança brotada de mim, de pegá-la no colo e saber como vai dobrar os joelhos sobre meu antebraço e chupar os dedos... Estou surpreso destas imaginações, com o lápis suspenso sobre um diálogo de trompa e corne inglês, quando um berreiro me faz sair à soleira da casa. Algo aconteceu no casario dos índios, pois todos gritam e gesticulam em torno da choça do Capitão. Rosario, enrolada na sua manta, sai correndo sob o aguaceiro. O que lá se passa é atroz: uma menina, de uns oito anos, voltou há pouco do rio ensanguentada das virilhas até os joelhos. Quando conseguem algum esclarecimento do seu choro horrorizado, ficam sabendo que Nicasio, o leproso, tentou violentá-la e lhe rasgou o sexo com as mãos. Frei Pedro está estancando a hemorragia com trapos, enquanto os homens, armados de porretes, empreendem uma batida pelos arredores. "Eu disse que esse lazarento estava sobrando aqui", o Adelantado lembra ao frade, como se estas palavras encerrassem uma recriminação latente há muito tempo. O capuchinho não responde e, com velha experiência de remédios da selva, põe um tampão feito de teias de aranha entre as pernas da menina, enquanto lhe esfrega o púbis com um unguento sublimado. A repulsa e a indignação que esse abuso provoca em mim é indizível: é como se eu, o homem, todos os homens, fôssemos igualmente culpados do repugnante intento, pelo simples fato de que a posse, mesmo quando consentida, põe o macho em atitude agressiva. E eu ainda cerrava os punhos com furor quando Marcos deslizou um fuzil embaixo do meu braço: era um daqueles fuzis crioulos, de dois canos longuíssimos, marcado com o troquel dos armeiros de Demerara, que ainda mantêm, nestes grotões, as técnicas das primeiras armas de fogo. Pondo o indicador sobre os lábios, para não chamar a atenção de frei Pedro com palavras, o moço me fez um sinal para segui-lo. Envolvemos o fuzil em panos e tomamos o rumo do rio. As águas turbulentas e lodosas arrastavam o cadáver de um veado, tão inchado que seu ventre branco parecia uma barriga de peixe-boi. Chegamos ao lugar da violação, onde o mato estava pisado e sujo de sangue. Havia alguns passos profundamente marcados no barro. Marcos, encurvado, começou a seguir os rastros. Caminhamos por muito tempo. Quando começou a escurecer, estávamos ao pé do Cerro dos Petróglifos, sem ter achado o leproso. Já nos preparávamos para voltar, quando o mestiço apontou uma trilha aberta há pouco na mata chovida. Avançamos mais um pouco, e de repente o rastreador se deteve: Nicasio estava lá, ajoelhado no meio de uma clareira, fitando-nos com seus olhos horríveis. "Aponte para o rosto", Marcos me disse. Ergui a arma e pus a mira no nível do buraco que afundava no semblante do miserável. Mas meu dedo não se decidia a puxar o gatilho. Da garganta de Nicasio saía uma palavra ininteligível, que era algo assim como: "onrirrão... onrirrão... onrirrão". Baixei a arma: o que o criminoso estava pedindo era a confissão antes de morrer. Virei-me para Marcos. "Atira", pressionou. "É melhor o padre não se meter nisso." Voltei a apontar. Mas havia dois olhos lá: dois olhos sem pálpebras, quase sem vida, que continuavam olhando. Da pressão do meu dedo dependia apagá-los. Apagar dois olhos. Dois olhos de homem. Aquilo era imundo; aquilo era culpado do mais revoltante abuso, aquilo tinha destroçado uma carne criança, talvez contaminado com seu mal. Aquilo devia ser suprimido, anulado, deixado às aves de rapina. Mas uma força em mim resistia a fazê-lo, como se, a partir do instante em que eu puxasse o gatilho, *algo devesse mudar para sempre.* Há atos que erguem muros, cipos, balizas, numa existência. E eu tinha medo do tempo que se iniciaria para mim a partir do segundo em que me tornasse um Executor. Marcos, com gesto colérico, arrancou o fuzil das minhas mãos: "Arrasam uma cidade lá do céu, mas não têm coragem de fazer isso! Você não esteve numa guerra?...". O fuzil crioulo tinha bala no cano esquerdo e carga de perdigões no direito. Soaram dois disparos tão seguidos que quase se confundiram, ouvindo-se ricochetear o estampido de rocha em rocha, de vale em vale... Os ecos ainda voavam quando me forcei a olhar: Nicasio continuava ajoelhado no mesmo lugar, mas seu rosto estava se esfumando, borrando, perdendo todo contorno humano. Era uma mancha encarnada que se desintegrava aos pedaços e escorria pelo peito, sem pressa, como uma matéria cerosa que estivesse derretendo. Por fim terminou o fluxo de sangue, e o torso tombou para a frente sobre a erva molhada. De súbito, a chuva aumentou e foi a noite. Era Marcos, agora, quem levava o fuzil.

33

É como um longo trovão repercutente que entra no Vale pelo norte e passa por cima de nós. Eu me ergo no bojo da rede com tal precipitação que quase a faço virar. Sob o avião que gira e volta, fogem, aterrorizados, os homens do Neolítico. O Adelantado saiu à porta da Casa de Governo, seguido de Marcos; os dois olham, pasmos, enquanto frei Pedro grita para as mulheres índias, todas berrando de medo nas suas choças, que isso é “coisa de branco”, sem perigo para as pessoas. O avião está, calculo, a uns cento e cinquenta metros do chão, sob um pesado teto de nuvens prestes a desabar novamente em chuva; mas não são cento e cinquenta metros o que separa a máquina voadora do Capitão dos Índios, que a mira, desafiante, com a mão aferrada ao arco: são cento e cinquenta mil anos. Pela primeira vez soa, nestes grotões, um motor de explosão; pela primeira vez o ar é revolvido por uma hélice, e aquilo que repete sua redondez, paralelamente, onde os pássaros têm os pés, nos traz nada menos que a invenção da roda. O avião, porém, mostra uma espécie de titubeio no modo de voar. Noto que o piloto nos observa como que procurando algo, ou esperando um sinal. Por isso corro até o centro da esplanada, agitando a manta de Rosario. Meu regozijo é tão contagiante que os índios agora se aproximam, já sem temor, pulando em alvoroço, e frei Pedro precisa afastá-los com seu cajado para liberar o campo. O avião se afasta para o lado do rio, desce mais um pouco, e é de súbito o giro fechado que o traz até nós, como que vacilando de asa a asa, cada vez mais baixo. É em seguida o contato com o chão; um rodar perigoso até a cortina de árvores e uma guinada oportuna que freia o que restava de impulso. Dois homens saem do aparelho: dois homens que me chamam pelo nome. E meu estupor aumenta ao saber que, há mais de uma semana, vários aviões estão à minha procura. Alguém de *lá* — não sabem me dizer quem — disse que estou perdido na selva, talvez prisioneiro de índios sanguinários. Criou-se um romance em torno da minha pessoa, que inclui a insidiosa hipótese de que eu tenha sido torturado. Repete-se comigo o caso de Fawcett,[6] e meus relatos, publicados na imprensa, estão reatualizando a história de Livingstone.[7] Um grande jornal ofereceu uma polpuda recompensa para quem me resgatasse. Os pilotos foram orientados, no seu voo, por informações do Curador, que indicou a área de dispersão dos índios cujos instrumentos musicais eu vim buscar. Já estavam jogando a toalha quando, esta manhã, tiveram que se afastar do percurso seguido até agora para contornar um temporal. Ao passar por sobre as Grandes Mesetas, se surpreenderam com a visão de um aglomerado de moradias onde só esperavam divisar solos sem rastro de homem, e pensaram, ao me ver agitar a manta, que era mesmo eu o perdido que buscavam. Admira-me saber que esta cidade de Enoque, ainda sem forjas, onde talvez eu faça o papel de Jubal, fica a três horas de voo da capital, em linha reta. Quer dizer que os cinquenta e oito séculos que medeiam entre o quarto capítulo do Gênesis e a cifra do ano que transcorre para os de *lá* podem ser feitos em cento e oitenta minutos, voltando-se à época que alguns identificam com o presente — como se isto aqui também

6 O explorador inglês Percy Harrison Fawcett (1867-1925), desaparecido durante uma expedição à Serra do Roncador, no Mato Grosso, que visava rastrear uma civilização perdida. As missões de resgate se estenderam por anos a fio, durante os quais se multiplicaram relatos fantasiosos sobre o destino de Fawcett e seu grupo.

7 David Livingstone (1813-73), médico e missionário escocês, um dos primeiros exploradores europeus da África. Durante uma das suas expedições, iniciada em 1866, Livingstone desapareceu na Tanzânia e só foi localizado em 1871 por um jornalista enviado dos EUA.

não fosse *o presente* — por sobre cidades que são hoje, neste dia, da Idade Média, da Conquista, da Colônia ou do Romantismo. Agora tiram do avião um fardo envolto em lona impermeável, que teriam lançado com um paraquedas caso me encontrassem numa área onde fosse impossível pousar, e entregam medicamentos, conservas, facas, ataduras a Marcos e ao capuchinho. O piloto separa um grande cantil de alumínio, desenrosca a tampa e me faz beber. Desde a noite da tempestade nas corredeiras que eu não provava um gole de álcool. Agora, na universal umidade que nos envolve, essa bebida produz em mim uma súbita embriaguez lúcida que enche minhas entranhas de apetites esquecidos. Eu não só quero beber mais, e por isso olho com ávida impaciência para o Adelantado e seu filho, que estão tomando da minha aguardente, mas também mil desejos de sabores disputam meu paladar. São apelos prementes do chá e do vinho, do aipo e do marisco, do vinagre e do gelo. E é também esse cigarro que renasce na minha boca, com o cheiro dos cigarros de tabaco suave que eu fumava na adolescência, às escondidas do meu pai, a caminho do conservatório. Há dentro de mim como que uma agitação de um outro, que também sou eu, mas não se ajusta por completo à sua própria imagem; ele e eu nos sobrepomos incomodamente, como as pranchas móveis de uma impressão litográfica em que o homem amarelo e o homem vermelho não coincidem com precisão — como coisas que olhos sãos contemplassem com óculos de míope. Esse líquido ardente que passa pela minha garganta me desconcerta e amolece. Sinto-me a um só tempo desabitado e mal habitado. Neste segundo precioso, eu me acovardo sob as montanhas, sob as nuvens que voltam a se espessar; sob as árvores que as chuvas tornaram mais frondosas. Sinto como se telões se fechassem ao meu redor. Certos elementos da paisagem tornam-se estranhos a mim; os planos se transtornaram, aquela trilha deixa de me falar e o barulho das cachoeiras aumenta até o estrondo. Em meio a esse infinito correr da água, ouço a voz do piloto como algo diferente da linguagem que ele emprega: é algo que devia acontecer, um acontecimento expresso em palavras, um apelo inadiável, que por força devia me alcançar, onde quer que eu estivesse. Ele diz para eu recolher minhas coisas e partir com eles sem demora, pois a chuva volta a ameaçar, e só estão esperando que a bruma largue o topo de uma meseta para arrancar o motor. Faço um gesto de negativa. Mas nesse mesmo instante soa dentro de mim, com sonoridade poderosa e festiva, o primeiro acorde da orquestra do *Treno*. Recomeça o drama da falta de papel para escrever. E em seguida vem a ideia do livro, a necessidade de alguns livros. Logo se fará imperioso o desejo de trabalhar no *Prometheus Unbound — Ah, me! Alas, pain, pain, ever for ever!* De costas para mim, o piloto volta a falar. E o que ele diz, que é sempre o mesmo, desperta em mim a memória de outros versos do poema: *I hear a sound of voices; not the voice/ which I gave forth.*[8] A língua dos homens do =ar, que por muitos anos foi minha língua, desloca na minha mente, nesta manhã, a língua matriz — a da minha mãe, a de Rosario. Mal consigo pensar em espanhol, como voltara a fazer, ao contato com a sonoridade de vocábulos que trazem confusão ao meu espírito. Ainda assim, não quero partir. Mas admito que careço de coisas que se resumem a duas palavras: *papel, tinta.* Cheguei a abrir mão de tudo o que me era mais habitual em outros tempos: eu me desfiz de objetos, sabores, tecidos, afeições, como um lastro desnecessário, chegando à suprema simplificação da rede, do corpo limpo com cinza e do prazer encontrado em roer espigas de milho assadas na brasa. Mas não posso carecer de papel e tinta: de coisas expressas ou por expressar por meio do papel e da tinta. A três horas daqui há papel e há tinta, e há livros feitos de papel e tinta, e cadernos, e resmas de papel, e frascos, garrafas, tambores de tinta. A três horas daqui...

8 "Eu ouço um som de vozes;/ não a voz que eu mesmo lanço."

Olho para Rosario. Há no seu semblante uma expressão fria e ausente, que não expressa desgosto, angústia nem dor. Sem dúvida ela percebe minha aflição, pois seus olhos, que evitam os meus, têm o gesto duro, altivo, de quem quer mostrar a todos que nada do que possa acontecer importa. Nisso, Marcos chega trazendo minha velha mala esverdeada de mofo. Faço um novo gesto de negativa, mas minha mão se abre para receber os *Cadernos de... Pertencentes a...* que colocam dentro dela. A voz do piloto, que muito deve ansiar o prêmio oferecido, soa enérgica para me apressar. Agora o mestiço sobe no avião levando os instrumentos musicais que deveriam estar em posse do Curador. Digo-lhe que não, e em seguida que sim, pensando que o bastão de ritmo, os chocalhos e o vaso funerário, ao partirem envoltos nas suas esteiras de palha, vão me livrar das presenças que ainda perturbavam meu sono nas noites da cabana. Bebo o que restava no cantil de alumínio. E de repente vem a decisão: irei comprar as poucas coisas de que necessito para levar, aqui, uma vida tão plena como a dos demais. Todos eles, com suas mãos, com sua vocação, cumprem um destino. O caçador caça, o frade doutrina, o Adelantado governa. Agora sou eu quem também deve ter um ofício — o legítimo —, afora os ofícios aqui demandados ao esforço comum. Dentro de alguns dias voltarei para sempre, depois de despachar os instrumentos para o Curador e de me comunicar com Ruth, para lhe explicar lealmente a situação e pedir o pronto divórcio. Percebo agora que minha adaptação a esta vida foi talvez brusca demais; meu passado exigia o cumprimento de um último dever, com a ruptura do vínculo legal que ainda me atava ao mundo *de lá*. Ruth não fora má esposa, e sim vítima da sua vocação malograda. Aceitaria todas as culpas quando compreendesse a inutilidade de criar obstáculos ao divórcio ou reclamar coisas impossíveis a um homem que conhecia os caminhos da evasão. E dentro de três ou quatro semanas eu estaria de volta a Santa Mónica de los Venados, com tudo o que era necessário para trabalhar durante vários anos. Quanto à obra produzida, o Adelantado a levaria a Puerto Anunciación, quando precisasse ir ao povoado, deixando-a aos cuidados do correio fluvial: os diretores e músicos amigos a quem seria destinada se entenderiam com ela, executando-a ou não. Eu me sentia curado de toda vaidade a esse respeito, mas me julgando capaz, agora, de expressar ideias, de inventar formas que curassem a música do meu tempo de muitas tortuosidades. Mesmo sem me envaidecer do agora sabido — sem buscar a vaidade oca do aplauso —, não devia calar o que sabia. Talvez um jovem, em algum lugar, esperasse minha mensagem para descobrir em si mesmo, ao encontrar minha voz, o mundo libertador. O feito não acabava de ser feito enquanto outro não o visse. Mas bastava que uma só pessoa o visse para que a coisa existisse e se tornasse criação verdadeira, graças à mera palavra de um Adão que a nomeia.

O piloto põe a mão no meu ombro em gesto imperativo. Rosario parece alheia a tudo. Explico-lhe então, em poucas palavras, o que acabo de decidir. Ela não responde, encolhendo os ombros com uma expressão que já é de desdém. Entrego-lhe então, como prova, os rascunhos do *Treno*. Digo-lhe que, para mim, esses cadernos são a coisa mais preciosa depois dela. "Pode levar", responde em tom rancoroso, sem me olhar. Eu lhe dou um beijo, mas ela se safa com gesto brusco, fugindo dos braços que a abraçavam, e se afasta, sem virar a cabeça, com algo de animal que não quer ser afagado. Chamo por ela, tento lhe falar, mas nesse instante o motor do avião arranca. Os índios prorrompem numa grita jubilosa. Da cabine de comando, o piloto me faz um último gesto. E uma porta metálica se fecha atrás de mim. Os motores armam um estrépito que não me deixa pensar. E é então a carreira até o extremo da esplanada; é a meia-volta seguida de uma imobilidade trepidante, que parece encaixar as rodas no chão lamacento. E já as copas das árvores ficam abaixo; passamos rasando pela Meseta dos

Petróglifos e giramos sobre Santa Mónica de los Venados, com sua Praça Maior novamente tomada pelos moradores. Vejo frei Pedro fazendo molinetes com seu cajado. Vejo o Adelantado, com as mãos na cintura, olhando para cima, ao lado de Marcos, que sacode seu chapéu de palha. Na trilha que leva à nossa casa, Rosario caminha solitária, sem tirar os olhos do chão, e estremeço ao perceber que sua cabeleira negra, que pende aos lados da cabeça — dividida por uma risca cujo cheiro um tanto animal volta deleitosamente ao meu olfato —, tem algo de véu de viúva. Longe, no lugar onde Nicasio tombou, há uma grande revoada de urubus. Uma nuvem se espessa abaixo de nós, e subimos em busca de bonança até uma névoa opalescente que nos isola de tudo. Avisado de que voaremos durante longo tempo sem visibilidade, eu me deito no piso do avião e durmo, um pouco atordoado pela bebida e pela grande altitude que vamos atingindo.

Capítulo seis

E o que chamais morrer é acabar de morrer,
e o que chamais nascer é começar a morrer,
e o que chamais viver é morrer vivendo.

Quevedo, *Os sonhos*

34
(18 de julho)

Acabamos de atravessar uma mansa camada de nuvens sobre a qual ainda se pintavam — através de arcos truncados, de obeliscos carcomidos, de colossos com cara de fumaça — as claridades do dia, para encontrar, abaixo, o crepúsculo da cidade cujas luzes começam a se acender. Alguns se divertem em localizar um estádio, um parque, uma avenida principal, entre tantas geometrias luminosas, passeando os dedos pelos vidros das janelas. Enquanto outros se alegram em chegar, eu me aproximo com angustiosa apreensão desse mundo que deixei há um mês e meio, segundo cálculo feito sobre os calendários em uso, quando na realidade vivi a pasmosa dilatação de seis imensas semanas que escaparam às cronologias deste clima. Minha esposa largou o teatro para interpretar um novo papel: o papel de esposa. Essa é a tremenda novidade que me faz voar sobre as fumaças de subúrbios que nunca pensei que voltaria a ver, em vez de já estar preparando a volta a Santa Mónica de los Venados, onde *Tua mulher* me aguarda com os rascunhos do *Treno*, que já contarão com resmas e resmas de papel para se desenvolver. Para maior contrassenso, as pessoas que me rodeiam, e para quem fui a grande atração da viagem, parecem me invejar: todas me mostraram recortes de publicações em que Ruth aparece, na nossa casa, rodeada de jornalistas, ou plantando uma silhueta carpideira diante das vitrines do Museu Organológico, ou olhando um mapa com expressão dramática no apartamento do Curador. Uma noite, estando em cena — me contam —, ela teve um pressentimento. Rompeu a soluçar no meio de uma fala e, saindo do drama quando iniciava o diálogo com Booth, foi diretamente à redação de um grande jornal, revelando que não tinham notícias minhas, que eu devia ter voltado no início do mês, e que meu mestre — que naquela tarde a procurara — estava realmente preocupado por não saber de mim. Logo se atiçou a imaginação dos jornalistas, que evocaram as figuras de exploradores, de viajantes, de sábios, prisioneiros de tribos sanguinárias — com Fawcett em primeiro lugar, claro —, e Ruth, no auge da emoção, pediu que o jornal exigisse meu resgate, oferecendo uma recompensa a quem me achasse na grande mancha verde, inexplorada, que o Curador apontara como a zona geográfica do meu destino. Na manhã seguinte, a patética figura de Ruth estava na berlinda, e meu desaparecimento, até então ignorado, tornava-se notícia de interesse nacional. Todas as minhas fotografias passaram a ser publicadas, incluída a da minha primeira comunhão — aquela primeira comunhão que meu pai aceitou a contragosto — em frente à igreja de Jesús del Monte, e as de uniforme, nas ruínas de Monte Cassino, e a outra, em frente à Villa Wahnfried, com os soldados negros. O Curador explicou à imprensa, com grandes elogios, minha teoria — tão absurda me parece agora! — do *mimetismo-mágico-rítmico*, enquanto minha esposa pintava um belo e plácido quadro da nossa vida conjugal. Mas há algo mais, que me irrita ao extremo: o jornal, que tão generosamente acaba de recompensar os aviadores pelo meu resgate, muito dado a se congraçar com o lar e a família, empenha-se em me apresentar aos leitores como um personagem exemplar. Uma temática persistente se faz ouvir demais por trás da prosa dos artigos que se referem a mim: sou um mártir da pesquisa científica, que volta ao regaço da esposa admirável; também no mundo do teatro e da arte é possível encontrar a virtude conjugal; o talento não é desculpa para infringir as normas da sociedade; vejam a *Pequena crônica de Anna Magdalena Bach*, recordem o aprazível lar de Mendelssohn etc. À medida que vou tomando conhecimento de tudo o que foi feito para me tirar da selva, eu me sinto ao mesmo tempo envergonhado e irritado. Custei ao país uma verdadeira fortuna: mais que o necessário para assegurar uma existência confortável a várias famílias por uma vida inteira. No meu caso, como no de Fawcett, espanta-me o absurdo de uma sociedade capaz de suportar friamente o espetáculo de certos subúrbios — como esses, sobre os quais estamos voando, com suas crianças amontoadas sob chapas de zinco —, mas que se enternece e sofre pensando que um explorador, etnógrafo ou caçador possa estar perdido ou ser prisioneiro de bárbaros, no desempenho de um ofício escolhido livremente, que inclui esses perigos nas suas regras, assim como é risco do toureiro receber cornadas. Milhões de seres humanos foram capazes de esquecer, por um tempo, as guerras que assombram o mundo, para acompanhar de perto qualquer notícia sobre mim. E os que agora se dispõem a me aplaudir ignoram que vão aplaudir um embusteiro. Porque tudo, neste voo que agora ruma à pista, é embuste. Estava eu no bar do hotel onde antes velamos o Kapellmeister, quando, vinda do outro extremo do hemisfério, a voz de Ruth chegou a mim pelo fio do telefone. Ela chorava e ria, e estava rodeada, lá, de tanta gente, que mal entendi o que tentava me dizer. De repente, foram expressões de amor, e a notícia de que abandonara o teatro para estar sempre perto de mim, e que ia tomar o primeiro avião para me reencontrar. Aterrado com esse propósito, que a traria ao meu terreno, na própria antessala da minha evasão, onde o divórcio seria extremamente longo e difícil em virtude de leis muito hispânicas, que incluíam apelos ao Tribunal da Rota Romana, gritei-lhe que permanecesse na nossa casa e que quem tomaria o avião naquela mesma noite seria eu. Na despedida confusa, entrecortada de sons parasitários, tive a impressão de ouvir algo sobre ela querer ser mãe. Mas depois, repassando mentalmente o que de inteligível emergira da conversa, fiquei com a respiração suspensa, perguntando-me se ela tinha dito que queria ser mãe ou que *ia ser mãe*. Esta hipótese, para minha desgraça, estava dentro das possibilidades, pois eu me acoplara com ela, da última vez, em rotineiro rito dominical, fazia menos de seis meses. Foi esse o momento em que aceitei a soma considerável oferecida pelo jornal que patrocinara meu resgate para lhe reservar a exclusividade das minhas incontáveis mentiras — pois são cinquenta laudas de mentiras o que vou vender agora. Não posso, mesmo, revelar o que houve de maravilhoso na minha viagem, já que isso equivaleria a pôr os piores visitantes no rumo de Santa Mónica e do Vale das Mesetas. Felizmente, os pilotos que me encontraram mencionaram apenas uma *missão* nos seus informes, pelo hábito verbal de chamar de "missão" todo lugar afastado onde um frade fincou uma cruz. E como as missões não despertam maior curiosidade no público, posso omitir muitas coisas. O que eu venderei, portanto, é uma patranha que fui elaborando durante a viagem: prisioneiro de uma tribo mais arredia que cruel, consegui fugir, atravessando, sozinho, centenas de quilômetros de selva; finalmente, perdido e faminto, cheguei àquela "missão" onde me encontraram. Trago na mala um famoso romance, de um escritor sul-americano, que cita com exatidão o nome de animais e plantas, relatando lendas indígenas, acontecimentos antigos e tudo que é necessário para dar um toque de veracidade à minha narrativa. Cobrarei pela minha prosa e, com uma soma em dinheiro que poderá assegurar a Ruth uns trinta anos de vida plácida, pedirei o divórcio com menos remorsos. Porque não resta dúvida de que meu caso agora tem como agravante moral a possibilidade da sua gravidez — gravidez que explicaria sua brusca deserção do teatro e a necessidade de se aproximar de mim. Sinto que terei de combater a mais terrível de todas as tiranias: a que sói exercer quem ama sobre a pessoa que não quer ser amada, contando com a tremenda força da ternura e da humildade que desarmam a violência e calam as palavras de repúdio. Não há pior adversário, numa luta como a que vou travar, que aquele que aceita todas as culpas e pede perdão antes que lhe apontem a porta da rua.

Mal desço a escada do avião, a boca de Ruth vem ao meu encontro e seu corpo me procura na inesperada intimidade criada pelos casacos que se fazem um só abertos aos nossos flancos; reconheço o contato dos seus seios e seu ventre sob o leve tecido que os veste, e em seguida é um prorromper em soluços sobre meu ombro. Estou ofuscado por mil relâmpagos que são como espelhos quebrados no entardecer do aeroporto. Mas já chega o Curador, que me abraça comovido; vem a seguir a delegação da Universidade, encabeçada pelo Reitor e pelos Decanos das Faculdades; vários altos funcionários do Governo e da Prefeitura, o diretor do jornal — não estava também Extieich, com o pintor de cerâmicas e a bailarina? — e, finalmente, o pessoal do meu estúdio de sonorização, com o presidente da empresa e o gerente de relações públicas — já completamente bêbado. Da confusão e do aturdimento que me envolvem vejo surgir, como vindos de muito longe, muitos rostos já esquecidos: rostos de tantas e tantas pessoas que convivem estreitamente conosco durante anos, pela prática comum de um ofício ou pela assistência compulsória ao mesmo espaço de trabalho, mas que, quando as deixamos de ver, desaparecem com seus nomes e o som das palavras que diziam. Escoltado por esses espectros, sou tangido até a recepção na Prefeitura. Agora, observando Ruth sob os lustres da galeria de retratos, eu a vejo interpretar o melhor papel da sua vida: enredando e desenredando um interminável arabesco, torna-se aos poucos o centro do ato, seu eixo de gravitação, e, tirando toda iniciativa das demais mulheres, usurpa as funções de dona de casa com graça e mobilidade de bailarina. Está em toda parte; desliza por trás das colunas, desaparece para ressurgir em outro lugar, ubíqua, fugidia; arruma a expressão quando se vê na mira de um fotógrafo; alivia uma forte enxaqueca, encontrando a pílula oportuna na bolsa; volta junto a mim com algum quitute ou uma taça na mão, contempla-me com emoção pelo espaço de um segundo, roça seu corpo ao meu com gesto íntimo, que cada qual acredita ter sido o único a notar; vai, vem, encaixa uma palavra engenhosa onde alguém citou Shakespeare, dá uma breve declaração à imprensa, afirma que me acompanhará da próxima vez que eu for à selva; apruma-se, esbelta, enquadrada pela câmera do colunismo, e sua atuação é tão nuançada, diversa, insinuante, dando-se sem deixar de guardar as distâncias, fazendo-se admirar de perto mas sempre atenta a mim, usando de mil artimanhas inteligentes para se oferecer a todos como a estampa da felicidade conjugal, que dá vontade de aplaudir. Ruth, nesta recepção, tem a trêmula alegria da esposa que vai viver — desta vez sem a dor da defloração — uma segunda noite de núpcias; é Genoveva de Brabante de volta ao castelo; é Penélope ouvindo Ulisses lhe falar do leito conjugal; é Griselda, engrandecida pela fé e pela espera. Ao final, quando pressente que seus recursos vão se esgotar, que uma reiteração pode empanar a atuação da Protagonista, fala tão persuasivamente da minha fadiga, do meu desejo de repouso e intimidade, depois de tantas e tão cruéis atribulações, que nos deixam partir, entre as piscadelas maliciosas dos homens que veem minha esposa descer a escadaria de honra, pendurada no meu braço, com o corpo modelado pelo vestido. Tenho a impressão, ao sair da Prefeitura, de que só falta baixar o pano e apagar os refletores. Eu me sinto alheio a tudo isto. Fiquei muito longe daqui. Quando, agora há pouco, ouvi do presidente da minha empresa: "Tire mais uns dias de folga", olhei para ele estranhado, quase indignado de que ainda ousasse se arrogar algum poder sobre meu tempo. E agora reencontro aquela que foi minha casa como se entrasse na casa de outro. Nenhum dos objetos que aqui vejo tem para mim o significado de outrora, nem tenho o desejo de recuperar isto ou aquilo. Entre os livros alinhados nas estantes da biblioteca, há centenas que estão mortos para mim. Toda uma literatura que eu tinha como a mais inteligente e sutil produzida pela época vem abaixo com seus arsenais de falsas maravilhas. O cheiro peculiar deste apartamento me devolve a uma vida que não quero viver pela segunda vez... Ao entrar, Ruth se inclinara para recolher um recorte de jornal que alguém — um vizinho, sem dúvida — tinha passado por debaixo da porta. Parece agora que sua leitura lhe causa uma crescente surpresa. Eu já me alegro com essa distração da sua mente que retarda os temidos gestos de carinho, dando-me tempo para pensar no que vou lhe dizer, quando ela faz um movimento violento e se aproxima de mim com os olhos faiscando de ira. Chega e me estende um pedaço de papel de jornal, e eu estremeço ao ver uma fotografia de Mouche, conversando com um jornalista conhecido por explorar o escândalo. O título do artigo — publicado num tabloide desprezível — fala em *revelações* sobre minha viagem. Seu autor relata uma entrevista com aquela que fora minha amante. Esta declarou, do modo mais surpreendente, que atuou na selva como minha colaboradora: segundo suas palavras, enquanto eu estudava os instrumentos primitivos do ponto de vista organológico, ela os considerava sob o enfoque astrológico — pois, como se sabe, muitos povos da Antiguidade associam suas escalas a uma hierarquia planetária. Com uma intrepidez aterradora, cometendo erros risíveis para qualquer especialista, Mouche fala da "dança da chuva" dos índios zunis, com sua espécie de sinfonia elementar em sete movimentos; cita os ragas indianos, menciona Pitágoras, com exemplos devidos, evidentemente, à amizade de Extieich. E é habilidosa, apesar de tudo, pois com esse alarde de falsa erudição trata de justificar, aos olhos do público, sua presença junto a mim na viagem, omitindo a verdadeira natureza das nossas relações. Apresenta-se como uma estudiosa da astrologia que aproveita a missão confiada a um amigo para abordar as noções cosmogônicas dos índios mais primitivos. Completa sua ficção afirmando que abandonou voluntariamente a empresa quando sucumbiu à malária, voltando na canoa do dr. Montsalvatje. Não diz mais nada, sabendo que isto basta para que os interessados entendam o que devem entender: na realidade está se vingando da minha fuga com Rosario e do lindo papel que a opinião pública reservou à minha esposa na vasta impostura. E o que ela não diz, o jornalista insinua com maldosa ironia: Ruth empenhou a nação inteira no resgate de um homem que, na realidade, foi à selva com sua amante. O aspecto equívoco da história era evidenciado pelo silêncio de quem, agora, saía das sombras com o mais pérfido oportunismo. De súbito, o sublime teatro conjugal da minha esposa afundava no ridículo. E ela me olhava, neste instante, com um furor situado além das palavras; seu rosto parecia feito do gesso das máscaras trágicas, e a boca, imobilizada numa careta sardônica, expunha seus dentes — um defeito que costumava ocultar — em arco muito fechado. Suas mãos crispadas afundavam nos cabelos, como se buscassem algo para apertar e quebrar. Percebi que devia me antecipar à explosão de uma cólera que seria impossível conter e precipitei a crise soltando de uma tacada tudo aquilo que eu pensava dizer somente dali a alguns dias, já contando com a abjeta mas inegável força do dinheiro. Culpei seu teatro, sua vocação anteposta a tudo, a separação dos corpos, o absurdo de uma vida conjugal reduzida à fornicação do sétimo dia. E, levado por uma vingativa necessidade de completar a revelação com a estocada precisa do detalhe, eu lhe disse como sua carne, um belo dia, se tornara distante; como sua pessoa se transformara, para mim, na mera imagem do dever que se cumpre por preguiça em face dos transtornos que uma ruptura aparentemente injustificada acarreta durante algum tempo. Depois lhe falei de Mouche, dos nossos primeiros encontros, no seu estúdio decorado com figurações astrais, onde, pelo menos, encontrei um pouco da desordem juvenil, do alegre despudor, um tanto animal, que era, para mim, indissociável do amor físico. Ruth, desabada no tapete, ofegante, com todas as veias do rosto desenhadas em verde, só conseguia me dizer, numa espécie de estertor gemente, como se quisesse chegar o quanto antes ao fim de uma operação intolerável: “Continua... Continua... Continua”. Mas eu já passara a narrar meu desapego de Mouche, minha atual repulsa pelos seus vícios e mentiras, meu desprezo por tudo o que significavam as falácias da sua vida, seu ofício de engano e o permanente aturdimento dos seus amigos enganados pelas ideias enganosas de outros enganados — desde que eu contemplava tudo com olhos novos, como se voltasse, com a visão recuperada, de um longo trânsito por moradas de verdade. Ruth se pôs de joelhos para me escutar melhor. E no mesmo instante vi nascer no seu olhar a ameaça de uma compaixão fácil, de uma generosa indulgência que de modo algum eu queria aceitar. Seu rosto aos poucos se adoçava de humana compreensão ante a fraqueza castigada, e logo viria a mão para o caído e o perdão soluçante e magnânimo. Por uma porta aberta eu via sua cama excessivamente arrumada, com os melhores lençóis, flores na mesa de cabeceira, minhas pantufas colocadas ao lado das suas, como antecipação de um abraço previsto, ao qual não faltaria a reconfortante conclusão de um jantar delicado que devia estar pronto em algum lugar do apartamento, com seus vinhos brancos postos para gelar. O perdão estava tão próximo que entendi ser chegada a hora de assestar o golpe decisivo, tirando Rosario do seu segredo, e apresentei esta imprevista personagem ao estupor de Ruth como algo remoto, singular, incompreensível para as pessoas daqui, pois sua explicação exigia a posse de certas chaves. Fui pintando um ser sem parâmetros para nossas leis, que seria inútil tentar alcançar pelas vias comuns; um arcano em forma de gente, cujos encantos me marcaram, depois de superar provas que deviam ser caladas, como se calavam os segredos das ordens de cavalaria. Em meio ao drama que tinha como cenário este conhecido aposento, eu ia me divertindo malignamente em aumentar o desconcerto da minha esposa, com o aspecto de Kundry[1] que minhas palavras emprestavam a Rosario, plantando em torno dela uma cenografia de Paraíso Terrestre, onde a jiboia rastreada por Gavilán teria feito as vezes de serpente. Essa distensão de mim mesmo dentro da invenção verbal dava à minha voz um som tão firme e decidido que Ruth, vendo-se ameaçada por um real perigo, postou-se à minha frente para escutar com mais atenção. De repente, deixei escapar a palavra *divórcio* e, como ela parecia não entender, repeti a palavra várias vezes, sem raiva, no tom resoluto e nada alterado de quem expõe uma decisão inquebrantável. Então uma grande trágica se ergueu diante de mim. Não conseguiria recordar o que ela me disse durante a meia hora em que a sala foi seu palco. O que mais me impressionou foram os gestos: os gestos dos seus braços magros, que iam do corpo imóvel ao semblante de gesso, reforçando as palavras com patética precisão. Suspeito agora que todas as inibições dramáticas de Ruth, por tantos anos atada a um mesmo papel, seus desejos, sempre adiados, de se lacerar em cena, vivendo a dor e a fúria de Medeia, encontraram escape naquele monólogo que ia chegando ao paroxismo... Até que, de repente, seus braços caíram, a voz baixou ao registro grave, e minha esposa foi a Lei. Seu idioma se fez idioma de tribunais, de advogados, de promotores. Gelada e dura, imobilizada em atitude acusadora, retesada pelo negror do vestido que deixara de modelar seu corpo, passou a me advertir que ela contava com os meios para me manter amarrado por muito tempo, que conduziria o divórcio pelos caminhos mais enredados e sinuosos, que me estorvaria com os nós legais

1 Personagem da ópera *Parsifal*, de Richard Wagner, Kundry é uma amazona misteriosa que seduz o protagonista nos jardins do vilão Klingsor, apresentando-se ora como uma penitente serva do Graal, ora como uma escrava do próprio mago maligno.

mais pérfidos, com as tramitações mais tortuosas, para impedir meu regresso aonde vivia aquela que agora chamava sarcasticamente de *Tua Atala*.[2] Parecia uma estátua majestosa, bem pouco feminina, plantada no tapete verde como um Poder inexorável, como uma encarnação da Justiça. Por fim lhe perguntei se ela tinha certeza de que estava grávida. Nesse momento, Têmis se fez mãe: abraçou seu próprio ventre com gesto desolado, curvando-se sobre a vida que estava nascendo nas suas entranhas, como para defendê-la da minha torpeza, e rompeu a chorar de modo humilde, quase infantil, sem olhar para mim, tão doída que seus soluços, vindos do fundo, só se pontuavam em leves gemidos. Depois, mais calma, fitou a parede, com a expressão de quem contempla a distância; levantou-se com grande esforço e foi para seu quarto, fechando a porta atrás de si. Cansado pela crise, precisando de ar, desci as escadas. Ao fim dos degraus, foi a rua.

35
(Mais tarde)

Como adquiri o hábito de caminhar no ritmo da minha respiração, percebo com espanto que os homens que me rodeiam vão, vêm, cruzam uns com os outros, na ampla calçada, num ritmo alheio às suas vontades orgânicas. Se caminham a certo passo e não outro, é porque seu caminhar corresponde à ideia fixa de chegar à esquina a tempo de ver se acender o farol verde que lhes permite atravessar a avenida. Por momentos, a

2 Personagem do romance homônimo de François-René de Chateaubriand (1768-1848), que tem como cenário a região de Louisiana, na América do Norte. Jovem mestiça cristianizada e prometida a Deus, Atala se apaixona por Chactas, um indígena do povo nachtez, depois de salvá-lo da morte. No final, Atala se envenena para não ter que escolher entre seu amor por Chactas e o cumprimento do voto de castidade.

multidão que jorra aos borbotões das bocas do bonde subterrâneo, a cada tantos minutos, com a constância de uma pulsação, parece quebrar o ritmo geral da rua com uma pressa ainda maior que a reinante; mas logo se restabelece o tempo normal de agitação entre semáforo e semáforo. Como já não consigo me ajustar às leis desse movimento coletivo, opto por avançar bem lento, rente às vitrines, já que na faixa paralela aos comércios existe algo assim como uma zona de indulgência para os velhos, os inválidos e os que não têm pressa. Descubro então, nos estreitos espaços cobertos que costuma haver entre duas vitrines ou duas casas não geminadas, uns seres que descansam, como que aturdidos, com um quê de múmias erguidas. Numa espécie de nicho, há uma mulher em avançado estado de gravidez, com semblante de cera; numa guarita de tijolos vermelhos, um negro envolto num capote puído testa uma ocarina recém-comprada; numa furna, um cachorro treme de frio entre os sapatos de um bêbado que adormeceu em pé. Chego a uma igreja, e as notas de um gradual ao órgão me convidam à sua penumbra enfumaçada de incenso. Com ecos profundos ressoam os latins litúrgicos sob as abóbadas do deambulatório. Olho os rostos voltados para o oficiante, nos quais se reflete o amarelado dos círios: ninguém dos que aqui foram congregados pelo fervor neste ofício noturno entende nada do que diz o sacerdote. A beleza da prosa lhes é estranha. Agora que o latim foi banido das escolas, por inútil, isto que aqui vejo é a representação, o teatro, de um crescente mal-entendido. Entre o altar e seus fiéis alarga-se, ano após ano, um fosso repleto de palavras mortas. Já se eleva o canto gregoriano: *Justus ut palma florebit,/ sicut cedrus Libani multiplicabitur/ plantatus in domo Domini,/ in atriis domus Dei nostri.*[3] À ininteligibilidade

3 "O justo brota como a palmeira,/ cresce como um cedro no Líbano./ Plantados na casa do Senhor,/ brotam nos átrios do nosso Deus." Versículos cantados do Salmo 91, adaptados da Vulgata.

do texto agora se acrescenta, aos ouvidos dos presentes, a de uma música que deixou de ser música para a maioria dos homens: canto que se ouve e não se escuta, como se ouve, sem escutar, o morto idioma que o acompanha. E ao tomar pé, agora, de quão estranhos, quão forasteiros são os homens e as mulheres aqui congregados em torno de algo que lhes é dito e cantado numa língua que ignoram, percebo que essa sorte de inconsciência com que assistem ao mistério é inerente a quase tudo o que fazem. Quando aqui se casam, trocam anéis, pagam proclamas, recebem punhados de arroz na cabeça, é ignorando o simbolismo milenar dos próprios gestos. Procuram a fava na rosca de reis, oferecem amêndoas no batismo, cobrem um pinheiro de luzes e grinaldas, sem saber o que é a fava, nem a amêndoa, nem a árvore que enfeitaram. Os homens daqui se orgulham de conservar tradições de origem esquecida, reduzidas, no mais das vezes, ao automatismo de um reflexo coletivo — a recolher objetos de um uso desconhecido, cobertos de inscrições que deixaram de falar há quarenta séculos. Naquele mundo ao qual regressarei agora, ao contrário, nenhum gesto é feito sem conhecer seu significado: o jantar sobre o túmulo, a purificação da casa, a mascarada, o banho de ervas, o penhor da aliança, a dança de desafio, o espelho coberto, a percussão propiciatória, os diabos dançantes de Corpus Christi são práticas cujo alcance é medido em todas as suas implicações. Ergo a vista para o friso daquela biblioteca pública que se assenta no meio da praça como um templo antigo: entre seus tríglifos se inscreve o bucrânio que algum arquiteto caprichoso deve ter desenhado sem recordar, provavelmente, que aquele ornamento trazido da noite das idades não passa de uma figuração do troféu de caça, ainda mascarrado de sangue seco, que o chefe da família pendurava sobre a porta da casa. Neste meu regresso, encontro a cidade coberta de ruínas mais ruínas que as ruínas tidas como tais. Por toda parte vejo colunas doentes e edifícios agonizantes, com os últimos entablamentos clássicos executados no presente século e os últimos acantos renascentistas murchando em ordens que a nova arquitetura abandonou, sem substituí-las por ordens novas nem por um grande estilo. Um belo achado de Palladio, um genial encrespamento de Borromini perderam todo o significado em fachadas feitas com retalhos de culturas anteriores, que o concreto circundante logo acabará de soterrar. Dos caminhos desse concreto saem, extenuados, homens e mulheres que venderam mais um dia do seu tempo às empresas que os sustentam. Viveram mais um dia sem vivê-lo, e reporão as forças, agora, para viver amanhã um dia que tampouco será vivido, a menos que fujam — como eu fazia antes, a esta hora — para o estrépito da dança e o torpor do álcool, para se acharem mais desamparados ainda, mais tristes, mais fatigados, no próximo sol. Acabo de chegar, justamente, à porta do Venusberg, o local aonde tantas vezes Mouche e eu vínhamos beber, com sua placa luminosa em letras góticas. Sigo os que querem se divertir e desço ao porão, que tem as paredes pintadas com cenografias de planícies áridas, como que sem ar, balizadas de ossadas, arcos em ruínas, bicicletas sem ciclistas, muletas que sustentam como falos pétreos, e que mostram nos primeiros planos, como que encurvados pela desesperança, uns velhos meio esfolados que parecem ignorar a presença de uma Górgona exangue, de costelas abertas sobre um ventre comido por formigas verdes. Mais à frente, um metrônomo, uma clepsidra e um caracol descansam sobre o friso de um templo grego, que no lugar das colunas tem pernas de mulher envoltas em meias pretas, com ligas vermelhas fazendo as vezes de astrágalo. O estrado da orquestra está montado sobre uma estrutura de madeira, estuque, pedaços de metal, na qual se afundam pequenas grutas iluminadas que encerram cabeças de gesso, hipocampos, lâminas anatômicas e um móbile que consiste num par de seios de cera fixados sobre um disco giratório, cujos mamilos são roçados intermitentemente, ao passar, pelo dedo médio de uma mão de mármore. Numa gruta um pouco maior, há fotografias, muito aumentadas, de Luís da Baviera, do cocheiro Hornig e do ator Joseph Kainz vestido de Romeu, contra um fundo de vistas panorâmicas dos castelos wagnerianos, rococós — muniquenses, sobretudo —, do rei que entrou na moda trazido por certos elogios da loucura, já bem rançosos — apesar da fidelidade que Mouche dedicava a eles, em dias ainda recentes, como reação contra tudo o que ela chamava de "espírito burguês". O teto arremeda uma abóbada de caverna, esverdeada intermitentemente por bolor e infiltrações. Reconhecido o espaço, observo as pessoas ao meu redor. Na pista de dança, há uma maçaroca de corpos entreverados uns nos outros, encaixados, com pernas e braços confundidos, que se amalgamam na escuridão como os ingredientes de uma espécie de magma, de lava remexida por dentro, ao compasso de um blues reduzido a seus meros valores rítmicos. Agora as luzes se apagam, e a escuridão, propiciando a estreiteza de certos abraços sem objeto, de certos contatos exasperados por leves barreiras de seda ou de lã, transmite uma nova tristeza a esse movimento coletivo que tem algo de ritual subterrâneo, de dança para apisoar a terra — sem terra para apisoar. Estou de novo na rua, sonhando, para essa gente, com monumentos que fossem grandes touros no cio cobrindo suas vacas, magistralmente, sobre pedestais enobrecidos de bosta, no meio das praças públicas. Paro em frente à vitrine de uma galeria de pintura, onde se exibem ídolos defuntos, esvaziados de sentido por falta de adoradores no presente, cujos rostos enigmáticos ou terríveis eram os que muitos pintores de hoje interrogavam para encontrar o segredo de uma eloquência perdida — com a mesma saudade de energias instintivas que levava numerosos compositores da minha geração a procurar, no abuso dos instrumentos de bateria, a força elementar dos ritmos primitivos. Durante mais de vinte anos, uma cultura exausta tentara rejuvenescer e encontrar novas seivas no fomento de fervores que nada devessem à razão. Mas agora me parecia risível a intenção daqueles que brandiam máscaras de Bandiagara, ibejis africanos, fetiches eriçados de pregos, contra as cidades do *Discurso do método*, sem conhecer o real significado dos objetos que tinham entre as mãos. Buscavam a barbárie em coisas que jamais haviam sido *bárbaras* quando cumpriam sua função ritual no seu próprio ambiente — coisas que, ao serem qualificadas de "bárbaras", punham, justamente, o qualificador num terreno cogitativo e cartesiano, oposto à verdade perseguida. Queriam renovar a música do Ocidente imitando ritmos que jamais tiveram uma função *musical* para seus primitivos criadores. Estas reflexões me levavam a pensar que a selva, com seus homens resolutos, com seus encontros fortuitos, com seu tempo ainda não transcorrido, me ensinara muito mais sobre as essências mesmas da minha arte, sobre o sentido profundo de certos textos, sobre a ignorada grandeza de certos rumos, que a leitura de muitos livros que jaziam, já mortos para sempre, na minha biblioteca. Com o Adelantado, entendi que a obra máxima proposta ao ser humano é a de forjar-se um destino. Porque aqui, na multidão que me rodeia e corre, a um só tempo desenfreada e submissa, vejo muitos rostos e poucos destinos. É que, por trás desses rostos, qualquer desejo profundo, qualquer rebeldia, qualquer impulso, é sempre atalhado pelo medo. Tem-se medo da repreensão, medo da hora, medo da notícia, medo da coletividade que pluraliza as servidões; tem-se medo do próprio corpo, ante os apelos e dedos em riste da publicidade; tem-se medo do ventre que aceita a semente, medo das frutas e da água; medo das datas, medo das leis, medo dos lemas, medo do erro, medo do envelope fechado, medo do que possa acontecer. Esta rua me devolveu ao mundo do Apocalipse, onde todos parecem esperar a abertura do Sexto Selo — o momento em que a lua terá cor de sangue, as estrelas cairão como figos maduros e as ilhas se moverão dos seus lugares.

Tudo o anuncia: as capas das publicações expostas nas vitrines, as manchetes apregoadas, os letreiros que correm nas fachadas, as frases lançadas ao espaço. É como se o tempo deste labirinto e de outros labirintos semelhantes já estivesse pesado, contado, dividido. E me vem à mente, neste momento, como um alívio, a lembrança da taberna de Puerto Anunciación onde a selva veio a mim na pessoa do Adelantado. Volta à minha boca o sabor da forte aguardente avelanada, com seu limão e seu sal, e é como se, dentro da minha testa, se pintassem as letras com ornamentos de sombras e grinaldas que compunham o nome do lugar: *Los Recuerdos del Porvenir.* Eu vivo aqui, de passagem, recordando o porvir — do vasto país das Utopias permitidas, das Icárias[4] possíveis. Porque minha viagem embaralhou, para mim, as noções de passado, presente, futuro. Não pode ser presente isto que será ontem antes que o homem o possa viver e contemplar; não pode ser presente esta fria geometria sem estilo, onde tudo se cansa e envelhece poucas horas depois de nascer. Agora eu só acredito no presente do intacto; no futuro daquilo que é criado ante os luminares do Gênesis. Já não aceito a condição de Homem-Vespa, de Homem-Ninguém, nem admito que o ritmo da minha existência seja marcado pelo macete de um comitre.

36
(20 de outubro)

Quando, há três meses, recebi de volta as laudas da minha reportagem, sem justificativa alguma, o terror fez minhas pernas fraquejarem, tomando-me de tremores. A armadilha me apanhou

4 Nome da cidade utópica idealizada pelo socialista francês Étienne Cabet no ensaio político *Viagem a Icária* (1848). Suas propostas inspiraram a fundação das "comunidades icarianas" nos EUA (ver nota 14 do capítulo 1, sobre "fazenda no Oeste").

quando a notícia do meu pedido de divórcio veio a público. O jornal não me perdoava o dinheiro gasto no meu resgate nem o ridículo de ter armado o mais edificante rebuliço em torno de mim, para um público cujos Pastores devem me considerar o transgressor da Lei, objeto de abominação. Tive que vender meu relato a preço vil para uma revista de quarta categoria, e um acontecimento internacional chegou a tempo de diluir a fama da minha figura. E então começou minha luta encarniçada contra uma Ruth vestida de preto, sem carmim nos lábios, empenhada em continuar representando seu papel de esposa ferida no coração e no ventre perante os juízes da nação. Sua gravidez tinha sido um alarme falso. Mas isto, em vez de simplificar meu caso, veio a enredá-lo ainda mais, pois seu habilidoso advogado explora o fato de minha esposa ter se mostrado disposta a interromper sua carreira teatral ao menor indício de gravidez. Eu era, portanto, o homem desprezível das Escrituras, que edifica a casa mas não mora nela, que planta a vinha mas não a vindima. Aquele palco da Guerra de Secessão, que tanto atormentara Ruth pelo automatismo cotidiano da tarefa imposta, agora passava a ser um santuário da arte, a estrada real da sua carreira, que ela não hesitara em deixar, sacrificando glória e fama, para se devotar mais plenamente à sublime tarefa de modelar uma vida — uma vida que a amoralidade do meu proceder lhe negava. Tenho tudo para perder neste enredo que minha esposa estende indefinidamente no intuito de fazer o tempo jogar a seu favor e me fazer voltar, esquecido da minha evasão, à existência de antes. Afinal de contas, coube a ela o melhor papel na grande comédia armada, e Mouche ficou excluída do seu terreno. Assim, há três meses, dia após dia, eu dobro as mesmas esquinas, vou de sala em sala, abro portas, aguardo, interrogo os secretários, assino onde me mandam assinar, para depois me encontrar novamente nas mesmas calçadas banhadas de vermelho pelos luminosos. Meu advogado começa a me receber de má vontade, farto da minha impaciência, notando ao mesmo tempo, com olho clínico, que está cada vez mais difícil para mim arcar com certas custas do divórcio. O fato é que passei do grande hotel para o hotel de estudantes, e daí para o albergue da Rua 14, com seus tapetes cheirando a margarina e outras gorduras derramadas. A agência de publicidade tampouco me perdoa a demora em reassumir, e já promoveu Hugo, meu ex-assistente, a chefe dos estúdios. Tenho procurado emprego sem sucesso, nesta cidade onde cada vaga é disputada por cem candidatos. Vou fugir daqui, divorciado ou não. Mas, para chegar a Puerto Anunciación, antes preciso de dinheiro, um dinheiro que cresce em importância, em quantia, à medida que o tempo passa, e eu só consigo pequenas encomendas de instrumentação, que executo com displicência, sabendo, ao receber a paga, que passada uma semana já estarei de novo sem recursos. A cidade não me deixa partir. Suas ruas se entrelaçam em torno de mim como os fios de uma tarrafa, de uma rede que me tivessem lançado do alto. Semana após semana, fui me abeirando ao mundo dos que lavam sua única camisa à noite, atravessam a neve com as solas furadas, fumam bitucas de bitucas e cozinham em armários. Ainda não cheguei a tais extremos, mas a espiriteira, a panelinha de alumínio e o pacote de aveia já fazem parte da mobília do meu quarto, prenunciando uma perspectiva que contemplo com horror. Passo dias inteiros na cama, tentando esquecer aquilo que me ameaça com leituras maravilhadas do *Popol Vuh*, do Inca Garcilaso, das viagens de frei Servando de Castillejos. Às vezes abro o volume das *Vidas de santos*, encadernado em veludo roxo onde se estampam em ouro as iniciais da minha mãe, e procuro a hagiografia de Santa Rosa que se abriu aos meus olhos, por misterioso acaso, no dia da partida de Ruth — dia em que tantos rumos se transtornaram sem estrépito, por obra de uma assombrosa convergência de fatos fortuitos. E encontro uma amargura maior cada vez que volto a me deparar com a meiga letrilha que parece carregada de alusões dilacerantes:

Ai de mim! A meu Amado
quem o retém?
Tarda e é meio-dia,
porém não vem.

Quando a lembrança de Rosario se crava na minha carne como uma dor intolerável, empreendo intermináveis caminhadas que sempre me conduzem ao Parque Central, onde o aroma das árvores ferrugentas de outono, que já dormitam nas brumas, me oferece algum sossego. Algumas cascas, úmidas de chuva, me lembram, quando as toco, a lenha molhada das nossas últimas fogueiras, com sua fumaça ardida que fazia *Tua mulher* chorar rindo, junto à janela onde se encostava para tomar fôlego. Contemplo a Dança dos Abetos, buscando no movimento das suas agulhas algum sinal propiciatório. E a tal ponto chega a impossibilidade de pensar em qualquer coisa que não seja minha volta ao que lá me espera, que vejo, a cada manhã, presságios nas primeiras coisas com que me deparo: a aranha é de mau agouro, assim como a pele de serpente exposta numa vitrine; mas o cachorro que se aproxima e se deixa afagar é excelente. Leio os horóscopos da imprensa. Em tudo busco agouros. Ontem à noite, sonhei que estava numa prisão de muros altos como naves de catedrais, e entre seus pilares se balançavam cordas destinadas ao suplício da estrapada; também havia abóbadas espessas que se multiplicavam na distância, com um ligeiro e gradual desvio para cima, como quando se olha um objeto em dois espelhos confrontados. No final, eram penumbras de subterrâneos, onde ecoava o galope surdo de um cavalo. A coloração de água-forte de tudo aquilo me fez pensar, ao abrir os olhos, que alguma lembrança de museu me aprisionara nas *Invenzioni di Carceri* de Piranesi. Não pensei mais nisso ao longo do dia. Mas agora, ao cair da noite, entro numa livraria para folhear um tratado de interpretação dos sonhos: "PRISÃO. *Egito*: confirma-se a posição.

Ciências ocultas: em perspectiva, amor de uma pessoa da qual não se espera ou não se deseja nenhum afeto. *Psicanálise*: ligada a circunstâncias, coisas e pessoas das quais é preciso livrar-se". Um perfume conhecido me sobressalta, e a figura de uma mulher aparece junto à minha num espelho próximo. Mouche está ao meu lado, olhando para o livro com malícia. E em seguida escuto sua voz: "Se é para uma consulta, posso fazer um precinho camarada". A rua está perto. Sete, oito, nove passos, e estarei fora. Não quero falar com ela. Não quero escutá-la. Não quero discutir. Ela é culpada de tudo o que agora me ameaça. Mas, ao mesmo tempo, sinto aquela conhecida moleza nas coxas e nas virilhas, com um fogo que parece trepar pelas pernas. Não é desejo definido nem excitação afirmada, mas uma sensação de aquiescência muscular, de debilidade ante a provocação, parecida com aquela que, na adolescência, tantas vezes conduzia meu corpo ao bordel, enquanto o espírito lutava para retê-lo. Nesses casos experimentei um desdobramento interior, cuja lembrança depois me produzia sofrimentos indizíveis: enquanto a mente, aterrorizada, tentava se agarrar a Deus, à lembrança da minha mãe, ameaçando-me com doenças e rezando o Pai-Nosso, os passos iam lentamente, firmemente, para o quarto com colcha de fitas vermelhas nos babados, e eu sabia que, ao sentir o cheiro peculiar de certos unguentos revoltos sobre o mármore de uma cômoda, minha vontade cederia ao sexo, deixando a alma de fora, em trevas e desamparo. Depois, meu espírito ficava de mal com o corpo, rompido com ele até de noite, quando a obrigação de descansarem juntos nos unia numa prece, preparando o arrependimento dos dias seguintes, vivendo à espera dos humores e chagas que castigam o pecado da luxúria. Entendi que eu renovara esses embates da adolescência quando me vi caminhando ao lado de Mouche, junto ao paredão avermelhado de Saint Nicholas. Ela falava rapidamente, como que para se aturdir, afirmando que era inocente do escândalo armado na imprensa, que tinha sido vítima de um abuso de confiança por parte do jornalista etc. — sem perder, é claro, seu habitual poder de mentir de olhos limpos, fitando sem vacilar. Não me jogava na cara o que lhe acontecera ao adoecer de malária, atribuindo seus padecimentos, magnanimamente, ao meu empenho em encontrar os instrumentos verdadeiros. Como, na verdade, ela estava sob os efeitos da febre quando amei Rosario pela primeira vez, na choça dos irmãos gregos, pairava a dúvida de que nos tivesse visto de fato. Com tristeza, eu tolerava sua companhia nesta noite, para falar com alguém, para não me ver sozinho no meu quarto mal iluminado, andando de parede a parede sobre o ranço da margarina; e como estava decidido a frustrar suas tentativas de sedução, deixei que ela me levasse ao Venusberg, onde eu ainda tinha um crédito de tempos remotos. Isso me permitiria não confessar minha penúria presente, tratando, de resto, de beber com moderação. Mas, mesmo assim, o álcool daria um jeito de minar minha inteireza com a insídia suficiente para que eu me visse, bem cedo, na sala das consultas astrológicas, com as pinturas agora terminadas. Mouche encheu minha taça várias vezes, pediu licença para vestir uma roupa mais à vontade e, ao voltar, me chamou de tolo por me privar de um prazer sem consequências; afirmou que o que fizéssemos agora não me comprometeria em nada e manejou sua pessoa com tanta habilidade que cedi ao que ela queria com uma facilidade devida, em grande parte, a várias semanas de uma abstinência inabitual em mim. Ao cabo de alguns minutos, experimentei a angústia e a decepção de quem volta a uma carne já sem surpresas, depois de uma separação que podia ter sido definitiva, quando não há mais nenhuma ligação com o ser que essa carne envolve. Eu me encontrei triste, de mal comigo mesmo, mais só do que antes, ao lado de um corpo que voltava a olhar com desprezo. Qualquer prostituta encontrada no bar, possuída mediante paga, teria sido preferível a isto. Pela porta aberta eu via as pinturas da sala de consultas. "Esta viagem estava escrita na parede", dissera Mouche, na véspera da nossa viagem, dando um sentido profético à presença do Sagitário, do Navio Argo e da Cabeleira de Berenice no conjunto da decoração, personificando a si mesma na terceira figura. Agora, o sentido profético de tudo aquilo — caso o tivesse — adquiria uma surpreendente clareza no meu espírito: a Cabeleira de Berenice era Rosario, com sua cabeleira virgem, nunca cortada, enquanto Ruth se assimilava à Hidra que arrematava a composição, postada ameaçadoramente atrás do piano, que podia ser visto como o instrumento do meu ofício. Mouche sentiu que meu silêncio, meu desinteresse por aquela retomada não lhe eram favoráveis. Para me distrair dos meus pensamentos, pegou uma publicação que se encontrava sobre a mesa de cabeceira. Era uma pequena revista religiosa, que ela havia assinado no voo de volta, atendendo ao oferecimento de uma freira negra que compartilhara a poltrona com ela durante algumas horas. Mouche me explicou, rindo, que, como estavam atravessando uma forte turbulência, aceitara a assinatura na dúvida de que Jeová pudesse ser o deus verdadeiro. Ela abriu o modesto boletim missionário, impresso em papel barato, e o pôs nas minhas mãos: "Acho que aqui falam do capuchinho que conhecemos; tem um retrato dele". De fato, emoldurada numa grossa tarja preta, naquelas páginas se estampava uma fotografia de frei Pedro de Henestrosa, decerto tirada muitos anos atrás, pois ele ainda tinha um semblante jovem, apesar da barba grisalha. Então fiquei sabendo, com crescente comoção, que o frade enfim tinha empreendido a viagem às terras de índios bravios que ele me mostrara, certa vez, do alto do Cerro dos Petróglifos. Através de um garimpeiro — dizia o artigo — recém-chegado a Puerto Anunciación, sabia-se que o corpo de frei Pedro de Henestrosa havia sido encontrado, atrozmente mutilado, numa canoa lançada ao rio pelos seus matadores, para que chegasse a terras de brancos a modo de horrenda advertência. Eu me vesti rapidamente, sem responder às perguntas de Mouche, e fugi da casa sabendo que nunca mais voltaria lá. Atravessei a madrugada caminhando entre edifícios desertos, bancos, funerárias em silêncio, hospitais adormecidos. Incapaz de descansar, peguei o ferry quando amanheceu, cruzei o rio e continuei caminhando em Hoboken, entre docas e prédios da alfândega. Penso que os matadores devem ter despido frei Pedro, depois de flechá-lo, e, levantando suas magras costelas com uma faca de sílex, devem ter arrancado seu coração, em rememoração a um velhíssimo ato ritual. Talvez o tenham castrado, esfolado, esquartejado, trinchado como uma rês. Posso imaginar as possibilidades mais cruéis, as extirpações mais sangrentas, as piores mutilações impostas ao seu velho corpo. Mas não encontro na sua terrível morte o horror que me causaram outras mortes de homens que não sabiam por que morriam, invocando a mãe ou tentando deter, com as mãos, a desfiguração de um rosto já sem nariz nem bochechas. Frei Pedro de Henestrosa tivera a suprema graça que o homem pode conceder a si mesmo: a de ir ao encontro da própria morte, desafiá-la e tombar trespassado numa luta que será, para o vencido, a asseteada vitória de Sebastião: humilhação e derrota final da morte.

37
(8 de dezembro)

Quando o rapaz que me guiava apontou para a casa, dizendo que ali estava a pousada nova, estaquei com dolorosa surpresa: atrás daquelas paredes grossas, sob aquele telhado coberto de ervas que se balançavam ao vento, certa noite velamos o pai de Rosario. Lá, numa cozinha enorme, eu me aproximei de *Tua mulher* pela primeira vez, com uma obscura consciência da sua futura importância. Agora sai para nos receber um Don

Melisio, cuja "Doña", uma anã negra, pega as três malas das mãos dos carregadores que me seguem e as empilha sobre a cabeça como se nada pesassem os papéis e livros que as enchem até arrebentar suas correias, sumindo pelo pátio com os olhos esbugalhados. Os quartos estão como antes, mas sem o cândido enfeite dos velhos cromos. O pátio conserva as mesmas plantas; a cozinha, aquela talha bojuda que dava às vozes uma ressonância de nave de catedral. A ampla sala da frente, porém, havia sido convertida em refeitório e loja mista, com grandes rolos de cordas nos cantos e várias estantes com latas de pólvora negra, bálsamos e óleos, e remédios em frascos de formas inusitadas, como que destinados a doenças de outro século. Don Melisio me explica que comprou a casa da mãe de Rosario e que esta, com todas as filhas solteiras, foi se reunir com uma irmã que mora além dos Andes, a onze ou doze dias de viagem. Mais uma vez me admira a naturalidade com que as pessoas destas terras consideram o vasto mundo, lançando-se a navegar ou rodar durante longas semanas, com suas redes de dormir enroladas sobre o ombro, sem os sustos do homem culto em face das distâncias que os precários meios de transporte tornam imensas. Além disso, montar acampamento em outro lugar, passar do estuário à cabeceira de um rio, mudar a morada para o outro lado de uma planície que leva dias atravessar faz parte do inato conceito de liberdade de seres a cujos olhos a terra se apresenta sem cercas, marcos nem limites. O solo, aqui, é de quem quiser tomá-lo: a fogo e facão limpa-se uma beira de rio, ergue-se um abrigo sobre quatro estacas, e isso já é *uma fazenda* que leva o nome de quem se proclama seu dono, como os antigos Conquistadores, rezando um Pai-Nosso e lançando galhos ao vento. Ninguém é mais rico por isso; mas, em Puerto Anunciación, quem que não se crê possuidor do segredo de uma jazida de ouro se sente proprietário de terras. O perfume de cumaru e baunilha que enche a casa me deixa de bom humor. E depois é essa presença do fogo, novamente, na lareira onde crepita um pernil de anta, por todas as gorduras que já cheiram a castanhas desconhecidas. Esse regresso ao fogo, ao lume vivo, à chama que dança, à fagulha que salta e encontra, na ardorosa sabedoria do rescaldo, uma resplandecente velhice sob o cinza rugoso do borralho. Peço uma garrafa e copos para a anã negra Doña Casilda, e minha mesa é de quem quiser recordar que estive aqui há sete meses — o que logo me cerca de comensais. Lá estão, com suas notícias de rio acima ou abaixo, o Pescador de Toninhas, o homem dos peixes-boi, o carpinteiro que tão bem media os ataúdes a olho de bom tanoeiro e um moço de gestos lentos, de perfil acaboclado, que todos chamam Simón e que, cansado de ser sapateiro em Santiago de los Aguinaldos, acaba de chegar depois de remontar os rios menos navegados numa canoa cheia de mercadorias destinadas ao escambo. Em resposta às minhas primeiras perguntas, logo me confirmam a morte de frei Pedro: seu cadáver foi achado, varado de flechas e com o tórax aberto, por um dos irmãos de Yannes. Como horrendo aviso a quem pretendesse pisar nos seus domínios, os índios bravios puseram o corpo mutilado numa canoa, que foi levada pelas águas até onde o grego a encontrou, coberta de urubus, na margem de um igarapé. "É o segundo que morre desse jeito", comenta o Carpinteiro, acrescentando que entre os barbudos há quem tem muito colhão. Agora comentam que, para meu azar, o Adelantado esteve em Puerto Anunciación não faz nem quinze dias. E mais uma vez se repetem as lendas que correm sobre o que se possui ou se procura na selva. Simón me revela que na cabeceira de rios inexplorados teve a surpresa de encontrar gente estabelecida que erguia casas e semeava a terra sem procurar ouro. Outro tem notícia de quem fundou três cidades e as chamou Santa Inés, Santa Clara e Santa Cecilia, em homenagem às padroeiras das suas três filhas mais velhas. Quando a anã negra Doña Casilda nos traz a terceira garrafa de aguardente avelanada, Simón já se oferece para me levar, na sua canoa, até onde encontrei os instrumentos destinados ao Curador. Eu lhe digo que estou lá à procura de outra coleção de tambores e flautas, para não explicar o verdadeiro propósito da minha viagem. Desse ponto em diante seguirei com os remadores índios da outra vez, que conhecem o percurso. O moço nunca navegou por esses lugares e só avistou de muito longe, certa vez, os primeiros contrafortes das Grandes Mesetas. Mas me comprometo a guiá-lo para além da antiga mina dos gregos. Ao cabo de três horas de remo, rio acima, devemos encontrar aquela paliçada de árvores — aquela muralha de troncos, como que traçada a cordel — onde fica a entrada do igarapé de acesso. Procurarei o sinal inciso, que é a identificação do passadiço abobadado de ramos. Mais adiante, seguindo sempre para o Leste com a ajuda da bússola, devemos cair naquele outro rio, onde a tempestade me apanhou em certa tarde memorável da minha existência. Chegando aonde encontrei os instrumentos, darei um jeito de me desvencilhar do meu companheiro de viagem, prosseguindo com gente da aldeia... Já certo de partir amanhã, vou me deitar com uma deliciosa sensação de alívio. Essas aranhas que tecem entre as vigas do teto já não serão de mau agouro para mim. Quando tudo parecia perdido, *lá* — e quão *de lá* tudo me parece agora! —, foi desfeito o vínculo legal, e o acerto na composição de um falso concerto romântico destinado ao cinema me abriu as portas do labirinto. Estou, enfim, nos umbrais da minha terra de eleição, com tudo aquilo de que necessito para trabalhar durante muito tempo. Por precaução contra mim mesmo, atendendo a uma vaga superstição que consiste em admitir a possibilidade do pior para esconjurá-lo e afastá-lo, tento imaginar que um dia me cansarei do que vim buscar aqui; penso que alguma obra minha me imporá o desejo de voltar *lá* pelo tempo de uma edição. Mas então, mesmo sabendo que finjo admitir o que não admito, sou assaltado por um verdadeiro medo: medo de tudo o que acabo de ver, de padecer, de sentir pesar sobre minha existência. Medo das tenazes, medo do *bolge*.[5] Não quero voltar a fazer música ruim, sabendo que faço música ruim. Fujo dos ofícios inúteis, dos que falam para se aturdir, dos dias vazios, do gesto sem sentido e do Apocalipse que paira sobre aquilo tudo. Estou ansioso por novamente sentir a brisa correr entre minhas coxas; estou impaciente por mergulhar nas corredeiras frias das Grandes Mesetas e girar sobre mim mesmo, embaixo d'água, para ver como o cristal vivo que me circunda se tinge de um verde-claro na luz nascente. E, sobretudo, estou ansioso por sustentar Rosario com meu corpo inteiro, por sentir seu calor aberto sobre minha carne pulsante, e quando minhas mãos recordam suas curvas, seus ombros, a funda maciez achada sob seu velo curto e duro, os embates do desejo se tornam quase dolorosos na sua premência. Sorrio, pensando que escapei da Hidra, tomei o Navio Argo e que quem ostenta a Cabeleira de Berenice deve estar ao pé das Rubricas do Dilúvio, agora que as chuvas passaram, colhendo as ervas que ela punha a macerar em jarras de borbulhantes remédios, enobrecidos pelo sereno da lua ou pelo alvor das geadas amanhecidas. Volto a ela mais consciente de amá-la, porque passei por novas provas; porque vi o teatro e o fingimento em toda parte. Aqui se impõe, ainda, uma questão de transcendência maior para meu andar pelo Reino deste Mundo — a única questão, afinal de contas, que exclui todo dilema: saber se posso dispor do meu tempo ou se outros vão dispor dele, usando-me como galeote de proa ou popa, conforme meu empenho em deixar de viver para servi-los. Em Santa Mónica de los Venados, enquanto permaneço de olhos abertos, minhas horas me pertencem. Sou dono dos meus passos e os firmo onde eu quiser.

5 Referência às Malebolge, como são chamadas, na *Divina comédia*, de Dante, as dez fossas do oitavo círculo infernal, reservadas a aproveitadores de mulheres, bajuladores, mercadores da fé, adivinhos, perdulários, hipócritas, ladrões, falsos conselheiros, semeadores da discórdia e falsários.

38
(9 de dezembro)

O sol despontava sobre as árvores quando atracamos junto à antiga mina dos gregos, cuja casa estava abandonada. Transcorreram apenas sete meses desde que estive aqui, e a selva voltou a se apoderar de tudo. A choça onde Rosario e eu nos abraçamos pela primeira vez foi literalmente arrebentada pela pressão das plantas crescidas dentro dela, que suspenderam seu teto, abriram as paredes, fazendo folhas mortas, matéria podre das fibras que então desenhavam o perfil de uma morada. Além disso, como a última cheia do rio foi particularmente caudalosa, o terreno permaneceu alagado. Choveu fora de época, as águas não acabaram de baixar até seu nível mínimo, e nas ribeiras pinta-se uma faixa de terra encharcada, coberta de escórias da selva, sobre as quais revoam miríades de borboletas amarelas, movendo-se tão apertadas umas às outras que bastaria bater com uma vara num dos enxames para tirá-la pintada de enxofre. Ao ver isso, entendo a origem de migrações como aquela que me coube ver em Puerto Anunciación, quando o céu foi escurecido por uma interminável nuvem de asas. De repente a água fervilha, e um cardume de peixes que saltam, se chocam, se atropelam passa por cima do nosso barco, eriçando a corrente de barbatanas plúmbeas e rabos que se esbofeteiam com ruído de aplausos. Em seguida, um bando de garças passa voando em triângulo, e, como que respondendo a uma ordem, todos os pássaros da mata começam a algazarrar em concerto. Esta onipresença da ave, pondo o signo da asa sobre os horrores da selva, me faz pensar na transcendência e pluralidade dos papéis desempenhados pelo Pássaro nas mitologias deste mundo. Desde o Pássaro-Espírito dos esquimós, que é o primeiro a grasnar perto do Polo, no mais elevado do continente, até aquelas cabeças que voavam com as asas das suas orelhas no espaço da Terra do Fogo, só se veem costas ornadas de pássaros de madeira, pássaros pintados na pedra, pássaros desenhados no chão — tão grandes que se deve olhá-los das montanhas —, num irisado desfile de majestades do ar; Pássaro-Trovão, Águia-Orvalho, Pássaros-Sóis, Condores-Mensageiros, Araras-Bólidos lançadas sobre o vasto Orinoco, cotovias-do-norte e quetzais, todos presididos pela grande tríade das serpentes emplumadas: *Quetzalcóatl*, *Gucumatz* e *Culcán*. Já prosseguimos a navegação, e quando o mormaço do meio-dia mais se faz árduo sobre as águas amarelas e revoltas, indico a Simón, à esquerda, o muro de árvores que veda a ribeira até onde a vista alcança. Chegamos mais perto, e começa uma lenta navegação, em busca do sinal que marca a entrada do igarapé de passagem. Com os olhos fixos nos troncos, procuro, à altura do peito de um homem que estivesse de pé sobre a água, a incisão de três "v" sobrepostos verticalmente, num sinal que poderia se estender até o infinito. De quando em quando, a voz de Simón, que rema devagar, me interroga. Seguimos adiante. Mas me concentro tanto em olhar, em não deixar de olhar, em pensar que olho, que depois de algum tempo meus olhos se cansam de ver passar constantemente o mesmo tronco. Assalta-me a dúvida de *já ter visto* sem me dar conta e me pergunto se não terei me distraído por alguns segundos; mando Simón voltar atrás, e encontro apenas uma mancha clara sobre uma casca de árvore ou um simples raio de sol. Ele, sempre plácido, segue minhas indicações sem falar. A canoa roça os troncos, e por momentos tenho que afastá-la dando com a ponta do facão numa árvore. Agora a busca do sinal nessa interminável sucessão de troncos todos iguais me dá uma espécie de vertigem. Mas digo a mim mesmo que o empenho não é absurdo: em nenhum dos troncos apareceu algo semelhante aos três "v" sobrepostos. Sei que eles existem e que o que se escreve sobre uma casca de árvore nunca se apaga, portanto teremos que encontrá-los. Navegamos por mais meia hora. Mas eis que surge da selva um esporão de rocha negra, de tão anguloso e singular perfil que, se eu tivesse chegado até aqui da outra vez, certamente me lembraria dele agora. É óbvio que a entrada do canal ficou para trás. Faço um sinal para Simón, que faz a canoa dar meia-volta e começa a desnavegar o navegado. Acho que ele me olha com ironia, e isto me irrita tanto quanto minha própria impaciência. Por isso viro as costas para ele e continuo a examinar os troncos. Se deixei passar o sinal sem vê-lo, agora que seguimos o muro vegetal pela segunda vez, forçosamente terei de vê-lo. Eram dois troncos, eretos como as duas jambas de uma porta estreita. O dintel era de folhas, e a meia altura, sobre o tronco da esquerda, estava a marca. Quando começamos a vogar, o sol nos pegava em cheio. Agora, remando em sentido inverso, estamos numa sombra que se alonga sobre a água cada vez mais. Minha angústia cresce com a ideia de que a noite caia antes de acharmos aquilo que procuro e tenhamos de voltar amanhã. O percalço, em si, não seria grave. Mas agora me pareceria de mau agouro. Tudo vinha correndo tão bem ultimamente que não quero aceitar um contratempo tão absurdo. Simón continua a me observar com irônica mansidão. Por fim, para dizer alguma coisa, ele aponta para umas árvores, idênticas a outras, e me pergunta se a entrada não seria por ali. "É possível", respondo, sabendo que ali não há sinal algum. "Possível não é palavra de lei", comenta o outro, sentencioso, e em seguida eu caio sobre uma borda da canoa, que embicou numa maranha de cipós. Simón se levanta, apanha a vara e a mergulha na água, procurando apoio no fundo para impelir o barco para trás. Neste instante, no segundo que a vara demora para se molhar inteira, entendo por que não encontramos o sinal, nem poderemos encontrá-lo: a vara, que mede uns três metros de comprimento, não encontra terra onde se firmar, e meu companheiro tem que atacar os cipós a golpes de facão. Quando voltamos a vogar e ele olha para mim, vê um gesto tão desconcertado no meu rosto que vem para meu lado, pensando que me aconteceu algo de mau. Eu recordava que, quando estivemos aqui com o Adelantado, *os remos alcançavam o fundo a todo momento.* Isto quer dizer que o rio continua transbordado e que *a marca que procuramos está embaixo d'água.* Digo a Simón o que acabo de entender. Rindo, ele me responde que já desconfiava disso, mas que "por respeito" não me disse nada, achando, além disso, que ao procurar o sinal eu estivesse levando em conta a cheia. Agora eu lhe pergunto, com medo da resposta, demorando nas palavras, se ele acredita que as águas logo vão baixar o suficiente para que possamos ver a marca como eu vi na vez anterior. "Até abril ou maio", responde, confrontando-me a uma realidade sem apelação. Até abril ou maio, portanto, a estreita porta da selva estará fechada para mim. Percebo agora que, depois de ter saído vencedor da prova dos terrores noturnos, da prova da tempestade, fui submetido à prova decisiva: a tentação de regressar. Ruth, do outro extremo do mundo, foi quem despachou os Mandatários que me caíram do céu, uma manhã, com seus olhos de vidro amarelo e seus fones pendurados no pescoço, para me dizer que as coisas que me faltavam para me expressar estavam a apenas três horas de voo. E eu então subi às nuvens, para espanto dos homens do Neolítico, em busca de umas resmas de papel, sem suspeitar que, na realidade, eu viajava sequestrado por uma mulher misteriosamente informada de que só os recursos extremos lhe dariam uma última chance de ter a mim no seu terreno. Nestes últimos dias, eu sentia a presença de Rosario ao meu lado. Às vezes, de noite, eu acreditava ouvir sua calma respiração adormecida. Agora, com o sinal coberto e a porta fechada, sinto essa presença se afastar. Procurando a amarga verdade por meio de palavras que meu companheiro escuta sem entender, digo a mim mesmo que a marcha pelos caminhos excepcionais é empreendida de forma inconsciente, sem ter a sensação do maravilhoso no instante de vivê-lo: chega-se tão longe, além do trilhado, além do repartido, que o homem, envaidecido pelos privilégios da descoberta, sente-se capaz de repetir a façanha sempre que quiser — dono do rumo negado aos demais. Um dia comete o irreparável erro de desandar o andado, acreditando que o excepcional pode se dar duas vezes, e ao regressar encontra as paisagens transtornadas, os pontos de referência varridos, enquanto os informantes mudaram de aspecto... Um ruído de remos me sobressalta na minha angústia. A selva está se enchendo de noite, e as pragas se adensam, zumbidoras, ao pé das árvores. Simón, sem me escutar mais, rumou para o centro da corrente, para voltar mais rápido à antiga mina dos gregos.

39
(30 de dezembro)

Estou trabalhando no texto de Shelley, enxugando certas passagens, para dar a ele pleno caráter de cantata. Cortei um pouco do longo lamento de Prometeu, que inicia o poema de forma magnífica, e agora me dedico a enquadrar a cena das Vozes — que inclui algumas estrofes irregulares — e o diálogo do Titã com a Terra. Esta tarefa, claro, não passa de uma tentativa de burlar minha impaciência, distraindo-me por momentos da ideia fixa, do único fim, que me mantém imobilizado, já faz três semanas, em Puerto Anunciación. Dizem que está para voltar do Rio Negro um baqueano conhecedor da passagem que me interessa, ou, em todo caso, de outros caminhos de água igualmente úteis para me pôr no rumo final. Mas todos aqui são tão donos do seu tempo que uma espera de quinze dias não provoca a menor impaciência. "Já vai voltar... Já vai voltar", me responde a anã Doña Casilda quando, durante o café da manhã, eu lhe pergunto se há notícias do possível guia. Também alimento a esperança de que o Adelantado, urgido por alguma necessidade de remédios ou sementes, faça uma aparição inesperada, e por isso permaneço no povoado, resistindo aos tentadores convites de Simón para navegar pelos igarapés do Norte. Os dias transcorrem com uma lentidão que me faria feliz em Santa Mónica de los Venados, mas que aqui, sem conseguir fixar a mente numa tarefa séria, se faz tediosa. Além disso, a obra que me interessa agora é o *Treno*, e seus rascunhos ficaram nas mãos de Rosario. Eu poderia tentar reiniciar sua composição, mas o que cheguei a fazer lá me deixara tão satisfeito, quanto à espontaneidade do tom encontrado, que não quero começar de novo, a frio, com o senso crítico aguçado, fazendo esforços de memória — tomado, ao mesmo tempo, pelo anseio de prosseguir a viagem. Toda tarde caminho até as corredeiras e me deito nas pedras estremecidas pelo fervor da água metida em passos, sumidouros e socavões, achando uma espécie de alívio para minha irritação quando me encontro sozinho nesse fragor de trovão, isolado de tudo pelas esculturas de uma espuma que fervilha conservando sua forma — forma que se incha e adelgaça, segundo as intermitências do impulso da corrente, sem perder um desenho, um volume e uma consistência que transformam sua mutação perene e vertiginosa em objeto fresco e vivo, acariciável como o dorso de um cão, com redondeza de maçã para os lábios que nele pousassem. Nas matas se opera a comutação dos ruídos, a ilha de Santa Prisca se funde ao seu reflexo invertido, e o céu se apaga no fundo do rio. Ao comando de um cachorro que sempre late no mesmo diapasão agudo, com ritmo picado, todos os cachorros da vizinhança entoam uma espécie de cântico, feito de uivos, que escuto agora com suma atenção, andando pelo caminho de regresso das rochas, pois observei, tarde após tarde, que sua duração é sempre a mesma, e que termina invariavelmente como começou, com dois latidos — nunca um a mais — do misterioso cão-xamã das matilhas. Descobertas já as danças do macaco e de certas aves, penso que algumas gravações sistemáticas dos gritos de animais que convivem com o homem poderiam revelar, neles, um obscuro senso musical, já bem próximo do canto do feiticeiro que tanto me impressionou, certa tarde, na Selva do Sul. Faz cinco dias que os cães de Puerto Anunciación uivam o mesmo, de modo idêntico, respondendo a uma determinada ordem, e se calam a um sinal inconfundível. Depois voltam para suas casas, deitam-se sob as banquetas, escutam o que se fala ou lambem suas tigelas, sem importunar mais, até que chegam os tempos paroxísticos do cio, em que os homens só podem esperar resignadamente que os animais da Aliança terminem seus ritos de reprodução. Pensando nisso chego à primeira viela do povoado, quando duas mãos vigorosas se fecham sobre meus olhos e um joelho se finca na minha espinha, dobrando-me para trás, com tal brutalidade que prorrompo numa exclamação de dor. A peça foi tão bruta que eu me contorço para me safar e bater. Mas explode uma gargalhada com um timbre que eu conheço, e imediatamente minha zanga se torna alegria. Yannes me abraça, envolvendo-me no suor da sua camisa. Eu o agarro pelo braço, como se temesse que escapasse de mim, e o levo ao meu albergue, onde a anã Doña Casilda nos serve uma garrafa de aguardente avelanada. Para começar, finjo um interesse adulador pelas suas aventuras, para logo encontrar o calor da amizade e chegar, em tônica afetuosa, ao único assunto que me interessa: Yannes certamente conhece a passagem alagada; ele estava conosco quando adentramos por lá; além disso, com sua larga experiência da selva será capaz de abrir a Porta sem necessidade de procurar a tripla incisão. Também é provável que a água tenha baixado um pouco nestas últimas semanas. Mas noto que há algo mudado nos traços do grego: seus olhos, tão penetrantes e seguros, estão como que inquietos, desconfiados, sem conseguir pousar em nada. Parece nervoso, impaciente, e é difícil ter com ele uma conversa alinhavada. Quando narra algo, ele se atropela ou vacila, sem se deter por longo tempo numa ideia, como fazia antes. De súbito, com ar de conspirador, ele me pede que o leve até meu quarto. Lá chegando, fecha a porta a chave, verifica as janelas e me mostra, à luz da lâmpada, um tubo de Metoquina, vazio de comprimidos, mas contendo uns cristais que parecem caquinhos de vidro fumê. Explica, em voz baixa, que esses quartzos são como as sentinelas do diamante: perto deles sempre está o que se procura. Ele fincou a picareta em certo lugar e encontrou a jazida portentosa. "Diamantes de catorze *carates*", confia-me com voz abafada. "E deve haver maiores." Já sonha, sem dúvida, com a gema de cem quilates, achada recentemente, que transtornou os miolos de todos os buscadores do Eldorado que ainda andam pelo continente e não desistem de encontrar os tesouros buscados pelo alucinado Felipe de Utre. Yannes está desassossegado pela descoberta; agora está indo à capital para fazer o registro legal da mina, com o medo obsessivo de que alguém, na sua ausência, tope com a remota jazida encontrada. Parece que já se viram casos de convergência prodigiosa de dois buscadores no mesmo arpento do imenso mapa. Mas nada disso me interessa. Ergo a voz para impor atenção e lhe falo da única coisa que me preocupa. "Sim, na volta", responde. "Na volta." Suplico que adie sua viagem para sairmos nesta mesma noite, antes do amanhecer. Mas o grego me avisa que o *Manatí* acaba de chegar e deve zarpar amanhã ao meio-dia. De resto, não há como dialogar com ele. Só pensa nos seus diamantes e quando se cala é por não falar deles, temendo que Don Melisio ou a anã o escutem. Despeitado, eu me resigno a uma nova dilação: aguardarei, portanto, que ele volte — coisa que fará logo, premido pela cobiça. E para ter certeza de que não deixará de me procurar, eu lhe ofereço uma ajuda para iniciar a exploração. Yannes me abraça aparatosamente, chamando-me de irmão, e me leva à taberna onde conheci o Adelantado; pede mais uma garrafa de aguardente avelanada e, para aumentar meu interesse no seu achado, finge confidenciar detalhes sobre o lugar onde recolheu os quartzos anunciadores do tesouro. E assim fico sabendo de algo que me escapava por completo: *o grego encontrou a mina vindo de Santa Mónica de los Venados,* depois de topar com a cidade desconhecida e passar dois dias nela. "Gente idiota", diz. "Gente estúpida; têm ouro perto e não tiram; eu quis trabalhar: eles disseram me matar fuzil." Agarro Yannes pelos ombros e peço aos gritos que me fale de Rosario, que me diga algo dela, da sua saúde, do seu aspecto, do que está fazendo. "Mulher de Marcos", responde o grego. "Adelantado contente, porque ela prenhe..." Fico como que ensurdecido. Minha pele se eriça de alfinetes frios, saídos de dentro. Com imenso esforço levo a mão até a garrafa, e o vidro me causa uma sensação de queimadura. Encho meu copo lentamente e derramo a bebida numa garganta que não consegue engolir e irrompe em tosses convulsas. Quando recupero o fôlego perdido, eu me olho no espelho enegrecido por sujeiras de mosca que está no fundo da sala e vejo ali um corpo, sentado junto à mesa, que está como que vazio. Duvido que se mova e comece a andar ao meu comando. Mas o ser que geme em mim, dilacerado, chagado, coberto de sal, acaba subindo à minha goela em carne viva e tenta uma queixa balbuciante. Não sei o que digo a Yannes. O que ouço é a voz de outro que lhe fala de direitos adquiridos sobre *Tua mulher,* explica que a demora em regressar se deveu a razões externas, busca justificativas, pede apelação para seu caso, como se estivesse perante um tribunal empenhado em destruí-lo. Desviado dos seus diamantes pelo timbre embargado, implorante, de uma voz que pretende fazer o tempo recuar e conseguir que o já consumado nunca tivesse acontecido, o grego me olha com uma surpresa que logo se faz compaixão: "Ela não Penélope. Mulher jovem, forte, bonita, precisa marido. Ela não Penélope. Natureza mulher aqui precisa homem...". A verdade, a angustiante verdade — compreendo agora — é que as pessoas destes grotões nunca acreditaram em mim. Fui um ser emprestado. A própria Rosario deve ter me visto como um Visitador, incapaz de permanecer indefinidamente no Vale do Tempo Detido. Recordo agora o estranho olhar que ela me dirigia ao me ver escrever febrilmente, durante dias inteiros, lá onde escrever não respondia a necessidade alguma. Os mundos novos têm de ser vividos, antes que explicados. Aqueles que aqui vivem não o fazem por convicção intelectual; acreditam, simplesmente, que a vida boa é esta e não a outra. Preferem este presente ao presente dos fazedores de Apocalipse. Quem se esforça para entender demais, quem sofre as aflições de uma conversão, quem pode alimentar uma ideia de renúncia ao abraçar os costumes daqueles que forjam seu destino sobre este lodo primordial, em luta travada com as montanhas e as árvores, é homem vulnerável às potências do mundo que deixou para trás, mas continuam agindo sobre ele. Viajei através das idades; passei através dos corpos e dos tempos dos corpos, sem ter consciência de que tinha dado com a recôndita estreiteza da mais ampla das portas. Mas a convivência com o portento, a fundação das cidades, a liberdade achada entre os Inventores de Ofícios do solo de Enoque foram realidades cuja grandeza não era feita, talvez, para minha ínfima pessoa de contrapontista, sempre disposta a aproveitar um descanso para buscar sua vitória sobre a morte numa ordenação de neumas. Tentei endireitar um destino torcido pela minha própria fraqueza, e de mim brotou um canto — agora truncado — que me devolveu ao velho caminho, com o corpo cheio de cinzas, incapaz de ser outra vez aquele que fui. Yannes me oferece uma passagem para embarcar com ele, amanhã, no *Manatí*. Navegarei, portanto, para o fardo que me espera. Ergo os olhos ardidos para o letreiro floreado de *Los Recuerdos del Porvenir*. Dentro de dois dias, o século terá completado mais um ano sem que a notícia tenha importância para os que agora me rodeiam. Aqui se pode ignorar o ano em que se vive, e mente quem diz que o homem não pode escapar da sua época.

A Idade da Pedra, assim como a Idade Média, ainda se nos oferecem no dia que transcorre. Ainda estão abertas as mansões umbrosas do Romantismo, com seus amores difíceis. Mas nada disso é destinado a mim, porque a única raça impedida de se desligar das datas é a raça dos que fazem arte, e não apenas têm que se adiantar a um ontem imediato, representado em testemunhos tangíveis, mas se antecipam ao canto e forma de outros que virão depois, criando novos testemunhos tangíveis em plena consciência do feito até hoje. Marcos e Rosario ignoram a história. O Adelantado situa-se no seu primeiro capítulo, e eu poderia ter permanecido ao seu lado se meu ofício tivesse sido qualquer outro exceto o de compor música – ofício de fim de raça. Resta agora saber se não serei ensurdecido e privado de voz pelas marteladas do Comitre que em algum lugar me aguarda. Hoje terminaram as férias de Sísifo.

Alguém diz, atrás de mim, que o rio baixou notavelmente nos últimos dias. Reaparecem muitas pedras submersas, e as torrentes se eriçam de esporões rochosos, com algas doces que morrem com a luz. As árvores das margens parecem mais altas, agora que suas raízes estão perto de sentir o calor do sol. Em certo tronco escamado, tronco de um ocre manchado de verde-claro, começa a se ver, quando a corrente se aclara, o Sinal desenhado na casca, a ponta de faca, uns três palmos abaixo do nível das águas.

Nota do autor

Embora o espaço de ação dos primeiros capítulos do presente livro não necessite de maior localização: embora a capital latino-americana, as cidades provincianas, que aparecem mais adiante, sejam meros protótipos, aos quais não se deu uma situação exata, já que os elementos que os integram são comuns a muitos países, o autor considera necessário esclarecer, em resposta a certa legítima curiosidade, que, a partir do lugar chamado Puerto Anunciación, a paisagem se atém a visões muito precisas de lugares pouco conhecidos e mal fotografados — quando alguma vez o foram.

O rio descrito, que antes podia ser qualquer grande rio da América, torna-se, muito exatamente, o Orinoco no seu curso superior. O local da mina dos gregos poderia situar-se não longe da confluência do Vichada. A passagem com a tripla incisão em forma de "v", que assinala a entrada da passagem secreta, existe de fato com esse Sinal, na entrada do Igarapé de La Guacharaca, situado a cerca de duas horas de navegação, acima do Vichada: conduz, sob túneis vegetais, a uma aldeia de índios guahibos, que tem seu atracadouro numa enseada oculta.

O temporal acontece numa paragem que pode ser o Raudal del Muerto. A Capital das Formas é o Monte Autana, com seu perfil de catedral gótica. A partir dessa jornada, a paisagem do Alto Orinoco e do Autana é substituída pela da Grande Savana, cuja visão se oferece em diversas passagens dos capítulos três e quatro. Santa Mónica de los Venados é o que pode ter sido Santa Elena de Uairén nos primeiros anos da sua fundação, quando o modo mais fácil de chegar à incipiente cidade era uma ascensão de sete dias, vindo do Brasil, pela enseada de uma tumultuosa corrente. Desde então nasceram muitas povoações semelhantes — ainda sem localização geográfica — em diversas regiões da selva americana. Não faz muito tempo, dois famosos exploradores franceses descobriram uma delas, da qual não se tinha notícia, que responde de modo singular à fisionomia de Santa Mónica de los Venados, com um personagem cuja história é a mesma de Marcos.

O capítulo da Missa dos Conquistadores transcorre numa aldeia piaroa que existe, de fato, perto do Autana. Os índios descritos na jornada 23 são shirishanas do Alto Caura. Um explorador colheu o registo fonográfico — em disco que se encontra nos arquivos do folclore venezuelano — do Treno do Feiticeiro.

O Adelantado, Montsalvatje, Marcos, frei Pedro são os personagens que todo viajante encontra no grande teatro da selva. Respondem todos a uma realidade — assim como também responde a uma realidade certo mito do Eldorado, que as jazidas de ouro e de pedras preciosas ainda ensejam. Quanto a Yannes, o garimpeiro grego que viajava com um volume da *Odisseia* como seu único bem, basta dizer que o autor nem sequer alterou seu nome. Apenas deixou de apontar que, a par da *Odisseia*, admirava sobre todas as coisas a *Anábase*, de Xenofonte.

A. C.

Posfácio — *Os passos perdidos*: A grande batalha na guerra do tempo

Mais uma vez, volto sobre meus passos. Executo um regresso ao conhecido e, precavido como sou, faço isso com a confiança e a familiaridade do conhecedor. Contudo, tão logo avanço na minha tarefa, eu me interrogo de um modo como nunca fiz ao empreender as minhas múltiplas viagens anteriores por essa trilha. Pois não ando como um descobridor e tampouco posso (ou devo) me comportar como um entendido, pois nesta ocasião atuo como introdutor de forasteiros e, mais que revelar, minha missão é guiar. Por isso, ao iniciar a viagem, logo me perguntei por que outros poderiam querer se iniciar e percorrer este caminho, seguir as minhas pegadas, achegar-se ao maravilhoso e ver o que para mim é conhecido, embora sempre misterioso, insondável.

Em outras palavras: perguntei-me por que um leitor do século XXI, certamente usuário das redes sociais, fã ou contestador do cinema de Quentin Tarantino, consumidor desassombrado de arte "efêmera" (uma banana real presa com fita adesiva numa parede real, vendida — apenas a banana — por 120 mil dólares e imediatamente substituída por outra banana igual, que também será vendida), provável devorador das inquietantes *21 lições para o século 21* de Noah Yuval Harari, nas quais tanto se fala de inteligências artificiais e incertezas do futuro... Por que esse leitor, insisto, teria interesse em ler um romance intitulado *Os passos perdidos*, que fala de possíveis viagens no tempo real (não no virtual, não ao futuro), e que foi publicado no ano, para muitos remoto, de 1953? Por quê? Para quê?

Nesta minha oitava ou décima leitura do romance escrito por Alejo Carpentier (certo de que no processo ainda vou encontrar novas revelações, de que o lado ameno da sua trama voltará a me envolver), penso nos valores e nas qualidades capazes de fazer das grandes obras de arte realizações permanentes, polissêmicas, dotadas do privilégio de resistir aos embates de uma guerra do tempo que derruba tantas muralhas e pedestais, uma luta cronológica irrefreável que na nossa época, marcada por *influencers* donos da "verdade", atinge proporções massacrantes e velocidades vertiginosas, capazes de tornar obsoleto à noite o que foi novidade de manhã.

A arte contém em si uma forma de conhecimento, e essa qualidade constitui um elemento sem dúvida extraordinário. Mas a arte deve ser, *é*, algo mais. Porque a criação estética tem a faculdade de mostrar, de dentro do homem universal e supratemporal, a realidade que o rodeia e de refletir através dela, nela, seus questionamentos, incertezas e até algumas das suas revelações ou aprendizagens. Só assim se explica o fato de que até hoje possamos ler e, mais ainda, nos emocionar com as peças clássicas da tragédia grega (o pobre Édipo, Prometeu sempre acorrentado), que as crueldades de Lady Macbeth ainda nos horrorizem e as disparatadas aventuras de D. Quixote nos provoquem doses semelhantes de riso e compaixão. É a mesma razão pela qual *1984*, de George Orwell, escrito em meados do século passado apontando para um futuro que há muito tempo já é passado cronológico, é tão inquietante e revelador do nosso presente físico e temporal.

A verdadeira arte fala da sua circunstância mas também do eterno, porque seu grande alimento reside na indagação da condição humana, e seu protagonista é justamente esse homem imortal (eu, você, nós) que fomos e seremos até sermos substituídos (ou não) por essas inteligências artificiais do século XXI que tanto me apavoram. Sua grande missão, segundo Flaubert, é nada mais, nada menos que "chegar à alma das coisas".

Tratemos, no entanto, de precisar essas afirmações. Nas últimas páginas de *Os passos perdidos*, o narrador-protagonista do romance, ao perceber as proporções do erro de uma decisão que tomou, reflete:

> [...] a marcha pelos caminhos excepcionais é empreendida de forma inconsciente, sem ter a sensação do maravilhoso no instante de vivê-lo: chega-se tão longe, além do trilhado, além do repartido, que o homem, envaidecido pelos privilégios da descoberta, sente-se capaz de repetir a façanha sempre que quiser — dono do rumo negado aos demais. Um dia comete o irreparável erro de desandar o andado, acreditando que o excepcional pode se dar duas vezes, e ao regressar encontra as paisagens transtornadas, os pontos de referência varridos, enquanto os informantes mudaram de aspecto [...].

Escrita em 1953, em princípio para os homens e as mulheres de 1953, essa reflexão sobre a impossibilidade de repetir o excepcional, sobre a fugacidade da conjuntura ou do acaso ("acaso concorrente", como Lezama Lima o chamava) que ilumina apenas uma vez nossa existência e costuma ser impossível de repetir, foi também válida para as gerações que precederam os personagens de *Os passos perdidos*, assim como, obviamente, para a fornada dos seus contemporâneos. Essencialmente, o protagonista do romance enfrentou o eterno drama da tomada de uma decisão que implica o exercício do arbítrio, o grande desafio intrínseco à prática da liberdade individual... A singularidade do valor artístico reside em que essa conclusão e encruzilhada continuem sendo pertinentes para nós, que hoje lemos o romance e talvez tenhamos a possibilidade de nos aproximar, de reconhecer uma situação que conduz a algum desses "caminhos excepcionais" que a sorte pode nos oferecer (ou não) e que desemboca na tomada de uma decisão.

Duas grandes teses universais e eternas são exploradas pelo romancista Alejo Carpentier ao conceber e dar forma a esta que é uma das suas maiores obras; para muitos, a mais atraente que ele escreveu, graças a seu assunto, seus personagens, suas peripécias e seus ambientes exóticos. Uma é a possibilidade real de o homem viajar através do tempo e da história; a outra, em dramática contraposição, a impossibilidade de esse mesmo homem se furtar do seu tempo histórico, que o gerou e formou. Duas teses aparentemente contrapostas, mas válidas para o homem de qualquer época e lugar. Para isso serve a arte e por isso, acredito, é pertinente hoje ler e fruir um romance intitulado *Os passos perdidos*, publicado lá em 1953.

O romancista cubano Alejo Carpentier (1904-80), considerado uma das sumidades literárias do século XX ibero-americano, foi um autor cujo centro de interesse literário e conceitual se moveu em torno de uma, para ele, impreterível definição e fixação das singularidades do continente latino-americano, muitas vezes contraposto ao centrista olhar europeu através do qual a região era explicada e definida desde o tempo do chamado "descobrimento" e da conquista.

Membro de uma geração intelectual nascida no início do século XX, cujas preocupações giravam em torno dos processos identitários e da necessidade de marcar, definir, revelar aquilo que se tem de mais próprio, Carpentier se vale, para tanto, de várias estratégias artísticas e conceituais que lhe permitiram a realização da sua tarefa.

Alimentado pelos achados das vanguardas europeias das primeiras décadas do século passado, especialmente pelos experimentos surrealistas, dos quais inclusive participou durante os onze anos que residiu na França, ao mesmo tempo se nutriu de um amplo conhecimento da história e da cultura do continente americano que lhe serviu para patentear uma teoria sócio-histórica, além de literária, mas sobretudo ontológica, por ele definida como "o real maravilhoso americano", formulada pela primeira vez em 1948.[1] Com essa elaboração teórica, o intelectual cubano se propôs a concretizar o exercício de distinguir e definir uma realidade real que podia ter singulares comportamentos de presença e assimilação muito complexas. Uma realidade também permeada por manifestações mágicas, mas sempre assumida como emanação de um contexto em que certos descompassos temporais, condições naturais e geográficas, confluências étnicas e culturais, com o pano de fundo de devastadores traumas históricos, deram lugar a uma identidade definida, múltipla e, ao mesmo tempo, única em muitas das suas manifestações.

Sobre esse princípio, como acréscimo de experiências vividas em certas regiões latino-americanas e expressas em artigos teóricos e reportagens jornalísticas,[2] a obra narrativa de Carpentier atinge uma primeira notável maturidade com a publicação, em 1949, do romance *O reino deste mundo*, ambientado no Haiti anterior e posterior à revolução independentista, livro que é seguido de uma das suas obras-primas, *Os passos perdidos*, publicado, como já foi dito, em 1953.

Nesses dois romances, que configuram o estado mais ortodoxo da práxis literária da sua teoria do "real maravilhoso", isto é, das suas concepções das fontes e manifestações das singularidades americanas (que incluem revelações mágicas),[3] Alejo Carpentier indaga algumas das obsessões que o perseguiram

1 O artigo "O real maravilhoso da América" foi publicado pela primeira vez em 1948. Depois esse texto, aumentado, viria a se tornar o famoso prefácio à primeira edição de *O reino deste mundo*, de 1949.

2 Ver "Visión de América", publicado na revista *Carteles*, Havana, em junho de 1948, incluído em: Alejo Carpentier, *Crónicas*. Tomo II. (Havana: Arte y Literatura, 1975). [N.T.: O artigo integra o volume *Visão da América*. Trad. de Sérgio Molina e Rubia Goldoni. (São Paulo: Martins, 2006.)]

3 Exploro e aprofundo esse tema em: Leonardo Padura, *Un camino do medio siglo: Alejo Carpentier y la narrativa de lo real maravilloso*. (Havana: Letras Cubanas, 1994).

ao longo da sua carreira literária e as apresenta como processos que podem atingir, na realidade americana, a categoria de maravilhosos (singulares, insólitos), dadas as peculiares condições concretas e simbólicas que rodeiam sua manifestação e os modos como influenciam seu desenvolvimento.

Se em *O reino deste mundo* Carpentier revolve a presença real dos comportamentos mágicos da realidade americana (através dos negros haitianos e da sua cosmogonia), as causas do fracasso da Revolução e a consequente frustração da utopia social, em *Os passos perdidos* são os descompassos temporais latino-americanos e, por conseguinte, a possibilidade real de viajar no tempo que sustentam sua realização narrativa.

Um compositor cubano, radicado numa grande capital ocidental, carrega todos os fardos da alienação que seu meio, sua civilização, sua época podem gerar. A oportunidade que se oferece a ele de viajar a um país do continente latino-americano com a incumbência de localizar certos instrumentos pré-históricos capazes de produzir música e explicar sua função mais ancestral, anterior a qualquer intuito estético, põe em movimento a vida desse intelectual do século XX, dando início a um percurso geográfico, cultural, físico, sentimental que derivará numa verdadeira viagem no tempo até as origens mesmas da humanidade e da música e, mais ainda, ao quarto dia do Gênesis, aos princípios bíblicos da criação. Com essa viagem real num tempo invertido, manifesta-se para ele uma funda pretensão, sonhada por muitos homens: a de evadir-se do seu próprio tempo e, assim, vencer sua época, escapar da sua alienação e encontrar a essência humana de si mesmo.

Os sinais dessa aventura realizável começam a se manifestar para o protagonista logo na sua chegada à capital latino-americana, primeira escala do seu itinerário. Ali se dá um regresso àquilo que lhe é mais próprio, que se revela por meio de evidências físicas (a arquitetura, o estouro de uma "revolução") e de recuperações da sua memória e sensibilidade (sabores, cheiros, calores). Em seguida, ele passa à cidade provinciana, onde descobre ter desembarcado nos anos do Romantismo oitocentista, que retrocedem quando, em Santiago de los Aguinaldos, o povoado de seringueiros e garimpeiros, ele topa com os dias da colonização, e mais adiante, no limiar da selva ignota, o devir mergulha nas jornadas do descobrimento e se entrevê a possibilidade de retroceder mais e mais nas cronologias. "Eu me divertira, ontem, em imaginar que éramos Conquistadores à procura de Manoa", diz nesse momento. E segue:

> Mas de súbito me *deslumbra a revelação* de que não há nenhuma diferença entre esta missa e as missas que ouviram os Conquistadores do Eldorado em semelhantes lonjuras. O tempo retrocedeu quatro séculos. [...] Acaso transcorre o ano de 1540. Mas é um engano. Os anos se subtraem, diluem e esfumam em vertiginoso retrocesso do tempo. Ainda não entramos no século XVI. Vivemos muito antes. Estamos na Idade Média. (Grifo nosso)

Com sua posterior chegada ao mundo perdido das Grandes Mesetas, praticamente inexplorado pelo homem ocidental, o lugar onde um Adelantado fundou a cidade de Santa María de los Venados, o recuo temporal e histórico chega aos tempos do neolítico e do paleolítico. Ali o protagonista encontra uma espécie da Arcádia ou Utopia em que a única ordem social vigente é a de garantir a sobrevivência, como na origem da civilização. É um tempo anterior à escrita e, portanto, à história, no qual ele parece encontrar a meta da sua fuga, seu Paraíso Terrestre.

> Ao meu redor, cada qual estava entregue às ocupações que lhe eram próprias, num plácido concerto de tarefas que eram as de uma vida submetida aos ritmos primordiais. Aqueles índios que

> eu sempre vira através de relatos mais ou menos fantasiosos, considerando-os como seres situados à margem da existência real do homem, pareciam-me, no seu território, no seu ambiente, absolutamente donos da sua cultura. Nada era mais estranho à sua realidade que o absurdo conceito de *selvagem*. A evidência de desconhecerem coisas que eram para mim essenciais e necessárias estava muito longe de vesti-los de primitivismo. [...] Aqui, pelo menos, não havia ofícios inúteis, como os que eu desempenhara durante tantos anos.

Fielmente ao método patenteado pelo escritor, cada uma das peripécias e revelações que vai vivendo esse narrador-personagem, intelectual do século XX trasladado a um passado cada vez mais remoto, vem anotada no romance com precisões de caráter geográfico, natural, histórico. São referências necessárias que validam na realidade do continente americano a possibilidade da convivência, num mesmo tempo histórico, de todos os tempos históricos transcorridos e de todas as culturas alcançadas, para conseguir, no processo narrativo, a criação de uma realidade maravilhosa cuja constatação é fartamente expressa no romance e apoiada por expressões como "me maravilha", "me assombra", "me impressiona", "me entusiasma", "me surpreende", esbanjadas ao longo da narração. Chega-se assim a uma grande conclusão: "Já me perguntava", comenta o narrador, "se o papel dessas terras na história humana não seria o de tornar possíveis, pela primeira vez, certas simbioses de culturas", de civilizações e homens que, durante dezenas de séculos, viveram sem se conectarem uns com outros, para afinal criar na América uma realidade mestiça e ao mesmo tempo irrepetível.

Justamente nesse aspecto, Carpentier encontra uma das essências capazes de revelar as singularidades americanas para além das suas importantíssimas peculiaridades geográficas, também ressaltadas no romance. Porque o maravilhoso, o insólito, o extraordinário só pode se manifestar por contraste, por comparação. Como em nenhuma das suas obras — e incluo aqui seu mais celebrado e fecundo romance, *O século das luzes*, de 1962, dedicado ao fracasso da Revolução e à perversão da maior das utopias sociais, uma história que vai e vem entre o Caribe e a Europa —, nesta o escritor lança mão das confrontações de um *aqui* latino-americano e um *lá* europeu como recurso para validar sua proposta teórica em relação às singularidades do mal chamado Novo Mundo.

Para revelar a estatura mítica e extraordinária do *aqui*, Carpentier utiliza recursos de comparação que são próprios de um intelectual do século XX, mas que englobam proposições até mais abrangentes, algumas delas de caráter filosófico.

Ao chegar à vila quase feudal de Santiago de los Aguinaldos, por exemplo, anota que "a vista daquela cidade fantasmagórica excedia em mistério, em sugestão do maravilhoso, o que de melhor poderiam imaginar os pintores que ela mais estimava entre os modernos. *Aqui* os temas da arte fantástica eram coisas de três dimensões" (grifo nosso), enquanto qualifica a arte de vanguarda do seu tempo como mero recurso de imaginações esgotadas pela decadência e alienação que *lá* imperam.

Depois, na pré-histórica Santa Mónica de los Venados, a cidade recém-fundada em plena selva, ele anota: "'O ouro', diz o Adelantado, 'é para os que voltam lá.' E esse *lá* soa na sua boca com um timbre de menosprezo — como se as ocupações e empenhos dos de *lá* fossem próprios de gente inferior".

Logo no início da sua viagem na geografia e no tempo, Carpentier havia deixado um juízo a respeito do seu mundo civilizado. O intelectual que recebeu a incumbência de viajar ao sul vive no mundo que resultou da barbárie vivida nos anos que antecederam a Segunda Guerra Mundial e nos ainda mais cruentos anos do próprio confronto. Desse tempo, que é o dele, o protagonista já tentara se evadir.

> Cansado de [...] ouvir falar em cadáveres recolhidos nas ruas, em terrores próximos, em êxodos novos, eu me refugiei, como quem se acolhe a sagrado, na penumbra consoladora dos museus, *empreendendo longas viagens através do tempo.* Mas, quando saí das pinacotecas, as coisas iam de mal a pior. Os jornais convidavam à degola. Os fiéis tremiam, ao pé dos púlpitos, quando seus bispos erguiam a voz. Os rabinos escondiam a Torá [...]. À noite, nas praças públicas, os alunos de insignes faculdades queimavam livros em grandes fogueiras. (Grifo nosso)

E conclui: "A época ia me cansando. *E era terrível pensar que não havia fuga possível, fora do imaginário*, naquele mundo sem esconderijos, de natureza domada havia séculos" (grifo nosso).

Daí o entusiasmo com que ele encontra, *aqui*, um mundo a salvo dos ritmos e crueldades do seu tempo, uma sociedade que — pela mão de pensadores como Oswald Spengler — ele considera em decadência. O *daqui* é um universo em ebulição, onde o insólito é cotidiano e, portanto, o maravilhoso é real, palpável. E é onde ele pretende ter encontrado sua utopia e a possibilidade factível de escapar do seu tempo.

Ao se instalar no mundo das origens mesmas da civilização que encontra em Santa Mónica de los Venados, o protagonista do romance parece ter nas mãos as chaves de uma evasão possível, realizável. Começa a sentir seu maravilhoso poder assim que decide ficar *aqui*, escapar do seu tempo e espaço, da sua época. A partir desse momento, os subcapítulos do romance, até então sempre datados, perdem a notação que os acompanhava. O personagem entra no tempo sem medida. Distancia-se dos dias do motor e atravessa os longos séculos da navegação, as Terras do Cavalo, as Terras do Cão, até se instalar nas virgens Terras da Ave. Ali encontra, como maior ganho intelectual, a evidência da origem mágica da música e a plenitude do seu físico, da sua potência, o mais alto grau da sua liberdade e humanidade. Acha, inclusive, o amor. A que mais se pode aspirar?

Não obstante, mesmo ali o assola a obsessão de cumprir o compromisso assumido e entregar os instrumentos à procura dos quais foi enviado à selva (problema este que chega a resolver), bem como a ideia de expor sua tese sobre a origem da prática daquilo que evoluiria no nascimento da arte musical (uma carência com a qual consegue conviver). Então chega à sua mente de artista, como um apelo da sua consciência mais incorruptível, o propósito de compor um treno (o canto fúnebre que tão bem se ajusta àquilo que pensou descobrir como sendo a origem da música), e nada lhe parece melhor que uma obra inspirada no *Prometeu desacorrentado* de Shelley, porque "a libertação do acorrentado, que associo mentalmente à minha fuga de *lá,* traz implícito um sentido de ressurreição, de retorno das sombras, muito afim à concepção original do treno, que era canto mágico destinado a trazer um morto de volta à vida". E ele se entrega ao seu ofício, para logo descobrir que "de súbito me aborrece essa inconsciente confissão de um desejo de 'me ver executado'" no mundo de *lá.*

O atavismo social e moral do protagonista sofre, contudo, sua maior prova no fuzilamento do leproso Nicasio, que cometeu um crime de sangue. Com a arma da necessária justiça nas mãos, o protagonista compreende que "uma força em mim resistia a fazê-lo, como se, a partir do instante em que eu puxasse o gatilho, *algo devesse mudar para sempre.* Há atos que erguem muros, cipos, balizas, numa existência. E eu tinha medo do tempo que se iniciaria para mim a partir do segundo em que me tornasse um Executor".

O homem transplantado no tempo, que tem quase tudo, mas hesita no momento de ultrapassar certos limites éticos, também carece das coisas do seu tempo imprescindíveis para o ofício (na realidade, vocação, necessidade) que lhe é inalienável. Ele precisa de livros, precisa de papel. E então aparece no céu da Santa Mónica de los Venados o avião enviado para seu resgate.

De repente se anulam os cento e cinquenta mil anos que distam entre o arco do índio e o avião. Com a máquina voadora, o que chega é sua época. Entende que entre Santa Mónica de los Venados e a capital há apenas três horas de voo:

> [...] os cinquenta e oito séculos que medeiam entre o quarto capítulo do Gênesis e a cifra do ano que transcorre para os de *lá* podem ser feitos em cento e oitenta minutos, voltando-se à época que alguns identificam com o presente — como se isto aqui também não fosse *o presente* — por sobre cidades que são hoje, neste dia, da Idade Média, da Conquista, da Colônia ou do Romantismo.

E chega a hora de tomar a decisão, de exercer o arbítrio.

O homem do século XX decide então voltar, pensando num breve regresso. Exige-o seu ofício, do qual ele não conseguiu se safar. É no seu tempo que se encontra o que ele necessita para cumprir sua missão no reino deste mundo. "Cheguei a abrir mão de tudo o que me era mais habitual em outros tempos [...]. Mas não posso carecer de papel e tinta: de coisas expressas ou por expressar por meio do papel e da tinta".

No sexto e último capítulo do romance, reaparece a datação. O protagonista regressa à Grande Cidade, ao seu tempo, e tudo nele se descoloca. Voltou ao mundo onde as pessoas vivem com medo ("Tem-se medo da repreensão, medo da hora..."). É também o mundo do Apocalipse ("Tudo o anuncia: as capas das publicações expostas nas vitrines, as manchetes apregoadas, os letreiros que correm nas fachadas, as frases lançadas ao espaço"). Logo se vê preso na teia da cidade, do seu tempo e das suas leis, da qual ele não consegue escapar, por mais que queira: assim como tantos homens da sua época; como tantos homens desta época, a nossa... Mas, mesmo assim, ele consegue se desatar e tenta recuperar seu Paraíso Terrestre abandonado, voltando sobre seus passos.

> Aqui se impõe, ainda, uma questão de transcendência maior para meu andar pelo Reino deste Mundo — a única questão, afinal de contas, que exclui todo dilema: saber se posso dispor do meu tempo ou se outros vão dispor dele, usando-me como galeote de proa ou popa, conforme meu empenho em deixar de viver para servi-los. Em Santa Mónica de los Venados, enquanto permaneço de olhos abertos, minhas horas me pertencem. Sou dono dos meus passos e os firmo onde eu quiser.

E é nesse momento que o assalta a tese da obra, o motivo que torna sempre contemporâneo este romance de 1953: o homem tomou sua decisão, e compreende, como já anotamos, que:

> Um dia [o homem] comete o irreparável erro de desandar o andado, acreditando que o excepcional pode se dar duas vezes, e ao regressar encontra as paisagens transtornadas, os pontos de referência varridos, enquanto os informantes mudaram de aspecto...

O caminho de volta ao mundo ideal fora do tempo se fechou por ora, e o personagem logo saberá que, para ele, o fechamento é permanente. Como o romancista adverte a certa altura: acabaram as férias de Sísifo, e ele deve voltar a carregar a pedra que o define. A grande decisão conduziu ao erro. Ou será que essa pretensa evasão do homem do seu tempo histórico e humano sempre foi impossível? A guerra do tempo não conhece tréguas. É um combate constante, eterno, talvez reversível por uma temporada, mas invencível ao poder dos humanos. Dos homens de ontem e de hoje. Talvez também dos de amanhã.

Dessas batalhas e das nossas decisões, em meio a um mundo real e maravilhoso, nos fala este belo e apaixonante romance, um livro de viagens pelo espaço e pelo tempo reais, intitulado *Os passos perdidos*, publicado em 1953 pelo escritor cubano Alejo Carpentier e celebrado e canonizado desde então. Agora o deixo nas suas mãos.

Leonardo Padura
Mantilla, Havana, janeiro de 2020

OS PASSOS PERDIDOS, COMPOSTO EM SOURCE SERIF PRO SOBRE PAPÉIS

GOLDEN 78 G/M² PARA O MIOLO E MISTRAL DESIGN 250 G/M² PARA A CAPA,

FOI IMPRESSO PELA IPSIS GRÁFICA E EDITORA,

EM SÃO PAULO, EM JUNHO DE 2024.

OUÇA E ESCUTE. ZAIN – LITERATURA & MÚSICA.

TÉRMINO DA LEITURA: ____________________